mtb

Jay Crownover

The Point – Entfesselte Sehnsucht

Roman

Aus dem Amerikanischen von
Tess Martin

mtb

MIRA® TASCHENBUCH
Band 25887
1. Auflage: Dezember 2015

MIRA® TASCHENBÜCHER
erscheinen in der HarperCollins Germany GmbH,
Valentinskamp 24, 20354 Hamburg
Geschäftsführer: Thomas Beckmann

Konzeption/Reihengestaltung: fredebold&partner GmbH, Köln
Umschlaggestaltung: any.way Hamburg / Barbara Hanke und Cordula Schmidt
Redaktion: Mareike Müller
Titelabbildung: Corbis / Hans Neleman; Shutterstock / Oleksandr Horiainov
Autorenfoto: © Sassymonkey.net
Satz: GGP Media GmbH, Pößneck
Druck und Bindearbeiten: CPI books GmbH, Leck – Germany
Printed in Germany
Dieses Buch wurde auf FSC®-zertifiziertem Papier gedruckt.
ISBN 978-3-95649-250-1

www.mira-taschenbuch.de

VORWORT

Viele Leute denken, ich schreibe über den Inbegriff des Bad Boy. Es stimmt, die Männer in meinen Romanen haben meist eine große Klappe, sind ganz schöne Angeber und meistens an interessanten Stellen tätowiert, aber deswegen finde ich sie noch lange nicht schlecht. Es sind Männer, die so leben, wie es ihnen passt, die sich in ihrer Haut wohlfühlen und keine Angst haben, ihre eigenen Regeln aufzustellen. Ich finde, ich schreibe über interessante Jungs. ☺

Dies vorausgeschickt, ging es mir diesmal nicht nur darum, über einen Bad Boy zu schreiben, sondern über einen Jungen, der böse ist ... und zwar *richtig* böse. Über einen Antihelden, der ständig in Schwierigkeiten steckt, jede Menge Probleme hat, über einen Mann, der stolz auf seine Herkunft und auf sich selbst ist, der hinter den Entscheidungen steht, die er nun mal treffen musste ... Ich konnte einfach nicht genug davon bekommen. Außerdem überlegte ich, was für eine Frau sich wohl in einen solchen Typen verlieben würde.

Auftritt Shane Baxter. Er ist ein Kerl, den man nur schwer lieben und in den man sich kaum hineinversetzen kann, der ganz und gar TOUGH ist. Ich wollte herausfinden, ob ich um einen solchen ... nun, verdorbenen Charakter herum eine bittersüße Liebesgeschichte spinnen könnte. Ich hoffe sehr, dass es mir gelungen ist ... Ich jedenfalls habe Bax am Ende dieser Reise geliebt, auch wenn ich ein bis fünf Minuten brauchte, um es so weit zu schaffen.

Die Welcome-to-the-Point-Serie spielt in einem fiktiven Stadtteil, den ich „The Point" genannt habe. Dahinter steckt die Idee, dass sie in jeder Stadt spielen könnte, in jedem rauen Viertel, in jeder heruntergekommenen Nachbarschaft, die der Leser sich vorstellen kann. Der Schauplatz ist schlicht und ergreifend das, was wir „auf der falschen Seite der Stadt" nennen. Diese Serie ist düsterer, ein wenig härter und viel ungewöhnlicher als meine Marked-Men-Serie.

Viel Spaß!

Jay

1. KAPITEL

Bax

Es gibt nur wenige Dinge, die einem den Spaß nach dem Sex in Sekundenschnelle verderben. Ein Schlag an die Schläfe, und zwar mit etwas, das sich wie ein Schlagring anfühlte, steht sicher ganz oben auf der Liste. In meinen Ohren begann es zu rauschen, als mein Kopf von der Wucht des Treffers zur Seite flog. Ich hätte ja reagiert, aber ein Aufwärtshaken riss mein Kinn hoch, und mein Schädel knallte hart gegen die Backsteinwand hinter mir. Ich sah Sterne und schmeckte Blut. Diese Typen waren eindeutig nicht auf einen fairen Kampf aus, und sobald ich wieder klarer denken konnte, würde ich ihnen die Hölle heißmachen. Ich spuckte Blut und nahm die Zigarette, die mir der für die Prügel verantwortliche Typ reichte.

„Lange nicht gesehen, Bax."

Ich betastete mit einer Hand meinen Kiefer, um zu prüfen, ob er gebrochen war. Nichts ruinierte einem die sanfte Postorgasmus-Stimmung mehr als ein Haufen planloser Idioten und die Befürchtung, ein paar Zähne zu verlieren.

„Wie habt ihr mich gefunden?" Ich stieß den Rauch aus und lehnte mich an die Wand des Mietshauses, aus dem ich gerade gekommen war. Der kupferartige Geschmack von Blut lag scharf auf meiner Zunge. Ich achtete darauf, dass das Blut diesmal direkt auf den Budapestern meines Angreifers landete, als ich erneut ausspuckte.

„Fünf Jahre ohne Sex sind eine lange Zeit für einen Mann." Er zog die Augenbrauen hoch und öffnete und schloss die Hände, mit denen er weitaus Schlimmeres anstellen konnte, als ein paar Kinnhaken auszuteilen. „Keine Pussy, kein Alkohol, kein Koks, keine schnellen Autos und niemanden, den es einen Dreck interessiert, wer du bist, Bax. Ich wusste, dass du nach der Entlassung zuerst an deinen Schwanz denkst. Ich habe Roxie gesagt, sie soll mich anrufen, wenn du bei ihr auftauchst."

Er irrte sich. Als Erstes hatte ich an mein Auto gedacht. Gut, mit dem war ich dann sofort zu Roxie gefahren, bei der ich todsicher auf meine Kosten kommen würde, doch dennoch waren mir schnelle Wagen wichtiger als Pussys.

„Also hast du es dir nicht nehmen lassen, mir meine Willkommensparty zu versauen."

„So wie ich Roxie kenne, und ich kenne sie gut, kannst du dich nicht beklagen."

Die aufgedrehte Meute um ihn herum begann zu lachen, während ich nur die Augen verdrehte. Es gab natürlich einen Grund, warum ich, obwohl die letzten fünf Jahre außer Gefecht gesetzt, bei Roxie todsicher auf meine Kosten kam – und nicht nur ich.

„Ich bin nicht meinetwegen hier. Novak will dich sehen."

Novak. Allein die Erwähnung des Namens ließ einen normalen Menschen vor Angst erzittern. Meistens wurde er im Zusammenhang mit Mord, schwerer Körperverletzung oder ähnlichen Delikten genannt. Er war unbarmherzig. Er war kaltblütig. Er war unantastbar, eine Legende in The Point und über die Grenzen hinaus. In den dunklen Straßen und Hintergassen war er der König. Niemand stellte sich ihm in den Weg. Niemand machte sich einfach aus dem Staub. Niemand wagte, ihm die Stirn zu bieten … niemand außer mir. Ich wollte Novak ebenfalls treffen, aber unter meinen Bedingungen.

Ich drückte die Zigarette auf der Sohle einer meiner schweren schwarzen Stiefel aus. Jetzt war ich um einiges kräftiger als damals, als ich verhaftet wurde, und fragte mich, ob das den Typen aufgefallen war. Ein Leben mit zu viel Alkohol, Drogen und leichten Mädchen diente nicht gerade der Gesundheit – egal, wie jung und fit man war. Wenn einem all das mit einem Schlag weggenommen wurde, veränderte man sich nicht nur mental, sondern auch körperlich, ob es einem passte oder nicht.

„Ich will Novak nicht treffen." Zumindest nicht jetzt. Endlich hörten meine Ohren auf zu klingeln, nur die hämmernden Kopfschmerzen blieben. Nachdem die Kerle nicht länger das

Überraschungsmoment auf ihrer Seite hatten, würde es ganz schnell blutig und hässlich werden, falls sie die Sache weiterverfolgten. Das kümmerte mich nicht, obwohl ich wusste, dass sie höchstwahrscheinlich bewaffnet waren.

Der, der mir die Schläge verpasst hatte, starrte mich bloß an, während ich zurückstarrte. Ich war kein verängstigter Junge mehr, der irgendwo dazugehören wollte … der Gestalten wie sie unbedingt beeindrucken wollte. Fünf Jahre seines Lebens für einen Haufen Abschaum zu opfern hinterließ eben Spuren. Das hätte Novak eigentlich klar sein müssen.

„Race ist verschwunden."

Nun, das erzielte die erwünschte Wirkung. Ich versteifte mich und kniff die Augen zusammen. Danach stieß ich mich von der Wand des Mietshauses ab und strich mir grob über das kurz rasierte Haar. Im Knast Haare zu haben ist eine schlechte Idee. Trotz der schlimmen Narbe, die sich über eine Seite meines Schädels zog, hatte ich nicht vor, meine rabenschwarzen Locken wieder wachsen zu lassen. In meiner Branche war geringer Pflegeaufwand wichtig – nun, in meiner ehemaligen Branche –, doch über dieses Thema wollte ich im Moment nicht nachdenken. Oder überhaupt jemals.

„Was soll das heißen, er ist verschwunden? Im Sinne von er ist verreist oder im Sinne von Novak hat ihn verschwinden lassen?" Wäre nicht das erste Mal, dass Novak ein Problem mit einer Kugel zwischen die Augen löste.

Der Typ verlagerte sein Gewicht, aber ich war mit meiner Geduld am Ende, warf mich nach vorn und packte ihn am Kragen seines schicken Button-up-Hemdes. Ich war keine achtzehn mehr und auch nicht mehr dürr, und ich sah Angst in seinem Blick aufflackern, als ich ihn buchstäblich hochhob, bis er auf den Zehenspitzen stand, und ihm ins Gesicht schauen konnte. Ich hörte, wie der Abzug einer Waffe gespannt wurde, doch ich ließ ihn nicht aus den Augen. Er umklammerte Halt suchend meine Handgelenke.

„Antworte, Benny. Was soll das heißen, Race ist verschwunden?"

Race Hartman war überwiegend ein guter Kerl. Zu gut und zu klug für so ein Leben. Er hätte sich niemals auf Novak einlassen dürfen, hätte niemals zusammen mit mir in dieser Nacht unterwegs sein dürfen, als alles den Bach runterging. Ich hatte bereitwillig fünf Jahre geopfert, um Race aus den Fängen eines Arschlochs wie Novak zu befreien. Falls der Idiot meinem Rat nicht gefolgt und nicht abgehauen war, während ich in Handschellen gelegt wurde, würde ich die ganze Stadt dem Erdboden gleichmachen.

Benny versuchte, mir mit seinen weibischen Budapestern gegen das Schienbein zu treten, und ich stieß ihn von mir. Danach warf ich Schläger Nummer eins, der eine Waffe auf mich richtete, einen finsteren Blick zu und zeigte ihm den Stinkefinger.

„Bax …“ Seufzend strich sich Benny das Hemd dort glatt, wo ich ihn zuvor gepackt hatte. „Race ist in dem Moment untergetaucht, in dem du eingefahren bist. Niemand hat was von ihm gehört; er war wie vom Erdboden verschluckt. Keins der Mädchen hat ihn gesehen. Novak hat nach ihm suchen lassen, für den Fall, dass der Mist, den ihr beide verzapft habt, uns am Arsch packt, aber nix. Letzte Woche, als es hieß, dass du rauskommst, tauchte er plötzlich auf. Er kam an, hat irgendwelche Drohungen von sich gegeben und Novak gesagt, was für ein Scheiß es sei, dass du für diese Sache eingebuchtet worden warst. Ich dachte, er hätte vielleicht ’ne Todessehnsucht, doch dann … puff, nachdem er ins Wespennest gestochen hatte, war er wieder weg. Und jetzt erklär mir mal, warum ein cleverer Typ wie Race so was machen sollte?“

Das wusste ich nicht, und es gefiel mir ganz und gar nicht. Außer Race Hartman hatte ich keine Freunde auf dieser Welt, niemanden, dem ich vertraute. „Richte Novak aus, er soll sich zurückhalten. Ich werde schauen, was ich tun kann, um ihn aufzuspüren, aber falls Novak irgendwas mit Races Verschwinden zu tun hat, wird er es bereuen.“

„Ziemlich mutig, Drohungen auszustoßen, wenn man noch nicht mal vierundzwanzig Stunden aus dem Knast raus ist.“

Ich schnaubte und lief an Benny vorbei, als wollte ich keine Sekunde mehr mit ihm verschwenden, was tatsächlich der Fall war.

„Fünf Jahre ohne Sex sind eine lange Zeit. Und auch eine lange Zeit, um richtig viel Wut aufzustauen und verdammt noch mal erwachsen zu werden. Du kennst mich nicht, Benny. Novak kennt mich nicht. Meinetwegen kann er eine ganze Armee aufmarschieren lassen. Wenn er was mit Races Verschwinden zu tun hat, wird er dafür bezahlen. Dafür sorge ich. Richte Roxie meinen Dank dafür aus, dass sie mich verpfiffen hat."

„Man kriegt, wofür man bezahlt."

Mir war nicht klar, ob das ein Hieb gegen mich oder gegen Roxie sein sollte.

„Ich habe keine Ahnung, wie das bei dir und deinen hässlichen Kumpels ist, doch ich habe in meinem ganzen Leben noch nie dafür bezahlen müssen."

Ich bemerkte, wie er die Stirn runzelte, und nutzte diesen Moment, um vorzustürzen und den härtesten Teil meines Kopfes voll auf seine Nase zu schmettern. Ich hörte ein befriedigendes Knirschen und einen Schmerzensschrei. Seine Freunde eilten zu ihm, damit er nicht auf der schmutzigen Straße in die Knie ging. Ich schüttelte mich kurz, damit ich wieder klar sehen konnte. Meine Kopfschmerzen waren dadurch auch nicht gerade besser geworden. Ich trat um meinen jammernden und blutenden Gegner herum. Während ich die Gasse hinunterschritt, rief ich ihm über die Schulter zu: „Du solltest mich nicht unterschätzen, Benny. Das war immer schon dein Problem."

Mein Name ist Shane Baxter, meist Bax genannt, und ich bin ein Krimineller.

Hast du ein Mädchen? Ich werde es dir wegschnappen. Hast du eine hübsche Karre? Ich klaue sie dir. Besitzt du teuren elektronischen Kram, von dem du denkst, er sei sicher? Ich werde ihn dir wegnehmen, weil du ihn wahrscheinlich sowieso nicht brauchst. Alles, was nicht niet- und nagelfest oder an dich gekettet ist, wird meins.

Das war das Einzige, was ich wirklich gut konnte. Mir Dinge unter den Nagel zu reißen, die mir nicht gehörten, war zu meiner zweiten Natur geworden; nun, das und mich in die schlimmsten Schwierigkeiten zu bringen. Ich war erst dreiundzwanzig und direkt nach meinem achtzehnten Geburtstag für fünf Jahre in den Knast gewandert. Wobei ich natürlich auch schon vorher mit dem Gesetz in Konflikt geraten und erwischt worden war. Zwar war ich kein Meister darin, gute Entscheidungen zu treffen oder ein anständiges Leben zu führen, doch ich kannte meine Stärken, und an die hielt ich mich. Und ich sorgte für mich selbst. Koste es, was es wolle.

Es gab zwei Menschen, die mir wichtig waren: meine Mom und Race. Einmal waren es drei gewesen, doch der dritte hatte mich viel zu oft hängen lassen, und ich hatte mir geschworen, ihn fertigzumachen, sobald sich die Gelegenheit bot. Meine Mom war leidgeprüft und stur, der einzige Mensch, der zu mir hielt, als ich ins Gefängnis wanderte. Sie hatte einen schrecklichen Geschmack, was Männer betraf, die schlechte Angewohnheit, mehr zu trinken, als ihr guttat, und Schwierigkeiten, einen Job zu behalten. Sie war völlig fertig, obwohl ich ihr jede Menge Rettungsleinen zugeworfen hatte.

Ich habe schon Sachen geklaut, bevor ich überhaupt kapierte, was ich da machte, weil ich es satthatte, nichts zu besitzen. Als ich älter und besser darin wurde, tat ich es, um die Rechnungen zu bezahlen und damit wir ein Dach über dem Kopf hatten. Meine Mom hatte mich nie verurteilt, mich nie im Stich gelassen, und sie war der einzige Mensch auf der Welt, der sich über meine Entlassung aus dem Knast tatsächlich freute.

Race und ich waren so unterschiedlich, wie man es sich nur vorstellen konnte. Er hatte einen Schulabschluss und Computerkenntnisse und stammte aus einer Familie, die über alle wichtigen Beziehungen und die richtige Herkunft verfügte. Er konnte mit Worten umgehen und war charmant, immer angezogen, als wäre er auf dem Weg zu einem Vorstellungsgespräch, er war geduldig und vernünftig. Er war wie eine warme Sommerbrise in meinem Schneesturm der Zerstörung. Ich hatte nicht mal die Highschool abgeschlossen, konnte kaum einen vollständigen Satz lesen, hatte außer Mom keine Familie und war genau das, wonach ich aussah: ein kleiner Schläger. Selbst vor der schweren Zeit im Knast war ich muskulös gewesen, ein kräftiger Typ, mit dem sich niemand anlegen wollte. Niemand außer Race.

Ich hatte eines Nachts, als wir beide Teenager waren, probiert, sein Auto zu klauen. Er fuhr einen hübschen Roush Mustang, eine sogar noch hübschere Blondine saß auf dem Beifahrersitz. Ich hatte keine Ahnung, was er in diesem gefährlichen Stadtteil zu suchen hatte, allerdings konnte ich eine solche Gelegenheit nicht verstreichen lassen. Kurzerhand hielt ich ihm ein Messer an die Kehle, zerrte ihn vom Sitz und wollte mir seinen Wagen unter den Nagel reißen. Nur war Race überhaupt nicht scharf darauf, ihn mir einfach so zu überlassen. Ich weiß bis heute nicht, ob es ihm um das Mädchen oder um die Karre ging, doch wie auch immer, wir prügelten uns gegenseitig die Scheiße aus dem Leib. Ich brach ihm ein Handgelenk, er mir ein paar Rippen, und er schlug mir zudem zwei Schneidezähne aus. Es war ein mörderischer und langer Kampf, und am Ende waren wir Blutsbrüder.

Auf der Fahrt ins Krankenhaus erhielt ich den Sitz der Blondine und hatte einen neuen Bruder. Nie war ich in seinem schicken Haus in „The Hill“ gewesen, nie hatte ich seinen guten Namen in seiner noblen Privatschule beschmutzt. Er setzte nie einen Fuß ins Getto und kriegte auch nie einen der dem Alkohol geschuldeten Wutausbrüche meiner Mom mit. Als ich anfing, regelmäßig für Novak Luxuskarren zu klauen, und mit den Computersystemen in den Autos nicht zurechtkam, die irgendwas im sechs- und siebenstelligen Bereich kosteten, war er der Einzige, dem ich vertraute. Wir ließen es uns gut gehen, hatten jede Menge heiße Mädchen und feierten Partys mit dem ganzen Kram, von dem Kids in unserem Alter noch gar nichts wissen sollten. Ich bereute es jeden Tag, ihn jemals um Hilfe gebeten und damit auf mein Niveau hinuntergezogen zu haben. Fünf Jahre waren eine verdammt lange Zeit, um an einer Entschuldigung zu stricken. Eine genauso lange Zeit, um auf die Entschuldigung zu warten, die er mir schuldete und die, wenn ich sie hörte, hoffentlich nicht dazu führte, dass ich meinen besten Freund mit eigenen Händen erwürgte. Wir beide hatten ein paar schwerwiegende Fehler gemacht, für die wir büßen mussten.

Das Problem war nur, dass ich nicht wusste, wo ich anfangen sollte. Als ich in den Bau wanderte, hatte er sich gerade auf einer Eliteuni im Osten eingeschrieben. Ich hatte keine Ahnung, ob er jemals dort angekommen war. Zwar war ich aus diesem Grund freiwillig in den Knast gegangen, doch im Leben gab es nun mal keine Garantien. Diese Lektion hatte ich auf die harte Weise lernen müssen.

Ich nahm eine Zigarette aus der Packung, die ich Roxie abgeknöpft hatte, und holte das kurz zuvor auf dem Weg zu meinem Auto gekaufte Prepaid-Handy heraus. Ich lief um den Block herum zu dem Parkplatz, auf dem ich diese Schönheit abgestellt hatte, gut geschützt vor neugierigen Blicken und Langfingern. Ich wusste, auf welche Autos Diebe aus waren und welche sie für sich selbst haben wollten. Beides traf auf meinen Plymouth Roadrunner Baujahr 1969 mit gelb-schwarzen Rallyestreifen, aufgemotztem Motor und dem Scoop zu. Der Wagen war laut. Er war stark. Er war schneller als schnell, und er war das Einzige, was noch mir gehörte, nachdem ich eingebuchtet worden war. Ich hatte meine Mutter gebeten, ihn zu verkaufen, doch sie hatte sich geweigert. Sie wusste, wie viel Arbeit, wie viel Schweiß und Tränen ich in dieses Auto gesteckt hatte. Wenn es hieß, Miete oder mein Baby, dann gewann mein Baby.

Ich sog den Rauch in meine Lunge und blinzelte hinauf in den Himmel. Ich hätte mein Leben für ein paar Schmerztabletten gegeben, damit das hämmernde Pochen in meinem Kopf verschwand, aber im Moment hatte ich Dringenderes zu erledigen. Ganz zu schweigen davon, dass einige Runden mit Roxie die brennende Begierde tief in mir nicht hatten stillen können. Ich mochte Mädchen, und Mädchen mochten mich. Wenn man in ärmlichen Verhältnissen und ohne jegliche elterliche Aufsicht aufwuchs, hatte man Sex, um die Zeit totzuschlagen und das monotone Gefühl von Verzweiflung und Hoffnungslosigkeit zu verjagen. Zwei Menschen konnten sich gegenseitig eine gute Zeit bereiten, was ich öfter gemacht hatte, als man eigentlich sollte. Ich war nicht daran gewöhnt, ohne auszukommen … nun, jetzt war ich es, doch in meinem alten Leben war Sex haben wie atmen gewesen. Man brauchte nicht nachzudenken und sich kein bisschen zu bemühen.

Ich war groß, weit über eins achtzig. Ich hatte dunkles Haar und dunkle Augen, die mich laut den Frauen geheimnisvoll wirken ließen. Ich redete nicht viel, wenn ich nichts Wichtiges zu sagen hatte, was zu meinem nicht unberechtigten Ruf, ein knallharter Typ zu sein, beitrug. Außerdem besaß ich einen Spiegel, ich wusste also, dass ich ziemlich nett anzuschauen war. Vielleicht würde ich in naher Zukunft keinen Model-Vertrag angeboten bekommen, aber die Girls standen dennoch auf mich. Trotz der Narbe quer über meinem Schädel und meiner schiefen, mehrfach gebrochenen Nase. Der auffälligste Unterschied zwischen mir und jedem anderen gut aussehenden Typen in der Gegend war die Tätowierung direkt neben meinem linken Augenwinkel, ein kleiner schwarzer Stern. Mit sechzehn – und high – hatte ich das für eine brillante Idee gehalten. Ich fand sie nach wie vor cool und einschüchternd im Sinne von: Ich bin verrückt genug, mir das Gesicht tätowieren zu lassen. Wie gesagt, ich wirkte wie ein Schläger, ein recht ansehnlicher Schläger zwar, aber eben ein Schläger.

Ich musste Race finden und mit irgendeinem hübschen jungen Ding in die Kiste steigen. Roxie stand nicht zur Debatte, da sie mich verraten hatte. Ich hatte ihr noch nie getraut. Sie spielte die Rolle des unschuldigen netten Mädchens von nebenan perfekt. Zumal ich niemanden kannte, der weniger unschuldig sein konnte als sie. Verärgert darüber, wie sich meine ersten Stunden in Freiheit gestalteten, rief ich einen meiner alten Kontakte an.

„Hey."

Schweigen herrschte am anderen Ende der Leitung. Ich warf die Zigarette weg und glitt hinter das Steuer meines Autos. Das fühlte sich mehr nach Nachhausekommen an, als mit Roxie zu vögeln oder Benny zu verprügeln.

„Wer ist da?"

Jeder, den ich kannte, war ein misstrauischer Kerl. Das galt im Besonderen, wenn es sich bei der Person am anderen Ende zufällig um einen ziemlich erfolgreichen Drogendealer handelte.

„Bax."

„Seit wann bist du draußen?"

„Seit heute."

„Und schon scharf auf 'nen Trip?"

Zur Hölle, nein. Nach fünf Jahren ohne Drogen hatte ich kein Bedürfnis, jemals wieder mit diesem Dreck anzufangen. Der machte schlechte Entscheidungen sogar noch schlechter. Wenn ich jetzt Mist baute, dann nur clean und nüchtern.

Ich antwortete ausdruckslos: „Nein. Ich bin auf der Suche nach Race. Wie ich hörte, ist er abgehauen, als ich geschnappt wurde, und ist erst vor Kurzem bei Novak aufgetaucht, um Ärger zu machen. Niemand hat ihn seitdem gesehen. Du?"

Wieder Schweigen. Die Chancen standen fünfzig zu fünfzig, dass ich von ihm eine ehrliche Antwort erhielt. Ich hoffte, mein Ruf war noch schlecht genug, um den Leuten Gottesfurcht einzujagen. Wenn nicht, musste ich eben einige Köpfe aneinanderknallen und mir meinen Ruf zurückerobern.

„Nein. Ich habe ein paarmal versucht, ihn zu erreichen, nachdem du eingefahren bist. Ich dachte, er könnte mich zu den ganzen College-Partys mitnehmen und wir würden uns den Gewinn teilen. Doch er hat mich nicht zurückgerufen."

Gut gemacht, Race.

„Ist er noch auf dem College?"

„Das weiß niemand. Ich hab nur gehört, dass Novak ihn gesucht hat, als alles den Bach runterging, aber auf einmal war er wie ein Geist."

„Ich muss ihn finden." Ich stellte sicher, dass ich die Dringlichkeit deutlich zum Ausdruck brachte.

Am anderen Ende hörte ich Gemurmel und ein Rascheln, als würde er aus dem Bett steigen. Selbst Drogendealer brauchten wohl ihren Schlaf.

„Hör zu, das Letzte, was ich von ihm gehört habe, ist, dass er bei irgendeiner Frau in The Point wohnt. Eine Rothaarige. Benny hat ein paar Leute losgeschickt, um ihn zu Novak zu schleppen, doch er war schon weg, als sie eintrafen."

The Point ist der Stadtteil, in dem ich aufgewachsen bin. Das Gegenteil von The Hill, wo Race groß wurde. Das alles gefiel mir überhaupt nicht.

„Eine Prostituierte?"

„Nein. Einfach nur ein Mädchen. Kein eingebildetes College-Girl, aber auch keine Schlampe. Einfach ein Mädchen. Bennys Jungs haben sie zu Tode erschreckt, und deswegen ist Race auf Novak losgegangen. Du hast dem adretten kleinen Scheißer wirklich beigebracht, wie man jemandem droht, und jetzt fragt sich jeder, ob du ihm auch gezeigt hast, wie man solche Drohungen wahr macht."

Das brauchte ich ihm gar nicht beizubringen. Race war klug. Köpfchen zu haben war wichtiger als Muskelkraft, außerdem hatte er tatsächlich was zu verlieren. Das machte ihn gefährlich. Männer, die nichts zu verlieren hatten, kämpften nicht mehr.

„Wie kann ich die Frau finden?"

„Keine Ahnung, Bax. Google den Kram doch."

Ich nahm das Handy vom Ohr und blickte es stirnrunzelnd an. Wie es schien, musste ich hier jemanden zur Vernunft bringen. „Du gibst mir die Adresse, oder ich schlage vor, dass du dir besser eine Hose anziehst. Weil ich in zehn Minuten bei dir bin und deinen fröhlichen Arsch durch die ganze Stadt schleife, wenn ich sie nicht aufspüren kann."

Ich hörte Flüche, noch mehr Geraschel und wie ein Feuerzeug klickte.

„Schau im Skylark nach, dem verdammten Mietshaus in der Innenstadt. Ich habe gehört, dass sie da wohnt."

„Soll ich vielleicht mitten in der Nacht an sämtliche Türen klopfen?" Ich wurde langsam sauer, und das merkte er auch. Er wollte natürlich nicht, dass ich ihm in dieser Stimmung einen Besuch abstattete.

„Gegenüber gibt's ein Diner. Geh da rein und frag. Das Mädchen hat so einen Karottenkopf. Richtig orange. Und jung ist sie. Bennys Leute haben sie problemlos gefunden, und du weißt, dass er nicht gerade die Besten und Klügsten anheuert."

Ich schnaubte zustimmend und warf mein Baby an. Gott, wie ich dieses erotische Brummen vermisst hatte.

„Ich habe gehört, du hast sein Gesicht zu Brei geschlagen."

„Er hat angefangen."

„Benny ist nicht der Typ, der so was auf sich sitzen lässt."

„Scheiß auf Benny."

Ich hörte ihn trocken lachen.

„Du hältst dich nach wie vor für den übelsten Typen der Gegend? In fünf Jahren ändert sich eine Menge, Bax."

Ich fand nicht, dass ich das Offensichtliche auch noch zu bestätigen brauchte, also legte ich auf und schmiss das Telefon neben mich auf den Sitz. Ich war bereits in The Point. Roxie wohnte mitten im Zentrum, also dauerte es nur ein paar Minuten, bis ich das Skylark und den Diner gefunden hatte. Ich parkte davor unter einer Laterne und zog eine Mütze über meinen geschorenen Kopf. Ich stieg aus und musterte ein paar Teenager, die so spät in diesem Teil der Stadt höchstens unterwegs sein konnten, um Ärger zu suchen. Ich starrte sie direkt an, wartete, bis jeder Einzelne von ihnen wegschaute, und betrat den Laden.

Ich war müde. Erst vor wenigen Stunden war ich durch die mit Stacheldraht gesicherten Tore des Gefängnisses geschritten. Doch es erschien mir, als wäre es schon Monate her. Mein Leben hatte ich genauso satt wie mich selbst, aber das änderte nichts daran, dass ich mich um einige Dinge kümmern musste. Ich wartete, bis ich den Blick einer genervt aussehenden Bedienung auffing. Als mir das gelang, musterte sie mich von Kopf bis Fuß, dann deutete sie an, dass sie sich gleich mit mir befassen würde. Kellnern war scheiße. In einer heruntergekommenen Spelunke im miesen Teil der Stadt zu bedienen, in einem Laden, der vierundzwanzig Stunden geöffnet hatte, war noch beschissener. Sie tat mir leid.

„Was kann ich für dich tun, Süßer?"

Ich sah, wie ihr Blick flüchtig auf den Bluterguss fiel, der seitlich auf meinem Gesicht erblühte, dort, wo Bennys unerwarteter Schlag mich getroffen hatte, und danach auf das Blut, das sein Aufwärtshaken auf meiner Unterlippe hinterlassen hatte. Sicher war ich kein besonders angenehmer Anblick, dennoch blieb sie freundlich.

„Ich bin auf der Suche nach einem Freund."

„Ein Tisch für zwei?"

„Nein. Er könnte einige Male hier gewesen sein. Schlanker Typ. Ungefähr so groß wie ich. Blond, grüne Augen. Sieht aus wie jemand, der für Abercrombie & Fitch modelt. Er war vielleicht ab und zu mit einer Rothaarigen hier, die in der Nähe wohnt."

Sie neigte den Kopf zur Seite und brüllte ein paar Betrunkene an, die sich an einem der hinteren Tische mit Servietten bewarfen. „Ich hab keinen heißen blonden Typen gesehen, aber ich kenne eine Rothaarige. Dovie Pryce. Sie hat die Frühschicht. Normalerweise trinken wir schnell einen Kaffee zusammen, wenn meine Schicht endet. Sie wohnt gegenüber."

„Bist du sicher, dass du meinen Kumpel nicht kennst? Wie man hört, könnte er was mit ihr haben."

„Mit Dovie? Nie im Leben. Das Mädchen lebt wie eine Nonne. Besucht die Abendschule, hat einen Ganztagsjob und noch einen Nebenjob am Wochenende. Sie hat keine Zeit für einen Typen." Wieder ließ sie den Blick über mich gleiten. „Egal, wie niedlich er ist."

Ich lächelte sie an und rieb mir mit dem Daumen übers Kinn. Dort würde ich auch einen hässlichen Bluterguss kriegen.

„Gehst du immer so offen mit Informationen über deine Freunde um?" Wenn ja, war es kein Wunder, dass Bennys Leute die Rothaarige so leicht gefunden hatten.

„Nein. Und das hat der Typ, der sie zuletzt gesucht hat, auf die harte Tour lernen müssen. In dieser Gegend führt jemand in einem Anzug nie was Gutes im Schilde. Unser Koch ist ein ehemaliger Marine. Ich hab es ihm überlassen, sich um den Kerl zu kümmern."

„Findest du, dass ich ein ehrliches Gesicht habe?“ Es lag kein Humor in meiner Stimme, und das merkte sie auch.

Kopfschüttelnd schaute sie mich an und schnalzte mit der Zunge. „Nein, Süßer, du siehst aus, als hättest du einen schlechten Tag gehabt.“

Ich lachte auf, wieder ohne einen Hauch von Humor. „Ob du es glaubst oder nicht, das war der beste Tag seit Langem.“

„Hmm …“ Sie betrachtete ein letztes Mal mein ramponiertes Gesicht. „Viel Glück bei der Suche nach deinem Freund, Süßer, doch lass Dovie in Ruhe. Sie ist ein gutes Mädchen, das keine Schwierigkeiten brauchen kann.“

„Woher weißt du, dass ich Schwierigkeiten mache?“

Sie winkte herablassend ab. „Ich kenne mich aus, Süßer. Jeder Junge mit so vielen Geheimnissen in so dunklen Augen wie deinen bereitet die schlimmsten Schwierigkeiten überhaupt. Solche, aus denen man nicht mehr rauskommt.“

Da konnte ich ihr nicht widersprechen, außerdem hatte ich die Information, die ich zunächst benötigte. Ich nickte ihr zu, ließ die schmutzige Glastür hinter mir zufallen und steuerte auf den Parkplatz zu. Dort warf ich einen Blick auf meinen Runner, um mich zu vergewissern, dass die Jugendlichen ihn nicht angerührt hatten, danach schaute ich hinüber zu dem Gebäude, in dem sich die Rothaarige aufhielt.

„Hey, Mann, hast du ’ne Zigarette?“

Der Größte von ihnen war mutig genug, auf mich zuzusteuern. Er war vielleicht gerade mal dreizehn Jahre alt. Zu schade, dass ich mein jüngeres Ich in ihm wiedererkennen konnte.

„Du bist zu jung zum Rauchen.“

„Verarschst du mich?“

Ich zog eine Augenbraue hoch, und er wich einen Schritt zurück.

„Nein, ich verarsche dich nicht.“ Ich deutete auf das Skylark. „Kennst du eine Rothaarige, die da wohnt?“

Misstrauisch kniff er die Augen zusammen. „Wieso?“

„Weil ich dich frage, deshalb.“ Ich überlegte, ob ich auch so nervig gewesen war, als ich mich damals auf den Straßen rumtrieb.

„Gibst du mir eine Zigarette, wenn ich Ja sage?"

Ich kämpfte dagegen an, die Augen zu verdrehen. „Sicher, Kleiner."

Er schnaubte, dann kratzte er mit seinen ausgelatschten Turnschuhen über den Asphalt. „Dovie. Sie wohnt im selben Stockwerk wie wir. Sie ist total nett. Manchmal kocht sie Paulie und mir was zum Abendessen." Er deutete mit dem Daumen auf einen anderen Jungen, der ungefähr zehn oder elf war.

Was zur Hölle war los mit der Welt, in der wir lebten, wenn diese Kinder um diese Zeit draußen waren und mich anquatschten, statt im Bett zu liegen und am nächsten Morgen in die Schule zu gehen?

„Wievielter Stock?"

„Warum?"

Düster sah ich ihn an. „Wollen wir die ganze Nacht so weitermachen?"

Er verlagerte nervös das Gewicht von einem Fuß auf den anderen, sein Blick fiel auf meinen Wagen. „Das ist 'ne coole Karre."

Ich biss die Zähne zusammen. „Stimmt."

„Hast du den gestohlen?"

Ich fragte mich, ob er irgendeine Ahnung hatte, wer ich war. Früher mal war ich eine Legende, jetzt nur noch ein abschreckendes Beispiel. „Nein. Das ist so ziemlich das Einzige, was ich nicht gestohlen habe."

„Kann ich mal mitfahren?"

Dieser Junge. Eines musste man ihm lassen, er hatte, was nötig war, um in diesem Teil der Stadt zu überleben. „Vielleicht. Wenn ich das Mädchen gesprochen habe und sie mir helfen kann, meinen Freund zu finden."

Wir starrten uns einen langen Moment schweigend an. Seine kleine Rowdy-Gang wurde langsam ungeduldig. Ich war eindeutig kein Opfer; sie wollten sich nicht mit mir anlegen, aber helfen wollten sie mir auch nicht.

„Versprochen?"

Versprochen? Fand dieser Junge etwa, dass ich wie jemand

aussah, der sich an Versprechungen hielt? Ich zuckte die Achseln. „Klar, Kleiner. Versprochen."

„Sie wohnt im zweiten Stock. Apartment zwölf. Der letzte Typ, der nach ihr gefragt hat, hat mir einen Hunderter versprochen. Er hat gelogen."

Verdammt. Benny hatte die Kinder also auch bestochen, um ihnen dieselbe Info zu entlocken. Hier draußen war jeder auf sich selbst gestellt, und das wusste dieser Bastard. Seufzend holte ich einen Hundertdollarschein aus der Tasche. Ich hatte noch einen Vorrat an Bargeld aus der Zeit vor dem Knast, der so lange reichen musste, bis ich meinen nächsten Schritt geplant hatte. Etwas davon einem kleinen Klugscheißer abzugeben passte mir nicht besonders in den Kram. Dennoch gab ich ihm den Schein und wandte mich ab, um zu dem schmuddeligen Apartmentkomplex zu laufen.

„Rauchen schadet deiner Gesundheit. Kauf dir was zu essen oder neue Schuhe oder so was."

„Und kann ich dann mitfahren?"

„Mal schauen, Kleiner. Mal sehen."

Ich joggte über die leere Straße und stieg über einen schlafenden Penner auf dem Bürgersteig hinweg. Drüben stieß ich die rostige Sicherheitstür zum Treppenhaus auf, wo es nach abgestandenem Bier roch und nach etwas, worüber ich nicht genauer nachdenken wollte, und ging hinauf in den zweiten Stock. Im Flur war niemand, trotzdem zog ich die Kapuze der Jacke über meine Mütze und versuchte, so wenig Lärm wie möglich zu verursachen. Kein einigermaßen vernünftiger Mensch würde jemandem, der aussah wie ich, nach Sonnenuntergang die Tür öffnen. Zum Glück gab es keine Tür, die ich nicht aufbekam, von der einen abgesehen, hinter der ich die letzten fünf Jahre gesessen hatte.

Dieses Apartment war Mist, was bedeutete, dass die Tür ebenfalls Mist war. Ich hätte sie mit einer Kreditkarte aufgekriegt, sie gab aber genauso gut unter dem Druck einer richtig platzierten Schulter nach. Ein lautes Ploppen und ein sanftes Knarzen, doch niemand steckte den Kopf aus seiner Wohnung, um zu schauen, was da los war. Die Leute, die in Gebäuden wie diesen wohnten, besaßen sowieso nichts, das sich zu klauen lohnte. Und die meisten alleinstehenden Frauen, die gezwungen waren, so zu leben, investierten in ein besseres Schloss. Ich drückte die Tür auf und schlich mich ins Dunkel hinein. Ich wusste, dass ich das Mädchen zu Tode erschrecken würde, aber Überraschung war der Schlüssel zum Erfolg, und nichts würde mich davon abhalten, Race zu finden.

Ich konnte hervorragend in der Nacht sehen. Das kam daher, dass ich mein Leben lang im Dunkeln herumgerannt war, immer auf der falschen Seite des Gesetzes gestanden und meinen Hintern im Knast beschützt hatte. Deshalb sah ich das schwere Objekt, das auf meinen Kopf zuflog, bevor es mich traf. Ich hörte jemanden leise fluchen und schließlich den dumpfen Aufschlag, als das Teil auf dem Fußboden landete. Ich wich einem Faustschlag aus und trat nur wenige Zentimeter zurück, um nicht den Elektroschock des Tasers abzubekommen, der mir in die Seite gedrückt werden sollte. Fluchend ergriff ich ein schmales Handgelenk und verdrehte es, bis die Waffe zu Boden fiel. Ich sah, wie die Frau den Mund öffnete, um zu schreien, und presste eine Hand darauf. Sie wehrte sich, da ich sie in die Wohnung zerren wollte.

„Hast du schon die Bullen gerufen?“ Sie nickte heftig, woraus ich schloss, dass sie genau das nicht getan hatte. Ansonsten würde sie versuchen, Zeit zu schinden. In The Point dauerte es immer ewig, bis die Polizei aufkreuzte.

„Ich möchte nur erfahren, wo Race ist. Ich weiß, dass du es weißt.“

Sie wurde steif und hörte auf, ihre kurzen Fingernägel in meine Handrücken zu krallen. Sie hatte wirklich kupferrotes Haar, und zwar eine Menge davon, das mir im Weg war, als sie hochschaute, um mir in die Augen zu schauen.

„Ich gehöre nicht zu dem Typen im Anzug. Race und ich sind seit Ewigkeiten befreundet. Falls er Probleme hat, will ich ihm helfen, okay?“

Ich wartete gefühlt eine Stunde, bis sie kurz nickte.

„Wenn ich dich loslasse, werde ich es bereuen?“ Sie schüttelte vehement den Kopf, und ich fühlte, wie sie die Hände an den Seiten herabfallen ließ. Sie war ziemlich groß für eine Frau. Als ich sie von mir schob und sie sofort herumwirbelte, fiel mir auf, dass sie ihr Kinn nur ein klein wenig heben musste, damit sie mir in die Augen blicken konnte.

„Ich habe echt die Nase voll von Leuten, die glauben, hier einfach reinschneien und mir Fragen stellen zu können. Den Nächsten erschieße ich.“

Sie war blass, ihre milchweiße Haut wie ein heller Schatten im dunklen Raum. Ihr Haar war ein wildes Durcheinander aus roten und goldenen Locken, und sie hatte Sommersprossen. Sie sah wie ein Kind aus. Nicht älter als sechzehn oder siebzehn. Außerdem, als ob sie auf einer Farm irgendwo im Mittleren Westen aufgewachsen wäre. Sie wirkte gesund, und es war unvorstellbar, dass diese Schlabberjeans und das schmucklose karierte Hemd jemandem gehörten, der in diesem Teil der Stadt überleben wollte.

„Besorg dir ein besseres Schloss.“

Sie funkelte mich düster an und strich sich schwungvoll eine Handvoll ihres wilden Haars aus dem Gesicht.

„Gute Schlösser kosten Geld, und ich kenne noch immer niemanden, der Race heißt. Also könnt ihr euch verpissen, du und dein Kumpel im Anzug.“

Große Klappe und forsch. Eine gefährliche Kombination, wenn man einem Mann gegenüberstand, der nichts zu verlieren hatte. Ich hatte keine Zeit für Spielchen, daher machte ich einen bedrohlichen Schritt nach vorn, genau in dem Moment, in dem sie herumfuhr und das Licht anknipste. Eine Sekunde lang musste ich blinzeln und bemerkte dann, wie sie den Mund verzog, nachdem wir uns endlich richtig sehen konnten. Ihr Blick verharrte auf meinem Gesicht, doch nicht auf den Blutergüssen, sondern auf dem tätowierten Stern neben meinem Auge.

„Carmen hat mich angerufen, nachdem du den Diner verlassen hattest. Glaubst du vielleicht, dass wir uns nicht gegenseitig warnen, wenn ein Typ mit deinem Aussehen auftaucht? Paulie und Marco haben dein Kennzeichen aufgeschrieben, und falls ich nicht in fünf Minuten das Licht an- und ausschalte, rufen sie die Bullen. Und was mit deinem hübschen Auto passieren wird, das willst du lieber gar nicht wissen."

Ich blinzelte wie ein Idiot. Niemand war mir je einen Schritt voraus. Und jetzt war ausgerechnet dieses Mädchen, das eher auf eine Farm passte, die Erste. „Warum bin ich also hier?"

Vor den Cops hatte ich keine Angst. Davor, was wild gewordene Jugendliche mit meinem Baby anstellen konnten, jedoch schon.

Sie verschränkte die Arme über ihre wenig beeindruckenden Brüste und kniff die Augen zusammen, hübsche Augen, moosgrün. Ich neigte den Kopf zur Seite, weil ich aus irgendeinem Grund den Eindruck hatte, sie sei mir bekannt.

„Was für Probleme hat Race?"

„Ich dachte, du kennst niemanden mit diesem Namen?"

„Du hast noch vier Minuten."

„Keine Ahnung. Genau das will ich ja herausfinden. Ich war bis vor ungefähr acht Stunden … verhindert. Jetzt versuche ich, mir ein Bild zu machen."

Sie biss sich auf die Unterlippe und wirkte dadurch sogar noch jünger. Ich wusste nicht, wer sie war, konnte mir jedoch absolut nicht vorstellen, dass sie eine von Races Freundinnen war. Er stand auf lange Beine und große Brüste und möglichst wenig Hirn zwischen den Ohren. Diese hier hatte Beine, doch sie war offensichtlich intelligent, und ihre Figur war, soweit ich erkennen konnte, nicht für heiße Träume gemacht. Sie sah viel zu niedlich aus. Typen wie Race fingen nichts mit niedlichen Girls an, genauso wenig Typen wie ich, doch das nur, weil ich gar nicht erst in die Verlegenheit kam. Niedliche Mädchen rannten weg, wenn sie mich erblickten.

„Kannst du ihm helfen?"

„Ich kann es versuchen."

Sie streckte eine Hand aus und betätigte mehrmals den Lichtschalter, während sie mich mit ihren grünen Augen musterte.

„Du bist Bax, richtig?"

Ich versuchte, meine Überraschung zu verbergen, und nickte steif. Sie biss sich wieder auf die Lippe und wickelte eine leuchtende Locke um ihren Zeigefinger.

„Er hat gesagt, wenn irgendwas Schlimmes passiert, falls jemand nach ihm sucht, soll ich sagen, dass ich ihn nicht kenne. Er hat mir Angst gemacht, und dann tauchte der Typ im Anzug mit seinen Kumpels hier auf. Das habe ich Race erzählt, und er ist ausgeflippt. Er hat gemeint, ich soll mich möglichst wenig rauswagen und dass er sich darum kümmert. Er hat mir erklärt, wenn ein Typ vorbeikäme, einer mit einem tätowierten Stern am Auge, soll ich ihm vertrauen. Und er hat mir erzählt, dass sein Name Bax ist."

Das war ja alles schön und gut, deswegen wusste ich aber noch lange nicht, in was für Schwierigkeiten Race steckte oder wer dieses Mädchen war und welche Rolle es bei alldem spielte.

„Wer bist du?"

„Dovie."

Ich kniff die Augen zusammen und verschränkte die Arme vor der Brust. Sie nachahmend. „Und was hast du mit Race zu tun?" Wenn sie mir jetzt auftischte, dass sie Races Alte war, musste ich mich ernsthaft fragen, was er während meines Gefängnisaufenthaltes eigentlich getrieben hatte.

Sie blinzelte mich an und runzelte die rostbraunen Augenbrauen. Ich konnte beinahe sehen, wie die kleinen Rädchen in ihrem Hirn sich bewegten.

„Ich bin seine Schwester."

Ich starrte sie eine volle Minute an, bevor ich in barsches Gelächter ausbrach. Sofort bekam ich Kopfschmerzen, also rieb ich mir über die müden Augen und schüttelte den Kopf.

„Lady, ich habe keinen Schimmer, wer du bist oder was zwischen dir und Race läuft, doch ich habe keine Zeit für so was. Ich habe gerade fünf Jahre im Knast abgesessen, ich muss dringend schlafen, mich dringend flachlegen lassen und herausfinden, in welchem Dreck Race steckt. Wenn du mir nicht auf die leichte Tour helfen willst, schön. Dann eben auf die harte Tour." Ich trat einen Schritt auf sie zu, aber sie hob die Hände.

„Nein, ich schwöre es. Race ist mein älterer Bruder.“

Ich fluchte. „Ich kenne Race, seit wir Teenager waren. Er ist Einzelkind, Rotschopf.“

Sie stieß ein schrilles Lachen aus und bewegte sich auf die Küchenzeile zu, die ungefähr die Größe eines Schrankes hatte. Dort nahm sie etwas vom Kühlschrank und reichte es mir. Das Foto war ein paar Jahre alt, aber Races elegante Erscheinung und wie er in die Kamera lächelte war unverwechselbar, und er hatte den Arm um dieses merkwürdige Mädchen gelegt.

„Welchen reichen, mächtigen Mann kennst du, der sein Ding in der Hose lassen kann? Ich bin das schmutzige kleine Geheimnis der Hartman-Familie, nur dass es irgendwann gelüftet wurde und Race mich vor ungefähr vier Jahren ausfindig gemacht hat, ich war gerade sechzehn geworden. Unterschiedliche Mütter, unterschiedliche Nachnamen, dasselbe Arschloch von Vater. Wenn du Race helfen kannst, erzähle ich dir alles, was du wissen willst, und wenn du ihm nicht helfen kannst, finde ich ihn selbst. Er ist die einzige Familie, die ich habe, und ich liebe ihn. Er hat mir das Leben gerettet.“

Ich blickte vom Foto zurück in ihr Gesicht. Race war ein attraktiver Kerl, kultiviert und elegant. Dieses Mädchen hingegen war einfach und normal. Von ihrem Haar und der großen Klappe mal abgesehen. Sie schaute mich unverwandt mit diesen grünen Augen an, und da bemerkte ich es. Es lag alles in diesem grünen Blick, mit dem sie mich fixierte wie ein Falke. Race und der Rotschopf hatten dieselben Augen.

„Du machst überhaupt nichts, außer mir alles zu erzählen. Race ist auch meine Familie, und das bedeutet, ich werde alles tun, um seinen Arsch zu retten.“

Zur Hölle, ich hatte für den Typen bereits fünf Jahre abgesessen; mich mit Novak anzulegen kam mir dagegen wie ein Spaziergang vor.

2. KAPITEL

Dovie

Ich habe lange genug in den schlimmsten Stadtteilen gewohnt, um den Unterschied zwischen einem bösen Jungen und einem Jungen, der wirklich *böse* ist, zu kennen. *Böse* stand Shane Baxter auf die Stirn geschrieben. Und das hatte nichts mit dem tätowierten Stern auf seinem Gesicht oder der wohl überlegt bedrohlichen Art, sich zu bewegen, zu tun – wie eine eingerollte Schlange, die bereit war, jeden Moment zuzuschlagen und einen mit ihrem Gift zu füllen, bevor man auch nur blinzeln konnte. Seine dunklen Augen waren leer, als wären seine Emotionen vor langer Zeit ausgeknipst worden und als hätte er kein Interesse daran, sie wieder einzuschalten. Ich bin in Armut aufwachsen. Ich bin in einem Stadtteil aufgewachsen, wo lediglich arm zu sein bereits ein Luxus war, denn das bedeutete, dass man zumindest etwas Geld hatte. Also hatte ich diesen Blick schon öfter gesehen, aber noch nie bei jemandem, der wirkte, als würde er am liebsten alles, was einem lieb und teuer war, vernichten, und zwar ohne auch nur mit einer seiner lächerlich langen Wimpern zu zucken. Das da war ein Mann, der bereits in jungen Jahren mehr mitbekommen und mehr erlebt hatte als die meisten Menschen in ihrem ganzen Leben. Man überlebte in seiner Welt nur, wenn man der böseste der Bösen war, und genau das war Bax, daran zweifelte ich keine Sekunde.

Sicher, Race hatte mir immer und immer wieder versichert, dass Bax ein guter Kerl sei. Dass er, sobald er rauskäme, meinem Bruder helfen könne, die Situation mit Benny und Novak zu klären. Race meinte, er sei einfach ein Typ, dem das Leben arg mitgespielt habe und der täte, was er könne. Ich sah sofort, dass Race sich komplett irrte. Mein Bruder kannte sich mit Verzweiflung nicht aus, damit, wie es war, wirklich zu leiden; er konnte nicht dasselbe in diesem Mann sehen wie ich, und zwar die unverhohlene Bereitschaft zu tun, was immer zum

Überleben nötig war. Fünf Jahre im Gefängnis hatten ihn nicht unterworfen, obwohl er anfangs ein verängstigtes Kind gewesen sein musste. Sie hatten ihn stärker und bedrohlicher gemacht, und wenn ich mich nicht irrte, war er dort ein noch gefährlicherer Verbrecher geworden. Ich wollte ihn nicht in meiner Nähe haben, aber wenn nur er Race helfen konnte, würde er von mir bekommen, was immer er beanspruchte. So wichtig war mir mein Bruder.

Bax fragte mich gar nicht erst, ob ich eine Zigarette wollte, steckte sich einfach eine zwischen die Lippen und zündete sie an. Seine Unterlippe war geschwollen und aufgeplatzt, als hätte er sich irgendwo gestoßen. Mit seinen dunklen Augen sah er sich abschätzend in meiner Wohnung um. Was ich furchtbar fand. Ich lebte von dem, was ich verdiente, ich arbeitete bis zum Umfallen, und ich wusste, wie man in den Slums zurechtkam. Ich würde mich vor einem wie ihm sicher nicht schämen. Immerhin war er ein verurteilter Verbrecher. Ich besaß vielleicht nicht viel, aber das wenige hatte ich durch ehrliche Arbeit erworben.

„Was weißt du?"

Seine Stimme war kratzig, rau, als würde er sie nicht oft benutzen. Er ging zu dem kaputten Fenster und zog die Vorhänge zur Seite, mit denen ich den Sprung in der Scheibe bedeckte. Dann blickte er hinüber zum Diner. Wahrscheinlich machte er sich Sorgen um sein wertvolles Auto.

„Nicht viel. Race kam in dem Übergangshaus vorbei, zu dem ich gebracht wurde, als meine letzte Pflegefamilie wegzog. Das war, nachdem du eingebuchtet wurdest. Er sagte, dass er mein Bruder sei. Dann gab er mir einen Überblick über die Hartman-Familie, und mir wurde klar, dass mein Vater genauso ein Albtraum war wie meine Mutter. Race hat mich aus einer wirklich schlimmen Situation rausgeholt, und eine sehr kurze Zeit lang war unser Leben ziemlich gut, wir waren wie eine Familie. Und dann hat er mich hierher gebracht und gesagt, dass ich warten soll."

„Warten worauf?"

Ich zuckte mit den Schultern und warf mich auf meine uralte Couch. „Auf dich, schätze ich."

Ich hatte Carmen eine SMS geschickt und ihr geschrieben, dass bis jetzt alles in Ordnung war. Die komplette Nachbarschaft hatte in der letzten Woche für mich Ausschau nach dem Typen mit dem tätowierten Stern gehalten. Fast war ich erleichtert, dass er endlich aufgekreuzt war, auch wenn er es für angebracht gefunden hatte, einfach bei mir einzubrechen. Es ärgerte mich, dass ich ihn nicht mit dem Taser erwischt hatte. Ich musste wohl noch ein paar Stunden Selbstverteidigung beim örtlichen YMCA üben. Als alleinstehendes Mädchen in einer solchen Gegend konnte man nie vorsichtig genug sein.

„Ich bin in einer Stadt wie dieser hier aufgewachsen, in einer Wohnung wie dieser, aber einen Staat weiter. Ich habe Race belauscht, obwohl ich das nicht hätte tun sollen, und mir so zusammengereimt, dass Lord Hartman meiner Mutter Kohle gegeben hatte, damit sie mich loswurde. Danach sollte sie ebenfalls verschwinden. Das hat sie nicht getan. Sie nahm das Geld und machte sich mit mir aus dem Staub, nur war ihr der nächste Schuss wichtiger als ich. Und schon war ich im System – Pflegefamilien, Kinderheime. Race hat mich gerade in dem Moment gefunden, als ich zu einer bekanntermaßen besonders schlimmen Familie kommen sollte. Der Dad konnte seine Finger nicht bei sich behalten, die Mom war Alkoholikerin, und es war ihr egal. Ich wollte abhauen, aber Race hat mir das ausgeredet; er sagte, dass er sich um mich kümmern würde. Anschließend hat er seinen alten Herrn bestochen, damit er die Vaterschaft anerkennt, sodass ich nicht länger im System war. Von da an wohnten wir zusammen in der Stadt, in der ich zur Schule ging, bis ich den Abschluss hatte. Er hat mir nie gesagt, warum er nicht zurück nach The Point gehen konnte, und irgendwann hatte ich keine Lust mehr, danach zu fragen. Und dann, vor einem Jahr oder so, ist irgendwas passiert, er hat unseren Kram gepackt und ist mit mir hierher gezogen, als ob er eine Art Mission hätte oder so was. Als ob er einen Plan hätte. Ich fand, ich war es ihm schuldig, mitzugehen. Er hat mich gerettet." Ich schüttelte den

Kopf und verschränkte die Finger. „Ich weiß nicht, was bei ihm los war, doch mir gefiel die Gegend hier, ich mochte das Community College, also hab ich mich eingelebt. Er blieb weitgehend für sich und strich irgendwie durch die Straßen. Ich dachte, dass er einfach auf deine Entlassung wartet, aber dann tauchte dieser Typ im Anzug auf. Er wurde handgreiflich und hat mich zu Tode erschreckt, und Race ging ab wie eine Rakete. Nie zuvor habe ich ihn so wütend erlebt. Ich weiß, dass er zu Novak gegangen ist. Er sagte, er hätte keinen Bock mehr, eine Marionette zu sein, er hätte es satt, dass andere das Sagen haben. Er sagte, er könne sich nicht verzeihen, was mit dir passiert ist, und dass ich dir vertrauen muss, wenn du vorbeikommst. Das war vor einer Woche. Seitdem hat ihn niemand gesehen oder von ihm gehört."

Bax blies eine Rauchfahne aus und zog die Kapuze seiner Jacke herunter. Er trug eine schwarze Strickmütze, mit der er aussah, als führte er nichts Gutes im Schilde. Genau genommen sah alles an ihm so aus. Der blaue Fleck auf seiner Wange, die schwarze Hose und die schweren Stiefel, die kleine Road-Runner-Tätowierung auf seinem Handrücken in der Nähe des Daumens, die dicken, dunklen Augenbrauen über den ausdruckslosen Augen und die heruntergezogenen Lippen, die zu weich und hübsch für so ein hartes Gesicht waren. Dazu noch seine offensichtliche körperliche Kraft – das war kein Typ, dem ich allein im Dunkeln begegnen wollte. Und ich hasste es – hasste es wirklich –, dass er nichts sagte und ich nicht wusste, was hinter diesem Vorhang aus Schwärze in seinem Blick vor sich ging.

„Ist er nicht auf die Uni gegangen?"

Das schien mir eine merkwürdige Frage zu sein nach allem, was ich erzählt hatte, aber es blieb mir nichts anderes übrig, als mitzuspielen.

„Nein. Er hat von seinem Schulgeld für uns gesorgt. Er hat mich aus der staatlichen Schule genommen und für die letzten beiden Jahre auf eine private gesteckt."

„Selbstloser Dreckskerl."

Unwillkürlich wurde ich wütend. „Die Schule, auf der ich war, hatte Metalldetektoren, die Schüler und Lehrer waren bewaffnet, und ein Mädchen wurde in der Umkleidekabine vergewaltigt. Ich wusste nie, ob ich Hausaufgaben oder eine Tracht Prügel bekommen würde. Es war schrecklich. Race wollte etwas Besseres für mich, und nachdem Lord Hartman sich weigerte, etwas zu unternehmen, hat er sich eben selbst darum gekümmert."

„Er konnte mich nicht retten, also hat er beschlossen, dich zu retten?"

Dasselbe hatte ich jedes Mal gedacht, wenn Race seinen inhaftierten besten Freund zur Sprache brachte. Ein Typ, der so brutal aussah, sollte nicht so clever sein. Er sollte nur Muskeln und kein Hirn haben. Sein Auffassungsvermögen machte ihn in meinen Augen eine Million Mal gefährlicher.

„Ich kenne seine Gründe nicht, und es war mir egal. Ich hatte endlich jemanden, dem ich wichtig war und der sich um mich kümmerte. Durch ihn hatte ich die Chance, ein normales und stabiles Leben zu führen; er zeigte mir, was es bedeutet, eine Familie zu haben. Er hat sich meinetwegen mit seinem alten Herrn und seiner Mutter überworfen, und ich werde alles tun – und ich meine alles –, um ihm zu helfen."

Race war mehr als nur mein großer Bruder. Er war mein Held. Er war mein Retter. Er war das Einzige auf der ganzen Welt, worauf ich nicht verzichten konnte. Geld, Besitz, Sicherheit; das alles war nur eine Illusion. Das Opfer, das Race für mich gebracht hatte, wie er in mein Leben hereingeschneit war, um einer einsamen Sechzehnjährigen aus einem Armeleuteviertel zu zeigen, dass es im Leben um mehr ging als nur darum, irgendwie zu überleben ... Das konnte ich ihm nie zurückzahlen. Aber ich würde zumindest alles dafür tun, damit meinem Bruder nichts passierte.

Bax drückte seine Zigarette auf der schweren Profilsohle eines seiner Stiefel aus und stieß sich vom Fenster ab. Er zog die Kapuze wieder über den Kopf und kam auf mich zu. Als er nur noch wenige Schritte entfernt war, sah er auf mich, die ich auf der Couch saß, hinab. Diese Augen waren unendlich dunkle Löcher in einem Gesicht, das ich bestimmt nie vergessen würde.

„Verhalte dich ruhig. Falls Benny oder sonst jemand hier herumschnüffelt, ruf diese Nummer an." Er ratterte ein paar Zahlen herunter, die ich mir niemals würde merken können, doch ich nickte trotzdem. „Wenn Race dich kontaktiert, egal wie, sag ihm, dass ich draußen bin. Sag ihm, dass er sich bei mir melden soll, dass Novak mein Problem ist und nicht seins. Sag ihm, dass zwischen uns alles okay ist und so bleibt, bis ich es mir anders überlege. Hast du das verstanden, Rotschopf?"

Ich hasste diesen Spitznamen. Pleite sein ist eine Sache, pleite sein und flammend rotes Haar zu haben, über das sich jeder lustig machte, eine ganz andere. Wie auch immer, er war nicht der Typ, mit dem ich über einen dummen Spitznamen diskutieren wollte. Er sah nicht wie jemand aus, der überhaupt lange diskutierte, egal worüber. Er ging zur Tür, und ich sprang auf.

„Das ist alles?"

Er betrachtete mich über die Schulter und zog die lädierte Tür auf. „Falls du nicht irgendwas hast, das mir tatsächlich weiterhilft, dann ja, das ist alles."

Ich stierte ihn an. „Ich meine, was passiert jetzt? Was tun wir, um Race zu finden?"

Er hob eine dunkle Augenbraue und zog einen Mundwinkel nach unten.

„*Wir* tun gar nichts. Ich schau mich mal um und bringe ein paar Leute zum Reden. Ich muss herausfinden, was Race getan hat, dass Novak ihn unbedingt haben will. Und zwar so dringend, dass er Benny nach ihm suchen lässt. Gib mir Bescheid, wenn du etwas von ihm hörst."

Er verschwand so geräuschlos und schnell, dass ich mich beeilen musste, um ihm bis zur Treppe zu folgen. Ich war groß und hatte lange Beine. Er war größer und hatte längere Beine. Zudem bewegte er sich wie ein gigantischer dunkler Schatten.

„Ich möchte dir helfen. Ich muss einfach helfen. Ich verdanke Race alles."

Ein paar Stufen tiefer stehend, sah er zu mir herauf. Ich erschauerte. Niemand sollte so kalte und leere Augen haben.

„Er ist vielleicht nicht mein leiblicher Bruder, aber trotzdem mein Bruder, und ich kenne ihn gut genug, um zu wissen, dass er alles, was er für dich getan hat, freiwillig getan hat. Nicht weil er musste. Race spielt gern den Helden."

Ich wusste nicht, was ich davon halten sollte, und als ich endlich meine Gedanken beisammenhatte, war er schon am Ende der Treppe. Wenn er jetzt ging, würde ich ihn nie mehr wiedersehen, und das konnte ich nicht zulassen. Er war meine einzige Verbindung zu Race, ganz egal, was das für mich selbst bedeutete.

„Ich muss einfach helfen."

Er sah mich über die Schulter an, und ich war klug genug, ihm nicht weiter zu folgen.

„Du könntest dir ja nicht mal selbst helfen. Glaubst du wirklich, dass du irgendjemanden mit einem Taser und einer Bratpfanne aufhalten kannst?"

Ich hatte auch eine geladene Neunmillimeter in meinem Nachttisch direkt neben dem Bett liegen, und Race hatte mir gezeigt, wie man damit umging, doch das behielt ich lieber für mich. „Ich hatte dich erwartet. Ich wusste, dass du es warst."

„Und wenn nicht ich es gewesen wäre, bei dem du mit dem Taser danebengezielt hättest, wärst du gefickt gewesen. Im wahrsten Sinne des Wortes. Ich arbeite besser allein. Ich weiß nicht, was hier los ist, und kann es wirklich nicht brauchen, dass irgendein Mädchen vom Lande mich aufhält oder mir in die Quere kommt."

Ich spürte, wie meine Augenbrauen fast hinauf bis zum Haaransatz schossen. Ich hatte schon viel über mein Aussehen gehört, manches schmeichelhafter als anderes, aber nie zuvor hatte jemand angedeutet, dass ich wie ein Bauernmädchen aussah. „Wie bitte?"

Er lachte, zumindest glaubte ich, dass es ein Lachen sein sollte, und sprang ein paar Stufen tiefer.

„Liegt an den Sommersprossen und der weißen Haut. Du siehst ein bisschen wie von einem Bauernhof aus. Und nicht wie eine, die hierher in die Stadt gehört. Und noch weniger siehst du wie zwanzig aus."

Nun, und er sah nicht so aus, als ob er nur ein paar Jahre älter als ich wäre, dafür umso mehr wie der dunkle Verbrecher, der er anscheinend war.

„Tja, ich war in meinem ganzen Leben noch auf keinem Bauernhof, und ich werde alles tun, damit Race nichts passiert und er wieder nach Hause kommt. Mit oder ohne deine Hilfe."

Ich wollte mutig klingen, ich wollte so klingen, als ob ich von Vorteil für ihn wäre. Aber das klappte nicht. Ich klang verängstigt und unsicher. Und das hörte er.

„Ohne mich, Rotschopf."

Und dann war er weg. Löste sich einfach auf. Verschwand in der Nacht wie der Dieb, der er war.

Seufzend ging ich zurück in mein Apartment. Über weitere unerwünschte Besucher machte ich mir keine Gedanken. Lester, der Obdachlose auf dem Bürgersteig, ließ niemanden ins Gebäude, der da nicht reinsollte. Ich brachte ihm hin und wieder einen Teller Essen und ein Sixpack Bier, im Gegenzug passte er auf mich auf. Benny und seine Schlägertypen hatten mich nur gefunden, weil sie an einem frühen Sonntagmorgen auftauchten, als Lester gerade seinen stinkenden Körper in die Kirche schleppte. Sie hatten Glück. Ich nicht. Und außerdem hatte ich Angst.

Ich hatte Angst um Race – und Angst um mich. Und wenn ich ehrlich war, hatte ich auch vor Bax entsetzliche Angst. Ich war clever, ich konnte auf mich selbst aufpassen, doch um nichts in der Welt wäre ich in der Lage, es mit einem Typen wie ihm aufzunehmen. Aber ich brauchte ihn. Bevor Race bei mir aufgetaucht war, hatte ich nie irgendjemanden gebraucht.

Mein Handy klingelte in dem Moment, in dem ich die Wohnungstür hinter mir absperrte, so nutzlos die Schlösser dank meines nächtlichen Besuchers nun auch waren. Ich ging zum Fenster, um Carmen zuzuwinken.

Sie lachte in mein Ohr, und ich ließ mich aufs Sofa fallen. Sie war süß. Alleinerziehende Mutter … Marco und Paulie hielten sie auf Trab. Die beiden waren gute Kinder. Sie war eine gute Mutter, aber wir waren nun mal nicht im Märchen, deswegen wusste ich, dass alle drei es schwer im Leben hatten, vor allem da Marco dreizehn war und Carmen nur sechs Jahre älter als ich. Wir versuchten, aufeinander aufzupassen, doch hier war letztlich jeder Mann und jede Frau auf sich allein gestellt, und je schneller man das lernte, desto besser. Es war dumm, Erwartungen zu haben. Die Realität zwang uns dazu, ehrlich zueinander zu sein und lockere Verbindungen miteinander einzugehen.

„Also? Was hat er gesagt?"

Seufzend drehte ich eine meiner orangeroten Locken um den Zeigefinger und starrte an die gelblich gestrichene Decke. Zwar handelte es sich um keine besonders tolle Wohnung, ich hatte jedoch schon weitaus Schlimmeres gesehen. „Nicht gerade viel."

„Hat er eine Ahnung, wo Race sein könnte?"

„Nein, aber er scheint nicht übermäßig besorgt zu sein, dass ihm etwas passiert sein könnte."

„Dein Bruder sagte doch, dass er alle möglichen Geschäfte am Laufen hat. Du hättest ihm glauben sollen. Race war immer ehrlich zu dir, auch wenn du es nicht hören wolltest."

Sie hatte recht. „Er wird nicht zurückkommen. Ich werde nicht erfahren, was da los ist. Race könnte überall sein. Verletzt, in Schwierigkeiten oder Schlimmeres. Und ich werde es nie erfahren."

Sie murmelte etwas, das nicht für mich bestimmt war, und ich hörte Geschirrgeklapper im Hintergrund. Dann seufzte sie ins Telefon.

„Dieser Novak-Typ ist kein Leichtgewicht. Er ist ein ziemlich mieser Kerl, und Race hat dir von Anfang an gesagt, dass sein größter Fehler gewesen war, sich mit ihm einzulassen. Ich sage das ja nur ungern, Schätzchen, aber hier könnte es einfach darum gehen, dass sich die Typen gegenseitig ausschalten wollen. Und Helden haben in so einem Kampf keinen Platz. Man muss fies sein, um fies zu kämpfen, und wie man sich in The Point erzählt, ist niemand fieser als Novak."

Ich wusste, dass Race nicht perfekt war, dass er ein paar wirklich miese Entscheidungen getroffen hatte, Entscheidungen mit lebensverändernden Konsequenzen, aber davon abgesehen war er MEIN Held, und wenn das bedeutete, dass ich mit dem Teufel höchstpersönlich einen Pakt schließen musste, dann würde ich genau das tun.

„Wenn Novak so schlimm ist, verstehe ich nicht, wie irgendein kleiner Krimineller, der kaum alt genug ist, um legal Alkohol trinken zu dürfen, es mit ihm aufnehmen soll. Und nicht nur das, woher soll er genügend Einfluss haben, um irgendetwas für Race zu tun? Er war die letzten fünf Jahre eingesperrt, wie soll er denn da auch nur die geringste Chance haben?"

Nachdem ich gerade erst etwas Zeit in seiner Gegenwart verbracht hatte, musste ich allerdings zugeben, dass Bax tatsächlich reichlich Dunkles und Böses ausstrahlte, sodass er meinen Bruder vielleicht retten konnte. Bloß über seine Augen kam ich einfach nicht hinweg. Wenn er nichts fuhlte, uberhaupt nichts, warum sollte ihm Race dann wichtig genug sein, dass er ihm half? Ich musste ihm begreiflich machen, wie wichtig es war, meinen Bruder zu finden. Für niemanden war Races sichere Rückkehr wichtiger als für mich.

„Honey, du weißt doch, wie dein Bruder immer über diesen Typen gesprochen hat, als ob er 'ne Art Superheld wäre. Dieser Typ ist der beste Freund deines Bruders. Ihre Verbindung war so stark, dass er sogar für Race in den Knast gegangen ist. Das will was heißen, Dovie."

Logisch betrachtet hatte sie ja recht, aber es fiel mir schwer, Furcht, Adrenalin und Panik von Vernunft zu unterscheiden.

„Ich muss los. Da ist gerade eine große Gruppe Kids reingekommen. Ich frage mich, ob ihre Eltern wissen, dass sie so spät noch unterwegs sind." Das sagte sie mit Ironie in der Stimme, denn sie wusste sehr gut, dass Marco und Paulie ebenfalls nicht dort waren, wo sie hingehörten, in ihren Betten.

„Ich hab's dir immer wieder gesagt, Süße, die Menschen werden am Ende zu dem, was sie sind. Wenn dieser Typ übel ist, dann ja vielleicht übel genug, um mit Novak fertigzuwerden. Kopf hoch und sei vorsichtig. Ich traue diesem Anzugtyp nicht, und ich traue auch keinem Jungen mit einem so aufgewühlten Blick."

Ich schnaubte. „In seinen Augen war gar nichts, Carmen."

„Ach, Schatz, wenn du genau hinschaust, kannst du alles in diesen Augen sehen. Deswegen sind sie so dunkel. Sie sind voll. Voll mit Geheimnissen, Versprechungen und Verlockungen, die ein braves Mädchen dazu bringen, schlimme Dinge zu tun und jede Sekunde zu genießen. Pass auf dich auf, Dovie. Das alles könnte für dich ziemlich schnell ziemlich hässlich werden."

Bei mir war bereits zweimal eingebrochen worden, ein bekannter Schwerverbrecher kannte meinen Namen und wusste, wo ich lebte, mein Bruder war verschwunden, und ein verurteilter Straftäter war meine einzige Hoffnung, ihn zu finden. Meiner Ansicht nach konnte es nicht viel hässlicher werden. Ich verabschiedete mich von Carmen und ging ins Schlafzimmer, um mich auf der dünnen Bettdecke zu einer Kugel zusammenzurollen. Ich mochte es nicht, wenn ich keine Kontrolle über mein Leben hatte. Seit ich klein war, hatte ich dafür gesorgt, irgendwie zu überleben, in Sicherheit zu sein und alles zu haben, was ich brauchte, um in dieser Welt zurechtzukommen. Dann war Race aufgetaucht und hatte alles in die Luft gesprengt. Ich hatte mich auf meinen Bruder verlassen. Ich vertraute ihm, und ich liebte ihn, etwas, was ich zuvor nicht gekannt hatte. Niemals. Jetzt nichts tun zu können, alles Bax überlassen zu müssen machte mich nervös und wütend.

Ich hörte ein Klopfen an der Tür und sprang auf. Das konnten nur die Kids sein, da ja jeder andere in letzter Zeit sich einbildete, einfach in meine Wohnung spazieren zu können. Ich zog die Tür auf und sah hinunter auf Marco und seinen jüngeren Bruder. Marco war zweifellos auf dem besten Weg, eines Tages ein knallharter Typ zu werden, aber er war auch ein süßer Junge, der sich um seinen kleinen Bruder kümmerte und mich behandelte, als ob ich zur Familie gehörte, nur weil ich ihm manchmal Kekse buk.

„Was gibt's?"

Er verlagerte nervös das Gewicht. „Wollte nur nachsehen, ob alles klar ist. Der Typ war nicht so 'ne Witzfigur wie der in dem Anzug."

„Ich weiß, Marco. Alles okay. Er wird versuchen, Race zu finden."

„Ich weiß. Er hat telefoniert, als er in sein Auto gestiegen ist. Mann, das ist echt ein heißer Schlitten." Neid klang aus seiner Stimme.

„Und was hat er am Telefon gesagt?" Ich biss mir auf die Lippe, weil ich ein Kind nicht nach Informationen ausquetschen sollte, doch wenn Bax sich von mir nicht helfen lassen wollte, dann musste ich es eben einfach ohne ihn versuchen.

„Er hat irgendwas von einem Spanky's drüben in The District erzählt."

The District war das Viertel, in dem die Prostituierten lebten und arbeiteten. Voller Striplokale und Bars, wo Mädchen auf dem Rücken liegend ihren Lebensunterhalt verdienten. Es gehörte zu The Point, eine Gegend, die man in allen heruntergekommenen Stadtteilen nun mal findet.

„Und was hat er übers Spanky's gesagt?"

Marco sah mich fragend an, und ich versuchte, beruhigend zu lächeln. Was er mir keine Sekunde abkaufte, denn wegen meiner Nervosität wurde eher eine Grimasse daraus. Er antwortete trotzdem.

„Er hat nach einem Mädchen namens Honor gefragt. Er sagte, dass er morgen vorbeikommen würde, um sich mit ihr zu unterhalten."

Ich wusste nicht, ob das irgendetwas mit meinem Bruder zu tun hatte oder ob er sich nur flachlegen lassen wollte. Er hatte ja gesagt, dass das im Moment ganz oben auf seiner Prioritätenliste stünde. Trotzdem konnte ich mir diesen Hinweis nicht einfach so durch die Lappen gehen lassen. Ich streckte eine Hand aus, um Marcos Haar zu verwuscheln. Er fluchte, packte Paulie am Ellbogen und zerrte ihn zurück in den Flur.

„Sei vorsichtig, Dovie. Das ist kein Typ, mit dem man sich anlegen sollte."

Wenn ein Junge in seinem Alter die Gefahr spürte, die von Shane Baxter ausging, war es vielleicht nicht gerade die klügste Idee, ihm in die Quere zu kommen. Denn die Chancen standen gut, dass er mich niedertrampeln würde. Leider sah ich jedoch in diesem Moment keine andere Möglichkeit.

„Du hast es heute Abend ja eilig, rauszukommen."

Als ich ihre Stimme hörte und Brysen Carter sich neben mich setzte, sah ich auf. Wir arbeiteten beide als Bedienung in einem Ecklokal an der Grenze zwischen The Point und The Hill. Ich kam von der einen Seite der Straße, sie von der anderen, aber wir verstanden uns recht gut, und wenn ich der Typ für Freundinnen wäre, hätte ich sie als solche betrachtet. Sie war nett zu mir, steckte ihre Nase nicht in meine Angelegenheiten, übernahm immer bereitwillig meine Schicht, wenn mein Studium oder mein zweiter Job es verlangte, und sie ließ sich von niemandem blöd anmachen. Und das nicht, weil sie unübersehbar aus einer wohlhabenden Familie stammte, sondern weil sie klein und hübsch war. Das Restaurant befand sich nah genug an The Point, sodass die Leute glaubten, sie sei leichte Beute. Sie irrten sich.

„Ja, das stimmt." Ich machte gerade meine Abrechnung, obwohl meine Schicht noch nicht zu Ende war. Meine letzten beiden Tische hatte ich bereits dem neuen Mädchen übergeben. Zwar überließ ich ihr nicht gern das Trinkgeld, doch Race zu finden war wichtiger, und ich konnte, wenn nötig, auch mal einen Monat ohne warmes Wasser auskommen.

„Hausaufgaben?"

Sie wollte nur freundlich sein, aber ich hatte keine Zeit, darauf einzugehen. Ich wusste nicht, wann Bax in dem Club auftauchen würde, und musste auf jeden Fall dort sein, bevor er mich entdeckte und mich abfing.

„Nein, heute nicht."

Mein zweiter Job war in einem Übergangshaus für Kids, die in ähnlichen Umständen wie ich aufgewachsen waren. Auch wenn es eine Menge wirklich gute Pflegefamilien gab, Menschen, die etwas Gutes tun wollten, waren andere sehr schlimm. Ich wollte helfen. Ich wollte jungen Menschen ein normales Leben ermöglichen, so wie Race mir. Ich ging zur Abendschule, um eines Tages als Therapeutin arbeiten zu können. Ich wollte, dass Kinder wie ich eine echte Chance im Leben bekamen.

„Nun, dass du keine Verabredung hast, weiß ich, weil die Hölle nicht zugefroren ist. Also, wo willst du hin?"

Ich sah sie an und verdrehte die Augen. Sie war so ein hübsches Mädchen, ich fragte mich immer, was sie hier zu suchen hatte, warum sie ihre Zeit nicht lieber in einer Studentinnenvereinigung oder auf einem Campus verbrachte. Sie hatte einen perfekt gestylten Bob, der genau den richtigen Blondton mit ein paar helleren Strähnen aufwies. Sie hatte freundliche blaue Augen und eine Figur, die wie geschaffen war für den engen schwarzen Rock und das T-Shirt, die sie gewöhnlich bei der Arbeit trug. Sie war nett und ehrlich an mir interessiert, aber ich wollte ihr nichts erzählen. Ich brauchte nicht noch jemanden, der mir sagte, dass ich vorsichtig sein solle und dass Bax mich in Schwierigkeiten bringen würde.

Nachricht empfangen, Universum, der Typ verhieß nichts Gutes; zu dumm, dass ich nichts dagegen tun konnte. Statt ihr zu antworten, neigte ich den Kopf zur Seite und hob eine Augenbraue. „Findest du, dass ich wie ein Bauernmädchen aussehe?"

Sie starrte mich an, als ob mir Hörner gewachsen wären, und lachte auf. „Was? Wer hat denn das behauptet?"

Ich schob das Geld und die Rechnungen in die Mappe, die ich abgeben würde, und steckte mein Trinkgeld ein. „Irgend so ein Typ. Ich fand das verrückt."

Sie betrachtete mich einen Moment nachdenklich, dabei strich sie sich eine blonde Haarsträhne hinters Ohr.

„Also, du hast schon so was Gesundes und Unschuldiges an dir, aber ich kenne dich und weiß natürlich, wer du bist. Liegt wahrscheinlich an deinen viel zu großen Klamotten und daran, dass du dich nicht schminkst. Und dann dieses wilde Haar, mit dem du nie was anfängst und mit dem du aussiehst, als wärst du gerade mal fünf Jahre alt."

Mit schicken Klamotten, hübscher Frisur und Make-up zog man in diesem Teil der Stadt nur unerwünschte Aufmerksamkeit auf sich. Außerdem war mein Haar bereits wie ein Leuchtfeuer, da musste ich nicht noch zusätzlich auffallen.

„Das hat er auch gesagt."

„Wer ist der Typ?"

Ich zuckte so ungezwungen wie möglich mit den Schultern. „Bloß ein Freund meines Bruders. Er kam vorbei, um nach Race zu fragen, und ich hab ihm gesagt, dass ich ihn schon eine Weile nicht mehr gesehen habe."

Sie zog ein Gesicht. Aus irgendeinem Grund war Brysen kein Fan meines Bruders. Sie hatten einen ähnlichen Hintergrund und mischten sich aus irgendwelchen persönlichen Gründen unters gemeine Volk, aber sie konnten sich nicht leiden. Sie war immer unfreundlich zu ihm gewesen, und er hatte sie ignoriert, was seltsam für mich war, denn ich mochte sie wirklich gern, und so was kam nicht gerade oft vor.

„Hat er eine Ahnung, wo Race stecken könnte?"

Ich schüttelte den Kopf und drückte mich vom Tisch ab. „Nein, ich bin auch nicht sicher, ob er es mir gesagt hätte, wenn er etwas wüsste. Er war nicht besonders redselig."

„Scheint ein unhöflicher Typ zu sein, wenn er dich ein Bauernmädchen genannt hat, ohne überhaupt irgendwas über dich zu wissen."

„Da hast du allerdings recht ... Hör mal, wir unterhalten uns später, okay? Ich muss jetzt los." Ich wartete ihre Antwort nicht ab, sondern stürzte auf die Straße.

Ich habe nie ein Auto besessen, und Race hatte seines mitgenommen, als er verschwand. Das war ein weiterer Grund, warum ich mir Sorgen machte, denn es war ein wirklich hübsches Auto, und die Wahrscheinlichkeit, dass jemand es stehlen würde, war so groß, wie einen Junkie an der Ecke zu treffen.

Ich fasste mein wildes Haar zu einem Pferdeschwanz zusammen und setzte einen ausgebeulten grauen Hut auf. Wenn jemand mich erkennen würde, dann an meinem Haar und nicht wegen der nichtssagenden Jeans, des weiten schwarzen Pullis und der ausgelatschten Converses. Ich sah aus wie ein Straßenkind, und da Bax kein bisschen von meinem Aussehen beeindruckt gewesen war, würde er sicherlich nicht nach mir Ausschau halten.

Bar um Bar. Striplokal um Striplokal. An jeder Straßenecke, an jeder Kreuzung Männer und Frauen, die ihr Geld mit dem ältesten Gewerbe der Welt verdienten. Einen Laden namens Spanky's zu finden, wo so ziemlich jede Spelunke einen Namen mit einer ähnlich zweideutigen Anspielung hatte, war um einiges schwieriger, als ich gedacht hatte. Als ich ihn endlich entdeckte, verspürte ich wenig Lust, hineinzugehen.

Neonlicht und Pink. Es schrie geradezu nach Exzessen und schmutzigen Dingen. Schon auf dem Gehweg davor zu stehen verursachte mir eine Gänsehaut. Mein Leben war nicht hübsch und rosig, aber ich war nie tief genug gesunken, um meinen Körper verkaufen zu müssen. Ich nahm meinen ganzen Mut zusammen, dann öffnete ich die Tür. Nachdem ich hineingegangen war, konnte ich nicht aufhören, die Hände an meiner Jeans abzuwischen. Drinnen war es genauso pink und grell. Hastig sah ich mich nach einem Platz um, wo ich niemandem auffallen würde, da ergriff jemand meinen Arm und wirbelte mich herum.

„Biste alt genug, um hier zu sein, Mädchen?"

Der gigantische afroamerikanische Mann schüttelte mich. Sein kahl geschorener Kopf glänzte im Neonlicht, mir schlug das Herz bis zum Hals. Er fletschte regelrecht die Zähne, und mir fiel nicht nur der Diamant in seinem Schneidezahn auf, sondern vor allem die Pistole, die er in einem Lederholster trug. An die Brutalität und all die unappetitlichen Dinge, die in diesem Teil der Stadt vor sich gingen, war ich gewöhnt. Typen mit Knarren dagegen waren neu für mich, und ich wusste nicht, wie ich mich verhalten sollte, ohne mich lächerlich zu machen oder meine einzige Chance, Bax zu finden, zu vergeigen.

„Bin ich."

„Du bist nicht zum Arbeiten oder Zuschauen gekommen." Das war keine Frage. „Also, was machst du hier?"

Ich versuchte, mich loszureißen, kam aber nicht weit. „Ich suche jemanden."

Das zu sagen war ein Fehler gewesen, denn jetzt zog er die Augenbrauen nach unten und schüttelte mich erneut. Meine Zähne schlugen aufeinander, und ich schmeckte Blut.

„Hör zu, Kleine, wenn dein Mann dich betrügt, ist das dein Problem. Wenn du Zoff mit einem der Mädchen hast, regle das in deiner Freizeit und nicht während der Arbeitszeit. Kapiert?"

So etwas kam wohl öfter vor, falls dieser Typ extra hier war, um Raufereien zwischen den Mädchen zu verhindern.

„Hau ab. Kauf dir einen Lippenstift oder so was, dann muss dein Typ nächstes Mal vielleicht nicht herkommen, um ein bisschen Spaß zu haben."

Gegen meinen Willen fühlte ich mich in meinem Stolz getroffen und versuchte erneut, mich aus seinem Griff zu befreien. Gerade wollte ich ihm sagen, dass er zum Teufel gehen solle, als die Tür hinter ihm aufgestoßen wurde. Kalte Nachtluft drang herein, zusammen mit einer elektrischen Spannung, die nur von einer Macht ausgehen konnte, die dunkler und schwerer als die Luft um sie herum war.

„Hey, Chuck. Ich muss mit Honor sprechen."

Seine Stimme erkannte ich sofort, rau und autoritär und tief vom Rauchen.

„Warte mal kurz, Bax. Ich begleite erst dieses kleine Miststück hinaus."

Na toll. Die Chance, mich unbemerkt davonzumachen, war dahin. Ich konnte praktisch spüren, wie sein dunkler Blick ein Loch in meinen Hinterkopf brannte. Nun packte er meinen anderen Arm und riss mich unbarmherzig herum. Der Hut flog von meinem Kopf, der Pferdeschwanz schlug mir ins Gesicht. Ich blies mir eine Strähne aus der Stirn und sah in seine lodernden schwarzen Augen. Der Stern auf seiner Schläfe pulsierte im Takt mit dem zuckenden Muskel in seiner Wange. Das zu sehen war genauso Furcht einflößend wie faszinierend. Der riesige Türsteher wich einen Schritt von mir zurück, wodurch ich gegen Bax geschleudert wurde. Der fing mich mit der anderen Hand auf und schüttelte mich so fest, dass mein Nacken beängstigend knackte.

„Was zur Hölle hast du hier zu suchen?“

„Du kennst sie?“, fragte er Türsteher trocken.

Bax kniff die Augen zusammen und verpasste mir einen Stoß, der mich fast umgehauen hätte. Ich fühlte mich wie ein kleines Kind, das bestraft wird, weil es nicht aufgegessen hat. Schnell hob ich den Hut auf und setzte ihn mir wieder auf den Kopf. Dann verschränkte ich die Arme vor der Brust.

„Nein. Race kennt sie.“

„Ahhh … ich muss schon sagen, er hatte früher einen besseren Geschmack“, sagte der Türsteher gedehnt.

Ich hätte ihm am liebsten eine runtergehauen. Zu dumm, dass er groß wie ein Haus war.

„Ist seine Schwester. Lass sie in Ruhe.“

„Tut mir leid“, sagte er, nur dass er sich bei Bax entschuldigte, nicht bei mir.

Das muss man sich mal vorstellen.

„Honor ist noch fünf Minuten auf der Bühne. Ich hab ihr gesagt, du würdest heute Abend kommen. Sie wusste nicht, dass du wieder draußen bist.“

„War die letzten Tage ziemlich beschäftigt. Wollte mich einfach mal blicken lassen.“

„Die ganze Geschichte war echt ungerecht, Bax. Wir fanden es alle traurig, dass du dafür eingefahren bist.“

Bax stieß ein bitteres, humorloses Lachen aus und zerrte mich an seine Seite. „Ich war im Auto, als die Cops mich erwischt haben. Aus so einer Sache kommt man nicht mehr raus, außerdem war ich aktenkundig. Kann froh sein, dass ich mit fünf Jahren davongekommen bin.“

„Ich hab gehört, dass mehr dahintersteckt.“

Er blickte mich kurz aus dunklen Augen an, dann wieder den Türsteher.

„Da hast du was Falsches gehört. Die haben mich eingesackt, als ich ein Auto für Novak klargemacht habe. Das war alles. Jetzt bin ich draußen, und Novak kann mich am Arsch lecken. Ich will bloß mit Race sprechen und mit meinem Leben weitermachen. Fünf Jahre sind ’ne lange Zeit, um Däumchen zu drehen.“

Der Türsteher nickte, als ob er genau verstünde, und ich versuchte, mich unauffällig loszumachen. Doch davon wollte Bax nichts wissen, er verstärkte seinen Griff noch. Es tat weh, und das war ihm auch klar, so wie er mich ansah.

„Sag Honor, dass ich gleich komme. Ich muss mich erst um das hier kümmern.“

Das hier war ich, er drehte sich um und zerrte mich nach draußen. Ich quietschte vor Überraschung, weil ich es nicht gewohnt war, so grob behandelt zu werden. Ich war es ebenfalls nicht gewohnt, dass jemand seine ungezügelte Wut an mir ausließ. Normalerweise kümmerte ich mich um meinen eigenen Kram, hielt mich zurück und stand niemandem im Weg. Nur so hatte ich so lange überleben können. Bax in die Quere zu kommen war das genaue Gegenteil, und nun hatte ich den Salat.

„Was machst du hier? Woher kennst du diesen Laden?“

Darauf wollte ich nicht antworten, genauso wenig, wie ich mich von ihm einschüchtern lassen würde. Ich riss mich los und wirbelte herum, wild entschlossen, ihn einfach stehen zu lassen. Nur hatte ich vergessen, dass er nicht bloß irgendein Typ war. Ihn konnte man nicht ignorieren. Schon drückte er mich mit dem Rücken gegen die bröckelnde Ziegelwand eines Striplokals im gefährlichsten Teil der Stadt. Als er mich hoch auf die Zehenspitzen zog und sich herunterbeugte, bis sich unsere Nasenspitzen berührten, keuchte ich auf und schlang die Finger um seine kräftigen Handgelenke. Der Zorn in seinem mitternachtsdunklen Blick loderte heiß genug, um mich zu verbrennen.

„Glaubst du, dass du mit mir spielen kannst, Rotschopf? Wirke ich auf dich vielleicht wie ein unbekümmerter und netter Typ? Also, ich frage dich, und zwar auf die freundliche Art. Aber wenn ich es noch mal tun muss, werden wir beide das bereuen. Was verdammte Scheiße machst du hier?“

Auf jedem der kräftigen Handgelenke, die ich umklammerte, hatte er zusammenpassende schwarz-graue Tätowierungen, eine Kette mit einem gebrochenen Glied. Als ob er sich aus irgendetwas befreit hätte und aufgebrochen wäre, um in einer nichts ahnenden Welt verheerenden Schaden anzurichten.

„Ich mache mir Sorgen um meinen Bruder. Er vertraut dir und denkt, dass du ihm helfen kannst. Ich muss einfach wissen, was du weißt. Marco hat zufällig gehört, dass du hierherkommst, deswegen bin ich da. Ich liebe ihn." Meine Stimme kippte, und obwohl ich wusste, wie dumm es war, dem Feind gegenüber Schwäche zu zeigen, konnte ich nicht verhindern, dass Tränen in meine Augen schossen.

„Du hast doch keinen Schimmer, was du hier machst. Du bist mir nur im Weg und bringst mich in Schwierigkeiten. Chuck vergisst niemals ein Gesicht, wenn also jemand hier herumschnüffelt, wird er sofort von einem Rotschopf erzählen, der seine Nase in Dinge steckt, die ihn nichts angehen. Geh zurück zum Diner. Oder in deine Wohnung. Wenn ich Race finde und es noch nicht zu spät ist, werde ich dir Bescheid geben."

Er ließ mich los, und ich rutschte die Wand hinunter, mein Haar blieb an den rauen Ziegeln hängen. Er wandte mir den Rücken zu, und ich griff nach einem seiner Handgelenke. Ich wusste, wie sich Verzweiflung anfühlte, ich kannte das tief in der Seele brennende Bedürfnis, etwas zu bekommen, was man nicht haben konnte. Doch hier ging es um was anderes.

„Bitte, Shane. Bitte lass mich dir helfen. Er ist mein Bruder. Ich werde alles tun. Ich gebe dir alles, was du verlangst. Bitte." Nie zuvor im Leben hatte ich um etwas gebettelt, vor allem war ich immer klug genug gewesen, einem Typen wie Bax nichts schuldig zu bleiben, aber für Race war ich dazu bereit. Ich versuchte alles, was ich fühlte, in meinen Blick zu legen, damit er mich verstand, doch diese schwarzsamtenen Augen blieben vollkommen ungerührt. Während er mich von Kopf bis zu meinen zerschlissenen Turnschuhen musterte, tauchte seine Zungenspitze zwischen seinen Lippen auf.

„Bist du noch Jungfrau, Rotschopf?"

Ich krümmte mich innerlich, weil ich mir überhaupt nicht vorstellen konnte, was das mit der ganzen Sache zu tun haben sollte, und spürte, wie mein Gesicht heiß wurde. Daher verschränkte ich die Arme vor der Brust.

„Wieso? Warum in aller Welt sollte das wichtig sein?"

Er holte eine Zigarette aus dem Päckchen, zog die Augenbrauen hoch und schaute mich an. „Du würdest mir alles geben? Ich glaube zwar nicht, dass du irgendwas zu bieten hast, das ich will, aber ich war ziemlich lange eingesperrt. Und ein Mann wird einsam."

Ich wusste nicht, ob er mich aufzog oder nur absichtlich fies und eklig war. Genauso wenig wusste ich, ob er es ernst meinte, und das war das Schlimmste daran. „Sei nicht albern."

Er stieß lachend den Rauch aus, strich mit dem Daumen über seine Unterlippe und ging einmal um mich herum. „Niemand nennt mich Shane, einfach nur Bax, und genau deswegen würdest du mir nur im Weg sein. Wenn du behauptest, alles geben zu wollen, dann musst du es auch so meinen. Diese Leute nehmen alles, selbst das, was du ihnen nicht geben möchtest. Geh nach Hause."

Er hatte die Hand auf den Türgriff gelegt und war kurz davor, mir wieder zu entkommen. Ich weiß nicht, was mich ritt, hatte keine Ahnung, ob er es ernst gemeint hatte oder nicht, doch für Race konnte ich es tun. Ich würde mich selbst hassen, ich würde diesen dunklen und gefährlichen Jungen hassen, aber ich konnte es tun.

„Ich bin keine … Jungfrau, meine ich. Nicht mehr, also kann mir das niemand wegnehmen, das hat nämlich schon Billy Clark erledigt. Und ich hab's freiwillig gemacht, mit sechzehn, nach einer gestohlenen Flasche Wein und nachdem er mir sagte, dass ich hübsch sei. Er war der erste Junge, der das je gesagt hat. Ich habe keine Angst vor dir, Bax. Doch ich habe schreckliche Angst um Race. Ich tue, was immer nötig ist."

Er musste meine wilde Entschlossenheit bemerkt haben und dass ich nicht einfach verschwinden würde, denn er warf seine Zigarette in eine Pfütze aus einer undefinierbaren Flüssigkeit und zog die Tür auf.

„Früher oder später werden wir beide es bereuen, Rotschopf. Sag dann nicht, ich hätte dich nicht gewarnt."

Ich spürte seinen brennenden Blick im Rücken, als er mir in das Striplokal folgte. Ich war nicht sicher, wozu ich mich gerade bereit erklärt hatte oder was hinter der nächsten Ecke auf mich wartete. Was ich aber wusste und in jeder Zelle meines Körpers fühlte, war, dass ich einen unauflösbaren Vertrag mit dem Teufel geschlossen und womöglich meine Seele für immer verkauft hatte.

3. KAPITEL

Bax

Sie überraschte mich. Und ich war nicht leicht zu überraschen.

Ich hatte sie bedrängt, hatte regelrecht ihre Tugend bedroht, und sie hatte nicht mal mit der Wimper gezuckt. Sie war nicht mein Typ. Ich mochte Mädchen, die in derselben Liga wie ich spielten. Solche, die mich nicht fragten, ob ich wiederkommen würde, oder auch nur, ob ich sie mit dem Vornamen ansprechen wollte. Davon abgesehen waren blasse Haut und orangerotes Haar wirklich nicht mein Ding. Obwohl sie im Neonlicht vom Spanky's hübscher aussah. Ihre grünen Augen strahlten und wirkten widerspenstig wie verrückt, und ohne diese ganzen Locken im Gesicht sah ich ihre hohen Wangenknochen mit den Sommersprossen und den rosa Mund mit den vollen Lippen. Diese Lippen passten irgendwie nicht zu einer wie ein katholisches Schulmädchen aussehenden Kleinen. Sie war nicht halb so durchschnittlich, wie ich anfangs gedacht hatte, doch sie suggerierte eine gewisse Unnahbarkeit, für die ich keinen Nerv hatte. Ich konnte nach wie vor nicht sagen, was sie unter diesen viel zu weiten Klamotten verbarg, aber süß und weich törnten mich nicht an, genauso wenig wie die Dickköpfigkeit, mit der sie mir hinterherlief.

Mir war klar, dass ich sie nicht so einfach loswerden würde. Sie war wild entschlossen, ihre Nase in alles zu stecken, was ich unternahm, um an Informationen über Race zu kommen. Deswegen war es besser, sie im Auge zu behalten, statt sie im Dunkeln hinter mir herschleichen zu lassen. Ehrlich gesagt rechnete ich damit, dass sie sich verziehen würde, sobald sie die Läden sah, die ich besuchte, die harten Typen, mit denen ich verkehrte. Und wenn das nicht funktionierte, würde ich sie so lange mit einer überreizten Libido belästigen, bis sie aufgab. Sie schien mir nicht der Typ zu sein, der auf Sex stand, und ich war ein Mistkerl, der jeden Vorteil ausnutzte, wenn mich das weiterbrachte.

Alle Striplokale waren gleich. Verzweifelte Mädchen tanzten für einsame und deprimierte Männer. Sie rochen nach Babyöl und billigem Fusel, und weder die Kunden noch die Angestellten wirkten, als wollten sie wirklich hier sein. Spanky's war ein klein wenig anders. Die Mädchen, die hier arbeiteten, hatten es nicht nötig, zu betrügen oder die Gäste zu überreden, mit ihnen nach Hause zu gehen, um ein paar Kröten zu verdienen. Ernie, der Typ, dem der Laden gehörte, stand auf Novaks Gehaltsliste und ließ dessen Leute hier ihre Geschäfte erledigen und am Wochenende Poker spielen. Deswegen wurden die Mädchen gut bezahlt, und so, wie sie sich benahmen, erinnerten sie weniger an exotische Tänzerinnen als an hübsche Möbelstücke. Chuck hatte den Laden fest im Griff. Als er mich und mein Anhängsel zum VIP-Bereich hinter der Bar führte, konnte ich sehen, dass sich nicht viel verändert hatte.

Neugierig musterte er Dovie aus dem Augenwinkel, als wir eines der Separees mit dem roten Samt erreicht hatten, und ich gab ihr einen kleinen Stoß, ohne auf ihren bösen Blick zu achten. Dann, als er mit einer Kopfbewegung andeutete, dass er mit mir sprechen wollte, trat ich einen Schritt zur Seite.

„Seit wann hat Race eine Schwester?"

„Seit ich im Knast war."

„Die sehen sich überhaupt nicht ähnlich. Bist du sicher, dass sie nicht einfach zu Novak gehört? Er lässt überall nach deinem Jungen suchen. Wie man sich erzählt, will er ihn lebend und ist bereit, einen Haufen Kohle für ihn hinzublättern."

Ich hob eine Schulter und rieb mir über den rasierten Kopf. „Sieht sie vielleicht so aus, als ob sie sich mit Benny und den Jungs rumtreiben würde?", fragte ich sarkastisch.

Er lachte trocken. „Nein, aber du siehst auch nicht gerade wie die Geißel von The Point aus, sondern einfach nur wie irgendein kleiner Arsch."

Ich war froh, dass ich noch immer einen Ruf hatte, wenn ich ihn brauchte. „Es sind die Augen. Beide haben dieses Tannengrün. Sie kommt mir sauber vor, und falls nicht … kümmere ich mich darum."

Er nickte, denn als sentimental konnte man mich nun wirklich nicht bezeichnen. Sie war mir sowieso schon im Weg, und wenn sich herausstellte, dass sie jemand anders war, als sie behauptete, würde sie dafür bezahlen. Und zwar so, dass man hier, wo Verbrechen an der Tagesordnung waren, bis in alle Ewigkeit davon erzählen würde.

Ich rutschte zu ihr auf die Bank. Sie starrte mich mit ihren dunkelgrünen Augen unverwandt an. Und dann verzog sie ihren verführerischen Mund auf unschöne Weise, als jemand von hinten die Arme um meinen Hals schlang und Lippen, die wie Kirschbonbons rochen, neben meinem Ohr landeten. Zwar konnte ich wegen der Kapuze nichts sehen, war aber ziemlich sicher, dass sich verdammt schöne unechte Brüste an meinen Rücken pressten.

„Lang nicht gesehen, Hübscher. Ich wusste nicht, dass du wieder draußen bist."

Ihre Stimme war heiser, darauf angelegt, geile Männer auf die Idee zu bringen, all ihr hart verdientes Geld auszugeben, auch wenn deswegen ihre Kinder und Frauen ohne auskommen mussten.

Ich drehte mich um und drückte einen kurzen Kuss auf ihre tiefrot geschminkten Lippen. Es war, als würde ich eine Kerze berühren. Dann versuchte ich, sie möglichst sittsam zu umarmen, so sittsam es eben geht, wenn man selbst angezogen war, während eine Frau nichts trug als Stöckelschuhe und Stringtanga.

„Bin gerade erst rausgekommen. Ich suche Race. Hast du ihn gesehen, seit er wieder in der Stadt ist?" Sie blickte über meine Schulter zu Dovie, die auf der Bank praktisch auf und ab hüpfte. „Wer ist dieser Bubikopf?"

Ich sah Dovie an, und sie rührte sich nicht mehr. Die blassen Hände flach auf die Tischplatte gelegt, starrte sie mich lediglich an.

„Niemand. Honor, du und Race, ihr hattet doch was am Laufen, bevor ich in den Knast kam. Ich muss ihn finden. Ich glaube, er steckt in Schwierigkeiten."

Honor öffnete den Mund, aber in diesem Moment zischte Dovie: „Mein Bruder hat keine Stripperin gevögelt."

Scheiße. Honors unechte Wimpern flatterten, dann senkten sie sich, und ich konnte die Wut spüren, die all diese nackte Haut ausstrahlte. Man ging nicht in einen Club und beleidigte die Tänzerinnen. Das war nun mal Gesetz in The District.

„Tja, Schätzchen, er hat nicht nur *eine* Stripperin gevögelt ... sondern 'ne ganze Flotte. Manchmal mehrere auf einmal. Wenn Bax sagt, dass wir was laufen hatten, heißt das nur, dass ich Race am besten gefallen habe. Das solltest du eigentlich wissen, wenn du hier rumrennst und behauptest, er sei dein Bruder." Sie zeigte mit dem Daumen auf Dovies finsteres Gesicht und sah mich mit zusammengekniffenen Augen an. „Im Ernst? Kaum warst du mal 'ne Sekunde eingesperrt, da bringst du gleich so eine her? Hast du vergessen, wie es hier läuft, Bax?"

Seufzend schüttelte ich den Kopf. „Ich hab überhaupt nichts vergessen. Ich muss einfach wissen, was für ein Problem Race hat."

Sie schmollte noch einen Moment und führte den Glotz-Wettbewerb mit Dovie fort. Keine von ihnen konnte ihn gewinnen, denn es war, als würde ein Apfel eine Orange anstarren, deswegen wartete ich, bis Honor mich ansah. Jetzt änderte sie ihre Taktik und setzte ein gigantisches unechtes Grinsen auf. Dann klimperte sie mit den Plastikwimpern und strich mit ihren langen Fingernägeln über den Reißverschluss meiner Kapuzenjacke. Ich hob eine Augenbraue und fasste sie am Handgelenk.

„Warum wirst du diese Langweilerin nicht los und kommst nach meiner Schicht her? Wir könnten plaudern und ... du weißt schon ... uns wieder anfreunden."

„Ich habe wenig Zeit und sogar noch weniger Geduld, Honor. Du willst sicher nicht, dass ich eins von beidem verliere."

Sie zog ein Gesicht und warf ihr langes rotbraunes Haar über die Schultern, damit ich die harten Nippel sah, die sie an mir rieb.

„Ich weiß nur, dass jeder, und ich meine jeder, nach ihm sucht. Er war hier, als er zurück in die Stadt kam, und wollte Ernie sprechen. Ich hab ihn gefragt, ob er Lust hätte, sich an die schönen alten Zeiten zu erinnern, aber das interessierte ihn nicht. Eine Weile war es still um ihn, wir alle wussten, dass er wieder da war und in The Point lebte, und auf einmal war Novak stinksauer auf ihn, und Race löste sich in Luft auf. Ich mag Race, wir alle mögen Race."

Das war gezielt an Dovie gerichtet, und ich hörte, wie die zischend einatmete.

„Wenn ich etwas wüsste, würde ich es dir sagen, Bax. Du weißt, dass ich dich nicht hängen lasse."

Ich betrachtete sie einen Moment, versuchte herauszufinden, wie viel davon der Wahrheit entsprach und was sie nur sagte, weil ich es ihrer Meinung nach hören wollte. „Worüber hat er mit Ernie gesprochen?"

Sie hob eine nackte Schulter und strich über meinen Arm. Jeder längere Kontakt mit einer unbekleideten Frau hatte zwangsläufig einen Effekt auf meinen ausgehungerten Sextrieb, doch aus irgendeinem Grund fand ich das Zucken in meiner Hose eher störend als aufreizend und heiß.

„Weiß nicht. Hat er nicht gesagt. Er wollte aber wissen, ob ich einen Typen gesehen hätte."

Ich packte sie an den Oberarmen. Sie schrie leise auf, als ich sie auf die Spitzen ihrer billigen Stöckelschuhe stellte. „Was für einen Typen?" Das war wichtig. Ich konnte es spüren. Ich war ein guter Dieb, ein erfolgreicher Krimineller, weil mein Instinkt mich selten trog. Nach wem auch immer Race gefragt hatte, er war der Schlüssel zu seinem Verschwinden. Ich wusste es einfach.

„Bax?"

Das war nicht Honors übermäßig auf sexy getrimmte Stimme, sondern die von Dovie, viel ruhiger und modulierter. Mir wurde klar, dass ich Honors Oberarme nicht nur fest genug drückte, um blaue Flecken zu hinterlassen, ich schüttelte sie auch wie eine Stoffpuppe. Vorsichtig setzte ich sie ab, und sie trat einen Schritt zurück.

„Was für ein Typ, Honor?"

Sie sah mich finster an und wollte einfach weggehen, ihre eisengrauen Augen sprühten Funken.

„Du bist noch immer ein Arschloch, Bax. Keine Ahnung, wie ich das vergessen konnte. Wahrscheinlich liegt es an dem ganzen dunklen und gefährlichen Mist, den du ausstrahlst. Ich hatte verdrängt, dass der gruselige Teil von dir echt nicht witzig ist. Irgendein Geldsack. Er hat nach einem echt reichen Typen gefragt, mehr weiß ich nicht. Wenn du wiederkommst, lass Bubikopf zu Hause. Und denk dran, dass ich es nicht brutal mag."

Sie stolzierte mit so viel Würde davon, wie man auf lächerlich hohen Absätzen und sonst nicht viel am Körper aufbringen konnte, und ich drehte mich um und sah Dovie an. Ein Sturm braute sich unter ihrer blassen Haut zusammen. Das sah ich an den heißen roten Flecken auf ihren Wangen und weil ihre grünen Augen jetzt fast schwarz wirkten. Sie hatte die Hände zu Fäusten geballt.

„Niemals. Race würde niemals mit einem Stück Dreck wie der da rummachen."

Mir fiel auf, dass sie sich über mich keine derartigen Illusionen machte. Ich legte die Hände um die Tischkante und beugte mich hinab, bis wir auf Augenhöhe waren. Sie wich zurück, und ich sah sie schlucken.

„Was du zu wissen glaubst und was du tatsächlich weißt, sind zwei sehr unterschiedliche Dinge, Rotschopf."

„Ich kenne meinen Bruder."

Sie war dickköpfig, und es gefiel mir, wie sie ihre hübschen Lippen fest zusammenpresste. Dass jemand dermaßen loyal war – wenn auch aus falschem Grund –, kam hier selten vor.

Ich drückte mich vom Tisch ab. „Du kennst deinen Bruder heute; aber du hast keine Ahnung, wie er früher war. Das solltest du immer im Kopf behalten, dann ist die Enttäuschung hinterher nicht so groß. Ich muss mich nach Ernie umsehen. Bleib hier und versuch einfach, nicht auch noch die anderen Tänzerinnen gegen dich aufzubringen."

Sie verzog das Gesicht, das, wie ich zugeben musste, niedlich war. Diese Sommersprossen gefielen mir allmählich.

„Ich will mitkommen."

„Zu dumm. Ernie und Novak arbeiten zusammen, also wird er mit mir sprechen. Wenn du uns hinterherschnüffelst, wirst du deinen nackten Hintern da oben auf der Bühne wiederfinden, ob es dir passt oder nicht. Stell dir vor, Ernie ist nicht gerade der einfühlsamste Striplokal-Besitzer der Welt. Du bleibst schön hier sitzen."

Es war mir egal, ob sie auf mich hörte oder nicht. Chuck würde sie im Auge behalten, und wenn sie sich mit ein paar halb nackten Frauen anlegen wollte, die lediglich versuchten zu überleben, dann war das ihre Entscheidung. Den Babysitter zu spielen hatte ich mir wirklich nicht ausgesucht, und ich hatte keine Zeit, sie davon zu überzeugen, dass Race ein Mann mit Vergangenheit war wie jeder hier in The Point. Sicher, er kam vielleicht aus einer schöneren und besseren Garage, aber das bedeutete nicht, dass sein Fahrwerk nicht genauso verrostet und löchrig war wie bei den anderen von uns. Je schneller sie das kapierte, desto geringer würde die Enttäuschung sein, sobald ans Licht kam, was genau Race ausgefressen hatte.

Ich bahnte mir einen Weg zum Hinterzimmer, nickte in Chucks Richtung und deutete mit dem Daumen über die Schulter hinter mich, damit er wusste, dass ich Dovie allein gelassen hatte. Er senkte bestätigend das Kinn, und ich klopfte mit den Fingerknöcheln an die Bürotür. Darauf, hereingebeten zu werden, wartete ich nicht.

Ernie war ein großer, fetter Fiesling von einem Mann. Er hatte schütteres und öliges Haar, kleine Knopfaugen und war genauso habgierig wie schlau. Meine Theorie war, dass Typen wie er Striplokale aufmachten, weil sie keine andere Möglichkeit hatten, heiße nackte Mädchen zu sehen zu bekommen. Er bezahlte dem Big Boss, was der verlangte, und überließ ihm den Schuppen für seine Geschäfte. Im Gegenzug sorgte Novak dafür, dass Ernie nichts passierte und dass er mit einem stetigen Strom neuer Mädchen, reicher Gäste und endloser Vorräte an Koks rechnen konnte. Von dieser Beziehung profitierten beide. Zwei schmierige Typen, die immer auf der falschen Seite des

Gesetzes operierten. In Novaks Fall sehr, sehr weit auf der falschen Seite.

Ernie saß hinter seinem Schreibtisch und telefonierte mit dem Handy. Er hob die buschigen Augenbrauen, als er mich sah. Ich warf ihm so etwas wie ein Lächeln zu, bei dem ich in Wahrheit nur die Zähne entblößte, dann lehnte ich mich mit verschränkten Armen an die geschlossene Tür. Meine Absicht war klar. Bis ich nicht die Antwort hatte, die ich wollte, würde niemand das Büro verlassen oder betreten, es sei denn, er rannte mich um.

„Ernie."

„Wenn das mal nicht Novaks Goldjunge ist, zurück aus dem Gefängnis. Ich hab schon gehört, dass du durch die Gegend stromerst. Versuchst, deine alten Freundinnen zu treffen. Fünf Jahre sind eine lange Zeit; die meisten sind nicht mehr hier."

Das hieß, sie waren entweder drogenabhängig, einmal zu oft verprügelt oder einfach zu alt geworden, um genug Geld reinzuholen. Dieser Typ war eine richtig miese Nummer.

„Ich bin auf der Suche nach Race."

„Du und jeder andere Scheißkerl in The Point. Weiß nicht, warum er hier auftauchen musste. Ist doch gut für ihn gelaufen, du im Knast, aus den Augen, aus dem Sinn. Jetzt ist der Vollidiot wieder in aller Munde, und niemand ist besonders glücklich darüber."

„Honor sagte, dass er nach irgendeinem reichen Sack gefragt hat. Nach wem?"

„Wieso sollte ich dir irgendwas erzählen? Du warst weg, Junge. Du hast hier nichts mehr zu melden. So, wie das mit dir und Novak den Bach runtergegangen ist … Verdammt, du hast Glück, dass du überhaupt noch atmest."

Ich kniff die Augen nur ein wenig zusammen und verzog einen Mundwinkel nach oben zu einem Grinsen, das schon deutlich gefährlichere Männer als ihn in die Flucht geschlagen hatte. „Novak ist nicht hier. Im Gegensatz zu mir. Willst du wirklich, dass ich mir die Antworten auf die harte Tour hole? Willst du herausfinden, auf welche Art und Weise ich mich in meinen

Träumen an dir gerächt habe, während ich im Knast war?" Ich drückte mich von der Tür ab und näherte mich seinem Tisch.

Ernie schob den Stuhl zurück, und als er sich aufrichtete, wirkte es, als würde er unter seinem Gewicht zusammenbrechen. Ich sah, wie sich die kahlen Stellen seines Kopfes mit einem dünnen Schweißfilm überzogen. Vielleicht hatte ich nichts mehr zu melden, aber das mit dem Angsteinjagen funktionierte auf jeden Fall noch immer.

„Hör zu, ich weiß nicht, wer der Typ war. Race hatte ein Foto aus einer Zeitung oder so was. Von der Gesellschaftsseite. Er war total sauer. Wollte wissen, ob der Typ hier gewesen ist. Ich sagte ihm, dass ich das nicht wüsste, und er hat mit der Faust die Wand durchlöchert."

Er zeigte auf eine Stelle, an der das schlüpfrige Foto eines Mädchens klebte, das mit ausgestreckten Armen und Beinen auf einem Bett lag.

„Den Namen des Typen hat er nicht erwähnt?"

„Nein. Ich hab ihm verklickert, dass ich mit niemandem über Novaks Geschäfte rede, aber dass dieser Mr Schickimicki mehr als einmal zu den Pokerrunden kam. Und nicht alleine. Er hat seine eigene Unterhaltungsmannschaft mitgebracht, falls du verstehst, was ich meine."

Ich runzelte die Stirn, und Ernie grinste anzüglich.

„Race hat nicht gesagt, was er von dem Typen wollte?"

„Nein, aber kurz danach kamen Benny und die Jungs an und haben die Kleine aufgemischt, mit der Race zusammenwohnte. Das hat ihm den Rest gegeben. Ich dachte immer, er wäre ein kluger Junge, dann ist er jedoch bei Novak reinmarschiert und hat ihm gedroht und wirres Zeug geredet. Man sagt zu einem Mann wie Novak nicht, dass seine Zeit gekommen ist, es sei denn, man will unbedingt unter der Erde landen. Der Junge war also doch nicht so clever, wie ich annahm."

Das alles gefiel mir überhaupt nicht. Race hatte Köpfchen und wusste, dass man besser keine leeren Drohungen ausstieß. Wenn er etwas gegen Novak in der Hand hatte, das ein ganzes kriminelles Imperium einreißen konnte, hatte er natürlich untertauchen müssen. Das erklärte auch, weshalb Novak seine sämtlichen Lakaien nach ihm suchen ließ. Ich verstand das Timing nicht, zu dem Race zurückgekommen war, und warum er bis zu meiner Entlassung gewartet hatte, um diesen Schritt zu machen. Außerdem hatte ich keinen Schimmer, womit er glaubte, Novak unter Druck setzen zu können. Ich bekam ein ungutes Gefühl. Und das passte mir gar nicht in den Kram.

„Der Typ, nach dem er gesucht hat, arbeitet der mit Novak zusammen?"

Ernie schnaubte und tippte mit seinen zu langen Fingernägeln auf die Tischplatte.

„Wie ich schon sagte, Junge, ich rede nicht über Novaks Geschäfte. Das ist der Grund, warum ich noch immer hier bin und wieso ich die besten Mädchen bekomme. Du hast Honor gesehen; hat sie dich vermisst? Wie ich höre, haben alle diese Weiber eine Schwäche für dich. Ich glaube, du hast ein paar Herzen gebrochen, als du geschnappt wurdest."

Die Mädchen mochten mich, weil ich mir holte, was ich brauchte, und sie ansonsten in Ruhe ließ. Ich blieb hinterher nicht noch, um über meinen Tag zu jammern oder über meine Arbeit, ich wollte einfach nur vögeln und nach Hause gehen. Erfreulicherweise für sie war ich beim Sex ziemlich aufmerksam. Ich achtete immer darauf, so viel zu geben, wie ich konnte, es sei denn, ich hatte es eilig.

„Im Moment sind Novaks und meine Geschäfte ein und dieselben. Sag mir, was du weißt, Ernie."

Ich ließ die Knöchel knacken und ballte die Hände zu Fäusten, während er sich an den Tisch lehnte.

„Hab gesehen, dass du Races Rothaarige dabeihast. Ich weiß nicht, warum dieses Mädchen euch Jungs so interessiert, aber Benny und seine Kumpels wären hocherfreut, zu erfahren, dass du gleich nach Races Verschwinden Kontakt mit ihr aufgenommen hast. Vielleicht, nur vielleicht, ist sie ja der Schlüssel, wie man Race zurückholen kann."

Ich mochte es nicht, bedroht zu werden. Noch weniger mochte ich es, wenn eine offenbar unschuldige junge Frau bedroht wurde. Dovie war womöglich vertraut mit den Problemen und Schwierigkeiten, mit denen man sich auf dieser Seite des Zaunes nun mal herumzuschlagen hatte, aber alles an ihr wirkte sanft und unberührt. Ernie oder Benny durften sie nicht beschmutzen.

Ich brauchte zwei Schritte und einen Sprung, um Ernie an seinem verschwitzten Kragen zu packen. Er beschimpfte mich, und ich nutzte die Wucht meiner Muskelmasse, um seinen wabbeligen Körper über den Tisch zu zerren. Er hatte weder die Kraft noch die Fähigkeit, sich gegen mich zu wehren, er fluchte nur und kratzte an meinen Handgelenken, um sich zu befreien.

„Sie ist tabu. Hast du verstanden?"

Wieder beschimpfte er mich und versuchte, mir in die Eier zu treten. Eine totale Pussy-Taktik von einem Mann, der die Drecksarbeit anderen überließ.

„Ich hab nichts mehr zu melden, Ernie, aber ich bin immer noch ziemlich jähzornig. Richte Benny und Novak aus, dass sich bestimmt niemand nach fünf Jahren Knast mit mir anlegen möchte. Das ist eine wirklich lange Zeit, um in seiner eigenen Wut zu köcheln." Ich schüttelte ihn so kräftig, dass seine Zähne klapperten. „Was für Geschäfte hat der reiche Typ mit Novak gemacht?"

„Das weiß ich nicht. Er wollte irgendwas erledigt haben und hat hier nach jemandem gesucht, der es für ihn macht. War wohl kaum was Legales, wenn er sich in The Point danach umgesehen hat, und Novak steht auf reiche Typen, die er ausnehmen kann und die ihm aus der Hand fressen."

Ich starrte ihn an, bis ich überzeugt war, dass er mir alles gesagt hatte, was er wusste. Dann schob ich ihn von mir und beobachtete zufrieden, wie er mit dem Hintern auf dem Büroboden landete. Fluchend sah er zu mir auf, während ich zur Tür ging und sie öffnete.

„Du bist jetzt nutzlos, Bax. Du bist nicht mehr im Spiel, und Novak braucht dich nicht mehr. Deine Tage sind gezählt. Vielleicht solltest du dir gut überlegen, wie du sie verbringen willst. Race hat dich kampflos aufgegeben. Novak hätte dich verrotten lassen. Jeder normale Typ würde sich noch ein paarmal flachlegen lassen und dann mit einem Lächeln abtreten. Warum musst du im Dreck wühlen und allen auf den Sack gehen?"

Als ich diesmal lächelte, lag echter Humor darin. „Weil es das ist, was ich am besten kann. Wenn du was von Race hörst, sag mir besser Bescheid. Sonst wird mein nächster Besuch weitaus weniger angenehm für uns beide verlaufen."

Im Gang dachte ich darüber nach, was Ernie mir erzählt hatte. Race kam aus einer reichen Familie. Und seine Familie hatte mit jeder Menge noch reicheren Familien in The Hill zu tun. Er kannte aus seinem früheren Leben viele wirklich mächtige Männer, also hätte er sich nach so ziemlich jedem von ihnen erkundigen können. Wenn der Typ sich mit Novak eingelassen hatte, dann, weil er von ihm etwas Großes und Fieses erledigt haben wollte. Zu dumm, dass ich nicht einfach zu Novak gehen und ihn fragen konnte. Denn einer von uns würde draufgehen, wenn wir erst mal zusammen in einem Raum waren, und ich war nicht so dämlich, mir einzubilden, dass ausgerechnet ich danach gesund und munter rausspazieren würde.

„Hey, Bax. Benny und seine Jungs sind gerade gekommen und gleich auf die Rothaarige zugesteuert. Du hast mir nicht erzählt, dass du dem alten Knaben die Nase gebrochen hast. Der war bestimmt sauer."

Ich mochte Chuck. Er war ein zuverlässiger Typ, der einfach seine Anweisungen befolgte, und zudem auch ein ziemlich guter Menschenkenner.

Ich zeigte auf mein blaues Auge. „Er hat mich hinterrücks angegriffen, kaum dass ich seit ewigen Zeiten mal wieder Spaß an einer Pussy hatte. Er kann von Glück sagen, dass ich ihm bloß die Nase gebrochen habe."

„Ich fand schon immer, dass sie einen Knall haben, sich mit dir anzulegen. Selbst als Junge warst du doppelt so Furcht einflößend wie die alle zusammen."

Chuck klang, als wäre er auf diese Tatsache stolz. Ich hob eine Augenbraue und nickte. „Hab ständig versucht, ihnen das zu verklickern. Aber die wollten nie auf mich hören."

Ich ging zurück in den Club und entdeckte Benny und zwei seiner Typen, wie sie an dem Tisch herumlungerten, an dem ich Dovie zurückgelassen hatte. Honor fing meinen Blick auf und zwinkerte mir von der Bühne aus zu. Ich drückte mich an Benny vorbei, um mich neben die Rothaarige sinken zu lassen.

Diese Augen so grün wie Blätter blickten kalt, doch ich konnte sehen, dass in den Tiefen Furcht lauerte. Ich wollte gar nicht so genau wissen, was Benny ihr beim letzten Mal angetan hatte, würde ihm aber klarmachen, dass er es beim nächsten Mal mit mir zu tun bekäme. Ich zog sie heftig an mich, bis sie an meine Seite gepresst dasaß. Dann legte ich eine Hand in ihren Nacken und griff in ihr orangerotes Haar. Die Locken, die sie zusammengebunden hatte, waren weich und elastisch. Ihre Sommersprossen wirkten dunkel auf ihrer blassen Haut, und ihr Mund sah nach all den Dingen aus, von denen ich im Gefängnis geträumt hatte. Es würde ihr nicht gefallen, was ich zu tun im Begriff war, aber ich hoffte, dass sie klug genug war, mitzuspielen. Wenn nicht, musste sie eben selbst dafür sorgen, dass Benny sie in Ruhe ließ. Mir war es nicht wichtig, dass sie mich mochte oder respektierte, entscheidend war, dass sie tat, was ich sagte, und mir nicht in die Quere kam.

Ich strich mit dem Daumen über ihre volle, schön geschwungene Unterlippe und erkannte in ihren Augen, dass sie begriff, dann küsste ich sie. Ich hatte eine Hand in ihrem Nacken, mit der anderen hielt ich ihr Gesicht umfasst, damit sie sich nicht losmachte und Benny auf die richtige Fährte brachte. Sie war steif wie ein Brett und krallte ihre Finger in meinen Oberschenkel. Aber ich hatte recht gehabt, sie war in jeder Hinsicht süß und unschuldig. Sie schmeckte nach frischen Erdbeeren und Reinheit, und verdammt, dieser Mund! Ich hätte meine Lippen für immer dort lassen können, ohne je genug zu bekommen. Das Letzte, was sie brauchen konnte, war, dass ein Typ wie ich sie anfasste. Sie öffnete die Lippen nicht und ließ auch nicht zu, dass ich mit der Zunge in die feuchte Hitze ihres Mundes eindrang, was ich auf jeden Fall getan hätte. War wahrscheinlich gut so. Hatte Honors kleine Einlage vorhin schon eine ungewollte Erektion bei mir ausgelöst, so brachte mich dieser jungfräuliche Kuss mit der Nervensäge fast dazu, in meiner Hose zu kommen wie ein Teenager. Egal, wie leicht und sanft der Druck ihrer Lippen an meinen auch sein mochte, ich fand es ungeheuer erotisch und erregend. Eine weitere Überraschung, die Races kleine Schwester für mich auf Lager hatte. Ich fragte mich, wie es wohl wäre, wenn sie sich entspannte und sich richtig von mir küssen ließe.

Grinsend leckte ich als Zugabe kurz über ihre fest zusammengepressten Lippen. Sie erschauerte, entweder aus Lust oder aus Verärgerung, es war mir egal. Als ich mich zurücksetzte, zwinkerte ich ihr zu und sah, wie sie mich mit ihrem Blick förmlich erdolchte. Warnend drückte ich ihren Nacken, danach drehte ich mich großspurig lächelnd zu Benny um.

Der weiße Verband auf seiner Nase und die blauschwarze Verfärbung darum herum waren nicht zu übersehen. Er schien stocksauer zu sein.

„Steht dir gut." Ich nickte seinem zerschlagenen Gesicht zu und grinste, nur um ihn zu ärgern.

Er knurrte, und ich zog Dovie so an mich, dass sie wieder fest an meine Seite gepresst dahockte. Sie wollte sich einfach nicht entspannen, was nicht gerade förderlich war, wenn Benny glauben sollte, dass ich auf sie stand. Ganz zu schweigen davon, dass ich normalerweise auf völlig andere Frauen abfuhr. Die Chancen waren also mehr als schlecht, dass er mir die Sache abkaufte.

„Dein Kumpel wird früher oder später unter seinem Stein hervorgekrochen kommen, Bax, und dann gehörst du mir."

„Willst du mich noch mal von hinten angreifen, Benny? Könnte allerdings schwieriger sein, nachdem ich jetzt weiß, dass du es auf mich abgesehen hast."

Kurz richtete er den Blick auf Dovie, anschließend schaute er wieder mich an. „Du machst genau da weiter, wo dein Kumpel aufgehört hat? Es gibt wirklich keine Ehre mehr unter den Verbrechern."

Ich schnaubte. „Nun, wir alle wissen, dass Race mir was schuldet. Und wie du gesagt hast, sind fünf Jahre Verzicht eine lange Zeit. Ich revanchiere mich so, wie es mir gefällt." Ich neigte den Kopf in Dovies Richtung und versuchte nicht zu ächzen, als sie ihren spitzen Ellbogen in meine Rippen stieß.

„Wieso sie? Ich kenne doch die Frauen, mit denen du es sonst treibst. Da passt sie nicht rein."

Ich zog eine Augenbraue hoch und betrachtete sie von der Seite. Ich sah, dass sie sich von innen auf die Wangen biss, um nichts zu sagen. Sie war ziemlich niedlich, wenn sie so empört war. Um sie noch ein bisschen mehr zu reizen, nahm ich den komischen Hut von ihrem Kopf und löste das Zopfgummi aus ihren Haaren. Die roten Locken schnellten auseinander, als entkämen sie einem Gefängnis.

„Ich habe mein ganzes Leben lang im Dreck gelebt. Womöglich brauch ich einfach mal was Unbeflecktes. Und tu nicht so, als ob du mich kennen würdest, Benny. Du hast mich nie gekannt."

„So langsam glaube ich, dass dieses Mädchen irgendwas Magisches an sich hat. Erst Race und jetzt du. Vielleicht sollte ich sie mal ausprobieren, um herauszufinden, woran es liegt."

Er wollte mich zu einer Reaktion provozieren, wollte, dass ich wütend wurde, damit er seine Schlägertypen auf mich hetzen und sich für die gebrochene Nase rächen konnte, doch so dumm war ich nicht. Außerdem hatte ich die Regeln für dieses Spiel aufgestellt, also lehnte ich mich nur zurück und zog Dovie mit mir. Sie legte eine Hand auf meinen Bauch und blickte unter ihren rostroten Wimpern zu mir hoch. Sie schien nicht besonders glücklich, war jedoch klug genug, sich nicht zu wehren.

„Kannst es ja versuchen. Zwei blaue Augen und eine schiefe Nase sind nichts gegen das, was ich dann mit dir anstellen werde. Doch bitte, lass es ruhig darauf ankommen."

Er schnitt eine Grimasse und zerrte an seiner riesengroßen Gürtelschnalle die Hosen hoch. „Vielleicht will sie es zur Abwechslung mal mit einem richtigen Mann treiben statt mit einem Jungen. Roxie hat erzählt, dass du in den letzten Jahren vergessen hast, was eine Frau braucht." Er wandte sich an Dovie. „Wie wäre es, Süße? Willst du mal einen Versuch mit dem guten alten Benny wagen?"

Allein wegen seines anzüglichen Grinsens hätte ich ihm am liebsten noch mal die Nase gebrochen. Ganz zu schweigen davon, dass er tatsächlich bescheuert genug war, ein Mädchen anzubaggern, das er kurz zuvor verprügelt hatte. Was für ein Trottel. Ich wollte ihn auffordern, sich zu verpissen und sie gefälligst in Ruhe zu lassen, doch das konnte ich nicht, weil sie in diesem Moment mein Gesicht umfasste und mich zu sich zog, um mich zu küssen.

Diesmal hatte sie den Mund nicht zusammengepresst. Ihre kleine Zunge schoss zwischen meine Lippen. Mit einer Hand streichelte sie den schwarzen Stern an meinem Auge, mit der anderen meinen Nacken. Jeden Atemzug, den sie nahm, atmete ich ein und hatte das Gefühl, dass sie mir etwas geben wollte, das ich nie zuvor gekriegt hatte. Ich biss leicht in ihre Unterlippe und presste Dovie fester an mich, damit ich ihr zeigen konnte, wie ich jemand küsste, wenn ich es ernst meinte. Nachdem sie sich schließlich wieder zurückgesetzt hatte, waren ihre sowieso schon vollen Lippen geschwollen und ihre dunkelgrünen Augen fast so schwarz wie meine. Ihre Brust hob und senkte sich in schnellem Rhythmus, und wir konnten einander nur anstarren. Küssen war nichts Besonderes; meistens fand ich es langweilig und machte es ganz mechanisch, um danach zur Hauptsache zu kommen. Doch das hier war kein bisschen langweilig gewesen, und allmählich wollte ich wirklich wissen, was genau sie unter ihren hässlichen weiten Klamotten verbarg.

Sie blinzelte mich an, danach warf sie Benny und seinen Jungs ein unverschämtes Grinsen zu, das überhaupt nicht zu ihrer unschuldigen Miene passte.

„Nicht nötig. Er ist besser. Also, nein danke." Sie bettete den Kopf an meine Schulter, schaute mich an und klimperte mit den Wimpern. Ich musste ein Lachen unterdrücken.

„Du hast es gehört. Hau ab, Benny. Komm mir nicht in die Quere und sei vorsichtig."

„Du warst dir deiner Sache immer zu sicher, Bax. Das wird dir alles um die Ohren fliegen.“

Schulterzuckend schnappte ich mir ihre Hand, um Dovie hinter mir aus der Nische zu ziehen.

„Wundert mich sowieso, dass das noch nicht passiert ist. Aber dafür braucht es schon jemand Stärkeren und Fieseren als dich oder Novak.“ Ich schob Dovie an dem Schlägertypen vorbei, der mir am nächsten stand, und warf Benny einen letzten Blick über die Schulter zu. „Du kennst meinen Fahrstil, Benny. Geht mir lieber aus dem Weg, sonst fahre ich dich und deine Jungs einfach über den Haufen.“

Dann setzte ich noch einen obendrauf und lenkte meine Begleiterin mit der Hand auf ihrem festen Hintern zur Eingangstür. Ich musste dieses Mädchen unbedingt mal in Kleidern sehen, die ihr passten. Chuck fing uns an der Tür ab, und wir stießen wie immer die Fäuste aneinander.

„Lass mich wissen, falls mein kleiner Besuch irgendwas bewirkt hat. Ich muss Race finden.“

„Oh, der wird eine ganze Menge Dreck aufwühlen, was du sicher beabsichtigt hast, Sohn. Du solltest bei Benny lieber vorsichtig sein. Er ist nicht Novaks rechte Hand, weil er so vernünftig und geduldig ist.“

„Hab ich kapiert, Chuck. Ich hab fünf Jahre lang ‚fickt euch‘ in mir aufgestaut, und zwar gegen Novak und seine Leute. Ich werde nicht aufhören, bevor ich nicht weiß, was bei diesem letzten Job genau schiefgelaufen ist. Ich muss bloß erst wissen, dass es Race gut geht und dass er sich nicht in was reingeritten hat, was viel zu gefährlich für ihn alleine ist.“

„Ich halte auf jeden Fall die Augen offen. Ich vermute mal, die Jungs sollen nicht erfahren, dass Little Miss Sunshine mit ihm verwandt ist?“

„Nein. Lass sie in dem Glauben, sie sei irgendeine Freundin von ihm. Das ist sicherer für sie.“

„Ziemlich gefährlich, ihr die Zunge in den Hals zu stecken. Benny denkt jetzt, dass sie dir was bedeutet. Das wird ihn auf dumme Gedanken bringen.“

„Gut. Soll es ruhig. Komm, Rotschopf. Dann wollen wir dich mal ins Bett packen und gut zudecken."

Mir entging nicht, dass sie sich meiner Berührung entzog und so viel Abstand wie möglich zwischen uns legte, als wir auf den Gehweg traten. Ich musste ein amüsiertes Grinsen unterdrücken, als sie mich finster anguckte. Das mit den roten Haaren stimmte also. Sie war hitzköpfig und angriffslustig. Das gefiel mir besser, als es sollte. Ich hätte mich auch nicht so darauf freuen sollen, sie in meinem Auto sitzen zu sehen, aber genau das tat ich, als ich sie schweigend zum Runner schob.

4. KAPITEL

Dovie

Ich zitterte. Ich wusste nicht, ob vor Wut, Angst, wegen des Adrenalins oder der Tatsache, dass Bax offenbar glaubte, Geschwindigkeitsbegrenzungen und Ampeln gälten nicht für ihn und sein irrsinnig schnelles Auto. Alle paar Sekunden überprüfte ich meinen Sicherheitsgurt und krallte meine Finger ins Armaturenbrett. Seit dem Striplokal hatten wir kein Wort miteinander gesprochen. Er sagte nicht, was im Hinterzimmer passiert war, und erwähnte weder Benny noch die Tatsache, dass ich ihn vor dem schmierigen Typen praktisch angefallen hatte.

Das sah mir gar nicht ähnlich. Normalerweise war ich dem anderen Geschlecht gegenüber reserviert, beinahe schon schüchtern. Ich traute Männern nicht und kannte zu viele Mädchen in meinem Alter, schwanger und sitzen gelassen, weil sie ein paar schönen Worten geglaubt hatten. So etwas wollte ich nicht. Ich versuchte, kluge Entscheidungen zu treffen, Entscheidungen, die mich irgendwann aus Vierteln wie The Point herausholen würden. Was bedeutete, dass ich mit den meisten Jungs von der Straße gar nicht erst meine Zeit verschwendete. Zumal ich mich wie ein Junge anzog, statt mich hübsch zu machen. Die rannten mir also nicht gerade die Tür ein ... aber dieser Kuss mit Bax war was anderes.

Als er mich geküsst hatte, war mir klar, dass er das nur machte, damit der Typ im Anzug sich verdrückte. Sein mitternachtsschwarzer Blick war eindringlich gewesen, und es hatte sich angefühlt, als ob ich meine Lippen an die unnachgiebige Oberfläche einer Statue drückte. Dennoch war es verführerisch, Bax strahlte Dunkelheit und Gefahr aus, doch für ihn war das alles nur ein Spiel, und das spürte ich. Ich wünschte, meine Haut hätte nicht so geprickelt und ich hätte mich nicht so danach gesehnt, die Lippen für ihn zu öffnen. Nur weil ein Typ wie Bax mich geküsst hatte, drehte sich alles in meinem Kopf, und das passte mir nicht. Deswegen war es mir wichtig, als Benny aufdringlich wurde, die Situation an mich zu reißen.

Nur ging das nach hinten los. Bax richtig zu küssen war wie in einen Strudel aus Begehren zu stürzen, ohne zu wissen, wo oben und unten war. Der Typ war talentiert. Kein Wunder, dass die ganzen Schlampen der Stadt frustriert über seine Verhaftung gewesen waren. Alles an ihm schrie geradezu, dass er genau wusste, wie man sich gegenseitig eine schöne Zeit bereitete, und dass man bescheuert wäre, solch eine Gelegenheit vorbeiziehen zu lassen.

Ich schaffte es nicht, ein Keuchen zu unterdrücken, als das Auto mit quietschenden Reifen um die Ecke schoss und dann vor dem Diner in meiner Straße in einer Parkbucht zum Stehen kam. Er fuhr, als ob jemand hinter ihm her wäre, und obwohl sein Wagen alles andere als unauffällig war, schien niemand, nicht mal die Cops, ihn aufhalten zu wollen.

„Himmel! Hast du es eilig?“ Ich wollte nicht so verängstigt klingen, konnte jedoch nicht anders.

Er grinste im schummrigen Licht des Wagens, und ich sah, wie die Zacken des Sterns auf seinem Gesicht sich leicht kräuselten. Das hätte ihn nicht noch attraktiver machen sollen – so eine Tätowierung musste schließlich Probleme und Schwierigkeiten heraufbeschwören –, doch es war heiß. Ich gestand es mir nicht gern ein, aber dieser Kriminelle war durch und durch sexy. Gott, was stimmte nicht mit mir? Wie es schien, hatte der Kuss mich den Verstand gekostet.

„Ich werde dich jetzt nach Hause bringen. Ich muss mich an ein paar anderen Plätzen umschauen. Hat Race mal einen reichen Typen erwähnt, der was mit Novak zu tun hat?“

Ich warf ihm einen bösen Blick zu und verschränkte die Arme vor der Brust. „Wenn du noch woanders hingehst, begleite ich dich. Ich dachte, das wäre unser Deal.“

Er sah mich an, und ich schnappte kurz nach Luft, da er sich über mich beugte, um die Tür auf meiner Seite aufzustoßen. Er roch nach Zigaretten und nach dem billigen Parfüm dieses halb nackten Mädchens, das ihn befummelt hatte.

„Es gibt keinen Deal. Ich muss mich auch um einiges kümmern, das nichts mit Race zu tun hat. Mein Leben war für Jahre in der Warteschleife. Ich muss es jetzt wieder in Schwung bringen und gleichzeitig deinen Bruder finden. Außerdem sind Mädchen, die mit geschlossenem Mund küssen, nicht mein Ding."

Er grinste mich an, während ich mich abschnallte.

„Ich glaube, alles, was nicht bei drei auf den Bäumen ist, ist dein Ding."

Er lehnte sich zurück und legte einen Arm auf meine Rückenlehne. Seine Augen glitzerten. Sie sahen aus wie Onyx, die poliert und dann in sein grausam attraktives Gesicht gesteckt worden waren. Ich fragte mich, woher er diese Narbe hatte, die seinen Kopf mit den dunklen Haarstoppeln zweiteilte.

„Bei zwei Dingen bin ich wählerisch: meinem Auto und meinen Frauen." Er zog eine Augenbraue hoch und grinste mich an. „Ich mag es, wenn beide geschmeidig und einfach zu handhaben sind. Nichts davon gilt für dich, Rotschopf. Selbst wenn ich es auf die Schnelle brauche, mache ich es niemals mit komplizierten Tussen."

Ich wollte eigentlich einen scharfen Kommentar loslassen, stattdessen kreischte ich los und wirbelte herum, weil eine schwere Hand auf meiner Schulter lag und mich jemand aus dem Wagen zerrte. Als ich in Lesters schmutziges und leicht verwirrtes Gesicht sah, musste ich einen weiteren Schrei unterdrücken. Ich presste eine Hand auf mein pochendes Herz. Bevor ich jedoch wieder zu Atem kam, war Bax bereits aus dem Auto gesprungen und stellte sich zwischen mich und den Veteranen. Ich wollte ihm sagen, dass Lester nicht ganz richtig im Kopf war, doch er schob mich hinter sich und stieß Lester vor die Brust. Lester stolperte und schnitt eine Grimasse.

„Dovie?"

Ich packte Bax am Ellbogen und zog daran, bis ich an ihm vorbeigucken konnte.

„Tut mir leid, Les. Das ist Bax. Weißt du noch, wie ich dir gesagt habe, dass du ihn ins Haus lassen sollst? Er ist mit Race befreundet."

„Hat er versucht, einzubrechen?“

Lesters Erinnerung hatte Lücken. Carmen glaubte, das käme von zu viel LSD in den Siebzigern. Ich schätze eher, dass es seine Kriegserfahrungen waren, aber wie auch immer, er trug jedenfalls eine Machete unter seinem schmutzigen Mantel und hatte keine Hemmungen, sie zu benutzen.

„Ja … nun, nein. Er hilft mir, Race zu finden. Er ist in Ordnung, alles klar, Kumpel?“

Lester und Bax rührten sich nicht von der Stelle, und ich befürchtete, dass erst jemand verletzt werden würde, bevor einer von ihnen klein beigab.

„Warum bist du hier drüben, Les? Normalerweise verlässt du den Hauseingang in der Dunkelheit nicht mehr.“

Ich bemühte mich um einen besänftigenden und weichen Tonfall. Zugleich lehnte ich mich leicht an Bax, um Lester zu beweisen, dass er okay war und keine Bedrohung. Vollkommener Quatsch natürlich. Nie zuvor hatte ich einen Menschen getroffen, der auch nur halb so bedrohlich gewesen wäre wie dieser Typ.

„Schlimme Sache. Zu viele Leute. Haben mich verjagt. Mir eine Flasche Whiskey gegeben.“

„Was für eine schlimme Sache, Kumpel?“

Er ließ den Blick über mich gleiten, dann über Bax.

„Gut, dass er hier ist. Gut, gut.“

Leicht schaudernd sah ich Bax an, der die Stirn runzelte und versuchte, Lesters verrückten Gedankengängen zu folgen.

„Warum haben sie dir Whiskey gegeben, Les? Ich stehe gerade etwas auf dem Schlauch, mein Großer.“

„Geh nicht nach Hause, Dovie. Schlimme Sache. Pass auf sie auf. Sie ist ein süßes Mädchen.“

Lester nickte, als ob somit alles erledigt wäre, und stolperte zurück zum Wohnblock. Ich war von dunklen Vorahnungen erfüllt und begann unwillkürlich zu zittern.

„Er ist Kriegsveteran. Niemand – und ich meine niemand – betritt oder verlässt ohne seine Zustimmung das Haus. Er ist immer im Hauseingang, außer wenn er sonntagmorgens in die

Kirche geht oder ab und zu auf eine Sauftour. Er ist ein guter Kerl."

„Was meinte er mit schlimmer Sache?"

Seufzend schob ich mir mein verstrubbeltes Haar über die Schulter. „Das weiß ich nicht, aber ich habe das ungute Gefühl, dass ich es bald herausfinden werde. Doch lass dich nicht von deinem nächtlichen Eroberungszug abhalten. Ich höre dann morgen von dir, falls du was Neues über Race erfährst. Ich erwarte, dass du Wort hältst, Bax."

Er fasste mich am Ellbogen und zerrte mich unsanft über die Straße. Zuerst wehrte ich mich, bis mir klar wurde, dass er mit in meine Wohnung kommen wollte. Das war gut, ich hatte keine Lust, allein mit dem konfrontiert zu werden, was mich dort erwartete.

„Ich halte immer mein Wort, Rotschopf. Das ist etwas, worüber du dir bei mir keine Sorgen zu machen brauchst."

Großartig. Er hatte bereits angedeutet, dass er mich, wenn ich ihm weiter in die Quere kam und Ärger machte, auf eine Weise benutzen würde, die ich mir nicht mal vorstellen konnte. Nie zuvor hatte ich meinen Körper angeboten und hatte auch nicht den Wunsch, jetzt damit anzufangen. Aber ich ahnte, dass er grob werden würde, um zu bekommen, was er wollte. Er hatte keine Angst davor, sich wie ein absoluter Drecksack zu benehmen, genau genommen gefiel es ihm sogar.

Ich drückte mich an seinen Rücken, als wir die Treppe zu meinem Stockwerk hinaufschlichen. Sein Körper war hart und kraftvoll angespannt. Ich begriff nicht, wie sich ein derart starker Mann so lautlos bewegen konnte. Er verschmolz einfach mit den Schatten und der Dunkelheit um uns herum. Ich fühlte mich tollpatschig und schwerfällig hinter ihm.

„Verdammt." Dieses Wort hauchte er mehr, als dass er es aussprach, als wir um die Ecke zu meinem Apartment bogen.

„Benny?" Meine Stimme zitterte.

Bax schüttelte den dunklen Kopf, und ich spürte, wie die Muskeln, an die ich lehnte, hart wurden.

„Nein. Eine Wohnung zu verwüsten passt nicht zu ihm. Aber

zu Novak. Er will mich wissen lassen, dass er mich im Auge hat. Deswegen hat er das nicht schon vorher gemacht, sondern gewartet, bis wir beide zusammen unterwegs waren."

Wieder fluchte er.

„Ist da drinnen was, das du unbedingt brauchst?"

Ich kaute auf meiner Unterlippe. „Die Sachen für die Uni."

Seufzend strich er sich über den Kopf. „Ich bezweifle, dass irgendwas übrig geblieben ist. Du kannst nachsehen, aber ich würde nicht damit rechnen."

Ich zitterte schon wieder. Das passierte mir an diesem Abend ziemlich oft.

„Wenn man wenig besitzt, hängt man auch an wenig, das ist das Gute daran. Ich sehe nach, was noch zu retten ist, und dann rufe ich Carmen an und frage, ob ich ein paar Tage bei ihr und ihren Jungs unterkommen kann."

Er schüttelte heftig den Kopf. „Viel zu nahe. Du musst weiter weg."

Ich schnaubte. „Was schlägst du vor? Wir sind hier in The Point und nicht in der Schule. Ich habe nicht jede Menge Freundinnen, bei denen ich im Notfall unterkriechen kann. Der einzige Mensch auf der Welt, auf den ich mich wirklich verlassen kann, ist verschwunden, falls du das vergessen hast. Also muss ich zu Carmen." Nicht, dass es mir gefiel, sie ebenfalls in Gefahr zu bringen.

Er seufzte, ballte die Hände zu Fäusten und öffnete sie wieder.

„Ich weiß etwas, wo du ein paar Tage unterkommst."

Ich stieß ein Lachen aus und strich mir eine Haarsträhne hinters Ohr. „Nein danke. Ich habe für heute genug von Stripperinnen und Prostituierten. Ich gehe zu Carmen."

Er starrte wütend auf mich herab, dann zerrte er mich zur Tür, die wie betrunken in den Angeln hing. Verwüstung war das richtige Wort. Nichts war unbeschädigt geblieben. Meine Kleider, Töpfe und Pfannen, der Inhalt des Kühlschranks, alles, was nicht niet- und nagelfest war, lag auf dem Fußboden verstreut. Die Couch war umgeworfen. Die Vorhänge waren von den kaputten Fensterscheiben heruntergerissen, und natürlich hatten sie jedes Blatt Papier und jedes Buch in der Kuriertasche, die ich für die Uni benutzte, zerrissen und über den Boden verteilt. Es sah aus, als ob jemand alles durch einen gigantischen Reißwolf gejagt hätte. Das war eine Katastrophe. Ich konnte nichts anderes tun, als mit offenem Mund dazustehen und mich umzusehen.

„Komm. Hier ist nichts mehr zu retten."

Er klang schroff und verärgert. Als ich leicht betäubt zu ihm aufsah, bemerkte ich überrascht ein schwarzes Feuer in seinem Blick lodern. Ich wusste nicht, wie ich auch nur eine Sekunde lang hatte annehmen können, dass diese pechschwarzen Augen keine Emotionen bargen. Jetzt hatte ich vielmehr das Gefühl, dass in seiner verdorbenen Seele unendliche Wut fest verankert war.

Vorsichtig bahnte ich mir einen Weg durch den Raum, um in mein winziges Schlafzimmer zu schauen. Ich besaß ja nicht gerade viel, nichts besonders Wertvolles, aber das, was mir gehörte, lag zerfetzt herum wie Konfetti. Wer immer dafür verantwortlich war, hatte sich Zeit gelassen und jeden Moment genossen. Ich schüttelte den Kopf und fuhr zusammen, als Bax von hinten nach meinem Arm griff.

„Lass uns gehen."

Diesmal wehrte ich mich nicht und widersprach auch nicht, als er mich an Carmens Wohnung vorbei die Treppe hinunterzog. Auf keinen Fall durfte ich sie und die Kinder in Gefahr bringen. Das hier war mein Problem … nun, Races Problem, aber nachdem er jetzt im wahrsten Sinne des Wortes das Einzige war, was mir auf dieser Welt noch geblieben war, musste ich allein damit fertigwerden. Wenn Bax mich für ein paar Tage bei einer seiner Freundinnen unterbringen wollte, musste ich das eben hinnehmen. Meine nächste Schicht im Restaurant hatte ich erst in einigen Tagen, dann würde ich Brysen fragen, ob ich eine Weile bei ihr bleiben konnte. Ganz bestimmt hatte sie nichts dagegen. Das allerdings löste nur eins der dringlichsten Probleme. Was ich wegen meiner Schulbücher tun oder woher ich

Geld für eine komplett neue Garderobe nehmen sollte, war mir ein Rätsel.

Ich kam mir wie eine Stoffpuppe vor, als Bax mich wieder in sein schwarz-gelbes Monster schob und den Sicherheitsgurt um mich befestigte. Ich konnte ihn nur verblüfft angucken, während er den Wagen umrundete und dann neben mir auf den Sitz glitt. Der Motor klang so wütend, wie Bax aussah. Er fuhr aus der Parkbucht und tiefer hinein ins Zentrum von The Point. Es war weit nach Mitternacht, und hier passierte nach Sonnenuntergang niemals etwas Gutes. Ich hätte ihn fragen sollen, wohin wir unterwegs waren, was sein Plan war, aber ich brachte einfach nicht genug Energie dafür auf. Ich schloss die Augen und rief mir in Erinnerung, dass Race mich gerettet und mein Leben verändert hatte. Widrigkeiten wie eine zerstörte Wohnung und eine beunruhigend erregende Knutscherei mit einem Kriminellen bedeuteten dagegen nur ein kleines Opfer.

Ich grübelte vor mich hin und verlor jegliches Zeitgefühl, es konnten also eine Stunde oder fünf Minuten vergangen sein, als wir vor einer verlassenen Lagerhalle hielten. Ich rollte den Kopf zur Seite, um Bax anzusehen, aber der zog bereits den Schlüssel ab und stieg aus.

„Wo sind wir?“

Er warf mir einen merkwürdigen Blick zu, als ob er sich plötzlich wieder an mich erinnerte, und zog die Kapuze seiner Jacke über.

„Du wartest im Auto. Ich bin gleich zurück.“

Ich sah mich um, dann stieß ich die Tür auf. Keinen Ort in The Point konnte man direkt als ungefährlich bezeichnen, aber wie in jedem ungemütlichen Teil einer jeden Stadt gab es gefährlichere und weniger gefährliche Gegenden. Das hier war eine der gefährlicheren, und ich hatte genug Aufregung für eine Nacht hinter mir. Im Moment fühlte ich mich nur in Bax’ Nähe halbwegs sicher.

„Ich komme mit dir.“

Seufzend zündete er sich eine Zigarette an. Eine schreckliche Angewohnheit, aber wenn man bedachte, dass dieser Typ seinen

Lebensunterhalt mit kriminellen Machenschaften verdiente, hätte er in meiner Gegenwart weitaus schlimmere Dinge anzünden können.

„Okay, dann bleib in meiner Nähe, ich meine richtig in meiner Nähe. Ich muss mit einem Typen über Geld sprechen, das er mir schuldet."

„Kann das nicht warten?" Ich war emotional erschöpft und verstand nicht, warum dieses nächtliche Leben ihm überhaupt nichts auszumachen schien. Es war, als ob in den Schatten eine vollkommen andere Welt existierte.

„Nein."

Nicht mehr und nicht weniger. Nur „nein". Offenbar hatte die Zeit im Gefängnis seiner Kommunikationsfähigkeit nicht gerade gutgetan. Ich brummte ihn nur leise an und trottete hinter ihm eine Treppe hinunter, die aussah, als würde sie unter unserem Gewicht zusammenbrechen. Sie war so klapprig und verrottet, dass ich eine Hand auf seinen Rücken legte, damit ich im Fall eines Sturzes auf ihm landete statt auf dem Asphalt. Ziemlich gruselig war es hier, aber Bax machte den Eindruck, als ob er genau wüsste, wohin er wollte, also folgte ich ihm einfach.

Unten baumelte eine nackte Glühbirne über einer Eisentür, die in hellem Violett gestrichen war. Sah wie der Lieferanteneingang einer Lagerhalle aus. Bax gab einen Code in den kleinen Kasten an der Seite ein, und die Tür schwang auf.

„Was ist das hier?"

„Bloß eine Bar."

Ich konnte nicht umhin, die Augen zu verdrehen: „Eine Bar hat keinen Geheimzugang, und man braucht keinen Code, um reinzukommen. Eine Bar hat Neonreklame in den Fenstern und müde Mädchen, die an der Theke rumsitzen."

Er grunzte. „Das ist nicht diese Art von Bar."

Dröhnende elektronische Musik ließ den Boden unter meinen Turnschuhen beben. Als wir um die Ecke in einen großen, offenen Bereich bogen, bei dem es sich offenbar um eine alte Fabrikhalle handelte, war auch mir klar, dass es sich nicht um diese Art von Bar handelte.

Neonlichter wirbelten an den eisernen Dachsparren. Mädchen aus aller Herren Länder in Klamotten, die eher in ein Striplokal oder in ein Hip-Hop-Video gepasst hätten, wanden sich auf Plattformen, die überall verteilt waren, zu lauter Musik. Nicht weniger als zweihundert Leute drückten sich hier herum. Alle hatten einen Drink in der Hand, rauchten etwas anderes als Zigaretten und bewegten sich zum wummernden Bass. So etwas hatte ich nie zuvor gesehen, und Bax hätte ich mir auch niemals in so einem Laden vorgestellt. Er war zu hell, zu bunt, die komplette Reizüberflutung. Ich bekam sofort Kopfschmerzen, meine Augen begannen zu zucken.

„Was machen wir hier? Mein Bruder ist noch immer verschwunden, meine Wohnung ist zerstört, und ich bin müde und genervt. Glaubst du wirklich, das ist die richtige Zeit für einen Rave?" Ich musste schreien, um mich verständlich zu machen.

Er sah mich an, griff nach meinem Handgelenk und zerrte mich hinüber zur Bar. Dort lehnte er sich über die Plexiglastheke und brüllte ein Mädchen in Bikini an: „Wo ist Nassir?"

Sie goss gerade Getränke ein und sah kurz so aus, als ob sie ihn ignorieren wollte. Er zog die Kapuze herunter, und ihr Blick huschte über den Stern an seinem Augenwinkel. Durch diese Tätowierung war er leicht zu erkennen. Sie wischte die Hände an einem Geschirrtuch ab und deutete auf eine schmiedeeiserne Treppe, die sich hinter der hell beleuchteten Bar nach oben wand.

„Oben im VIP-Bereich."

Er nickte knapp und schleifte mich mit sich. Zwar zog ich an meinem Handgelenk, um mich zu befreien, doch sein Griff wurde nur noch fester. So langsam hatte ich die Nase gestrichen voll davon, von diesem Typen durch die Gegend gezerrt zu werden. Es kam mir so vor, als ob ich ihn schon monatelang kannte – und nicht erst seit ein paar Tagen.

Als VIP-Bereich diente, wie ich sah, die umgestaltete Wartungsbrücke der Fabrik. Metall und Ketten überall, es sah aus, als ob das Konstrukt jeden Moment zu Boden stürzen würde. Nur gut, dass ich nicht unter Höhenangst litt, denn zwischen der Plattform und der Tanzfläche darunter befand sich nur ein Kettengeländer. Wieder mal schnappte ich nach Luft und drückte mich fester an Bax' Rücken. Er bahnte sich einen Weg an sich windenden Körpern vorbei und blieb nicht stehen, wenn jemand seinen Namen rief oder versuchte, ihn aufzuhalten. Er hatte ganz offensichtlich eine Mission, und nichts würde ihn stoppen, nicht einmal ich, die ich eine leichte Panikattacke bekam, als ich sah, dass die komplette Plattform unter dem Gewicht der Leute schwankte.

Wir bahnten uns den Weg zu einem erhöhten Abschnitt im hintersten Bereich, wo ein paar Tische mit schwarzen Satindecken standen. Dort war weniger los, und Bax steuerte direkt auf den Tisch zu, an dem ein sehr gut aussehender Mann orientalischer Abstammung saß. Vor ihm eine gekühlte Flasche Champagner und ein aufgeklappter Laptop. Rechts von ihm saß ein wirklich hübsches blondes Mädchen und links von ihm eine sogar noch hübschere Braunhaarige. Beide Frauen bemühten sich, seine Aufmerksamkeit auf sich zu ziehen, doch er war ganz und gar auf den Computer konzentriert. Zumindest bis Bax den Stuhl ihm gegenüber zurückzog und sich draufplumpsen ließ.

Endlich hatte er mich losgelassen, und jetzt wusste ich nicht, was ich mit mir anfangen sollte, außer unbehaglich hinter ihm stehen zu bleiben. Es war mir unangenehm, und ich versuchte erst gar nicht, diese Tatsache zu verbergen. Die Mädchen musterten mich neugierig, und ich konnte nicht anders, als nervös an einer Haarlocke herumzuspielen.

Der umwerfende Mann mit der olivenbraunen Haut und dem tiefschwarzen Haar hob den Kopf, ließ den Blick erst über Bax gleiten und dann über mich. Schließlich grinste er so breit, dass mein Herzschlag kurz aussetzte, und rot wurde ich auch, das spürte ich.

„Hab schon gehört, dass du wieder draußen bist. Und mir war klar, dass du deinen Weg hierher findest. Gut, dich zu sehen, Bax. Schwere Zeiten scheinen dir gutzutun."

„Hast du mein Geld?"

Der Typ blickte mich an, als könnte er direkt in mein Herz schauen, seine Augen wirkten golden. Ich spürte, wie mir der Atem stockte. Wow, er hatte wirklich eine unfassbare Ausstrahlung, kein Wunder, dass da zwei Supermodels um seine Aufmerksamkeit buhlten.

„Ja, aber ich glaube, ich habe was Besseres für dich. Sieht aus, als ob du im Knast ganz schön zugelegt hättest. Wie viel Gewicht stemmst du jetzt? Hundertzwanzig Kilo, hundertdreißig? Du kannst es mit den großen Jungs aufnehmen. Ich arrangiere was, doppelt oder nichts, und ich nehme nur fünfzehn Prozent statt zwanzig wie normalerweise."

„Wäre das ausnahmsweise sauber, Nassir? Ich hab dir vor dem letzten Kampf gesagt, dass ich mich nicht mehr mit Dilettanten abgebe. Dafür habe ich keine Zeit."

„Gerade mal 'ne Minute draußen und stellt bereits Forderungen. Du hattest schon immer Eier so groß wie Wassermelonen. Ich halte alles so sauber wie möglich."

„Hast du wirklich fünfzehn Riesen für doppelt oder nichts?"

Ich spürte, wie meine Augen groß wurden. Ich hatte keinen Schimmer, wovon sie sprachen, aber fünfzehn Riesen waren ein Haufen Geld. Wer zur Hölle war dieser Typ, den mein Bruder als seinen besten Freund betrachtete, und was für ein Leben hatte Race geführt, bevor er zu meiner Rettung geeilt kam?

„Ich hab dich nie verarscht, Bax. Ich bin ja nicht bescheuert."

Bax ruckte mit dem Kopf, dann warf er mir aus dem Augenwinkel einen Blick zu.

„Hast du Race gesprochen, seit er wieder in der Stadt ist?"

Der dunkelhaarige Mann blickte auf den Bildschirm vor sich. „Nein. Ihn haben meine Geschäfte nie interessiert. Ich habe ihn nicht mehr gesehen, seit er mich gebeten hat, jemanden für ihn aufzuspüren. Das war einen Monat vor deiner Verhaftung."

Bax stand auf. „Wen solltest du für ihn aufspüren?"

Nassir winkte ab. „Irgendein Mädchen. Es war ihm sehr wichtig. Ich hab sie drüben in Carlson gefunden und ihm die Info gegeben. Dafür schuldet er mir einen Gefallen, aber ich hab ihn nie wiedergesehen, und dann haben sie dich erwischt, also war er mir sowieso nicht mehr von Nutzen. Wie ich höre, ist Novak ganz scharf darauf, ihn zu finden, deswegen überrascht es mich nicht, dass du nach ihm fragst."

Mein Herz hämmerte laut in meinen Ohren, und wahrscheinlich wäre ich vornübergekippt, wenn Bax mich nicht am Arm gepackt und an sich gezogen hätte. Ich war das Mädchen. Ich war aus Carlson. Race hatte diesen eleganten Mann mit seinen offenbar guten Verbindungen gebeten, mich aufzuspüren, und das sogar, bevor Bax ins Gefängnis gewandert war. Er hatte also schon vorher von mir gewusst. Ich hatte keine Ahnung, was ich mit dieser Information anfangen sollte, sie erschien mir aber wichtig.

„Sei Freitag hier, Bax. Ich hoffe, du weißt noch, wie es läuft."

Bax hob nur eine Augenbraue. „Meinst du etwa, das ist härter, als jeden Tag im Knast auf seinen Arsch aufpassen zu müssen?"

Nassir lachte, und ich sah, wie die Augen seiner Begleiterinnen vor Erregung zu glänzen begannen. Mann, der hatte vielleicht eine Wirkung.

„Du hast recht. Ich freue mich wirklich, dich zu sehen, Bax."

Bax entgegnete nichts, aber er verpasste mir einen kleinen Schubs, und ich ging ihm voraus die Treppe hinunter. Als wir unten angekommen waren, schien er gar nicht schnell genug den Club verlassen zu können. Ich musste beinahe rennen, um ihn nicht zu verlieren.

Ich hatte eine Million Fragen, ich wollte Antworten, doch er hatte die Zähne fest zusammengebissen und sah wütend aus. Nicht wütend auf mich, nicht auf seinen kriminellen Kumpel von eben, einfach wütend auf die Welt im Allgemeinen, und ich hatte keine Lust, diese Wut auf mich zu lenken. Ich war nicht umsonst so lange zurechtgekommen – ich wusste genau, wann es besser war, zu schweigen und mit dem Hintergrund zu verschmelzen.

Schweigend fuhren wir ungefähr eine Viertelstunde lang aus der Stadt hinaus. Ich war überrascht, als er vor einem hübschen kleinen Bungalow direkt an der Grenze zwischen The Point und The Hill abbremste. Das hier war eine nette Gegend. Kinder konnten draußen spielen. Eltern brauchten keine Gitter vor den Fenstern oder Handfeuerwaffen unter dem Kopfkissen. Ich hatte keine Ahnung, warum wir hier waren oder was ich tun sollte, als Bax parkte und den lauten Motor abstellte. Ich drehte mich zu ihm und sah, dass sein Kiefer noch immer angespannt war und der Stern auf einer pulsierenden Vene hüpfte.

„Das ist das Haus meiner Mom."

Ich stellte keine direkte Frage. Ich fand nicht, dass ich ein Recht dazu hatte, aber irgendwas stimmte nicht, also musste ich mich langsam herantasten.

„Okay. Und es wird sie nicht stören, dass ich bei ihr bleibe, bis ich was anderes gefunden habe?"

Wieder biss er die Zähne zusammen, ich war mir fast sicher, sie knirschen zu hören.

„Sie wohnt nicht hier. Das Haus steht leer. Schon seit Jahren."

Ich blinzelte überrascht. Überwiegend, weil ich nie auf die Idee gekommen wäre, dass er aus einem adretten Vorort wie diesem stammte.

„Tut mir leid. Ist ihr etwas passiert?"

Falls möglich, biss er die Zähne jetzt sogar noch fester zusammen.

„Nein. Ich hab das Haus für sie gekauft, kurz bevor ich in den Knast kam."

„Warst du da nicht fast noch ein Kind?"

Er gab einen Laut von sich und ließ den Kopf in den Nacken rollen. „Du bist doch auch im Getto groß geworden. Waren wir jemals Kinder?"

Da hatte er nicht unrecht, aber das erklärte nicht so ein hübsches Haus in einer teuren Nachbarschaft.

„Warum wohnt sie nicht hier, wenn du ihr so etwas Schönes geschenkt hast? Das muss ein Vermögen gekostet haben."

So langsam hatte ich das Gefühl, dass Race mir überhaupt nichts über sein früheres Leben erzählt hatte. Ein paar Fakten über seinen komplizierten Freund hätten mir jetzt wirklich weitergeholfen.

„Wer immer behauptet, Verbrechen lohnt sich nicht, ist ein Idiot. Lohnt sich sogar sehr, deswegen gibt es ja so viele. Ich habe ihr ein Haus gekauft, weil mir klar war, dass ich irgendwann entweder tot bin oder im Knast lande. Aber ihr soll es gut gehen, egal, was mit mir passiert. Ich verlange nur von ihr, dass sie trocken sein muss. Sie kann nicht hier wohnen, solange sie trinkt."

Ich stieß zischend den Atem aus, denn Alkoholsucht und Mütter waren auch mein wunder Punkt.

„Willst du mir erzählen, dass sie hier kostenlos wohnen kann und dafür nur aufhören muss zu trinken?"

„Genau."

„Wow."

Er sah mich an und öffnete die Tür auf seiner Seite. „Wie auch immer, es steht leer, und niemand weiß davon, weil sie nie lange genug trocken war, um einzuziehen. Also wirst du hier eine Weile sicher sein. Morgen kümmern wir uns um was zu essen und zum Anziehen."

Ich stieg aus dem Wagen und betrachtete das Haus. Es war wie aus meinem Traum. Ein süßer kleiner Bungalow in einer sicheren Gegend. Nie war ich auch nur in die Nähe von so etwas Schönem gekommen. Wie traurig, dass manche Menschen ein solches Geschenk nicht zu schätzen wussten.

„Es ist wunderschön. Wer hat sich darum gekümmert, während du im Gefängnis warst?"

Er grunzte wie immer, wenn ich etwas fragte, was er eigentlich nicht beantworten wollte.

„Dieselbe Person, die sich um mein Auto gekümmert hat."

Ich hätte ihn gern gefragt, wer das war, da doch der einzige Freund, den er zu haben schien, auf der Flucht war und sich irgendwo versteckte, aber ich wollte den Bogen nicht überspannen und vor allem endlich das Haus von innen sehen.

„Lässt du mich hier allein?" Ich war nicht sicher, wie ich das finden sollte. Mit ihm zusammen zu sein war anstrengend, es war, als würde man ununterbrochen einen Stromschlag versetzt bekommen. Ich fühlte mich, als hätte ich keinen festen Grund unter den Füßen, doch zugleich hatte ich bei ihm dasselbe Gefühl wie bei Race, nämlich dass mir nichts passieren konnte, solange er da war.

Seine dunklen Augen waren unergründlich. Ich wünschte mir, mehr in ihnen lesen zu können.

„Heute Nacht schlafe ich auf dem Sofa."

Ich fragte ihn nicht, wo er sonst die Nächte verbrachte. Ganz sicher hätte seine Antwort etwas mit dem beeindruckenden Körperteil zu tun, das ich gespürt hatte, als er mich küsste. Es ging mich nichts an, und ich wollte auch nicht, dass ich mir was anderes einbildete.

Als er die Tür aufstieß und hineinging, fragte ich: „Was hast du mit dem Typen vorhin vereinbart? Ein Rennen oder so was?"

„Nein, schön wär's. Niemand fährt mehr Straßenrennen gegen mich. Ich gewinne immer, also werde ich gar nicht erst gefragt."

Das überraschte mich nicht, ich hatte ja erlebt, wie er fuhr.

„Was dann?"

Er hob eine Augenbraue und knipste das Licht an. Es sah aus, als wären wir in einem Musterhaus. Alles war makellos und unberührt, kühle, neutrale Farben – wie von einem Designer eingerichtet. Es war so schön, dass es fast wehtat. Ich sah, wie Bax das Ganze mit zynischerem Blick betrachtete.

„Das Schlafzimmer ist hinten neben der Küche. Es gibt ein Bett, und ich glaube, Bettwäsche und so weiter sind im Schrank. Bestimmt ist alles verstaubt, aber für ein oder zwei Nächte wird es schon gehen."

In seiner schroffen Stimme lag Verachtung.

Er nahm eine Zigarette und ging zur Tür. „Ein Kampf. Ich habe einen Kampf vereinbart."

Ich runzelte die Stirn. „Einen Boxkampf?"

Er lachte, aber ohne Humor. „Man kann nur hoffen, dass dabei ausschließlich Fäuste benutzt werden. Versuch zu schlafen, Rotschopf. Bei meinem Glück wird der ganze Scheiß erst noch viel schlimmer, bevor es besser wird."

Ich knabberte an meiner Unterlippe und sah, dass er mich aufmerksam beobachtete. Da lief mir etwas Heißes und Prickelndes über den Rücken. Ich war so unverhohlene männliche Aufmerksamkeit nicht gewohnt, und Shane Baxter war ohne Zweifel unverhohlen und männlich.

„Das ist eine schreckliche Lebenseinstellung."

„So wird man wenigstens nicht enttäuscht. Geh ins Bett, Dovie."

Es war das erste Mal, dass er mich bei meinem Namen nannte. Ich drehte mich um und marschierte ins Schlafzimmer. Leider ließ sich nicht leugnen, dass seine raue, heisere Stimme mich erregte. Mein Körper reagierte auf ihn, obwohl mein Verstand mir zuschrie, wegzulaufen.

5. KAPITEL

Bax

Ich hatte einen leichten Schlaf. Das war schon immer so gewesen, aber im Gefängnis war es noch schlimmer geworden. Ganz zu schweigen davon, dass mir dieses Haus Gänsehaut verursachte, denn es erinnerte mich nur an eins: Selbst wenn ich mal was Gutes machte, flog es mir um die Ohren und endete böse. Ich hob den Kopf, als ich leise Schritte hörte. Ich hatte mich auf der Couch ausgestreckt, ohne mir die Mühe zu machen, nach einer Decke zu suchen. Falls Dovie also ins Wohnzimmer kam, hatte sie hoffentlich kein Problem damit, mich in Boxershorts zu sehen. Weder war ich motiviert noch Gentleman genug, schnell in meine Hose zu schlüpfen. Ich wurde nicht leicht verlegen. Außerdem war sie es, die mir ständig auf die Pelle rückte, dann musste sie meinen Anblick in Unterhose eben aushalten.

Die Schritte kamen näher, und ich beugte mich so weit über die Rückenlehne, bis ich erkennen konnte, dass sie im Durchgangsbereich zwischen der Küche und dem Wohnzimmer verharrte. Das Licht war ausgeschaltet, aber das Strahlen ihrer hellen Haut war nicht zu übersehen. Sie war wie von innen erleuchtet, und sie trug ebenfalls keine Hose. Den riesigen Pulli hatte sie noch immer an. Die Beine, die darunter hervorlugten, waren wohlgeformt. Würde ich auf Beine stehen, wären das vielleicht die besten Beine, die ich je gesehen hatte.

„Stimmt was nicht?“ Ich bemerkte, wie sie zusammenzuckte und eine Locke um einen ihrer Finger drehte. Das tat sie ständig, wenn sie nervös war.

„Hab ich dich geweckt?“

Ich rieb über mein Gesicht, schwang die Beine herum, bis meine Füße den Boden berührten, legte den Kopf zurück an die Lehne und starrte an die dunkle Decke.

„Nein“, log ich. „Ich bin nicht gern hier.“

Sie trat zur Couch und ließ sich neben mich plumpsen, nah, allerdings ohne mich zu berühren. Danach zog sie die Beine unter sich, und ich versuchte, sie nicht dabei zu beobachten. Ich spürte, wie ihr Blick über mich glitt und wieder auf mein Gesicht fiel. Mein überwiegend nackter Körper war wie eine Straßenkarte für ein kurzes und viel zu hartes und zu schnelles Leben. Ich hatte eine üble Narbe auf der Brust von einem Motorradunfall in offenem Gelände, als ich zehn war. Eine hässliche Narbe verlief über den gesamten Bizeps, weil ich zu Beginn meiner Karriere mal mit der Faust ein Autofenster eingeschlagen hatte. Außerdem eine lange Kampfwunde auf meinem Rücken, die wie die Narbe auf dem Kopf daher rührte, dass ich ein einziges Mal nicht schnell genug gewesen war, um vor einem wütenden Cop und seinem Schlagstock abzuhauen. Ganz zu schweigen von der riesigen Tätowierung des V8-Logos auf meinem Bauch und dem Namen Bax in gigantischen Buchstaben, die auf meinem Rücken von Schulter zu Schulter gestochen waren. Auf der anderen Seite meiner Rippen hatte ich ein nacktes heißes Girl tätowiert, das mit gespreizten Schenkeln auf einer Zündkerze hockte. Und an Stellen, die sie nicht sehen konnte, befanden sich zwei Flaggen, die darauf hinwiesen, dass gerade irgendjemand das Glück hatte, die Ziellinie zu erreichen.

Ganz bestimmt fühlte sie sich von alldem abgestoßen oder von mir im Allgemeinen, aber sie klopfte mit den Fingern auf ihre nackten Knie und sagte: „Echt beschissen. Das ist wirklich ein hübsches Haus. Meine Mom war auch total am Ende. Deswegen bin ich in Heimen und Pflegefamilien aufgewachsen. Sie wollte lieber Drogen nehmen als Mutter sein."

Ich redete nicht gern, vor allem nicht über Persönliches, doch sie würde es sowieso nicht lassen, also schloss ich seufzend die Augen und verschränkte die Hände vor meinem Bauch.

„Sie ist immer mal wieder trocken. Sie bemüht sich. Aber es hält nie lange an, und es bringt nichts, sie zu bedrängen. Außerdem kann ein Typ wie ich mit Haftstrafenregister und ohne Job nun wirklich nicht darüber urteilen, was richtig oder falsch ist. Ich liebe sie, sie ist meine Mom, so ist unsere Beziehung eben."

Sie gab leise und mitfühlend einen Laut von sich, und in meiner Brust rührte sich was. Hätte es sich um Mitleid gehandelt, hätte ich einfach nicht weiter auf sie geachtet. Aber ich spürte so etwas wie Verständnis und wusste nicht recht, was ich damit anfangen sollte.

„Erzähl mir von Race. Ich muss verstehen, warum du tust, was du tust. Du verärgerst irgendwelche Leute und bringst dich für ihn in Gefahr. Wieso?"

Ich öffnete die Augen und sah sie an. Sie hielt den Kopf gesenkt und starrte unverwandt auf meine über dem Bauch gefalteten Hände und die Road-Runner-Tätowierung. Wenn sie den Blick etwas tiefer gleiten ließe, würde sie erröten, denn so oder so waren wir beide nackt genug, dass mein Schwanz sich interessiert fragte, was hier los war.

„Ich habe uns ständig in Schwierigkeiten gebracht, Race hat uns rausgeboxt." Sie schnaubte, und ich musste grinsen. „Nassir meinte es ernst, als er sagte, dass ihm nicht gefällt, wie Race Geschäfte macht. Vorher lief das nämlich immer so: Ich habe für Nassir Kopf und Kragen riskiert oder wurde verprügelt, und das fand Race schrecklich. Als ich anfing, Autos zu klauen, war Nassir der Mittelsmann zwischen mir und Novak. Er hat seinen Anteil genommen. Race passte es gar nicht, dass ich das ganze Risiko trug, dass ich es war, der das Gesetz brach, während Nassir sich einfach zurücklehnte, ohne sich die Hände schmutzig zu machen."

Ich veränderte die Stellung eines Beins, um meiner weiter anschwellenden Erektion etwas Raum zu geben, und sah, wie Dovie blinzelte. Ich musste ein Grinsen unterdrücken.

„Race war es, der mir vorschlug, den Mittelsmann zu übergehen und mich direkt an Novak zu wenden. Er ist ein Typ, der das große Ganze im Auge hat und höllisch ehrgeizig ist. Egal, wie heftig ich gefeiert habe, Race hat länger gefeiert. Egal, wie viele Frauen ich abschleppte, Race hatte mehr. Es war, als müsste er sich nicht wegen, sondern trotz seiner Herkunft etwas beweisen. Ich hab das alles immer getan, weil ich es einfach gut konnte. Ich stehe auf Autos und auf den Kick. Race wollte ein

Geschäft daraus machen, er wollte clever sein. Zuerst lief es fantastisch, doch dann wurde uns klar, wie tief wir schon drinsteckten. Ich wollte nie von jemandem abhängig sein, und Race war nach wie vor an The Hill und das Hartman-Vermögen gebunden. Irgendwann waren wir desillusioniert, wir steckten fest, wir hatten mehr und mehr riskiert, und er wollte einen Weg finden, uns rauszuholen. Und da wurde ich geschnappt."

Sie räusperte sich, und wie ich sah, musste sie den Blick von dem losreißen, was unterhalb meiner Hüfte vor sich ging.

„Wie konnten sie dich schnappen, wenn du so gut warst?"

Jetzt befanden wir uns auf gefährlichem Terrain, ich war nicht sicher, ob sie dazu schon bereit war.

„Ich wurde verpfiffen."

Sie stieß die Luft aus, ihre roten Locken tanzten in die Höhe.

„Von wem?"

Ich nahm die Hände vom Bauch und ließ die Fingerknöchel knacken.

„Von Race."

Darauf folgte Totenstille. Einfach um sie zu schockieren, griff ich in meinen Schritt und rückte mein Teil zurecht. Ich hörte, wie sie einen erstickten Laut von sich gab.

„Das kann nicht sein. Er hat dich wie einen Bruder geliebt. Das hätte er dir niemals angetan. Und er hätte nie zu mir gesagt, dass ich dir vertrauen soll, wenn er geglaubt hätte, dass du dich rächen willst."

Ich stand auf und ging hinüber zu meiner Hose, die ich auf den Boden geworfen hatte, stieg hinein und holte eine Zigarette aus der Hosentasche.

„Du dachtest auch, er würde keine Stripperin vögeln, dabei hat er das regelmäßig gemacht. Wir kennen einen anderen Menschen niemals ganz und gar, und letztlich kämpft jeder Mann auf der Straße für sich allein."

„Ich verstehe es bloß nicht. Er muss einen Grund dafür gehabt haben, er hätte dich nie einfach hintergangen. Ich habe dir doch gesagt, dass er mir ständig von seinen Schuldgefühlen erzählt hat."

Ich steckte die Zigarette in den Mundwinkel und ging zurück zur Couch. Dann legte ich die Hände links und rechts neben ihrem Kopf auf die Sofalehne und sah auf sie hinab. In ihren grünen Augen entdeckte ich eine Mischung aus Mitgefühl, Ungläubigkeit und Furcht. Ich konnte sehen, wie ihre zarten Nasenflügel sich leicht blähten, als ich mich so weit vorbeugte, dass sich unsere Nasen fast berührten.

„Niemand weiß, wozu ein verzweifelter Mensch fähig ist. Keine Ahnung, warum er es getan hat, aber ich werde es herausfinden."

Sie schluckte und legte eine zitternde Hand auf ihren Hals.

„Und dann?"

Es war kaum mehr als ein Flüstern, das von ihren vollen, bebenden Lippen kam.

„Hängt von seiner Antwort ab." Ich drückte mich von der Couch ab. „Geh wieder ins Bett."

Sie nickte stumm, und ich ging nach draußen, um beruhigende Giftstoffe in meine Lunge zu saugen. Dort blieb ich ein paar Minuten, lange genug, um meine aufgewühlten Hormone unter Kontrolle zu bekommen. Ich musste damit aufhören, Races Schwester mit irgendetwas Sexuellem in Verbindung zu bringen. Das würde sowieso niemals passieren, und ich hatte keine Lust, mit schmerzenden Eiern durch die Gegend zu laufen, bis ich meinen Kumpel aufgespürt hatte.

Ich verriegelte die Eingangstür und zog die Hose wieder aus. Ich sah, dass sie auf mich gehört hatte. Nur war sie nicht zurück ins Schlafzimmer gegangen, sondern lag zu einem Ball zusammengerollt auf dem Sofa. Ich starrte sie verdutzt an und wusste nicht, was ich mit ihr anfangen sollte. Es sah nicht besonders bequem aus, doch wenn ich sie hochhob und sie in ihr Zimmer trug, würde sie bestimmt aufwachen. Ich kratzte mir den Kopf und beschloss, sie einfach dort zu lassen und mich ins Bett zu legen. Ich war in der Küche, als ich sie wimmern hörte. Das, was sie zuvor aufgeweckt hatte, schien sie nach wie vor umzutreiben.

Leise stieß ich eine ganze Litanei an Flüchen aus, dann setzte ich mich neben sie aufs Sofa. Ich legte einen Arm um ihre

Schultern und manövrierte sie gegen die Lehne, um mich vor ihr ausstrecken zu können. Wahrscheinlich würde ich auf dem Boden landen. Ich war nicht gerade schmächtig, und wir lagen sowieso schon nah beieinander, aber sie legte auch noch einen Arm um meinen Hals, schob ein Bein zwischen meine Beine und sank in tieferen Schlaf. Ich war froh, dass wenigstens einer von uns sich erholen konnte. Einem Mädchen so nahe zu sein, und dann ausgerechnet einem so faszinierenden und überraschenden Mädchen, machte meiner Willenskraft schwer zu schaffen.

Ich sollte mich nicht für sie interessieren, aber in Wahrheit interessierte mich alles an ihr, und das passte mir überhaupt nicht in den Kram.

Ihr sanfter Atem strich über meinen Hals, ich stöhnte laut auf und stellte mich auf eine lange, schaflose Nacht ein.

„Ich wollte eigentlich warten, bis wir uns bei der Arbeit sehen. Aber die Situation ist ernster, als ich dachte."

Als ich meine verspannten Muskeln spürte, warf ich ächzend einen Arm über meine Augen. Ich lag allein auf der Couch, Dovie schien zu telefonieren. Tageslicht fiel mir voll ins Gesicht, und ich hatte einen steifen Nacken, weil ich Dovie die ganze Nacht fest an meine Brust gedrückt hatte.

„Ja, alles ist weg. Kleider, Bücher, alles. Ich weiß nicht, wie lange ich bei dir bleiben kann, aber meine Wohnung ist einfach nicht sicher."

Ich hörte sie noch etwas murmeln, dann sagte sie leise „danke" und kam zurück ins Wohnzimmer. Sie stützte sich mit einer Hand auf der Lehne ab. Ich nahm den Arm von meinem Gesicht, um ihren Blick aus grünen Augen zu erwidern. Sie kaute auf ihrer Unterlippe und spielte mit ihrem Haar, somit wusste ich, dass sie sich unbehaglich fühlte.

„Meine Freundin Brysen wohnt ungefähr sechs Straßen weiter. Ich werde bei ihr bleiben. Niemand weiß, dass ich mit ihr gesprochen habe, weil wir eigentlich nur Kolleginnen sind, also sollte das okay sein. Ungefährlich."

Keine Ahnung, wie sie darauf kam, dass ich darüber diskutieren würde, deswegen legte ich einfach nur den Arm wieder über die Augen. „Ich bringe dich hin."

Sie räusperte sich und seufzte. Wie es schien, wollte sie mich nicht weiterschlafen lassen. In der Zeitspanne zwischen dem Einschlafen mit mir als Kopfkissen und dem Erwachen war ihr wohl etwas gegen den Strich gegangen.

„Ich möchte Race wirklich finden. Doch nach letzter Nacht und nach allem, was du mir erzählt hast, bin ich mir nicht mehr sicher, ob du ihm überhaupt helfen willst."

Es war früh, mir taten die Knochen weh, und ich hatte null Interesse daran, diese verklemmte Kleine davon zu überzeugen, dass ich Race nicht schaden wollte. Ich schwang die Füße auf den Boden, griff nach meinem T-Shirt und zog es über. Meine Zähne fühlten sich widerlich an, und ich brauchte dringend eine Schmerztablette für meinen Nacken. Ich warf ihr einen scharfen Blick zu, während ich ungeduldig meine Stiefel anzog. „Brauchst du Kohle?"

Daraufhin blinzelte sie wie eine Eule.

„Wie bitte?"

Fluchend stand ich auf. Ich hatte Hunger. Ich musste sie loswerden und mir was zu essen besorgen. Sie brachte alles durcheinander und ging mir auf die Nerven. Ich hatte keine Zeit für solchen Unsinn. „Bargeld, Cash, Dollar, Mäuse … brauchst du Geld, um dir Klamotten und diesen ganzen Mädchenscheiß zu kaufen?"

Sie sah mich an, den Kopf zur Seite geneigt, als würde ich eine Fremdsprache sprechen, also zog ich leise fluchend ein paar Hunderter aus der Brieftasche und drückte sie ihr in die Hand.

„Gehen wir. Ich bin am Verhungern, und ich hab genug von diesem Haus." Ich steuerte auf die Haustür zu, ohne zu warten, ob sie mir folgte oder nicht. Sie benahm sich, als hätte sie Angst vor mir, und das ärgerte mich. Warum führte sie sich so auf … ich hatte nichts Schlimmes getan oder sie gar angemacht.

Ich hörte sie hinter mir herrennen, und bevor ich den Wagen erreicht hatte, packte sie mich am Ellbogen. Sie versuchte, mir das Geld zurückzugeben, aber ich schüttelte sie ab und ging zur Fahrertür.

„Ich kann das nicht von dir annehmen. Wir sind keine Freunde. Ich denke nicht mal mehr, dass wir auf derselben Seite stehen, und ich will nichts mit dir und deinen kriminellen Machenschaften zu tun haben."

Ich biss die Zähne zusammen und hob eine Augenbraue. Sie war heute Morgen wirklich zickig. Wahrscheinlich war sie nicht sonderlich erfreut gewesen, halb auf mir liegend aufzuwachen, aber ich sah es nicht ein, als Zielscheibe für ihre Wut herzuhalten.

„Steig ins Auto. Das Geld ist sauber." Nun, sauber in dem Sinne, dass ich einen alten Super Bee in Schuss gebracht hatte. Wobei ich den Bee bei einem illegalen Rennen gewonnen hatte, als ich noch nicht mal alt genug war, um zu wählen. „Ich habe jetzt nicht die Geduld für dieses Theater, Rotschopf, also deine Entscheidung. Steig ein und ich bringe dich hin, oder du kannst zu Fuß laufen. Mir ist es so oder so egal."

Sie überlegte, zu Fuß zu gehen, das sah ich ihr an, doch als ich den Motor anließ, stieg sie ein. Ihr Haar war ein einziges wirres Durcheinander. Ich wusste, dass es weicher war als alles, was ich je in meinem Leben berührt hatte, und dass man seine Hände leicht in all diesen Locken verheddern konnte, aber daran wollte ich jetzt nicht denken. Sie hatte die Lippen zu einer dünnen Linie zusammengepresst und die Arme unter ihren Brüsten verschränkt, die – so begann ich zu glauben – ähnlich umwerfend sein mussten wie ihre Beine. Sie sah aus wie ein schmollendes kleines Kind. Ich schätzte, es ging ihr gegen den Strich, dass ich mich nicht mit ihren komplizierten Mädchengedanken befasste oder damit, dass sie nicht länger in meiner Nähe sein wollte. Es war, wie es war, und für mich bedeutete das nichts anderes, als dass ich mich auf meiner Suche nach Race freier bewegen konnte.

Steif gab sie mir die Wegbeschreibung zu einem hübschen Haus weiter oben in The Hill. Hier würde wirklich niemand nach ihr suchen. Ich hielt mit laufendem Motor vor der Auffahrt und wartete, dass sie ausstieg. Es war ja nicht so, dass ich ihr eine innige Verabschiedung schuldete oder so was. Sie betrachtete mich einen Moment und legte dann das Geld, das ich ihr gegeben hatte, aufs Armaturenbrett. Ohne ein Wort stieg sie aus und ging die Auffahrt zu dem großen Haus hinauf. Ich stieß die Luft aus, die ich gefühlt eine Stunde lang angehalten hatte, und machte mich mit quietschenden und rauchenden Reifen aus dem Staub.

Ich hatte keine Ahnung, was das mit Races Schwester war, ob es nur daran lag, dass sie zu dem einzigen Menschen auf der Welt gehörte, der mir wirklich wichtig war. Jedenfalls konnte ich es mir nicht erlauben, mich von ihr derart durcheinanderbringen zu lassen. Mein Leben war nicht für diesen Wohlfühl-Mist gemacht.

Den Rest des Tages verbrachte ich damit, durch die Gegend zu rennen und Kontakt mit Leuten aufzunehmen, die ich lange nicht gesehen hatte. Mit Leuten, die mir noch Geld schuldeten, und mit jedem, von dem ich glaubte, dass er etwas über Race wissen könnte. Außerdem besuchte ich meine Mutter in dem elenden Schuppen, in dem sie wohnte. Es war nur ein gemietetes Zimmer in einer Unterkunft voll mit anderen Abhängigen und Leuten, die einfach aufgegeben hatten. Sie könnte jederzeit in dem Haus wohnen, das ich ihr gekauft hatte, doch war sie nicht in der Lage, die Flasche mal lange genug wegzustellen. Das brannte wie Gift in meinen Eingeweiden und versetzte mich in ziemlich üble Laune.

Ich rief Roxie an und sagte ihr, dass ich später am Abend wiederkommen würde. Und ich dachte nicht ein einziges Mal an Dovie oder was eigentlich passiert war, daran, dass sie vor mir davongelaufen war, als ob ich ihr was getan hätte. Ich war kein guter Kerl, aber sie hatte ich nun wirklich in Ruhe gelassen, und es passte mir nicht, dass sie mich wie einen Feind behandelte.

Zu jedem, dem ich den Rest der Woche über den Weg lief, war ich unfreundlich und kurz angebunden. So langsam kostete es mich den letzten Nerv, dass niemand – und ich meine *niemand* – etwas über Race wusste. Drei Leute sagten, dass er sich wegen irgendeines reichen Typen umgehört hätte, aber keiner kannte dessen Namen oder hatte sonst eine Information, die mir hätte weiterhelfen können. Und egal, wohin ich mich wandte, rannte ich entweder gegen eine Wand oder direkt in Benny hinein. Ich hatte die Nase voll von seinem selbstgefälligen Grinsen, ihm war klar, dass ich auch nicht weiter kam als er. Als er mich fragte, wie Dovie die Umgestaltung ihrer Wohnung gefallen hätte, musste ich meine ganze Willenskraft aufbringen, um ihm nicht die Zähne einzuschlagen. Aber im Gefängnis hatte ich nicht zuletzt Geduld gelernt, wie man den richtigen Zeitpunkt abwartete und wie süß Rache war, sobald sie unverhofft von selbst geliefert wurde. Also ignorierte ich ihn und sorgte dafür, dass er jedes Mal, wenn ich ihn stehen ließ, sehen konnte, wie sich in meinen Augen ein Unwetter zusammenbraute.

Mitte der Woche schickte ich Dovie eine SMS, um ihr mitzuteilen, dass ich noch keine Fortschritte gemacht hatte. Sie antwortete nicht, was mich nicht überraschte. Inzwischen nahm sie ja an, dass ich ihrem Bruder etwas antun würde. Es machte mich wütend, wie sehr mir ihre Meinung über mich unter meine sonst so dicke Haut ging. Sinnlos, sie davon zu überzeugen, dass ich sowieso erst mal Races Version hören wollte, bevor ich entschied, was ich von der ganzen Sache hielt. Ich war nicht der Typ, der seine Motive erklärte oder rechtfertigte, zumal Race mir früher immer den Rücken freigehalten hatte, ohne dumme Fragen zu stellen. Es musste einen Grund dafür geben, dass er mich hereingelegt hatte, eine Erklärung für den bittersten Verrat, den ich in meinem ziemlich kurzen Leben erlebt hatte. Und diese Erklärung sollte von ihm kommen, ich musste sie von Mann zu Mann hören. Vielleicht würde ich ihn danach umbringen, weil die Antwort mir nicht genügte, aber ich kannte Race. So oft, wie er mich schon gerettet hatte, hielt ich es für ausgeschlossen, dass er meinem Untergang einfach tatenlos zugesehen hatte.

Bevor ich mich's versah, war Freitag, und ich hatte für den Kampf in Nassirs Club zu erscheinen. Ich hatte seit meinem ersten Jahr im Gefängnis nicht mehr gekämpft. Sobald ich aus purer Verzweiflung all die Typen fertiggemacht hatte, die größer waren als ich, hörten sie auf, mich anzumachen. Sie hörten überhaupt auf, sich für mich zu interessieren. Natürlich gab es ständig Raufereien und Streit, das war normal, wenn man einen Haufen gewalttätige Männer zusammensperrte, aber um mein Leben oder meinen Stolz hatte ich lange nicht mehr kämpfen müssen. Und für Geld zuletzt als Teenager. Hoffentlich war ich noch in der Lage, eine anständige Tracht Prügel einzustecken und vor allem hinterher wieder schnell genug auf die Beine zu kommen.

Ich rauchte wie ein Schlot, zum Platzen voll von nervöser Energie, was ich natürlich niemals zugegeben hätte. Aus Nassirs House-Dance-Club war ein höhlenartiger Fight Club geworden. Statt cooler Studenten aus The Hill, die sich einfach amüsieren wollten, war der Laden jetzt überfüllt mit Männern und Frauen, die sich auf eine animalische und blutige Show freuten. Ich wollte gar nicht wissen, wie meine Chancen standen. Ich hatte einen kurzen Blick auf den anderen Typen werfen können, als er mit seiner Entourage hereingewalzt kam, und eins stand fest: Er war ein Monster. Ein paar Zentimeter größer als ich, aber schlanker und durchtrainierter. Ich war eher stämmig und massig wegen der billigen Trainingsgeräte im Gefängnis. Dieser Typ sah aus, als ob er einen Coach und ein ganzes Team hätte, deren einziges Ziel es war, eine Kampfmaschine aus ihm zu machen.

„Nervös?"

Nassirs sanfte Stimme zerrte an meinen sowieso schon blank liegenden Nerven, denn jetzt sah ich den Kreis, den jemand mit roter Farbe auf den Boden gesprüht hatte. Kein Ring. Keine Polster. Nichts als Fäuste und Blut. Eine brutale Art, an Geld zu kommen.

„Nein."

Ich sah ihn über die Schulter an. Er hielt ein Glas Scotch in der Hand, der garantiert älter als ich war, und betrachtete mich mit unergründlichem Blick.

„Überrascht mich, dass du überhaupt einverstanden warst. Siebentausendfünfhundert ist ein fairer Anteil. Ich weiß, dass du einen Großteil der Kohle, die Novak dir gezahlt hat, gespart hast. Also kann es hier nicht um Geld gehen. Ich dachte, du willst vielleicht einfach dein Gesicht vor der Rothaarigen wahren, doch nun bist du allein hier."

„Ich muss vor niemandem das Gesicht wahren."

„Ahhh … aber sie war anders. Ich hab schon viel erlebt, Bax. Mein wichtigstes Talent ist, Leute auf den ersten Blick einschätzen zu können. An ihr ist mehr dran als sonst an deinen Flittchen."

Ich stierte ihn finster an und öffnete und schloss mechanisch die Hände. Wegen meiner Mom war ich kein großer Trinker, jetzt hätte ich jedoch gern mit einer Flasche Tequila in einem dunklen Raum gesessen, um mir Mut zu machen. Ich legte die Hände auf das Kettengeländer und betrachtete die Menschenmenge unter mir. Mindestens die Hälfte der Leute hoffte, dass mein Gegner mir den Schädel einschlug, dem Rest war egal, wer gewann, solange sie am Ende der Nacht Geld ausbezahlt bekamen. Mir wurde übel. Ich wollte nicht, dass mein Leben so aussah. Gleichzeitig konnte ich mir nicht vorstellen, es jemals wirklich hinter mir lassen zu können.

„Sie ist jemandem wichtig, der mir wichtig ist. Deswegen ist sie anders."

„Da ist mehr dahinter. Ein Mann wie du – steckt man ihn lange genug in einen Käfig, wird er entweder zahm oder entwickelt sich in ein wildes Tier zurück. Du warst sowieso schon wild, also blieb dir gar nichts anderes übrig, als dich zähmen zu lassen. Du bist nicht mehr der Alte, Baxter. Das kann ich sehen, und wenn ich es sehe, dann wird Novak es auch sehen und es ausnutzen. Du solltest vorsichtig sein."

Seine Worte krochen mir unter die Haut und ließen das Blut in meinem Kopf pochen. Ohne darüber nachzudenken, nahm ich ihm das Glas aus der Hand, um es über das Geländer nach unten zu schleudern. Ich sah, wie es auf dem Boden zerschellte und die teure Flüssigkeit die Leute nass spritzte. Nassir schnalzte mit der Zunge, dann drückte er meine Schulter.

„Verstehst du, was ich meine? Früher hättest du mich einfach ignoriert. Viel Glück, mein Freund. Normalerweise würde ich nicht denken, dass du es brauchst, aber heute Abend bin ich mir nicht so sicher.“ Er wandte sich zur Treppe. „Du hast zehn Minuten, ich schlage vor, du konzentrierst dich auf den Kampf.“

Ich atmete heftig aus, ließ den Kopf hängen und drückte die Augen fest zu, bis ich Sternchen sah. Sosehr es mich ärgerte, Nassir hatte recht. Schon bevor ich ins Kittchen gewandert war, hatte ich aussteigen wollen. Und die folgenden fünf Jahre hatten mich darin bestätigt, dass es unsinnig war, so zu tun, als ob ich neun Leben hätte. Als ich die Augen wieder öffnete, registrierte ich einen Wust orangeroter Locken, der sich durch die rasende aufgepeitschte Menge bewegte. Ich musste zweimal hinsehen, weil ich zu halluzinieren glaubte, doch da drehte sie sich um, sah nach oben, und unsere Blicke trafen sich. Ein Mädchen mit schicker blonder Frisur legte eine Hand auf ihre Schulter und brüllte ihr was ins Ohr, und sie nickte, wobei sie jedoch mich ansah.

Ich hatte sie eine Woche nicht gesehen, seit Donnerstagfrüh, aber es fühlte sich länger an. Ihre Haut war blasser, die Augen wirkten rauchiger, die Sommersprossen auf ihrer kleinen Nase waren deutlicher zu sehen. Sie schien selbst nicht zu wissen, was sie hier eigentlich wollte. Ihre Freundin umfasste ihren Ellbogen und zog sie aus dem Weg, als der andere Typ plötzlich in die Mitte des Kreises sprang.

Lautes Tosen erhob sich aus der Zuschauermenge, und der Typ begann zu brüllen wie ein Irrer. Verdammt, er musste mit irgendwas zugedröhnt sein. Anders ließen sich die angeschwollenen Venen und sein wildes Starren nicht erklären. Er riss sich das T-Shirt herunter und warf es in die Menge, was die Zuschauer noch mehr aufpeitschte. Er trug eine Cargohose und hatte sich schwarze Kleckse unter jedes Auge gemalt, als wäre er in einem Kriegsgebiet oder so was. Mich beschlich das Gefühl, dass diese Nacht sich endlos ziehen würde.

Leise brummend und nach wie vor über Dovies Erscheinen erstaunt, ging ich die Treppe hinunter zu der Stelle, an der ich sie zuletzt gesehen hatte. Ich brauchte nicht lange zu suchen, denn sie stürzte schon in der Sekunde auf mich zu, in der meine Stiefel den Boden berührten. Ich zog die Kapuzenjacke aus, angelte nach meinen Zigaretten und reichte ihr beides wortlos. Ihre Freundin glotzte mich von Kopf bis Fuß an, aber ich war vollkommen gefangen von Dovies Blick aus waldgrünen Augen.

„Ich habe eine SMS bekommen, dass Race auf jeden Fall bei einem Kampf von dir auftauchen würde. Sie haben mir sogar den Code geschickt, mit dem ich diese verrückte rosa Tür aufbekommen habe."

Sie umklammerte meine Kapuzenjacke, während ich den Kopf schüttelte. „Er wird nicht kommen. Das war eine Falle. Sie wollen dich hierhaben, damit ich abgelenkt bin und dieser Hulk da mir den Schädel einschlagen kann."

Ihre Augen wurden groß. „Benny?"

Ich zuckte mit den Schultern. „Novak. Benny ist nicht annähernd klug genug." Es ärgerte mich maßlos, dass ich tatsächlich froh war, sie zu sehen. Ich mochte diesen trotzigen Schwung ihres Kinns und die chaotische Haarmasse. Ich zog mir das T-Shirt am Kragen über den Kopf herunter und reichte es ihr ebenfalls. Ihr Blick fiel auf meine Brust, dann blickte sie hastig wieder auf. Vielleicht hielt sie mich für einen Dreckskerl und hinterfragte meine Motive, aber sie war scharf auf mich, das war nicht zu übersehen.

„Du musst dich unbedingt im Hintergrund halten. Die Leute hier drehen durch. Es gibt keinen Schiedsrichter, keine Regeln, und es wird ziemlich bald ziemlich hässlich. Falls jemand viel Geld auf mich gewettet hat und ich verliere, ist es nicht mehr nur mein Gegner, der mir gewaltig in den Hintern treten will. Sei nicht dumm. Wenn du merkst, dass die Menge durchdreht, dann verzieh dich so schnell wie möglich. Oder verschwinde am besten jetzt gleich."

Sie drückte meine Sachen an ihre Brust und warf der Blondine einen fragenden Blick zu. Die zuckte mit den Schultern und sah mich an.

„Ist deine Entscheidung, Dove. Ich hab dir gesagt, dass irgendwas mit der SMS nicht stimmt."

Dovie wandte sich wieder an mich: „Ist es für dich sicherer, wenn ich gehe?"

Ich kam nicht mehr dazu, „zum Teufel, ja" zu sagen, weil in diesem Moment Nassir neben mir aufkreuzte.

„Es ist Zeit, Romeo."

Ich warf Dovie einen letzten Blick zu und drückte mich an ihr vorbei in die Menge. Ich rieb schnell meinen rasierten Kopf und versuchte, den Lärm und den Geruch von Schweiß und Aufregung zu ignorieren. Ich schob Hände weg, die mir auf die Schulter klopften oder mich abklatschen wollten, und zischte Nassir an: „Womit hat der Typ sich aufgeputscht?"

Er zuckte die Achseln. „Wer weiß?"

„Von wegen sauberer Kampf, verarschen kann ich mich selbst."

„Hast du was anderes erwartet?"

Von ihm nicht.

„Behalt das Mädchen im Auge, Nassir. Falls ihr in deinem Laden irgendwas passiert, mache ich dich persönlich dafür verantwortlich."

Jetzt standen nur noch wenige Leute zwischen mir und dem aufgesprühten Kreis.

„Du solltest besser als Sieger rauskommen, wenn du dir Sorgen um ihre Sicherheit machst."

Ich warf ihm einen abfälligen Blick zu, den er mit einem wunderschönen Lächeln erwiderte. Ich hätte ihm gern eine gescheuert, doch in diesem Moment erhob sich ein Brüllen, das gut in die Serengeti gepasst hätte. Der letzte Zuschauer vor mir duckte sich weg, und schon traf mich ein Schlag meines Gegners mit der Wucht eines menschlichen Bulldozers. Ich knallte so hart auf den Betonboden, dass es in meinen Ohren pfiff und ich die Englein singen hörte. Als schwere Faustschläge auf meine Rippen einprasselten, ächzte ich auf, was jedoch über die Schreie der Menge und das laute Knurren meines Angreifers hinweg nicht zu hören war.

Ich packte ihn am Hals und schob ihn von mir, weit genug, dass ich auf die Beine springen konnte. Er verlor keine Zeit, stürzte sich wieder auf mich, nur war ich diesmal vorbereitet und traf ihn mit meinem gut platzierten Knie in die Mitte. Er knickte ein. Er war stark, aber die Drogen machten ihn so wild, dass er nicht in der Lage war, meinen nächsten Schritt vorauszusehen. Ohne schlechtes Gewissen schlug ich ihm hart ins Gesicht, während er noch immer nach vorn gekrümmt stand. Eine Blutfontäne schoss aus seinem Mund, und das wütende Zischen und Schreien der Zuschauer hallte von den Dachsparren wider.

Plötzlich kam er nach oben und rammte den Kopf direkt in meine ungeschützten Weichteile. Tat verdammt weh. Zischend drang die Luft aus meiner Lunge, mir wurde schwarz vor Augen. Er hatte mich so weit aus dem Gleichgewicht gebracht, dass ich mich nicht schnell genug fing, um seinen nächsten Schlag abzuwehren, der mir die Wange aufriss. Ich schmeckte mein eigenes Blut, und das machte mich rasend.

Er zielte wild auf meine Beine, traf jedoch nicht. Ich schnappte mir einen seiner Arme und zerrte ihn hinter seinen Rücken. Ich zog so fest daran, bis ich ein Plopp hörte, und ließ dann los. Ich wollte ihm den Arm nicht brechen, aber solange ich seine Hand nach oben riss, ersparte ich mir weitere von seinen brutalen Schlägen. Ich spuckte einen Mundvoll Blut aus und keuchte, als er seinen freien Arm plötzlich um meinen Hals schlang. Ich wusste nicht, wie er das hinbekommen hatte, doch er nutzte die Tatsache todsicher zu seinem Vorteil. Er drückte und drückte, und ich krallte mich in sein Fleisch, bis die Haut ganz rutschig war von seinem Blut. Ich bekam keine Luft mehr. Er war dabei, mich zu erwürgen.

Kurz bevor es dazu kam, schleuderte ich den Kopf so fest ich nur konnte zurück. Zum Glück hatte ich einen harten Schädel. Ich hörte sogar über das Kreischen der Menge und das Rauschen des Blutes in meinen Ohren hinweg, wie der dünne Knochen in seiner Nase brach, und dann sein wutentbranntes Aufheulen. Zwei Nasen, die ich in genauso vielen Wochen gebrochen hatte, nur war dieser Typ nicht Benny. Er war mit Drogen vollgepumpt und wollte Blut sehen. Ich sprang zurück, als er auf mich zutaumelte. Mein Kopf schmerzte, meine Rippen waren sicherlich geprellt, und der rostige Geschmack von Blut von meinem Gesicht und der erneut aufgeplatzten Lippe füllte meinen Mund. Ein Zuschauer warf eine Bierflasche in den Kreis, die vor meinen Füßen zersplitterte. Vielleicht hätte ich mir das mit dem Glas, das ich zuvor über das Geländer geschleudert hatte, besser überlegen sollen.

Ich wich ihm aus und dann noch einmal und landete einen soliden Schlag gegen sein Knie. Langsam wurde ich müde, doch er hatte chemischen Brennstoff in sich, der ihn in Schwung hielt, obwohl sein Gesicht wie rohes Fleisch aussah und seine ausgerenkte Hand in einem merkwürdigen Winkel vom Gelenk abstand. Das hier musste aufhören, und zwar sofort. Ich überlegte, wie ich das am schnellsten erreichte, versuchte, seine Schwachstelle zu finden. Da bückte er sich und zog etwas aus der Seite seines Stiefels. Laut fluchend wich ich einen Schritt zurück, als er ein Springmesser aufklappte. Der Anblick der Waffe ließ das Publikum regelrecht explodieren. Weitere Scherben und Flüssigkeiten, die ich gar nicht identifizieren wollte, regneten auf uns herab. Das konnte nicht gut für mich ausgehen.

Er stürmte wieder auf mich zu, und ich entkam nur knapp der Klinge. Ich spürte die rasiermesserscharfe Spitze über die gespannte und verschwitzte Haut meines Bauchs kratzen. Ich wich zurück und behielt abwechselnd ihn und das Messer fest im Auge.

„Scheiße." Sein Blick war vollkommen durchgedreht und außer Kontrolle. Er musste genauso schlimme Schmerzen haben wie ich, aber davon war wegen der Drogen in seinen glasigen Augen nichts zu bemerken. Er griff an, ich wich aus. Er stach zu, und ich sprang zurück. Der einzige Weg, das hier hinter mich zu bringen, war, ihn nahe genug an mich heranzulassen, um ihm das Messer wegzunehmen.

Ich holte tief Luft, trat seiner nächsten Vorwärtsbewegung entgegen und spürte, wie die Klinge über meine Rippen glitt, oben, in Höhe meiner Achselhöhlen. Ich stieß die Arme nach unten, sodass seine Hand feststeckte. Wir standen jetzt Auge in Auge. Seine Nase war vollkommen im Arsch, und er schnaufte und schnaubte wie ein Stier. Er würde sich nicht einfach so ergeben. Ich drehte mich, nutzte den Vorteil, den ich trotz meiner aufgeschlitzten Seite hatte, und bog ihn zurück, bis ich seine Knochen knacken hörte und das Messer zu unseren Füßen auf den Boden fiel. Er brüllte und schrie und versuchte, seinen nun nutzlosen Arm aus meinem Griff zu winden. Ich hielt ihn fest, bis er vor mir in die Knie ging, Blut und Rotz und schwarze Farbe über das Gesicht verschmiert.

Ich legte ein Knie unter sein Kinn, damit er zu mir hochsah.

„Tut's weh?"

Er ließ eine ganze Flut von Schimpfworten auf mich los.

„Im Ernst, Alter. Sind wir fertig?" Ich drückte den gebrochenen Arm noch fester in meine blutige Seite. Ich verlor gerade literweise Blut.

Er brüllte weiter Flüche und versuchte, mich mit der Hand, die ich ihm zuvor bereits ausgerenkt hatte, zu packen. Ich seufzte. Dann stieß ich ihn zurück und verpasste ihm einen raschen, fiesen und vollkommen unfairen Schlag ins Gesicht. Mit verdrehten Augen fiel er wie ein Babynashorn, das von einem Betäubungspfeil getroffen worden war, einfach um.

Ich hörte, wie die Menge durchdrehte, hörte meinen Namen, aber es gelang mir kaum, aufrecht stehen zu bleiben. Ich sah, wie Nassir mir zunickte, wie der Kreis sich um mich schloss, als die Entourage des Monsters versuchte, den Typen hochzuheben. Ich musste verdammt noch mal hier weg.

Plötzlich konnte ich nichts anderes mehr sehen als grüne, besorgte Augen.

„Bist du okay? Du blutest ganz schön."

Sie reichte mir mein T-Shirt, doch statt es anzuziehen, knüllte ich es zusammen, um es an meine Seite zu pressen. Ich spürte, dass das Blut durch den Stoff sickerte.

„Ich werde es überleben. Ich muss mir jetzt mein Geld von Nassir holen, damit er es sich nicht noch anders überlegt oder mit einem weiteren brillanten Plan ankommt."

Sie biss sich auf die Unterlippe und schob meine Kapuzenjacke etwas zur Seite, um mir einen dicken Umschlag in ihrer anderen Hand zu zeigen.

„Ich hab Brysen während deines Kampfs nachzählen lassen. Er hat es mir gegeben, bevor du überhaupt zum ersten Mal zugeschlagen hast. Er war sich wohl ziemlich sicher, dass du gewinnst. Ist alles da, abzüglich seines Anteils."

Ich blinzelte, weil ihre Worte durchs eine Ohr hinein- und durchs andere hinausgingen und es mir schwerfiel, ihr Gesicht scharf zu sehen.

„Ich muss hier weg."

„Du gehörst ins Krankenhaus."

„Muss bloß ein bisschen zusammengeflickt werden. Darum hat sich Race immer nach meinen Kämpfen gekümmert."

Mist. Ich musste vollkommen wirr in der Birne sein, sonst hätte ich ihr so was niemals erzählt.

Sie legte den Kopf zur Seite und reichte mir die Kapuzenjacke. Ich benötigte ihre Hilfe, um meine schweren Arme in die Ärmel zu stecken. Dann starrte ich sie nur stumm an, als sie ihre kleine Hand in eine der Taschen schob, um meinen Autoschlüssel herauszunehmen.

„Komm. Ich bringe dich zum Haus deiner Mom. Mal sehen, vielleicht schaffe ich es ja, dich am Leben zu halten."

„Niemand darf mein Auto fahren." Ich klang wie betrunken. Die Worte waren verwaschen, und ich war mir nicht sicher, ob ich überhaupt bis zum Stadtrand durchhalten würde. „Niemand außer mir."

Sie legte sich den Arm an meiner unverletzten Seite über die Schulter, und ich brach halb auf ihr zusammen. Zum ersten Mal, seit ich Race mit sechzehn erlaubt hatte, mich in ein Krankenhaus zu bringen, ließ ich es zu, dass sich ein anderes menschliches Wesen um mich kümmerte. Und ich wollte nicht darüber nachdenken, was das bedeutete. Für jeden von uns.

6. KAPITEL

Dovie

Ich hatte gewusst, dass mit der SMS was nicht stimmte. Genauso wie ich gewusst hatte, dass Ärger vorprogrammiert war, als ich auf dem Sofa aufwachte und Bax mich festhielt wie etwas sehr Wertvolles. Ich hatte mich nie zuvor sicher, nie beschützt gefühlt, nicht mal, als Race aufgetaucht war. Jeder Tag würde ein harter Kampf werden, das hatte ich immer gespürt. In diesem Moment, als ich in Bax' Umarmung gehüllt war, fühlte es sich jedoch an, als ob mir nie etwas Schlimmes geschehen könnte. Deswegen bin ich abgehauen. Sicher, ich wusste nicht, welche Pläne er wegen meines Bruders tatsächlich verfolgte, doch das war nicht alles. Darüber hinaus bekam ich langsam das Gefühl, dass er auch noch einen speziellen Plan für mich hatte. Es war nicht besonders klug, Brysen nach dem Kampf allein zurück nach Hause zu schicken. Aber wie es aussah, konnte ich vor dem Typen weglaufen, so schnell ich wollte, jedes Mal, wenn ich mich umdrehte, schien er mir näher zu sein als zuvor.

Ich hatte meine ganze Willenskraft aufwenden müssen, um Mitte der Woche nicht auf seine SMS zu reagieren. Und tatsächlich hatte ich Brysen zu dem Kampf mitgeschleppt, weil ich Bax sehen wollte, nicht weil ich wirklich glaubte, meinen Bruder dort zu treffen. Ich fühlte mich gefährlich zu ihm hingezogen; er war wie ein Magnet und schwer zu durchschauen, und nach dieser brutalen Schlägerei wusste ich, wie viel Gewalt unter seiner tätowierten Haut lauerte. Er verlor viel zu viel Blut aus der Schnittwunde, weigerte sich aber hartnäckig, sich ins Krankenhaus fahren zu lassen. Stattdessen drückte er mir etwas Geld in die Hand und wies mich an, bei einem Drugstore zu halten, um das Nötigste zu besorgen, sodass er vom Blutverlust nicht ohnmächtig wurde. Außerdem bat er mich, ein paar Tuben Sekundenkleber mitzubringen. Ich wollte gar nicht wissen, was er damit vorhatte.

Als wir vor dem Haus hielten, hatte er die Augen fest geschlossen, der Schmerz grub tiefe Furchen in seine Augenwinkel. Seine Haut sah wächsern und blass aus, was den schwarzen Stern nur noch markanter und bedrohlicher hervortreten ließ. Ich musste aussteigen und ihm die Tür aufmachen. Als ich sah, wie viel Blut durch die Kapuzenjacke gedrungen war, schnappte ich nach Luft.

„Bax, das ist sehr viel Blut."

Er brummte nur und taumelte zur Haustür.

Ich langte um ihn herum, um sie für ihn zu öffnen, und verlor mich fast in der endlosen Dunkelheit seiner Augen, als er auf mich herabsah. Ich musste schlucken und blinzelte. Dann schüttelte er kurz den Kopf und zog bereits die Jacke aus, schon bevor ich das Licht angeschaltet hatte. Das T-Shirt, das notdürftig als Verband diente, war so blutdurchtränkt, dass er es nur noch in den Müll werfen konnte. Ich wusste nicht, was ich tun sollte. Ich hatte ihn in Sicherheit gebracht, er war ein großer Junge und hatte ganz offensichtlich Übung darin, selbst auf sich aufzupassen. Brysen wohnte nur wenige Minuten von hier entfernt, ich könnte in null Komma nichts bei ihr sein, gesund und munter, aber nichts davon fühlte sich richtig an. Während ich diesem halb nackten Mann ins Badezimmer folgte, überlegte ich hin und her.

Auf seiner straffen Haut bildeten sich bereits schwarze und blaue Flecken. Der Messerstich an seiner Seite hatte nur knapp das nackte Pin-up-Girl verfehlt, das fast seine ganze Flanke zierte. Aus dem Schnitt in der Wange sickerte stetig Blut, und seine Unterlippe war erneut aufgerissen. Er sah grässlich aus.

„Setz dich auf die Toilette, dann kann ich die Wunden so gut es geht säubern." Ich hatte oft genug Carmens Jungen nach Raufereien mit den Kids in der Nachbarschaft wieder zusammengeflickt. Aber natürlich war das hier etwas ganz anderes, zumal meine Haut durch die Nähe zu ihm wie elektrisiert war.

Er sah mich ausdruckslos im Spiegel über dem Waschbecken an. Genauso gut hätte er direkt aus einem Kriegsgebiet kommen können.

„Hast du Angst vor mir?" Seine Stimme war kratzig.

Ruhig erwiderte ich seinen Blick. „Panische."

Er nickte bestätigend.

„Vertraust du mir?"

„Nein."

Ich sah, wie ein Schatten über sein Gesicht huschte. Er rieb sich mit den Fingerknöcheln die blutigen Stellen.

„Wirst du mit mir schlafen?"

Ich atmete hastig durch die Nase ein. Am liebsten hätte ich weggesehen, doch er ließ meinen Blick nicht los. „Wahrscheinlich."

Endlich sah er weg, nahm einen Waschlappen und klatschte ihn auf die Wunde.

„Ich habe mich Anfang der Woche mit Roxie getroffen. Ich bin kein netter Kerl. Du weißt nicht, wie die Sache zwischen mir und deinem Bruder ausgeht. Wenn ich das mit Novak erledigt habe, könnte es gut sein, dass ich entweder tot oder im Knast bin. Wirst du trotzdem mit mir ins Bett gehen?"

Durch mein Herz ging ein merkwürdiger Ruck, und mein Blut stellte auch etwas Komisches an, denn ich spürte tatsächlich, wie es in meinen Venen langsamer floss. Zumindest machte er einem nichts vor. Er drehte sich um und lehnte sich an den Waschtisch. Seufzend nahm ich ein Handtuch, um es auf seine Seite zu drücken, aus der stetig Blut strömte. Seine Haut war warm, obwohl sich eine Gänsehaut auf seinem nackten Oberkörper gebildet hatte.

„Falls ich das tue, wird es dann irgendwie anders sein als mit Roxie oder dieser Stripperin?"

„Willst du, dass ich dich anlüge?"

Ich bedeutete ihm, das Handtuch zu halten, damit ich mich um sein Gesicht kümmern konnte. Zuerst säuberte ich es mit einem mit Peroxid getränkten Wattebausch, woraufhin er fluchte und mich finster anstarrte. Also nahm ich die kleinen Klammerpflaster, die ich gekauft hatte, und klebte ein paar davon auf seine Wange.

„Ja, ich denke, das will ich." Ich merkte ja sowieso nicht, wann er mich anlog und wann nicht.

Leise grunzend kniff er die Augen noch mehr zusammen, als ich etwas antibakterielle Creme auf seine Lippe schmierte.

„Nein. Das mit dir wäre genauso wie mit allen anderen."

Ich sah auf, und wir starrten uns für einen langen Moment an.

Dann räusperte ich mich. „Lass mich schnell diese Schnittwunde versorgen." Ich lachte trocken. „Dachte nicht, dass ich so was irgendwann mal zu jemandem sagen würde."

Er zuckte zusammen, als ich ihm das Handtuch abnahm. „Solange du in meiner Nähe bist, gehört das zu deinem alltäglichen Vokabular."

Darauf wusste ich nichts zu entgegnen, also ließ ich warmes Wasser ins Waschbecken laufen und versuchte, das Blutbad zu beseitigen. Es war eine lange, klaffende Wunde, wahrscheinlich zehn oder zwölf Zentimeter, aber sie schien sauber und nicht tief zu sein. Ich blies mir ein paar eigensinnige Haarsträhnen aus dem Gesicht und riss die Packungen mit den Kompressen und den Binden auf, die ich besorgt hatte. Dann wurde ich stocksteif, als er mir mit den rauen, harten Fingerkuppen eine Locke aus dem Auge strich. Das war es, was mich an ihm so verrückt machte. Er war unberechenbar, er war ein Verbrecher, er war Gift für mich. Andererseits hatte er mich festgehalten, als ich nicht schlafen konnte, gerade so, als ob ich zerbrechen könnte. Das war eine berauschende Mischung, gegen die ich einfach nicht ankam.

„Heb deinen Arm, wenn das geht."

Offensichtlich verursachte es ihm starke Schmerzen, doch er nahm seinen muskulösen Arm aus dem Weg, damit ich die Bandage um seine breite Brust wickeln konnte. Noch nie war ich in der Nähe eines Mannes gewesen, der seinen Körper darauf trainiert hatte, ihn als Waffe zu benutzen. Ich konnte nicht ignorieren, wie beeindruckend das war. Selbst mit der schwarzen Tinte, die seine Bauchmuskeln bedeckte und sich über seine Schultern erstreckte, war er noch immer ein wirklich hübscher Anblick. Als er sich etwas bewegte, sah ich, dass sogar eine Tätowierung aus den Boxershorts hervorblitzte, die unter dem Saum seiner Jeans zu erkennen war.

„Wenn du ernsthaft nicht zum Arzt willst – mehr kann ich nicht tun.“

Ich wich vorsichtshalber einen Schritt zurück.

Er beugte sich steif vor, um seine ruinierte Kapuzenjacke vom Boden aufzuheben. Die cremefarbenen Fliesen waren dort, wo sie gelegen hatte, blutrot verfärbt.

„Wenn es morgen früh noch schlimm ist, wirst du die Wunde mit Sekundenkleber schließen müssen.“

Ich verzog entsetzt das Gesicht und folgte ihm aus dem Badezimmer. „Eklig. Das werde ich auf keinen Fall tun. Wenn es morgen nicht besser ist, bringe ich dich ins Krankenhaus.“

Er achtete nicht auf mich, sondern ging ins Schlafzimmer, wo das Bett nach wie vor nicht bezogen war. Er warf die Jacke auf die Kommode, knöpfte die Jeans auf, schleuderte die schweren Stiefel von sich und ließ sich auf die nackte Matratze fallen.

„Ich brauche keinen Arzt. Ist schon gut so.“

„Du bist weiß wie die Wand.“

„Ich bin gerade erst zu Brei geschlagen worden. Natürlich sehe ich beschissen aus.“

Das stimmte eigentlich nicht. Er sah ramponiert aus, erschöpft und noch ein bisschen gefährlicher als sonst, aber er würde niemals scheiße aussehen. Unmöglich. Er hatte die Augen geschlossen, und seine Brust hob und senkte sich ziemlich gleichmäßig, also dachte ich, dass er eingeschlafen sei. Ich brauchte die Autoschlüssel, um was zu essen zu besorgen. Vielleicht war er nicht besonders gern hier, wegen der Erinnerungen, die an dem Haus hingen, aber wie es schien, landete er aus Sicherheitsgründen doch immer wieder hier. Und er sollte was in den Magen bekommen.

„Wo willst du hin?“

Seine Stimme war scharf. Ich wollte gerade ins Wohnzimmer gehen, wo er den Schlüssel auf den Couchtisch geworfen hatte.

„Einkaufen. Wir brauchen was zu essen und so weiter. Hier im Haus ist nichts.“

„Nein.“ Er hatte die Augen noch geschlossen und klang wütend.

„Was nein?"

Bevor ich reagieren konnte, war er schon vom Bett gesprungen und hatte einen Arm um meine Hüfte geschlungen. Ich schnappte nach Luft, als ich auf einmal die weiche Matratze unter meinem Rücken spürte, seine dunklen Augen glühten wie Kohlen.

„Ich will, dass du bei mir bleibst."

Er hatte sich über mir auf seinem gesunden Arm abgestützt und benutzte die verletzte Hand, um mein Flanellhemd aufzuknöpfen.

„Bax, hier im Haus ist gar nichts. Wir brauchen was zu essen, ich muss zumindest das Nötigste einkaufen. Ich werde nur ganz kurz weg sein."

Warum hinderte ich ihn nicht daran, mich auszuziehen? Das Hemd war offen und fiel vorn auseinander. Ich trug einen praktischen schwarzen BH, nichts Besonderes, der meine Haut noch blasser wirken ließ und meine Sommersprossen noch stärker betonte.

„Verdammt, kein Wunder, dass du dich wie ein Penner anziehst. Wenn du diese Babys herzeigst, kannst du nie mehr das Haus verlassen."

Seine Stimme war eine Oktave tiefer, und er schaute mit schierer männlicher Bewunderung in meine Augen. Offenbar stand Bax auf Brüste, und ich hatte tatsächlich ein hübsches Paar zu bieten, das konnte man nicht abstreiten.

„Hör zu, Bax, ich sagte, dass ich wahrscheinlich mit dir schlafen würde, aber damit meinte ich nicht heute."

Er strich mit einem Fingerknöchel über den BH, und ich erschauerte. Seine Haut wirkte rau und dunkel neben meiner.

„Wir können keinen Sex haben. Nichts zum Verhüten da. Ich bin im besten Fall ein Arschloch, doch ich würde dich niemals derart in Gefahr bringen." Seine Lippen wurden dünn, und ein Muskel in seinem Kiefer zuckte. „Du willst wirklich nicht wissen, wo ich schon überall war."

Da hatte er recht – das wollte ich nicht. Es überraschte mich, dass er keine Kondome bei sich hatte, dann fiel mir ein, dass er sich normalerweise mit Frauen abgab, die aus beruflichen Gründen immer welche griffbereit haben mussten. Eklig.

„Außerdem kann ich mich kaum rühren. Ich habe dich gefragt, ob du mit mir schlafen würdest, nicht ob du mich vögelst, Dovie. Ich will dich einfach nur hierhaben."

Ich hätte ihn überreden sollen, mich aufstehen zu lassen, aber mit einer einzigen Bewegung, die davon zeugte, dass er es gewöhnt war, Frauen auszuziehen, ließ er eine Hand über meine Rippen gleiten, und der BH-Verschluss öffnete sich. Da meine Arme in den Trägern und dem Hemd feststeckten, konnte ich bloß mit einer Mischung aus Sorge und Verwunderung zu ihm hinaufstarren, während er den BH hinunterschob, um meine Brüste zu entblößen.

Sie waren ziemlich üppig in Anbetracht der Tatsache, wie schlank und groß ich war. Außerdem waren sie von Sommersprossen übersät wie der Rest von mir, mit blassrosa Brustwarzen, die nun aufgerichtet waren und kein bisschen vor diesen schwarzen Augen zurückschreckten. Das war nicht richtig. Was er tat, war nicht richtig, aber weder fand ich die passenden Worte, noch hatte ich genug Willenskraft, um ihn abzuwehren.

„Hübsch. Zuerst war ich mir ja nicht sicher, doch jetzt kann ich nicht glauben, dass ich das nicht sofort bemerkt habe."

„Bax." Das war zugleich eine Warnung und eine Frage, ausgestoßen mit dem letzten bisschen Atem, der in meiner Lunge zu sein schien. Ich war nicht gerade wahnsinnig erfahren, wusste aber genug, um mich zu wundern, wie unruhig und zappelig ich war, wie erhitzt und erregt. Und das, obwohl er mich bisher nicht mal geküsst hatte. Ich kam einfach nicht gegen ihn an, und jetzt knöpfte er auch noch meine Jeans auf. Ich zog heftig den Bauch ein.

„Du musst damit aufhören." Er machte jedoch den Reißverschluss auf, und nun war mein schwarzer Baumwollslip, der gar nicht für die Augen anderer bestimmt war, zu sehen. Sein Mund war fest zusammengekniffen, und ich konnte nicht sagen, ob der leichte Schweißfilm auf seinem rasierten Kopf vom Kampf oder von der Erregung herrührte. Ich spürte, wie sich seine beeindruckende Erektion durch den Jeansstoff an mich presste, aber er hatte es nicht eilig und hatte zudem behauptet, dass er nicht vorhätte, mit mir zu schlafen. Andererseits war er ein Lügner, deswegen rutschte ich weg und begann, mich wieder anzukleiden.

Als ich an meinem BH zupfte, fasste er meine Hand. Vergeblich versuchte ich, mich aus seinem Griff zu winden. Er drückte meine Handfläche auf meinen zitternden Bauch. Dann lächelte er mich an, und zwar nicht nett, sondern teuflisch und voller dunkler und beängstigender Versprechungen. Mir stockte der Atem, einen Moment lang war ich so verblüfft, dass ich gar nicht merkte, wie er meine Finger nun über meinen Bauch schob, über meine Hüften und unter den Bund meines Slips.

Ich bekam es ein wenig mit der Angst zu tun – okay, sehr –, nachdem ich seine Absicht erkannt hatte. Doch egal, was mein Verstand mir sagte, mein Körper war ganz bei der Sache. Meine Haut fühlte sich glatt und warm und pulsierend unter seinen Händen an. Ich sah etwas in seinen Augen aufflackern. Noch einmal versuchte ich, mich von ihm zu befreien, was in einem erstickten Stöhnen endete, da er unsere beiden Hände tiefer in mein Höschen schob, näher an die Stelle, der ein Typ wie Bax so viel zu bieten hatte.

„Sag mir, dass ich aufhören soll."

In dem erotischen Rausch, in den er mich versetzt hatte, nahm ich seine Stimme nur leise und gedämpft wahr.

„Stopp …" Ich hätte unfreundlich klingen sollen, überzeugt und verärgert, aber so war es nicht. Ich hörte mich heiser und atemlos an, nur weil er meine Finger dorthin dirigierte, wo er sie haben wollte, und mich dazu brachte, meinen Kitzler zu streicheln, während er sich auf die Suche nach meinem G-Punkt machte.

„Du solltest es auch so meinen."

Er brummte diese Worte an meiner Wange und strich mit seiner verletzten Lippe sanft über meine Haut. Nie zuvor hatte ich so etwas erlebt. Ich konnte dem Reiz nicht widerstehen. Ich drückte den Rücken durch und bewegte meine Hand unter seiner Führung, während ich die ganze Zeit in seine samtenen Augen blickte.

Dann warf ich den Kopf zur Seite, und er nutzte die Gelegenheit, um seinen warmen Mund auf meine Brustwarze zu drücken. Ich bäumte mich so heftig auf, dass seine Finger tiefer in mich drangen und ich mich selbst noch härter rieb. Das hier geriet vollkommen außer Kontrolle. So was tat ich nicht, vor allem nicht mit Typen wie ihm. Als er jedoch die Aufmerksamkeit auf meine andere Brust richtete, einen weiteren Finger einsetzte und mir rau befahl, meine Klit fester mit dem Daumen zu massieren, war alles vorbei. Ich schien mich aufzulösen, vergaß, dass er verletzt war, krallte meine freie Hand in seinen Kopf, damit er weiterhin an meiner Brust saugte. Und plötzlich war alles verloren … Kontrolle, Verstand, Moral, Realität. Alles ging den Bach runter, und ich fühlte mich, als bestünde ich nur noch aus Nerven, Empfindungen und heißer Lust, die ich nicht länger im Griff hatte. Ich kam, auf meiner Hand und seiner, und spürte, wie mir Tränen in die Augen traten, während ich versuchte, wieder zu atmen.

Er hob den Kopf und sah zu mir herunter, nicht höhnisch oder schadenfroh, sondern mit einer Sehnsucht und einem Hunger im Blick, wie ich es nie zuvor gesehen hatte.

„Du bist so süß und eng und so unschuldig. Bist du sicher, dass du das schon mal gemacht hast?“

Ich riss meine Hand aus dem Slip und stieß Bax von mir. Er ließ es geschehen, aber erst nachdem er seine Finger ein letztes Mal über meine Klitoris gleiten ließ. Ich erschauerte und starrte ihn düster an, während ich meine Klamotten richtete.

„Ich hab dir von Billy Clark erzählt, und dann war da ein Typ im Restaurant, als ich hierher gezogen bin. Ich hab viel zu tun und bin eigentlich nicht sonderlich daran interessiert. Uns stehen ja nicht allen jederzeit Stripperinnen und Huren auf Abruf zur Verfügung.“

Er schnaubte leise und blieb weiter auf dem Rücken liegen. Ich schnitt eine Grimasse, als ich das Blut bemerkte, das durch den Verband an seiner Seite drang.

„Aber klar doch. Dafür sind Stripperinnen und Huren schließlich da. Hör mal, Rotschopf, ich bin erledigt. Komm ins Bett und schlaf."

Ich verstand nicht, wie er einfach die Augen schließen und so tun konnte, als ob überhaupt nichts passiert wäre. Seine Unterhose war vorn ausgebeult, und ich konnte einen kleinen feuchten Fleck auf dem Stoff erkennen. Frustriert strich ich mir mit den Händen durchs Haar.

„Ich hatte dich gebeten, aufzuhören."

Die Arme verschränkt, blickte ich auf ihn hinab. Er öffnete ein Auge und schob seinen unverletzten Arm unter den Kopf.

„Doch du wolltest es nicht wirklich."

Ich stieß verärgert die Luft aus. „Es ist nicht an dir, darüber zu bestimmen."

Seufzend senkte er das Lid wieder. „Nein, darüber hast du bestimmt, als du dich an meine Finger gedrückt hast, als du dich mit einer Hand selbst gestreichelt und mich mit der anderen fester an dich gepresst hast. Ich bin mir ziemlich sicher, dass die Hälfte deiner Fingernägel in meinem Hinterkopf feststeckt. Und ‚oh, Bax, bitte, Bax, mehr, Bax' klingt nicht gerade nach ‚aufhören'. Glaube mir, wenn ich mich momentan besser bewegen könnte, hätte ich deine Hilfe nicht gebraucht. Wenn du so was machst, Dovie, dann steh auch dazu; wenn nicht, ruf deine Freundin an und verschwinde. Ich mag keine Regeln, weder deine noch sonst welche. Wie ich sagte, wenn du willst, dass ich aufhöre, oder du irgendwas wirklich nicht magst, was ich tue, dann musst du es auch deutlich sagen. Also, entweder kommst du jetzt ins Bett und ich bringe dich morgen früh zum Supermarkt, damit du Lebensmittel oder irgendwelchen Mädchenkram kaufen kannst und ich eine Riesenpackung Kondome. Oder du verschwindest. Mein Kopf tut weh, meine Seite brennt wie Feuer, und du ruinierst mir leider das angenehme Gefühl, dich mit minimalem Einsatz und nur einer Hand befriedigt zu haben."

Ich hätte ihn am liebsten erwürgt, stand da und überlegte, ob ich eventuell ungestraft mit einem Mord davonkommen würde. Ich hätte Brysen anrufen sollen. Das hier war nun wirklich nicht mein Ding, und ich war nicht in der Lage, es mit ihm aufzunehmen. Er hatte gemeint, steh dazu, aber ich glaubte nicht, dass ich das konnte. Ich würde mein Telefon suchen, Brysen anrufen und ihn sich selbst überlassen. Genau; ich würde machen, was klug war. Gehen. Nur öffnete er da erneut die Augen, richtete sich auf, fasste mich an der Taille und zog mich auf sich. Sein Atem huschte warm und verführerisch über mein Gesicht.

„Sei keine Nervensäge."

Er glitt mit einer Hand über meinen Rücken, und ich senkte die Lider. Was in aller Welt sollte ich jetzt bloß tun?

Race und Bax waren vielleicht zusammen aufgewachsen, aber sie waren so verschieden wie Tag und Nacht. Und nicht nur, weil mein älterer Bruder aus einer privilegierten Familie stammte und Bax derart offensichtlich ein Junge von der Straße war. Es lag auch nicht nur an ihrem unterschiedlichen Aussehen, der eine hell, der andere so dunkel. Ich wachte wieder früh auf, überwiegend weil ich in der Umarmung eines muskelbepackten, halb nackten Mannes lag und er schmerzhaft meine Haare gepackt hielt. Selbst im Schlaf schien er gegen einen unsichtbaren Feind zu kämpfen, das tat mir in der Seele weh. Race schlief wie ein Baby. Er streckte sich aus, schnarchte und würde nicht mal aufwachen, wenn eine Bombe direkt neben seinem Kopf explodierte.

Mit Bax einkaufen zu gehen war wie Sport mit Vollkontakt. Er jagte durch die Gänge, warf willkürlich irgendwelche Sachen in den Einkaufswagen, ohne darüber nachzudenken, ob sie zusammenpassten oder ob sich damit eine Mahlzeit zusammenstellen ließ. Offensichtlich hatte er eine Schwäche für Süßes, denn in dem Wagen lagen mehr Süßigkeiten, als ein einzelner erwachsener Mann verzehren konnte. Race schrieb immer eine Einkaufsliste, überlegte genau, welche Gerichte sich daraus ergaben, und vermied die Gänge, in denen nicht das in den Regalen war, was er wollte. Ganz zu schweigen von den anderen Kunden. Bax ignorierte sie oder blieb stehen und starrte sie böse an, wenn sie ihn zu lange ansahen. Er war es doch, der ein tätowiertes Gesicht hatte, man hätte meinen können, dass er an die Blicke gewöhnt wäre. Dass man die rot durchtränkte Seite seines grauen Shirts, das er morgens aus dem Kofferraum genommen hatte, gut sah, machte es auch nicht gerade besser. Race war umgänglich. Er plauderte gern und flirtete schamlos mit alten Damen oder Teenagern, an denen er vorbeikam. Ich konnte mir nur schwer vorstellen, wie diese beiden Männer es geschafft hatten, Freunde zu werden, oder vielmehr Brüder, und dass Bax bereit gewesen war, für Race ins Gefängnis zu gehen, um ihn zu beschützen.

Ich blieb abrupt stehen, als mir klar wurde, dass wir im Gang mit den Arzneimitteln angekommen waren. Er zog eine Augenbraue hoch und sah mich an. Vor ihm standen gigantische Packungen mit Kondomen, und er wartete darauf, dass ich entschied, wie ich damit umgehen wollte. Ich konnte ihn nur anstarren. Es wäre mir leichter gefallen, wenn er nicht ständig wie zwei verschiedene Männer gewirkt hätte. Ich war nicht gerade ein großer Fan von dem Grobian, der mich herumkommandierte und einzuschüchtern versuchte. Für den Typen jedoch, der mich in der Nacht festhielt und mir sanft das Haar aus dem Gesicht strich, schwärmte ich in gewisser Weise. Wie dumm nur, dass sich beide denselben kampferprobten, nicht zu übersehenden Körper teilten.

Ich seufzte. „Nimm sie einfach. Besser auf Nummer sicher gehen."

Er lachte mich an und legte eine Hand an seine Seite. Ich hatte mich geweigert, seinen Schnitt mit dem Sekundenkleber zu behandeln, fragte mich nun aber, ob das eine gute Entscheidung gewesen war. Er blutete nach wie vor, und offenbar hatte er Schmerzen, wenn er sich falsch bewegte. Er schmiss gleich zwei Packungen in den Wagen und drehte um, damit wir zur Kasse konnten.

„Ich finde immer noch, dass du einen Arzt aufsuchen und die Wunde nähen lassen solltest. Du hast eine Stichwunde."

Er sah auf mich herab. „Das ist kein Stich, sondern ein Schnitt; großer Unterschied. Das wird schon wieder. Es war ein verdammt scharfes Messer, der Schnitt ist sauber."

Ich bemerkte eine Frau neben uns, die ihn von Kopf bis Fuß betrachtete. Er hatte einfach eine unglaubliche Wirkung auf das andere Geschlecht. Ich verdrehte die Augen.

„Wieso war Nassir so sicher, dass du gewinnen würdest? Ich hab dir doch erzählt, dass er mir das Geld gegeben hat, lange bevor dieser riesige Typ dich so zugerichtet hat."

Er bedachte mich mit einem scharfen Blick, dann fiel ihm auf, wie die andere Frau ihn musterte. Mein Bruder hätte sie angelächelt, ihr vielleicht zugezwinkert oder so was. Bax starrte sie nur an, bis sie nicht anders konnte, als wegzuschauen.

„Ich musste gewinnen, weil du da warst."

Ich reichte ihm unsere Einkäufe, und er packte sie aufs Band. „Was hat das denn damit zu tun?"

„Man kämpft, bis der andere am Boden ist, bewusstlos oder tot. Wenn ich verloren hätte, wärst du im Club gewesen, und Nassir hätte dich an die Wölfe verfüttert. Benny, Novak, wer immer für ihn von größerem Vorteil ist. Er wusste, dass ich nicht verlieren würde."

Ich sah ihn an, als ob ihm plötzlich Hörner gewachsen wären. „Der andere Typ hatte ein Messer. Natürlich hätte er gewinnen können."

„Hat er aber nicht."

Ich brummte etwas, woraufhin er zu schmunzeln begann.

„Ich weiß, dass ich diese SMS hätte ignorieren sollen. Wie ist Novak überhaupt an meine Nummer gekommen, um dir so eine Falle zu stellen?"

Er hob eine Schulter und reichte der Kassiererin ein Bündel Geldscheine. „Verbrecher haben immer genau die Informationen, die sie brauchen. Los, wir müssen irgendwo anhalten, damit ich mir eine neue Kapuzenjacke kaufen kann und ein paar T-Shirts." Er ließ den Blick über mich schweifen, und dann grinste er. „Ich sollte dir auch mal eine Hose kaufen, die dir wirklich passt."

Ich wollte nicht, dass er sich Gedanken über meine Hose machte, egal in welcher Hinsicht. Ich half ihm, die Einkäufe im Auto zu verstauen.

„Wo wohnst du? Ich meine, du hast nichts im Haus deiner Mom, und selbst wenn du in den Wochen, seit du draußen bist, von einem Bett ins andere gewandert sein solltest, musst du doch irgendwo untergekommen sein."

Er sah mich über den Kofferraumdeckel an und knallte ihn zu. „Ich habe da was in The Point. Eine kleine Wohnung, wo mein ganzer Kram ist. Und ich war eigentlich nicht jede Nacht in einem anderen Bett. Ich steh auf Bewährtes."

Ich schenkte ihm einen eisigen Blick, als er mir die Beifahrertür aufhielt. „Das macht es nicht gerade besser."

Er zuckte mit den Schultern und schloss die Tür. „Ein Mann hat Bedürfnisse, aber eine Frau auch. Sie braucht bloß den richtigen Typen, der sie heiß genug macht, dass sie darum bittet."

Er war kein besonders redseliger Mensch, was ich gut fand. Doch wenn er wollte, konnte er auf eine Weise mit Worten spielen, dass man nur schwer dagegen ankam.

„Ich habe nie einen Mann getroffen, den ich darum bitten wollte." Das hatte ich leise gemurmelt, in der Hoffnung, dass er mich nicht verstehen würde. Natürlich vergeblich. Er begann zu lachen.

„Das kommt daher, dass du noch nicht weißt, was du brauchst. Aber das wirst du bald."

Auf der Fahrt zu einem kleinen Outlet, das auf halbem Weg zwischen dem Stadtzentrum und dem Haus seiner Mutter lag, sah ich schmollend aus dem Fenster. Ich wollte störrisch sein und sitzen bleiben, während er hineinging und besorgte, was er brauchte, doch inzwischen hätte ich wissen müssen, dass Bax immer bekam, was Bax wollte. Er zog mich einfach aus dem Wagen und drängte mich dagegen. Ich schmollte nach wie vor, und er lachte mich an.

„Du kannst gern so sauer sein, wie du willst, Rotschopf. Ich finde dich niedlich, wenn du schmollst." Er legte einen Daumen auf meine Unterlippe und drückte zu. Ich schnappte mit den Zähnen nach ihm, und dann wusste ich nicht mal mehr meinen Namen, weil er den Kopf senkte, um mich zu küssen.

Seine aufgeplatzte Lippe fühlte sich merkwürdig kratzig an. Fordernd schob er die Zunge in meinen Mund und liebkoste meine, und als er sich an mich schmiegte, schlang ich unwillkürlich die Arme um seinen Nacken. Er knabberte an meiner Unterlippe. Mein Herz begann heftig zu klopfen, kaum dass er seine Lippen auf meine presste. Im selben Takt drückte er mit den Hüften gegen meine. Ich musste nach Luft schnappen, und diese Gelegenheit nutzte er, um sich noch enger an mich zu schmiegen und die Zunge schneller zu bewegen. Küsse sollten nicht dazu führen, dass man am liebsten in den anderen Menschen hineinkriechen wollte, aber, oh Mann, genauso war es.

Als er sich von mir löste, glänzte seine Unterlippe vor Feuchtigkeit und Blut. Seine Augen funkelten wie Juwelen. Ich hatte mich auf die Zehenspitzen gestellt, damit ich alles von ihm bekam, und die Finger verzweifelt in seine breiten Schultern gebohrt – das ließ sich leider nicht leugnen.

„Wenn ich raten müsste, was du genau jetzt von mir brauchst, was würde ich wohl sagen?"

Ich wollte ihm mein Knie in den Unterleib rammen, doch er wich rechtzeitig aus und fasste meine Hände mit seinen viel größeren, zerschundenen.

„Lass uns ein paar Sachen besorgen und dann die Lebensmittel wegräumen."

Ich hatte den leisen Verdacht, dass „Lebensmittel wegräumen" eine Umschreibung für „die Schachtel Kondome aufreißen" war. Er überwältigte mich einfach, und ich wusste nicht, ob ich deswegen erregt oder verängstigt sein sollte.

7. KAPITEL

Bax

Nie hatte ich ein dickköpfigere, kompliziertere Frau als diese kennengelernt, nie eine, die man so leicht ärgern konnte. Sie hatte dieses Temperament, das man Rothaarigen nachsagte. Ich versuchte zweimal, sie zum Kauf einer Hose zu überreden, die ihr mit ihrer schmalen Taille und den irrsinnig langen Beinen tatsächlich passte, aber sie funkelte mich nur böse an und zog ab. Mir war nicht klar, ob sie sauer war, weil ich Blutgeld für sie ausgeben wollte oder weil ich ihren Jungenlook nicht mochte. Es war mir eigentlich auch egal. Sie versteckte eindeutig, was sie zu bieten hatte, und ich, als echter Mann, betrachtete es als meine Pflicht, ihr ein wenig unter die Arme zu greifen. Nachdem ich einen kurzen Blick darauf erhascht hatte, was sie unter diesen hässlichen weiten Klamotten verbarg, fand ich es einfach nicht richtig, dass sie versuchte, in der ganzen Trostlosigkeit und Eintönigkeit von The Point nicht aufzufallen.

Sie verschwand, um sich etwas Luft zu verschaffen. Daher packte ich eine schlichte schwarze Hose und ein paar T-Shirts für sie ein, außerdem einen schwarzen Pullover in meiner Größe, Jeans und eine Packung T-Shirts für mich. Ich wollte noch in meiner Wohnung in der Stadt vorbeifahren, um einige Sachen zu holen, da ich ja wohl in nächster Zukunft am Stadtrand wohnen würde. Sie würde irgendwie damit klarkommen müssen, dass ich versuchte, ihre stachelige Schale zu knacken. Es war witzig, zu sehen, wie sie sich aufregte, als ob sie jeden Moment platzen könnte. Mir gefiel es, wie die Haut unter ihren Sommersprossen erglühte und ihr hübscher rosa Mund tiefrot wurde. Ich mochte es, wenn ihre grünen Augen fast schwarz waren. Vor allem gefiel mir, wie rein und unberührt sie wirkte, als ob alles, was ich mit ihr tat, jede Berührung, eine neue Erfahrung für sie wäre. Dagegen schien mir der ganze andere blöde Dreck um uns herum irgendwie belanglos.

Wir trafen uns an der Kasse, wo sie sich weigerte, mich anzusehen oder mit mir zu sprechen. Ich lachte leise in mich hinein, woraufhin die Kassiererin uns nervöse Blicke zuwarf. Jetzt wünschte ich, ich hätte seidige Spitzenunterwäsche mitgenommen, nur um sie zu ärgern, aber dazu war es zu spät. Ich schnappte mir die Papiertüte und folgte ihr aus dem Laden.

„Was für ein Mädchen geht nicht gern einkaufen?"

Sie sah mich düster über die Schulter an und warf ihr feuriges Haar zur Seite. Mann, ich konnte es kaum erwarten, meine Hände und mein Gesicht hineinzuwühlen. Es sah wie Feuer aus, rot und orange. Verdreht und gezwirbelt tanzte es um ihren Kopf.

„Das …", sie deutete mit dem Zeigefinger auf mich und auf sich, „ist schon total verkorkst, beängstigend und außer Kontrolle geraten. Vielleicht willst du meinem Bruder wehtun, und so langsam habe ich das ungute Gefühl, dass du am Ende auch mir wehtun wirst. Du kannst nicht einfach mit mir einkaufen gehen, als ob ich deine Freundin wäre oder so was."

„Aber du hast gar nichts mehr, Rotschopf."

Sie zog eine Grimasse, und ich grinste sie an.

„Ich habe meinen Stolz. Ich habe meinen Bruder. Und ich habe genug Verstand, um zu wissen, dass es umso schlimmer wird, je mehr ich mich mit dir einlasse. Vor allem dann, wenn ich für dich meinen Zweck erfüllt habe."

Ich sah sie nur kopfschüttelnd an und ging um sie herum, weil sie wie angewurzelt stehen geblieben war. Ich wollte gerade den Kofferraum des Runners öffnen, als ich endlich kapierte, weshalb sie erstarrt war. Ich legte eine Hand auf ihren Rücken und betrachtete den Mann, der an meinem Auto lehnte. Dann fluchte ich laut und gab ihr die Tüte und die Schlüssel.

„Entschuldige mich einen Moment."

Sie wollte mich festhalten, doch fünf Jahre Wut und Groll brachen aus mir heraus. Ich hörte, wie sie meinen Namen rief, sah, wie der Typ die Augen aufriss, während er sich von meinem Baby abstieß und sich für meinen Faustschlag wappnete. Viel Kraft steckte nicht dahinter, weil meine Seite noch immer brannte. Ich spürte, wie mehr Blut durch den Verband sickerte. Er schüttelte den Kopf und hob eine Hand, seine Kiefer mahlten.

„Nicht mal vier Wochen draußen, und du willst wegen eines Angriffs auf einen Polizisten schon wieder rein?"

Ich wollte die bescheuerte Dienstmarke von seinem Gürtel reißen und sie ihm in die Kehle rammen. Ich hätte mich erneut auf ihn gestürzt, doch zwei kleine Hände legten sich auf meine Brust und schoben mich zurück.

„Lass das! Bist du verrückt? Halt, sag nichts, die Antwort lautet eindeutig Ja."

Ich sah auf sie hinunter und zu dem grinsenden Cop und spürte, wie meine Hände sich wieder zu Fäusten ballten.

„Dovie, das ist Officer Titus King … auch bekannt als das Arschloch, das mich festgenommen und verfluchte fünf Jahre hat verrotten lassen."

Titus sah mich fest an, dann richtete er seine Aufmerksamkeit auf Dovie. Ich trat um sie herum und baute mich vor ihm auf.

„Du hast vielleicht Nerven, nach mir zu suchen."

Er hob in einer hilflosen Geste die Arme und machte einen Schritt zurück. „Ich habe gehört, dass du raus bist. Ich wollte dir sagen, dass Gus nach dir gefragt hat. Dachte, du wärst ausnahmsweise mal an einem ehrlichen Job interessiert."

„Oh, auf einmal willst du mir helfen?"

Ich wollte die Hände um seinen Hals legen und so lange zudrücken, bis sein Kopf explodierte. Seufzend legte er die Rechte auf seine Pistole, die tief auf seiner Hüfte saß. Er hatte die Nase voll von meinem Verhalten, das war die eindeutige Botschaft.

„Du wurdest auf frischer Tat ertappt, Shane. Was zur Hölle hätte ich tun sollen? Du warst im Auto, du und nur du. Race war nicht da. Novak hatte wie immer eine weiße Weste und ein wasserfestes Alibi. Es gab also nur dich, den Aston Martin und genug belastende Beweise, um dich verdammt noch mal deutlich länger als fünf Jahre wegzuschließen. Du hast Glück, dass du nicht ein paar Jährchen mehr bekommen hast. Der Besitzer des Wagens ist tot. Daran kannst du dich erinnern, ja?"

Ich wollte ihn wieder schlagen, doch Dovie musste nun wirklich nicht all die blutigen Details darüber hören, was Race und ich getan hatten, bevor uns alles um die Ohren flog.

„Verpiss dich, King. Ich muss mir das von dir nicht gefallen lassen. Ich bin nicht auf Bewährung. Ich brauche keinen Babysitter."

„Du hast recht, aber du brauchst einen gottverdammten Schutzengel, so wie du lebst. Geh zu Gus, Bax. Triff einmal im Leben die richtige Entscheidung. Ich möchte dich nicht noch mal ins Gefängnis stecken."

Ich starrte ihn böse an, dann schleuderte ich die Tasche ins Auto. „Steig ein, Rotschopf." Sie öffnete den Mund, als ob sie widersprechen wollte, doch ich sah sie so lange an, bis sie ihn wieder zuklappte und gehorchte.

Kaum war sie außer Hörweite, machte ich einen Schritt auf Titus zu. Er war vielleicht drei Zentimeter größer, jedoch genauso breit wie ich, allerdings kräftiger und mit Muskeln, die dazu da waren, zu beschützen, statt zu verletzen und zu vernichten. Wir hatten das gleiche dunkle Haar und ähnliche Gesichtszüge, doch sein alter Herr musste blaue Augen haben, denn während meine schwarz wie die Nacht waren, hatten seine die Farbe des Sommerhimmels. Nur weil wir ein und dieselbe Mutter hatten, sahen wir nicht gleich aus, aber dass wir miteinander verwandt waren, blieb niemandem verborgen.

„Ich gehe auf keinen Fall zurück in den Knast, Titus. Nur über meine Leiche. Lass dir das gesagt sein."

Er legte eine Hand auf meine Schulter, bevor ich ausweichen konnte.

„Das ist es doch, was mir Angst macht, du Idiot. Mom hält sich kaum über Wasser. Novak will dich tot sehen, und was noch schlimmer ist, mich auch. Race hat sich in Luft aufgelöst, und du kämpfst schon wieder und rennst mit einer Kleinen durch die Gegend, die aussieht, als wäre sie nicht mal volljährig. Selbst wenn du es gar nicht willst, kommst du immer in Schwierigkeiten, und irgendwann werde ich dich begraben müssen. Glaubst du, dass ich das will?"

Ich schüttelte ihn ab und stieß ihn mit einer Hand zurück.

„Ich habe keine Angst vor Novak. Ich treibe Race auf und finde endlich heraus, was genau los ist. Sie ist volljährig und Races Schwester. Ich renne nicht mit ihr durch die Gegend. Benny hat ihre Wohnung zerlegt und verfolgt sie, weil er über sie an Race rankommen will. Mom ist nicht mein Problem, und du bist es auch nicht. Seit du mir Handschellen angelegt hast, Titus, hast du kein Recht mehr, dir Sorgen um mich zu machen."

Ich wollte gerade die Autotür aufreißen, als seine Stimme mich innehalten ließ.

„Also verzeihst du Race und passt auf seine Schwester auf, obwohl er derjenige war, der dich reingelegt hat, aber mir kannst du nicht verzeihen, dass ich meinen Job gemacht habe?"

Ich betrachtete meinen Halbbruder, den einzigen Menschen neben Race, der je versucht hatte, mich vor mir selbst zu retten. Titus und ich hatten uns nie wirklich nahegestanden. Wir waren sechs Jahre auseinander, und er war immer der gewesen, der die Regeln befolgte und seinen Verpflichtungen nachkam, so gut es eben ging, wenn man ums Überleben kämpfte.

„Dein Job ist scheiße, Officer King."

„Detective King."

„Du kannst mich mal." Ich öffnete die Tür und setzte mich neben Dovie. Sie schaute aus dem Fenster, die Finger verschränkt. Ich konnte spüren, dass sie mir jede Menge Fragen stellen wollte, aber sie hielt ihren hübschen Mund.

„Triff dich mit Gus, Bax."

Titus' Stimme war über den Motorenlärm meines Autos kaum zu verstehen.

Für die Fahrt, die normalerweise zwanzig Minuten dauerte, brauchte ich nur zehn. Ich jagte zurück zu dem kleinen Haus am Stadtrand. Weil ich Dovie bei mir hatte, fand ich es jedes Mal ein bisschen weniger schlimm, durch die Haustür zu treten. Sie war wie Balsam auf meiner verwüsteten und zerstückelten Seele. In der Küche ließ ich die Einkäufe auf die Theke fallen und sah Dovie an, die sich an den Kühlschrank lehnte.

„Wir müssen das wegräumen." Meine Stimme klang barscher als sonst.

Sie ließ den Kopf zurückfallen, und ich wollte mit der Zunge über die gesamte Länge ihres Halses streichen.

„Erzähl mir von der Nacht, in der du verhaftet wurdest."

„Nein."

„Doch. Ich muss verstehen, wie Race dich reingelegt hat."

„Das verstehe ich ja selbst nicht."

„Dieser Cop, was hat er mit dir zu tun?"

„Nichts."

„Bax."

Ich knurrte – knurrte richtig – und stampfte auf sie zu. Dann legte ich die Handflächen so auf die Kühlschranktür, dass Dovie zwischen meinen Armen gefangen war. Ich weiß nicht, ob ich ihr Angst einjagen, sie einschüchtern oder mich einfach nur in ihre waldgrünen Augen fallen lassen wollte, um einen Moment lang zu vergessen, was für ein Mensch ich in Wirklichkeit war.

„Ich muss es wissen", sagte sie.

Wahrscheinlich, aber ich wollte nicht derjenige sein, der es ihr erzählte. Sie hob die Hände und legte sie an meine stoppeligen Wangen. Ich konnte mich nicht losreißen von ihrem flehenden grünen Blick.

„Race hat mich in dieser Nacht angerufen und gesagt, dass Novak einen Job für mich hätte. Einen Aston Martin Vanquish oben in The Hill. Ich wollte es nicht machen. Diese Autos sind echte Luxuswagen, daher mit erstklassigen Sicherheitssystemen ausgestattet. Also sagte ich Nein, nicht nur weil es riskant war, sondern weil wir sowieso dabei waren, auszusteigen. Novak ging ständig größere Risiken ein, verlangte von Race immer mehr und mehr Gefälligkeiten, und wir waren viel zu tief in all das verstrickt."

Schwer atmend tauchte ich zurück in die Vergangenheit, obwohl sie versuchte, mich in der Gegenwart zu halten.

„Race rief mich ein paar Stunden später wieder an und meinte, ich würde das nicht richtig verstehen. Dass wir dieses Auto unbedingt haben müssten. Dass wir keine andere Wahl hätten.

Entweder würde ich mitkommen, oder er müsste es eben alleine machen. Race kann hervorragend mit Sicherheitssystemen umgehen, kennt sich mit Alarmanlagen, mit LoJack und digitalen Systemen aus, mit denen die Cops arbeiten, doch er ist kein Dieb. Er ist kein Autodieb, und wenn er das alleine durchgezogen hätte, wäre es auf keinen Fall gut gegangen."

Ich blinzelte, weil ich noch immer versuchte, das alles zu begreifen. „Ich hätte fragen sollen, warum. Warum dieses Auto? Warum es unbedingt dieses sein musste, aber ich wollte nicht, dass Race seinen Hals riskierte, also habe ich mich mit ihm in The Hill getroffen und meinen Job gemacht."

Ich löste mich von ihr, ging hinüber zur Spüle und lehnte mich dagegen.

„Race war merkwürdig, nervös und gereizt. Ich fragte ihn immer wieder, was mit ihm los sei, aber er sagte nur, dass wir einfach dieses Auto bräuchten, Novak würde darauf bestehen. Wir sind durch das Tor, haben das Sicherheitssystem der Garage geknackt, und da stand der Wagen, glänzend und wunderschön, so wie er sein sollte. Es wäre gelogen zu sagen, dass ich mich nicht darauf freute, ihn zu knacken und mich hinters Steuer zu setzen."

Ich konnte noch immer die perfekte schwarze Lackierung vor mir sehen und den Duft des makellosen Leders im Innenraum riechen. Ich senkte mit geschlossenen Augen den Kopf. Bevor ich weitersprach, rieb ich mir den Nacken.

„Ich sagte Race, er solle seinen Job machen, damit ich in das Auto käme, er sah mich jedoch nur an. Ich wusste, dass etwas nicht stimmte, dass es sich nicht um einen einfachen Autoklau handelte. Und auf einmal waren wir im Haus und zwangen den Typen, der dort wohnte, irgendeinen reichen Idioten, ins Auto zu steigen, und fuhren Richtung The District, um Novak zu treffen. Ich fragte immer wieder, was eigentlich gespielt würde, wer der Typ sei, doch Race entschuldigte sich ständig nur und sagte, dass ich es nicht verstehen würde. Und er sagte die ganze Zeit, dass er alles wiedergutmachen würde, aber ich wusste nicht, was er damit meinte. Wir kommen also zum Treffpunkt,

Novak ist da, Benny ist da, und der alte Typ flippt aus. Ich wollte bloß die Schlüssel übergeben, verschwinden und nicht mehr zurückschauen, als plötzlich die Bullen auftauchen. Es war, als ob jeder Cop in dieser verdammten Stadt hinter uns her wäre. Kugeln flogen nur so herum, alle rannten auseinander, Race haute ab, als ich mit dem Wagen losfuhr. Ich weiß noch, wie mein Herz raste, dieser Geruch von verbranntem Gummi, Sirenen, der schmerzvolle Ausdruck auf Races Gesicht, als ich versuchte, die Cops abzuhängen. Ich hätte es auch geschafft, wäre in die Nacht verschwunden und ungeschoren davongekommen, aber ich machte mir Sorgen um Race, weil ich ihn hatte hängen lassen. Durch diesen ganzen Mist verlor ich die Kontrolle über den Wagen und prallte gegen einen Telefonmast. Ich war halb bewusstlos, und die Cops hatten genug Zeit, mich rauszuziehen. Ich fragte einen, wo Race war, und versuchte irgendwie zu kapieren, worum es eigentlich ging. Immer und immer wieder schrie ich ihn an: Warum? Titus war der festnehmende Beamte, er ist außerdem mein Halbbruder. Er hat mich auf den Rücksitz des Streifenwagens geschafft, gesagt, dass der alte Typ tot und ich wegen schweren Diebstahls festgenommen sei. Dass ich froh sein könnte, wenn ich nicht auch noch wegen Entführung und Beihilfe zum Mord drankäme. Ich bat ihn, mit Race sprechen zu dürfen. Ich musste herausfinden, wieso das alles so schiefgelaufen war, warum er den alten Mann gekidnappt hatte. Titus meinte, ich würde das alles später verstehen. Nur seinetwegen bekam ich nur fünf Jahre aufgebrummt und nicht fünfzehn."

Ich räusperte mich und hob schließlich den Kopf, um sie anzusehen. Sie hatte Tränen in den Augen und sah so aufgewühlt aus, wie ich mich fühlte. Ich wollte nicht, dass ich ihr leidtat. Ich hatte Scheiße gebaut und war erwischt worden. Das gehörte zum Spiel dazu. Es war der Verrat durch den einzigen Menschen auf der Welt, dem ich vollkommen vertraut hatte, der mich so fertigmachte und einen schlechten Geschmack in meinem Mund hinterließ.

„Titus wusste vorher, wo die ganze Aktion stattfinden würde. Race hatte ihn angerufen. Er hat mich mit voller Absicht ins

Kittchen wandern lassen, und ich will wissen, wieso. Er hat zugelassen, dass Novak den Typen umbrachte, hat es ihm sogar leichter gemacht. Ich muss rauskriegen, ob er jetzt zu Novak gehört oder nicht. Race hat in dieser Nacht in eigener Sache gearbeitet. Ich muss herausfinden, worum genau es dabei ging."

Sie flüsterte meinen Namen, und ich bewegte mich so, dass sie sich zwischen mich und die Küchentheke drücken konnte, auf der noch immer die unausgepackten Einkäufe standen. Sie schlang einen Arm um meinen Nacken und den anderen um meine Brust, dort, wo mein Herz so heftig schlug.

„Er muss einen guten Grund dafür gehabt haben. Ihr seid beste Freunde. Er ist nicht einer von ihnen geworden, denn danach ist er gekommen, um mich aus dem Heim zu holen. Das alles muss irgendwie zusammenhängen. Race ist kein schlechter Mensch, und ich denke, du auch nicht."

Da irrte sie sich. Ich drückte sie hart an die Theke und fegte mit dem Unterarm die Einkaufstüten zu Boden. Alles fiel scheppernd auf die Fliesen. Ich fasste sie um die schmale Taille und hob sie auf die Küchentheke, damit wir auf Augenhöhe waren und ich mich zwischen ihre Beine schieben konnte.

„Das stimmt nicht. Wenn er mich verpfiffen hat, weil er zu blöd war, sich von Novak zu lösen, oder weil er Angst hatte oder in irgendwas Schlimmes verwickelt war, werde ich ihn vernichten, und es wird mir nicht leidtun."

Sie wandte den Blick nicht ab. Mir fiel auf, dass eine der Kondompackungen nicht heruntergefallen war, sondern in Reichweite auf der Küchentheke lag. Das war wie ein Zeichen des Himmels, das mir sagen wollte, dass ich genug gebüßt hatte und ein paar schöne Momente mit dieser kostbaren, schwierigen Frau verdient hatte.

„Also verrat mir, Bax, gibt es für dich etwas, das Races Verhalten rechtfertigen würde? Irgendetwas?"

Ich merkte, dass ich die Zähne zusammenbiss und eins meiner Augen zu zucken begann. Genau darüber hatte ich fünf Jahre lang nachgedacht, und die einzige Antwort, die ich akzeptieren konnte, lautete: „Falls Race das alles nur getan hat, um mich vor mir selbst zu retten, so wie früher immer, dann könnte ich es verstehen."

„Ich glaube nicht, dass du das tun wirst – ihn vernichten, meine ich. Ich glaube nicht, dass du damit leben könntest."

Sie kannte mich nicht gut genug, um so etwas zu behaupten, aber ich würde ihr gleich zeigen, wie weit ich ging, wenn ich etwas wollte. Sie hatte keine Ahnung, wie wenig Anstrengung es mich kostete, etwas zu zerstören. Das konnte ich gut. Meistens hatte ich sogar Spaß dabei.

Ich bemerkte, wie sie nach Luft schnappte, kaum dass ich einen Finger unter den obersten Knopf ihres Oberteils gleiten ließ und ihn öffnete. Die Augenbrauen erhoben, wartete ich ab, ob sie etwas sagen würde, doch da sie schwieg, fasste ich beide Seiten ihres Hemdes und riss es auf. Die winzigen Plastikknöpfe sprangen ab und hüpften über die Küchengeräte und den Boden. Sie kräuselte ihre von Sommersprossen übersäte Nase. Wie in aller Welt hatte ich sie je für langweilig halten können? Sie war wie in Porzellan verpackter Sonnenschein und Wärme und zudem mit den großartigsten Brüsten gesegnet, die ich je gesehen hatte. Ich hätte nie gedacht, dass ich mal auf Sommersprossen abfahren würde, aber verdammt, auf ihre schon.

„Du weißt, dass ich nur dieses Hemd habe."

Ich streifte es über ihre Arme herunter und schleuderte es zur Seite. Ihr BH folgte. Nun war sie von der Hüfte aufwärts nackt und sah aus wie ein Traum aus Elfenbeinhaut. Ich hatte schon viele heiße Frauen gesehen. Frauen, die mit ihrem Aussehen ihren Lebensunterhalt verdienten, damit, wie erotisch sie auf das andere Geschlecht wirkten, doch keine von ihnen konnte Dovie und ihrer natürlichen und unberührten Schönheit das Wasser reichen.

„Ich habe vorhin, als du geschmollt hast, ein paar T-Shirts für dich mitgenommen."

Ich schob die Hände in ihre viel zu weite Hose, machte den Knopf auf und zog den Reißverschluss hinunter. Ich spürte ihre weiche Haut und wie Dovie unter meinen Fingern erbebte, doch sie hob anstandslos die Hüften, um den Rest ihrer Sachen loszuwerden. Jetzt stand sie vollkommen nackt vor mir an die Küchentheke gepresst. Ihre Hände ruhten an den Seiten ihrer Oberschenkel, ihre grünen Augen wirkten riesig, und sie kaute so heftig auf ihrer Unterlippe, dass ich Blut sehen konnte. Sie war viel zu unschuldig und viel zu gut für alles, was ich ihr unweigerlich antun würde.

„Du wirst das hier bereuen, wenn ich dir erst mal bewiesen habe, wie falsch du mich einschätzt."

Sie berührte mit der Hand den Stern neben meinem Auge.

„Nein, werde ich nicht. Das mit dir ist kein Fehler."

Vielleicht würde ich ihr einfach das Gegenteil beweisen müssen.

Ich riss sie gierig und mit wenig Feingefühl zum Ende des Tresens, damit sie so fest wie möglich gegen meine Erektion gedrückt wurde. Danach legte ich die Hände auf ihren nackten Po und küsste sie, nicht wie man eine Frau küsste, die man verführen wollte, sondern wie eine, die man besitzen und der man für alle Zeiten seinen Stempel aufdrücken wollte. Es war ein berauschendes und machtvolles Gefühl, dass sie mir ausgeliefert war, während ich noch voll bekleidet über ihr war. Eigentlich konnte ich diesem ganzen Macht-und-Dominanz-Scheiß nicht viel abgewinnen, doch mit ihr hätte ich bis in alle Ewigkeiten Meister und Sub gespielt, falls sie das mochte.

Ich schob meine Hände in ihre Locken und drückte Dovie über meinen Arm nach hinten, damit sie sich mit ihrer weichen Haut an meiner Erektion reiben konnte. Ich stieß die Zunge in ihren Mund, setzte meine Zähne ein und hatte das Gefühl, sie regelrecht zu verschlingen. Sie fühlte sich so gut an, so sauber und unverdorben, ich wollte von Kopf bis Fuß meine Spuren auf ihr hinterlassen. Als ich etwas zu fest an ihrer Oberlippe saugte, wimmerte sie leise und schlang ihre langen Beine um meine Hüften.

Sie zerrte mir das Hemd herunter und schleuderte es auf den von Einkäufen und Klamotten übersäten Küchenboden. Ich bemerkte, wie ihr Blick sofort auf meine Flanke fiel, wo nach wie vor Blut durch den dicken Verband sickerte, den sie dort angebracht hatte. Sie zögerte, doch ich fing ihre Finger ab, als sie mich dort berühren wollte, drehte ihre Handflächen nach oben und küsste sie. Dovie blickte mich jäh an, und ich schloss ihre Finger.

„Lass. So was gehört einfach zu mir dazu."

Sie wollte etwas erwidern, widersprechen, aber ich wollte mich keinesfalls von meiner eigentlichen Absicht ablenken lassen oder von dem, das versuchte, unter meinem Hosenbund hervorzuschauen. Ich fasste nach ihrer anderen Hand und legte sie auf meine Gürtelschnalle. Danach drückte ich sie so weit zurück wie möglich, beugte ihren zarten Rücken über meinen Arm, den ich hinter ihr abgestützt hatte, bis ihre schlichtweg perfekten Brüsten sich an meinen gierigen Mund drängten. Sie war das Süßeste, was ich jemals geküsst hatte. Es war herrlich, wie ihre Brustwarzen an meiner Zunge hart wurden wie Beeren. Sie krallte ihre Fingernägel in meinen Nacken. Atemlos keuchte sie meinen Namen, und es war mir sogar egal, dass sie mich Shane nannte.

Ich schob ihre Schenkel auseinander, zwang sie, sie weiter zu spreizen, und glitt mit einer Hand zwischen uns, um herauszufinden, ob Dovie für mich bereit war. Sie war so eng, so feucht und so angespannt, als wenn sie bei der zartesten Berührung explodieren würde, und sie musste ein Stöhnen unterdrücken, während sie mein Handgelenk umklammerte. Mit der Zunge leckte ich über das Tal zwischen ihren Brüsten und hinterließ rote Flecken auf jeder Sommersprosse, die ich finden konnte.

Als ich die andere Brustwarze erreicht hatte, rieb sie sich an meinen Fingern und drückte ihre Fußsohlen in meinen Hintern.

Ihr Haar hüllte den Arm ein, mit dem ich sie festhielt, und sie krallte eine Hand in meine Brust. Ich wollte sie zum Höhepunkt bringen, sie förmlich in tausend Teile zerspringen lassen, bevor ich mich selbst in ihrem Alabasterkörper verlor. Sie riss die Augen auf und hob mein Kinn an, damit ich sie anschaute. Hart presste ich meinen Daumen auf ihre Klitoris und beobachtete, wie Dovie auf den Höhepunkt zuraste. Es war kraftvoll, und es versetzte mich in einen wilderen Rausch als jedes Auto, das ich je geknackt hatte. Sie sah so zart und verletzlich unter meinen Händen aus. Mich hatte es zuvor nie sonderlich interessiert, was ich den Frauen zu geben hatte. Aber aus irgendeinem Grund wollte ich in ihrem Fall das Beste daraus machen.

„Shane …"

Ihre Stimme war nur mehr ein Wispern. Schwerer, gesättigter Blick. Sie richtete sich weit genug auf, damit sie an meinen Gürtel gelangen konnte, und öffnete die Schnalle. Schnell zog sie den Reißverschluss hinunter. Stöhnend half ich ihr, denn mein Schwanz war wegen ihres Keuchens und ihres Körpers durchaus bereit, sich allein aus dem Stoff zu befreien, und die Zähne des Reißverschlusses waren ein tödlicher Feind. Als die Hose offen war, riss sie sie zusammen mit meinen Boxershorts nach unten. Noch immer trug ich viel mehr Klamotten als sie, doch jetzt waren die tätowierten Zielflaggen auf beiden Seiten meiner Leiste zu sehen. Sie richtete ihre volle, ungeteilte Aufmerksamkeit darauf und schließlich auf meine Erektion, die stolz zwischen uns aufragte.

Ich schnaubte und drängte sie nach hinten, damit ich an die Schachtel mit den Kondomen herankam. Kaum dass ich mich an sie lehnte und mit meinem Ständer die Feuchte und ihre Hitze fühlte, wäre ich beinahe ohnmächtig geworden.

Fluchend blickte ich auf sie hinab. Sie zog eine rostrote Augenbraue hoch und schlang die Arme um meinen Nacken. Dabei drückte sie die harten Brustwarzen an meine Rippen und zog mich mit den Schenkeln an sich, als ob sie mich nie wieder loslassen wollte. Ich holte ein Päckchen heraus und öffnete es mit den Zähnen. Es war gar nicht so leicht, genug Platz zwischen uns zu schaffen, um das Kondom überzurollen, weil ich ihren Körper weiterhin unter mir spüren wollte. Es fühlte sich an, als ob sie mit mir verschmelzen, mich für immer zu einem Teil von ihr machen würde.

Ich legte die Hände flach auf die Küchentheke neben ihren Kopf, ihr Haar war um sie ausgebreitet wie ein Tuch aus Feuer. Ich beobachtete sie, während ich nur die Spitze in sie schob, eine winzige Andeutung meines Schwanzes in ihr.

Ein kleines Lächeln umspielte ihre Lippen, und ich hätte es ihr am liebsten weggeküsst.

„Ist das die Ziellinie?“

Nie war ich mit jemandem wie ihr zusammen gewesen, nie hatte ich das Gefühl gehabt, dass jemand mir allein gehörte. Mir war klar, dass ich nicht ihr Erster war, doch als ich in sie drang, in ihr flammendes Innerstes, hätte ich schwören können, dass sie ganz neu und ganz mein war. Sie bäumte sich mir entgegen, und ich brauchte mir keine Gedanken mehr darüber zu machen, ob ich ihre Grübchen küssen sollte oder nicht, denn sie fiel wild über meinen Mund her. Sie ließ ihre Zunge über meinen Gaumen gleiten und umschlang mich mit den Beinen, wobei meine Wunde mörderisch schmerzte. Inzwischen war ich ganz in ihr, und wir stöhnten beide auf. Ich löste mich von ihren Lippen und presste meine Nase an ihren Hals. Bei dem Gefühl, wie sie mich umschloss und in sich zog, konnte ich mich nicht mehr zurückhalten und stieß so hart in sie, dass wir zusammen über den Tresen rutschten. Sie lag, die Beine weit gespreizt, da, ihr Kopf hing auf der anderen Seite herunter.

Dovie bohrte ihre Finger in meinen Rücken, ihre Brust hob und senkte sich an meiner. Sie war nass und eng, ihr Innerstes umklammerte zitternd meine harte Erektion. Mich interessierte nun nichts anderes mehr, null Feingefühl, null Anstand, ich wollte nur noch kommen. Ich biss in ihre Schulter, wo eine Vene unter meinen Lippen pulsierte. Sie warf den Kopf heftig hin und her und murmelte etwas, das viel zu schmutzig war, als dass es aus diesem hübschen Mund stammen konnte. Ich fühlte, wie ihre Muskeln sich anspannten und mich daran hindern wollten, mich aus ihr zurückzuziehen. Das genügte mir.

Ich fasste sie hart genug an den Hüften, um Abdrücke zu hinterlassen, und schob mich fest in sie. Seit meiner Entlassung hatte ich reichlich davon bekommen, aber kein einziges Mal war so gewesen wie das hier. Ich brauchte es verzweifelt, dringend. Ich spürte jede Faser von ihr – ihre Haut, ihren Mund, ihr Haar, ihr Innerstes, das mich melkte und bearbeitete. Ich konnte nicht länger an mich halten, es nicht mehr hinauszögern und nicht darauf warten, dass es für sie so gut wurde wie für mich. Ich presste ihren Namen wie einen Fluch hervor und hob sie an, bis wir aneinanderklebten, Oberkörper an Oberkörper. Und dann küsste ich sie um den Verstand, wobei ich heftiger kam als jemals zuvor in meinem Leben. Ich küsste sie, bis wir beide keine Luft mehr kriegten. Küsste sie, bis sie an meinen Ohren zog, damit ich sie losließ. Küsste sie, bis auch sie zu explodieren schien, während ich versuchte, langsam meine Sinne wiederzufinden. Ich küsste sie, als wüsste ich, dass sie mich das nur eine begrenzte Zeit lang tun lassen würde und ich deshalb aus jedem einzelnen Mal eine unvergessliche Erinnerung machen musste.

Wir brauchten beide einen Moment, um wieder atmen zu können. Ich drückte meine Stirn sanft an ihre.

„Das …“ Meine Stimme klang, als ob ich mit Säure gegurgelt hätte. „*Das* ist die Ziellinie.“

Sie stieß ein niedliches kleines Lachen aus und öffnete den Mund, wollte etwas erwidern, da ertönte irgendwo auf dem Boden ein Handy. Seufzend entzog ich mich ihr. Ich versuchte mich zu orientieren und durchwühlte den Klamottenhaufen. Nachdem ich ihr mein Hemd gereicht hatte, suchte ich weiter, bis ich ihr Telefon fand. Sie hüpfte von der Küchentheke und stieg über die Einkäufe auf der Erde. Ich marschierte ins Badezimmer, um meine verletzte Seite zu betrachten.

Es sah so aus, als ob die Wunde wieder heftiger blutete, aber es bildete sich bereits ganz anständiger Schorf an den Rändern. Da Dovie mir nicht dabei helfen würde, schraubte ich den Deckel von der Tube Sekundenkleber ab und schmierte die brennende Flüssigkeit auf den hässlichen Schnitt. Es fühlte sich an, als ob kochendes Öl über meine Haut gegossen würde, doch sobald der Kleber zu trocknen begann, hörte es auf zu bluten. Wahrscheinlich würde ich eine heftige Infektion bekommen. Dann wären nicht irgendwelche Gangster oder mein Leben als Verbrecher schuld an meinem Untergang, sondern Wundbrand.

Ich wusch mir die Hände und warf gerade den ruinierten Verband in den Abfall, als sie in der Tür auftauchte. Mein Hemd bedeckte zwar das meiste, es fiel mir jedoch nicht leicht, den Blick von ihren Beinen zu lösen, nachdem ich wusste, dass sie darunter nackt war.

„Das war das Übergangshaus, für das ich arbeite. Einer der anderen Aufseher ist krank geworden, und ich muss einspringen. Normalerweise bin ich nur jedes zweite Wochenende dort, aber ich muss heute Nacht und morgen dableiben."

Das bedeutete, dass ich sie nicht vor Montag wiedersehen würde. Warum mich das ärgerte, wusste ich selbst nicht. Ich strich über mein kurzes Haar. „In Ordnung. Lass mich schnell die Küche aufräumen, danach bringe ich dich hin. Wie gesagt habe ich dir was zum Anziehen gekauft, damit müsstest du ein paar Tage auskommen. Mach dich fertig."

Sie warf mir einen Blick zu, in dem ich Enttäuschung zu sehen glaubte, doch dann nickte sie nur und drehte sich um.

„Cool. Ich kann dir beim Aufräumen helfen."

Ich sah ihr hinterher. Irgendwo in meiner Brust, wo sonst immer ein leeres, tiefes Loch gewesen war, spürte ich ein Zucken und das reißende Gefühl, dass es besser war, wenn sie ging. Besser für sie als für mich.

8. KAPITEL

Dovie

Keine Ahnung, was das damals mit Billy Clark oder mit diesem Versager aus dem Restaurant war, aber es hatte nichts mit dem zu tun, was ich mit Bax erlebt hatte. Ich wusste, dass Sex ihm nicht viel bedeutete, dass es für ihn um eine schnelle Nummer ging und darum, andere einzuschüchtern und zu kontrollieren. Doch für mich war es etwas Besonderes gewesen. Es war, als ob ich einen Teil von ihm in mir trüge, brennend und im Takt zu meinem Herzschlag pulsierend. Ich konnte das Gewicht seines intensiven Blicks auf mir fühlen, als wir durch die Stadt Richtung Übergangshaus rasten. Vielleicht erwartete er, dass ich ausflippte oder eine Entschuldigung verlangte oder sonst was Dramatisches und höchstwahrscheinlich Angebrachtes aufführte. Sein Pech. In Wahrheit wünschte ich mich nur zurück auf die Küchentheke, wollte, dass er wieder seine ganze Intensität und Konzentration auf mich richtete. Er war unglaublich heiß, und ihm so nahe zu sein, so intim, das war durch nichts zu überbieten.

Es brachte mich jedes Mal vollkommen aus der Fassung, wenn er nett zu mir war … nun, so nett, wie ein Typ wie er sein konnte. Ich hatte einfach keine Ahnung, was ich von ihm halten sollte.

War er hingegen verstört, wütend, schweigsam und grüblerisch, musste ich aufpassen, musste mich schützen und immer mit einem Kampf rechnen. Ich war nicht sicher, was diese neue Entwicklung zwischen uns bedeutete. Ich wusste nur, dass ich mich nie zuvor so bewundert und wertgeschätzt gefühlt hatte. Ich war nicht besonders hübsch, aber nach diesem Intermezzo in der Küche, als seine Mitternachtsaugen mich auseinandergepflückt und wieder zusammengesetzt hatten, fühlte ich mich wie das schönste Mädchen der Welt oder zumindest in The Point.

Ich strich mir eine Haarsträhne hinters Ohr und zupfte an den langen Ärmeln seines Hemdes, das ich noch immer trug, mit Blutflecken und allem. Ich wusste selbst nicht, warum ich es nicht mehr ausziehen wollte, aber zum Glück hatte er mich auch nicht darum gebeten.

„Also Montag?"

Das waren die ersten Worte, die er sagte, seit wir im Auto saßen.

Ich nickte zerstreut. „Ja, ich bleibe über Nacht, arbeite morgen den ganzen Tag und übernachte noch einmal da. Mir macht das Spaß. Ich war mal so wie diese Kids und möchte einen Abschluss als psychologische Beraterin machen, sodass ich Kindern wie uns helfen kann, Kindern mit beschissenen Eltern und einer miserablen Erziehung. Damit sie lernen, mit ihren Adoptiveltern oder Pflegefamilien zurechtzukommen. Ziemlich oft glauben sie nämlich, alles schon zu wissen, und wollen sich nicht anpassen. Das ist der Fluch der Straße. Dort werden Kinder zu schnell erwachsen."

Er brummte nur, doch nach allem, was ich bisher über ihn wusste, betraf ihn diese Tatsache genauso. Kein Kind wachte einfach eines Morgens auf und beschloss, Autos zu klauen, weil es so lustig war.

„Dein Bruder …" Ich brach ab, als er sich zu mir drehte und mich mit zusammengekniffenen Augen musterte.

„Halbbruder."

„Äh … Halbbruder … hilft er dir mit deiner Mom und allem? Weiß er von dem Haus?"

Ich sah, wie er die Zähne zusammenbiss und ein Muskel zu zucken begann. Pech. Er hatte mich nackt gesehen – war in mir gewesen –, da hatte ich doch wohl das Recht, ein paar konkrete Fragen zu stellen.

„Titus war immer sehr streng, bei ihm ist alles schwarz oder weiß, gut oder schlecht. Sein Dad war ein wichtiger Drogenlieferant und kam in den Knast, als Titus noch klein war. Das hat er nie verwunden. Er wollte eine perfekte Familie, eine Mom und einen Dad, die sich liebten, ohne Drogen, ohne Alkohol, ohne Probleme, und das konnte er in The Point nicht haben. Also hat er uns abgeschrieben und eine neue Familie gefunden.

Er kümmert sich nicht um Mom, weil sie sich um sich selbst nicht kümmert. Und was mich betrifft ...“ Er warf mir einen Blick zu, der mich erschauern ließ. „Er hat bewiesen, was für ein Bruder er ist, als er mich eingebuchtet hat.“

Ich räusperte mich, dann sah ich wieder aus dem Fenster. „Er hatte keine andere Wahl. Du bist ein Verbrecher, er ist Polizist.“

„Man hat immer eine Wahl, Rotschopf. Manchmal braucht man Eier, um die falsche zu treffen und mit den Konsequenzen zu leben, doch man hat immer eine Wahl.“

Darauf fiel mir nichts ein, also wickelte ich nur eine Locke um meinen Finger und schwieg, bis das Übergangshaus in Sicht kam. Es befand sich im Zentrum von The Point, ein heruntergekommenes Gebäude, Gitter vor den Fenstern, davor ein traurig aussehender Spielplatz. Es machte nicht viel her, aber die Liebe, die dort herrschte, verwandelte es in den schönsten Ort, den ich kannte. Ich wandte mich zu Bax, um mich für die Fahrt zu bedanken, um zu fragen, wann ich von ihm hören würde, er war jedoch schon ausgestiegen und öffnete mir die Tür, bevor ich das tun konnte.

Ich blinzelte, als er mir eine Hand hinstreckte und mir hinaushalf. Hinter den schmutzigen Fenstern sah ich die neugierigen Gesichter der Kinder, doch das war mir egal. Als er den Kopf neigte und mich auf den Mund küsste, sank ich gegen ihn und gab ihm, was er wollte. Das wurde langsam zu einer gefährlichen Gewohnheit, die mich, wenn ich sie nicht in den Griff kriegte, am Ende alles kosten würde. Er strich mit der Zunge über meine Unterlippe, und ich stand da, atemlos und wie benebelt.

„Ich hole dich Montag ab.“

Mechanisch nickte ich, und er reichte mir die Tasche, in der sich meine wenigen Habseligkeiten befanden. Dann schüttelte ich den Kopf, um den Nebel aus Lust zu vertreiben, der mich einhüllte, und legte eine Hand auf seinen Unterarm.

„Nein.“

Er zog eine dunkle Augenbraue hoch.

„Ich meine, ich habe Montagabend Schule. Vor zehn bin ich nicht fertig.“

Das gefiel ihm nicht. Ich erkannte es daran, wie er den Mund nach unten zog und sein Blick sich umschattete. Er schüttelte meine Hand ab und zog die Kapuze hoch. Ich mochte es nicht, wenn er das tat. Es war, als ob er seine Rüstung anlegte, und es gab keinen Shane mehr, nur noch Bax.

„Dann ruf mich an, wenn du mal Zeit hast."

Etwas Kaltes rieselte über meinen Rücken, und ich biss mir auf die Unterlippe, während er zur Fahrerseite des Autos ging. Ich neigte den Kopf zur Seite. „Bax?"

Er blieb stehen und schaute mich an. In seinen Augen spiegelte sich mein nervöses und unsicheres Gesicht, mehr war nicht zu sehen.

„Keine Roxie oder Honor dieses Wochenende, versprochen?"

Das war eine Frage, denn mal im Ernst, was erwartete ich eigentlich von ihm? Er war ja nicht gerade ein Ausbund an Tugend und Sittsamkeit. Wir starrten uns eine Weile über das Autodach hinweg an, bevor er nickte.

„Ruf mich an."

Ich schluckte, nickte ebenfalls und trat einen Schritt zurück, als er davonbrauste. Dann stieß ich den angehaltenen Atem aus und fragte mich, ob ich es so lange mit ihm durchhalten würde, bis wir Race gefunden hatten. Er war wie eine Granate, die jeden Moment hochgehen konnte. Wollte ich in die eine Richtung, ging er in die andere. Das war gleichzeitig anstrengend und aufregend.

Kaum hatte ich die Eingangstür aufgestoßen, als ich auch schon von kleinen Körpern umzingelt war. Die Teenager waren zu cool, um ihre Freude über mein Kommen zu zeigen, aber sie blickten mich fragend an. Bax konnte man nur schwerlich übersehen, und es war allgemein bekannt, dass ich eigentlich keine Zeit für ein Privatleben hatte. Sie wollten wissen, wer er war und wieso ich mit diesem Wahnsinnsschlitten zur Arbeit gebracht wurde, wo ich normalerweise doch mit dem Bus kam.

Ich bahnte mir einen Weg vorbei an den Kids und durch die Flut der Fragen hindurch und ging in die Küche, wo Reeve Black gerade das Abendessen zubereitete. Insgesamt waren es zwölf Kinder zwischen fünf und sechzehn, somit war es nicht leicht, das Richtige für alle zu kochen. Sie sah gestresst aus.

„Kann ich helfen?“ Beim Klang meiner Stimme fuhr sie zusammen.

„Oh. Gott sei Dank bist du da. Lindsey und Blake haben mir geholfen, aber dann sind plötzlich alle zur Tür gerannt. Wie ich gehört habe, war das ein ‚klasse Auto‘ und ein ‚heißer Typ‘ … bla, bla. Du weißt ja, wie Teenager sind.“

Reeve war Herz und Seele dieses Hauses und ein paar Jahre älter als ich. Ihre Geschichte kannte ich nicht, wahrscheinlich ähnelte sie meiner. Ich wusste also nicht, warum sie sich so für diese Kids einsetzte. Sie sah aus, als könnte sie als Bikini-Model ein Vermögen verdienen oder die Geliebte von irgendeinem reichen Kerl sein. Deswegen wunderte ich mich immer, dass sie sich mit dem Rest von uns überhaupt abgab. Doch ich fand nicht, dass ich das Recht hatte zu fragen. Ehrlich gesagt schüchterte sie mich mit ihrem langen schwarzen Haar und den kobaltblauen Augen ein. Sie bekam viel mehr mit, als sie sich anmerken ließ, und da ich nichts von mir preisgeben wollte, wahrte ich möglichst viel professionelle Distanz.

„Ich bin heute hergefahren worden. Er hat tatsächlich ein tolles Auto, und der Typ ist verdammt heiß und gefährlich, da haben sie recht.“ Ich stellte meine Tasche auf den Esstisch und begann, die Ärmel meines geliehenen Hemdes hochzukrempeln. „Ran an die Arbeit. Was kann ich tun?“

Sie zeigte auf einen Berg Kartoffeln und bat mich, sie zu schälen und zu waschen.

„Ich wusste nicht, dass du mit jemandem zusammen bist.“

Das sagte sie beiläufig, aber ich konnte die Frage aus ihrer Stimme heraushören.

„Bin ich nicht. Er ist ein Freund von Race. Wir machen uns beide Sorgen um ihn und wollen ihn finden.“

„Oh. Du hast nie erzählt, dass du mit den Freunden deines Bruders zu tun hast.“

Ich hatte überhaupt nie irgendetwas erzählt, deswegen sah

ich sie irritiert an. „Habe ich auch nicht. Bax ist anders. Er und Race sind zusammen aufgewachsen. Er ist vielleicht der Einzige, der ihm aus den Schwierigkeiten helfen kann, in denen er steckt."

Erschrocken sah ich auf, als der Löffel, mit dem sie die Soße umrührte, klirrend zu Boden fiel. Stirnrunzelnd warf ich ihr ein Geschirrtuch zu.

„Alles okay?"

Sie murmelte etwas, dann beugte sie sich hinunter, um die Sauerei aufzuwischen, die sie gerade angerichtet hatte.

„Shane Baxter? Du treibst dich mit Shane Baxter herum?"

Überrascht neigte ich den Kopf und sah sie an. „Herumtreiben würde ich es nicht direkt nennen, aber ja, Bax und Race sind seit Langem befreundet. Wieso? Kennst du ihn?"

Als ein paar der Kids hereinkamen und nach Saft fragten, fluchte sie leise und ging zum Kühlschrank. Ich dachte, sie würde das Thema vielleicht fallen lassen, doch da kam sie plötzlich zu mir und packte mich an den Schultern, damit ich sie voll ansah. Ihre blauen Augen wirkten entschlossen und so ernst, dass es mir auf einmal schwerfiel zu schlucken.

„Deine Vergangenheit war bestimmt auch nicht gerade ein Zuckerschlecken. Und du weißt, wie es in Stadtteilen wie The Point läuft, aber tief drinnen bist du ein gutes Mädchen, eine süße junge Frau mit Wünschen und Zielen, die ich wirklich bewundere. Lass auf keinen Fall", sie schüttelte mich so, dass meine Zähne aufeinanderschlugen, „einen Typen wie Shane Baxter in deine Nähe. Der ist Gift für dich. Er wird alles zerstören, was dir je wichtig war, und jede Sekunde davon genießen."

Darauf fiel mir keine Antwort ein. Außerdem war es sowieso schon zu spät. Wenn er Gift war, dann hatte ich mich längst infiziert.

„Was hat er dir getan, Reeve?"

Sie schüttelte den Kopf.

„Nichts, ich kenne ihn nicht mal, aber ich habe von ihm gehört, und das ist vielleicht noch schlimmer. Sein Ruf ist furchtbar, Dovie. Er stiehlt, er kämpft, er verletzt Menschen, und jeder weiß, dass er ohne seinen Bruder wegen Mordes angeklagt worden wäre. Komm schon, Dovie, glaubst du wirklich, dass Race sich vor Novak versteckt? Ist es nicht viel wahrscheinlicher, dass er sich vor dem Typen versteckt, den er ins Gefängnis gebracht hat? Shane Baxter bringt nur Unglück, und wenn du dich mit ihm einlässt, bekommst du richtige Probleme."

Teilweise hatte sie recht. Bax brachte nur Unglück, aber Shane … nun, Shane konnte süß sein, rücksichtsvoll, und zwischen uns war mehr, als man auf den ersten Blick sah. Bax hielt mich nicht fest, wenn ich schlief, Bax kaufte mir keine Klamotten, obwohl ich schmollte, und Bax war es nicht, dem ich erlaubte, mich bis zur Besinnungslosigkeit zu berühren und zu streicheln. Das alles war Shane. Zu dumm nur, dass sie denselben Körper bewohnten, denn ohne sein Alter Ego wäre Shane ein ziemlich klasse Typ. Aber ich war natürlich nicht verrückt genug zu denken, dass er nur der eine oder der andere sein könnte. Er war eine komplizierte Mischung aus Shane und Bax. Den einen bekam man nicht ohne den anderen.

Schweigend half ich ihr, das Abendessen zu kochen. Dann sammelten wir die Kids ein, sahen uns nach dem Essen einen Film an und gaben ihnen noch eine gesunde Nachspeise, bevor wir sie ins Bett schickten. Ich musste mindestens zehnmal erklären, dass Bax nur ein Bekannter war und ich ihn nicht fragen konnte, ob er sie mal mitfahren ließ. Außerdem versuchte ich, den etwas älteren Mädchen klarzumachen, dass sie sich mit Typen wie Bax nicht einlassen sollten, umwerfend hin oder her. Wobei ich sicher nicht besonders überzeugend klang. Mal im Ernst, wieso sollte ausgerechnet ich sie vor Jungs warnen, die nichts als Herzschmerz und Leid bedeuteten, wo sie doch gesehen hatten, wie genau so einer mich um den Verstand geküsst hatte.

Als endlich alle in ihren Betten lagen und wir sauber gemacht hatten, war es schon ziemlich spät. So verbrachte ich meine Wochenenden am liebsten; früher zumindest. Als ich mich in eines der schmalen Betten für die Betreuer legte, musste ich ständig darüber nachdenken, was ich jetzt gerade tun würde, wenn ich in dem kleinen Haus am Rande von The Hill wäre. Und schließlich fragte ich mich, ob Bax es tatsächlich schaffte, übers Wochenende sein Ding in der Hose zu lassen. Natürlich schuldete er mir nichts. Wir waren ja nicht zusammen, nicht mal wirklich Freunde, und dass er es mir versprochen hatte, bedeutete rein gar nichts. Ich wusste nicht, für wen das trauriger war, für ihn oder für mich.

Ich starrte an die dunkle Decke und fragte mich, wie ich überhaupt in diesen Schlamassel hineingeraten war. Gerade verfluchte ich meinen Bruder dafür, dass er das Ganze ins Rollen gebracht hatte, als mein Handy leise piepte. Ich blickte hinüber zum anderen Bett, in dem Reeve tief und fest schlief, und schwang geräuschlos die Beine über den Bettrand. Wir mussten einmal pro Stunde abwechselnd die Schlafsäle überprüfen, und ich war sowieso dran. Also beschloss ich, zwei Fliegen mit einer Klappe zu schlagen und die Nachricht zu lesen, während ich nach den Kindern schaute.

Die Kleinen lagen alle brav in ihren Betten. Die Teenager … nun, sie waren eben Teenager, und ich sah sofort, dass sie ihren Schlaf nur vortäuschten. Aber da sie im Zimmer und nicht irgendwo draußen auf der Straße waren, beließ ich es dabei. Ich trat hinaus auf die Veranda und öffnete die Nachricht.

Hattest du einen schönen Abend?

Ich hatte nicht erwartet, vor Montag von ihm zu hören, und wusste auch nicht, ob ich vorher überhaupt mit ihm sprechen wollte. Der Abstand zu ihm tat mir gut, außerhalb seines Kraftfelds hatte ich etwas Raum zum Atmen. Ich blies mir das Haar aus der Stirn.

Ganz okay. Und du?

Es dauerte, bis eine Antwort kam – nicht, dass ich überhaupt mit einer gerechnet hätte. Es war Samstagabend, und er war ungezügelt und wild. Ich wollte nicht genauer darüber nachdenken, welchen Mist er bauen konnte. Mir jagte ein Schauer über den Rücken. Wie war ich nur jemals auf die Idee gekommen, es mit ihm aufnehmen zu können? Er war durch und durch Profi – ich nur eine Amateurin.

Hab mich weiter umgesehen. Ein paar Fragen gestellt. Race hat sich nach einem reichen Typen umgehört, der Geschäfte mit Novak macht. Ich muss herausfinden, wer das ist. Er ist vielleicht der Schlüssel zu dem Ganzen.

Wo bist du?

Ich hätte nicht fragen sollen. Es ging mich nichts an, und die Antwort würde mir sowieso nicht gefallen. Ich hatte recht.

The District.

Ich biss mir auf die Lippe und starrte auf das leuchtende Display meines Handys. Er hatte vor mir Zeit in The District verbracht und tat das selbstverständlich auch nach mir. Dass es mich überhaupt interessierte, machte mich wütend. Ich überlegte, was ich antworten sollte, da schrieb er mir, als könnte er mein Unbehagen über die Entfernung hinweg spüren:

Bin wieder im Haus meiner Mom. Ich war kurz in meiner Wohnung, um ein paar Sachen zu holen. Ich sagte doch, ich bleibe anständig.

Ich glaube nicht, dass du weißt, wie das geht.

Wirklich? Habe ich dir nicht vorhin gezeigt, wie anständig ich sein kann? Vielleicht sollte ich mich beim nächsten Mal noch mehr ins Zeug legen.

Ich stieß ein Lachen aus, denn wenn er sich noch mehr ins Zeug legte, wäre ich danach nicht mehr in der Lage zu gehen. Ich hatte blaue Flecken an den Schenkeln, Knutschflecken auf der ganzen Brust verteilt und Muskelkater an Stellen, von denen ich zuvor gar nichts gewusst hatte. Als ob sie sich über mich lustig machen wollten, sah ich plötzlich diese karierten Flaggen vor mir, und mit einem Mal wurde mir ziemlich heiß. Ich schob mir das Haar aus dem Gesicht und atmete tief aus.

Danke.

Etwas anderes fiel mir nicht ein. Ich wollte ihm glauben, dass er anständig war, und zwar freiwillig und nicht nur, weil ich ihn darum gebeten hatte. Aber auf jeden Fall war ich dankbar.

Ich habe den Eindruck, dass ich dich nicht mehr anfassen darf, wenn ich eine andere anfasse. Und das will ich nicht riskieren, weil ich dich so oft anfassen möchte, wie du mich lässt.

Oh, verdammt, und schon konnte ich dieses warme Prickeln in meinem Unterleib spüren.

Du machst mir Angst, Bax.

Ich weiß.

Das war's. Er schickte keine weitere SMS, und ich überlegte die nächste halbe Stunde, was ich tun sollte, wenn die Geschichte mit ihm mir im wahrsten Sinne des Wortes das Herz brechen würde.

Am Sonntagmorgen standen die Kids schon früh auf. Ich war erschöpft, weil ich die ganze Nacht immer und immer wieder die letzten beiden Wochen und jedes Zusammentreffen mit Bax durchlebt hatte. Ich hätte ihm niemals sagen dürfen, dass ich mit ihm schlafen würde. Was hatte ich mir bloß dabei gedacht? Als ob er eine Einladung gebraucht hätte. Als ob man ihn ermutigen müsste. Ich hätte niemals zu diesem Kampf gehen dürfen, zumal ich doch gewusst hatte, dass es sich um eine Falle handelte. Als ich ihn gebeten hatte, mich anzulügen, mir zu sagen, dass es mit mir anders wäre als mit den anderen Mädchen, hatte er genau das Gegenteil getan. Das hatte mich umgehauen. Auch wenn ihm die Sache vielleicht nicht so wichtig war wie mir, hatte er immerhin zuzugeben, dass das zwischen uns bedeutungsvoll und anders war.

Ich machte den Kids gerade Frühstück, als Blake, eins der älteren Mädchen, begann, mich über Bax auszuquetschen. Sie war hübsch, und ihre Geschichte war so traurig, dass es einem das Herz brechen konnte. Ihre Eltern waren weitaus schlimmer, als meine je gewesen waren. Was sie mit vierzehn schon alles gesehen hatte, ließ mich die Welt verachten, in der wir lebten. Sobald sie gelernt hatte, anderen Menschen zu vertrauen, würden wir eine Langzeit-Pflegefamilie für sie suchen. Ich hatte oft und lange mit ihr gesprochen, versucht, ihr klarzumachen, dass nicht alle Erwachsenen ihre Kinder als Prostituierte verkauften, weil sie ihrem Drogendealer Geld schuldeten, aber ich hätte genauso gut mit der Wand reden können. Woraus man ihr nach allem, was sie erdulden musste, wirklich keinen Vorwurf machen konnte.

Trotz meiner miesen Laune und meines warnenden Blicks stützte sie ihr kleines Kinn auf eine Hand und klimperte mich mit ihren langen Wimpern an.

„Also, was ist das für ein scharfer Typ mit dieser coolen Karre? Hast du uns deinen Freund verschwiegen?“

Ich runzelte die Stirn, sah sie an und half ein paar Kindern mit ihrem Müsli. „Nein. Ich habe keine Zeit für einen Freund. Hab mit euch Quälgeistern genug zu tun.“

„Er hat dich geküsst, als wäre er dein Freund.“

Ich krümmte mich innerlich. Ich hatte ganz vergessen, dass sie uns gesehen hatte. Genau in diesem Moment kam Reeve herein, der strenge Blick, den sie mir zuwarf, war nicht zu übersehen.

„Typen wie er …“ Ich wich Reeves Blick mit voller Absicht

aus und wandte mich stattdessen an Blake. „Wenn die dich küssen, dann weil sie es wollen und nicht weil du wichtig oder was Besonderes für sie bist."

Sie zog eine Augenbraue hoch und warf mir einen Ja-klar-Blick zu, in dem ein Wissen und eine Reife lagen, die weit über ihr Alter hinausgingen.

„Wenn so ein Typ einen küsst, ist es egal, ob man wichtig oder besonders ist. Hauptsache, er küsst einen. Und Mann! Das war vielleicht ein scheiß heißer Kuss."

„Pass auf, was du sagst!" Reeves Stimme war scharf.

Ich verdrehte die Augen. „So ist das nicht. Er ist mit meinem Bruder befreundet."

Blake seufzte. „Würde gern jemanden kennen, der solche Freunde hat."

Und sofort begannen alle – also zumindest die Mädchen –, von ihren Traumtypen zu schwärmen. Trotz schwerer Kindheit und ohne jegliches Vertrauen ins Leben sehnte sich doch jedes kleine Mädchen nach einem Prinzen, der sie rettete. Selbst wenn der Prinz einen tätowierten Stern auf dem Gesicht hatte und mit einer frisierten Karre ankam statt mit einem weißen Hengst. Ich ließ sie reden und ignorierte Reeves missbilligende Blicke, die mich den ganzen Tag über verfolgten.

Von Bax hörte ich nichts, auch nicht abends und am nächsten Morgen, und es wäre gelogen zu behaupten, dass es mich nicht wurmte. Was er aber auf keinen Fall wissen sollte. Nachdem wir mit den hauptberuflichen Mitarbeitern die Übergabe gemacht hatten, verabschiedete ich mich. Ich wollte Carmen und die Jungs bitten, mir beim Aufräumen meiner Wohnung zu helfen, bevor ich Unterricht hatte. Ich konnte mich nicht für immer verstecken, und je eher ich wieder in mein altes Leben zurückkehrte, desto weniger würde ich mich in diesem Mysterium namens Shane Baxter verlieren. Ich wollte den Bus nehmen, da bot Reeve mir an, mich mitzunehmen. Weil sie das ganze Wochenende über so kühl zu mir gewesen war, zögerte ich zunächst, aber eine halbe Stunde im Bus zu sitzen war nicht gerade verlockend, also nahm ich ihr Angebot an.

Keine fünf Minuten später rückte sie mit dem wahren Grund heraus. „Dove." Ihre Stimme war hart, und ich sah sie an. „Wir sind keine Freundinnen, und ich kenne dich kaum, doch ich muss es einfach loswerden. Pass bloß auf dich auf. Du hast keine Ahnung, was es bedeutet, sich mit einem Typen wie Bax einzulassen. Ich weiß, wie wichtig dir Race ist, und ich will nur das Beste von ihm denken, aber wenn er mit Leuten wie Bax befreundet ist ..." Sie schüttelte den Kopf, und das dunkle Haar fiel ihr ins Gesicht. „Bitte pass gut auf dich auf."

Ich grinste kläglich und strich mir eine Strähne hinters Ohr. „Ich verstehe, was du meinst, Reeve, du kennst Race jedoch nicht und Bax auch nicht. Und obwohl sein Ruf ziemlich zu wünschen übrig lässt – ich komme schon klar."

„Das hoffe ich. Typen wie er ..." Sie brach ab, und ich drehte mich ganz in meinem Sitz um, damit ich sie ansehen konnte.

„Du sagtest, er würde alles zerstören, was mir wichtig ist. Aber ich habe nicht vor, das zuzulassen."

„Schläfst du mit ihm?"

Ich versteifte mich automatisch, denn wie sie gesagt hatte, waren wir nicht mehr als Kolleginnen. „Warum?"

„Weil du seit einem Jahr hier arbeitest und nie einen Freund erwähnt hast. Auf einmal platzt dieser Typ in dein Leben, du knutschst vor dem Haus herum und wirkst völlig konfus. Und so ist ... So Typen bringen einen dazu, Dinge zu tun, die man normalerweise nicht tut. Erst ist es nur Sex, danach folgt Alkohol oder auch mal eine Linie Koks, und bevor du es merkst, steckst du so tief drin, dass du bereit bist, alles für sie zu tun. Du bist dann nur noch eine Marionette in ihrem Spiel, und genau das ist es für ihn, Dovie. Nur ein Spiel."

„Bist du sicher, dass du Bax nicht kennst, Reeve? Hört sich so an, als ob du aus Erfahrung sprichst."

„Ich sagte doch, dass ich ihn nicht kenne, aber ich habe von ihm *gehört*, und ich weiß alles über Typen wie ihn. Ich weiß, wie es ist, wenn sie mit dir fertig sind. Es ist hässlich und so gut wie unmöglich, da wieder rauszukommen. Ich will nicht, dass dir das passiert."

Das wollte ich auch nicht. „Ich trinke nicht, meine Mom war ein Junkie. Egal, ob ich mit ihm schlafe oder nicht, Bax wird mich niemals dazu bringen, zu koksen oder sonst was zu kiffen. Und was den Rest betrifft …“ Ich hob die Schultern und ließ sie sinken. „Im Moment brauche ich ihn, also muss ich das eben in Kauf nehmen. Er lügt nicht. Er spielt mir nicht vor, dass er harmlos ist und nur das Beste für mich im Sinn hat. Er macht mir Angst, und das sage ich ihm regelmäßig. Er kann aber auch süß und nett sein, wenn er will. Ich habe keine andere Wahl, als mitzuspielen. Er scheint der Einzige zu sein, der weiß, wie man dieses Spiel gewinnt.“

Ich dachte an seine Aussage, dass man manchmal mutig genug sein müsse, um die falsche Entscheidung zu treffen und mit den Konsequenzen zu leben.

„Pass einfach auf, und wenn dir irgendwas komisch vorkommt, lauf weg.“

Ich nickte, denn das war wirklich ein guter Rat. Wenn ich Abstand gehalten hätte, hätte ich niemals erfahren, wie es war, von ihm berührt zu werden. Oder wie er sich über mir bewegte, während seine schwarzen Augen sich in meine Seele brannten. Ich würde nicht wissen, wie es war, etwas unbedingt zu wollen.

Bisher hatte ich nie viel besessen und nie viel gewollt. Sicher, als Race in mein Leben kam, war alles leichter geworden. Daher sollte ich mir endlich eingestehen, dass ich mich nach einer Familie sehnte, nach jemandem, auf den ich zählen konnte, nach Sicherheit, danach, dass ich die Schule abschließen und anderen Menschen helfen konnte. Aber nie hatte ich etwas auf diese Weise gewollt wie jetzt. Wenn man bedachte, was für ein Mensch Bax war, war das nicht nur dumm, es würde mich auch unweigerlich zerstören, wie Reeve gesagt hatte.

Den Rest der Strecke bis zu meiner Wohnung fuhren wir schweigend, ihre Warnung hing zwischen uns. Ich wollte sie fragen, woher sie das alles wusste, woher sie ihre Überzeugung nahm, dass Bax ausschließlich schlecht war. Vermutlich hätte ich die Wahrheit jedoch nicht ertragen, zumal ich noch immer kein Wort von ihm gehört hatte. Ich dankte ihr für die Fahrt und versprach, vorsichtig zu sein. Wahrscheinlich glaubte sie mir nicht, aber was sollte sie schon tun. Ich musste meine eigenen Fehler machen.

Carmen und die Jungs freuten sich, mich zu sehen, und halfen mir zu retten, was zu retten war. Sie fragten mich über den Schaden aus und über Bax. Und ich musste Marco zwanzigmal schwören, dass ich Bax an sein Versprechen, ihn einmal im Auto mitzunehmen, erinnern würde. Wir brauchten den gesamten Nachmittag, und ein Großteil meiner Habseligkeiten landete im rostigen Mülleimer hinter dem Haus, doch zumindest war das Apartment wieder bewohnbar. Ich lud die Jungs zum Mittagessen bei McDonald's ein, während Carmen sich für ihre Schicht fertig machte. Ich wusste noch immer nicht, woher ich das Geld für meine Schulbücher nehmen sollte, aber mir würde schon irgendwas einfallen.

Ich saß im Bus auf dem Weg zum Community College, als ich endlich etwas von dem Mann hörte, der mir in den letzten beiden Tagen nicht aus dem Kopf gegangen war. Ich sollte die SMS ignorieren, hätte Brysen anrufen und fragen sollen, ob ich bei ihr wohnen konnte, bis Race wiederauftauchte, doch ich brachte es nicht fertig. Zu sehr verlockte mich dieses teuflische Gesicht mit dem tätowierten Stern.

Ich hole dich von der Schule ab. Habe aber heute Nacht noch einiges zu erledigen.

Schon okay. Ich kann bei Brysen bleiben.

Ich sagte, ich hole dich ab.

Obwohl es sich um eine SMS handelte, konnte ich die Verärgerung in seiner Antwort spüren. Vielleicht hatte er was Dummes angestellt, als ich den ganzen Sonntag nichts von ihm hörte, oder er war einfach nur scharf und sauer, weil er sich so lange hatte zurückhalten müssen. Ich kaute auf der Unterlippe und überlegte, wie ich mit der Situation am besten umgehen sollte. Ich wollte ihn sehen, wollte mit ihm zusammen sein. Reeves Warnungen, dass ich mich in diesem Spiel nicht verlieren dürfe, waren mir jedoch unter die Haut gegangen.

Okay, aber ich muss noch was für die Schule tun, und dafür muss ich rechtzeitig im Haus sein, egal, was du vorhast.

Abgemacht, Rotschopf.

Das war's. Er machte sich nicht über mich lustig, sagte nicht, dass ich keine Zeit für Hausaufgaben hätte, weil ich anderweitig beschäftigt sein würde, nur *abgemacht*. Man konnte einfach nie voraussagen, wie dieser Mann reagierte – leider störte mich diese Tatsache viel weniger, als sie sollte.

9. KAPITEL

Bax

„Du siehst schrecklich aus, Sohn."

Da konnte ich dem grauhaarigen alten Mechaniker nicht widersprechen. Mein Gesicht war noch immer ein Schlachtfeld, meine Seite heilte zwar, aber langsam, und es war nicht zu übersehen, dass man mich in den letzten Tagen mehrfach zusammengeschlagen hatte.

Ich grunzte nur und schüttelte Gus die Hand. Alles, was ich über Autos wusste, hatte ich von diesem alten Herrn gelernt. Er führte offiziell eine legale Autowerkstatt, in der er jedoch alle gestohlenen Wagen von Novak ausschlachtete. Mein Runner wäre ohne Gus nicht halb so cool geworden. Nun, ohne Gus und ohne Titus, der mich vor Jahren nach der Schule zu Gus geschleppt hatte. Das war, bevor mir klar wurde, dass ich meinen Halbbruder auf den Tod nicht ausstehen konnte. Titus hatte fast so viel Ahnung von Autos wie ich. Im Grunde waren Autos unsere einzige Gemeinsamkeit, das und dass wir beide immer zu Gus aufgeschaut hatten.

„Ich bin froh, dass du raus bist. Niemand kennt sich mit den guten alten amerikanischen Muscle Cars so aus wie du. Ich kann die meisten von den Idioten, die für mich arbeiten, keinen Wagen anfassen lassen, der vor 76 gebaut ist. Die wissen nicht, was sie damit anfangen sollen."

Ich lachte leise und zog an der Zigarette, die in meinem Mundwinkel hing. Ich war den ganzen Sonntag durch die Gegend gerannt und hatte versucht, mehr über diesen unbekannten reichen Typen herauszufinden, hinter dem Race her war. Ohne Erfolg. Es nervte mich, dass ich mich trotzdem unbedingt bei Dovie melden wollte – also tat ich es absichtlich nicht. Ich konnte es nicht brauchen, dass mir ein Mädchen im Kopf herumspukte bei all den Stolperfallen und hässlichen Dingen, die da schon drin waren. Ich suchte doch nur ein bisschen Spaß, eine einfache Möglichkeit, meine Bedürfnisse zu befriedigen, bis ich endlich Race in die Finger bekam. Aber leider konnte ich mir nicht länger etwas vormachen. Es war nicht nur mein Schwanz, der sie heute Abend wiedersehen wollte.

„Ich habe Titus getroffen, und er sagte, ich solle mal vorbeikommen. Er meinte, du brauchst vielleicht meine Hilfe."

Gus rieb sich die öligen Hände an seinem Overall ab und hob eine buschige graue Augenbraue. „Seit wann hörst du auf deinen Bruder?"

„Halbbruder, und nein, ich wollte sowieso vorbeikommen, sobald ich Zeit habe. Ich war ziemlich beschäftigt mit meiner Suche nach Race. Hast du irgendwas von ihm gehört?"

Er legte die Füße auf den Metalltisch in seinem winzigen Büro und wandte den Blick von mir ab. „Du solltest nicht so streng mit Titus sein. Man muss was arbeiten, und nur weil er auf der richtigen Seite des Gesetzes steht, ist dein Bruder noch lange kein schlechter Kerl."

Ich stieß eine Rauchwolke aus und verschränkte die Arme vor der Brust. „Das sagst du auch nur so lange, bis er deinen Laden hochgehen lässt, weil du gestohlene Autos vertickst. Dann spielt es keine Rolle, ob ihr euch schon ewig kennt und du mit seiner Familie zu tun hast … er wird deinen Hintern in den Knast verfrachten."

„Ich führe ein ganz legales Geschäft, Sohn, und niemand kann das Gegenteil beweisen. Wenn Titus das könnte, wäre es sein gutes Recht, mich hinter Gitter zu bringen, so wie es bei dir war. Außerdem hat er dir den Hintern gerettet, sonst hättest du gesessen, bis du mindestens Ende zwanzig gewesen wärst. Vielleicht solltest du dich dafür bei ihm bedanken, statt ihm eine reinzuhauen."

Ich schnaubte. „Er hat mich verraten."

„Ich hab doch Augen im Kopf, Bax. Titus ist ein Muskelberg, niemand verpasst ihm ein blaues Auge, wenn er es nicht zulässt. Okay. Du bist dir nicht zu schade, richtig anzupacken? Ich habe einen Stang, einen Nova, einen Chevelle und einen Hemi 'Cuda, die alle überarbeitet und aufgemotzt werden müssen. Novak hat nichts damit zu tun. Ein Paradies für einen Autofreak, und ich bezahle dich gut, wenn du sie so herrichtest, dass sie deinen eigenen Anforderungen entsprechen. Außerdem ist es leichter verdientes Geld, als sich für Nassir verprügeln zu lassen."

Ich schnaubte kurz. „Ich muss Race finden. Und mit Novak habe ich noch nicht mal angefangen."

„Das ist kein kluger Zug, Bax."

„Muss es auch nicht sein. Ich bin es leid, dass Novak überall in The Point die Strippen zieht. Jemand muss ihn fertigmachen, und ich habe nichts zu verlieren."

Seufzend schloss er die Augen, um sie reiben zu können.

„Du hast einen richtigen Bruder und einen Wahlbruder, der ohne dich keine Chance hat. Und deine Mom. Himmel, Bax, was würde wohl passieren, wenn sie dich beerdigen müsste? Sie würde dir direkt ins Grab folgen."

Ich drückte die Zigarette auf der Sohle meines Stiefels aus. Gerade wollte ich sagen, dass es nicht meine Aufgabe war, mir darüber Gedanken zu machen, als er fortfuhr: „Und Race, er hat diese kleine Schwester, die ihm so wichtig ist. Was ist mit ihr? Willst du wirklich das Leben unschuldiger Menschen zerstören, Bax? Nicht mal du bist so rücksichtslos."

Ich sah ihn an, runzelte die Stirn und schob die Hände in die Taschen meiner Kapuzenjacke. „Was weißt du über Dovie?"

„Race war ganz außer sich wegen ihr. Anscheinend ist seinem Vater mal rausgerutscht, dass es da einen kleinen Unfall gab und die Mutter einfach nicht die Klappe halten konnte. Dieser reiche Drecksack wollte dafür sorgen, dass das Problem irgendwie verschwindet, typisch für Leute aus The Hill. Race ist durchgedreht. So habe ich ihn noch nie gesehen."

„Das war, nachdem ich in den Knast kam, richtig?"

Gus sah mich an und faltete die Hände über seinem Schmerbauch. „Ein paar Wochen davor. Er wollte das Mädchen unbedingt finden und sich darum kümmern, dass es ihr gut geht. Er hat dasselbe gesagt wie du. Novak müsse bezahlen, er hätte die Nase voll davon, dass der alle Fäden in der Hand hätte. Dann ist die Sache mit euch schiefgelaufen, und er ist verschwunden. Ich weiß nicht, warum er das Mädchen später hierher gebracht und sie praktisch seinem alten Herrn vor die Nase gesetzt hat. Und auch Novak. Aber er muss einen Plan gehabt haben."

Ich konnte nicht glauben, dass Race schon über Dovie Bescheid gewusst hatte, bevor ich ins Gefängnis ging. Er hatte nie etwas gesagt, nie erwähnt, dass er in Schwierigkeiten steckte. Es ergab keinen Sinn, außerdem passte es mir nicht, dass letztlich alles auf den Rotschopf hinauslief.

„Kurz bevor er verschwand, zeigte Race ein Foto herum und stellte eine Menge Fragen über irgendeinen reichen Kerl. Weißt du was darüber?"

„Yeah. Das war sein alter Herr."

Ich blinzelte dümmlich und verlagerte mein Gewicht nach hinten auf die Absätze. „Wie bitte?"

Gus nahm die Füße vom Tisch und stand auf. „Race war sicher, dass sein Alter keinen anderen als Novak dafür bezahlt hatte, die Drecksarbeit für ihn zu erledigen. Als er in die Stadt zurückkam, versuchte er, eine Verbindung zwischen den beiden zu finden."

„Was genau meinst du mit Drecksarbeit, Gus?"

„Du kennst Novak, Bax. Was denkst du denn?"

Fluchend folgte ich Gus in die Garage, wo es wegen des Lärms der Schweißgeräte und Druckluftschläuche unmöglich war zu sprechen. Wenn Race glaubte, dass sein Dad Novak beauftragt hatte, Dovie umzubringen, dann war die ganze Geschichte noch schlimmer und komplizierter, als ich vermutet hatte. In was für eine verdammte Kacke hatte Race sich da reingeritten?

Wir blieben neben einer Rostlaube stehen, aus der mit ein wenig Arbeit eine Hammerkarre werden würde. Es geht eben nichts über gute alte Muscle Cars. Ich stellte einen Fuß auf die Stoßstange. „Sie ist ein süßes Mädchen."

Gus betrachtete mich aus dem Augenwinkel und lehnte sich an den Kotflügel. „Die Schwester? Woher weißt du das?"

Ich hob lediglich eine Augenbraue, woraufhin er den Kopf schüttelte.

„Race wird dich umbringen. Er liebt dieses Mädchen abgöttisch."

„Nun, er ist jedenfalls echt mies darin, sie zu beschützen. Benny und seine Schlägertruppe sind hinter ihr her, und ich bin derjenige, der sich um sie kümmert."

„Du kümmerst dich um sie mit dem, was du in der Hose hast?"

„Ich sagte, sie ist süß, und offensichtlich spielt sie in der ganzen Geschichte eine größere Rolle, als ich dachte. Ich muss unbedingt hinter diesen Scheiß kommen. Wie es aussieht, sollte ich mich mal in The Hill umsehen."

„Sei vorsichtig. Diese Leute würden dich nur zu gern wieder hinter Gittern sehen. Du hast denen eine Menge echt wertvolle Sachen weggenommen."

Wir lachten ohne allzu viel Humor, und ich stieß mich von der Stoßstange ab und zog mir die Kapuze über den Kopf.

„Ich helfe dir mit diesem Monster hier, aber das war's dann. Ich will nichts mit Novaks Geschäften zu tun haben."

„Und ich will nicht, dass du in Novaks Nähe kommst, Bax. Diesmal würde es nicht im Gefängnis enden. Sei nicht bescheuert, Sohn."

Wir schüttelten uns die Hand, und ich versuchte, alle Informationen, die Gus mir gerade gegeben hatte, zu einem Bild zusammenzufügen. Race hatte von Dovie erfahren. Sein Dad wollte sie umbringen lassen. Also hatte der alte Hartman offenbar Novak beauftragt, sie zu töten. Dovie lebte noch. Race hatte in der Nacht meiner Verhaftung geholfen, einen alten Mann zu entführen. Und irgendwie hatte das alles mit der Tatsache zu tun, dass Race in die Stadt zurückgekehrt und dann wieder verschwunden war. Er musste etwas gegen Novak in der Hand haben; etwas wirklich Großes, da er gewagt hatte, ein ganzes Jahr vor meiner Entlassung nach The Point zurückzukehren.

So langsam glaubte ich, dass er absichtlich mit seinem nächsten Schritt gewartet hatte, bis ich aus dem Gefängnis kam, bis ich frei war, um ihm zu helfen, wenn ich auch nicht wusste, wobei. Eins stand fest – ich war nur eine Marionette in alldem. Ich hatte fünf Jahre meines Lebens für das Ziel eines anderen gegeben, und das stank mir gewaltig. Ich mochte es nicht, benutzt zu werden, nie und von niemandem.

Immer und immer wieder dachte ich auf der Fahrt zu Dovies Schule darüber nach. Sie hatte gesagt, ich sollte einfach vor dem Haupteingang halten, sie würde Punkt zweiundzwanzig Uhr rauskommen. Allerdings wartete sie schon auf mich, als ich ankam, und mir wurde heiß, als sie die Beifahrertür aufriss und sie dann mit mehr Kraft als nötig zuknallte. Ihr hübscher Mund war zu einem Schmollen verzogen, und unter ihren Sommersprossen hatte sich die Haut gerötet. Sie war über irgendetwas verärgert. Ich dagegen hätte sie am liebsten sofort ausgezogen und Punkte verbinden gespielt.

„Was ist los?"

Sie warf den Kopf zurück und fixierte mich. Es gefiel mir, dass ihre grünen Augen dunkler und tiefer wirkten, sobald sie von ihren Gefühlen übermannt wurde. Wenn ich sie zum Höhepunkt brachte, beispielsweise.

„Zu studieren, selbst auf einem Community College, ist ohne Bücher unmöglich. Ich hasse diesen Benny, ich hasse Novak, wer auch immer er ist, und ich bin im Moment stinksauer auf meinen Bruder, weil er mich da mit reingezogen hat."

„Brauchst du Geld?"

Ich sah sie an, und sie starrte düster zurück.

„Nicht von dir."

Leise knurrend versuchte ich mir in Erinnerung zu rufen, warum genau ich sie in den letzten Tagen vermisst hatte. Sie bewegte sich, und ich konnte unter ihrem weiten Plaid-Shirt einen Blick auf ihren cremeweißen Hals erhaschen. An der Seite war deutlich ein Knutschfleck zu erkennen, und alles stürzte wieder auf mich ein. Meine Jeans fühlte sich auf einmal zu eng an.

„Würdest du Geld von Race annehmen?"

Sie nickte widerwillig und verschränkte die Arme über diesen Brüsten, an die ich noch lange, nachdem sie nur noch eine ferne Erinnerung wäre, denken würde.

„Nun, Race ist nicht da, also ist das meine Aufgabe. Nimm das verdammte Geld, damit du nicht durch die Prüfungen rasselst. Es ist für einen guten Zweck."

„Ich bin kein Hilfsprojekt."

„Bist du dir da sicher?" Ich zog sie gerne auf. Es war witzig, wenn sie sich aufregte. „Wie war das Wochenende mit deinen Kids?"

Sie sah mich eigenartig an, als ob ich sie auf den Arm nehmen wollte, dabei war ich ehrlich daran interessiert. Ich kannte niemanden, der sich um das Wohlergehen anderer Menschen sorgte. Sie war eine Heilige oder so was … eine sehr, sehr heiße, sehr erotische Heilige.

„Schön. Alle haben sich gut benommen, was selten vorkommt. Sie alle fanden dein Auto geil."

Ich lachte. „Mein Auto *ist* geil."

Sie strich sich eine Haarsträhne aus dem Gesicht und knabberte an ihrer Unterlippe. Gern hätte ich das für sie übernommen.

„Marco, mein Nachbar, sagte, dass du versprochen hast, ihn mal mitzunehmen. Er hat mich gebeten, dich daran zu erinnern."

„Der kleine Mistkerl hat mich beschissen."

Sie lachte leise, während ich vor dem Haus abbremste. „Du wirst ihn trotzdem mitnehmen. Das würde ihn überglücklich machen. Und es gibt nicht viel, worüber er sich freuen kann."

Ich stieg aus und folgte ihr zur Haustür. „Ich werde es mir überlegen."

„Was hast du heute Nacht noch zu erledigen?"

„Schon geschehen. Ich habe einen alten Freund getroffen."

Sie sah mich fragend an. Ich stieß die Tür auf und ließ meinen Arm über ihrem Kopf verharren. Ich hatte versprochen, dass ich ihr Ruhe für ihre Hausaufgaben lassen würde, und hatte das auch fest vor. Wenn sie mich jedoch weiter mit diesen rostbraunen Wimpern anklimperte und mich ansah, als ob sie wollte, dass ich sie gegen diese Tür presste und über sie herfiel, dann würde ich genau das tun.

„Hast du am Sonntag irgendetwas über Race herausgefunden?"

Wir gingen ins Wohnzimmer. Überrascht betrachtete sie den Fernseher und den Computer, die ich hergebracht hatte. Ich hatte am Tag zuvor einen Haufen Geld in einem Elektromarkt gelassen. Zwar kannte ich mich nicht besonders gut mit diesem Kram aus, aber wenn ich schon eine Weile hier wohnen würde, brauchte ich wenigstens eine Grundausstattung.

„Nein." Ich würde ihr nicht verraten, dass der alte Hartman Geld auf ihren Lockenkopf ausgesetzt hatte. Sie tat immer so stark, aber zu hören, dass der eigene Vater einen tot sehen wollte, würde sie umhauen. So ein Drama wollte ich lieber vermeiden, zumindest so lange, bis ich wusste, was genau vor sich ging. „Möchtest du was essen?"

Sie sah mich ungläubig an, dann ließ sie sich auf die Couch plumpsen. „Du kannst kochen?"

Eine Augenbraue erhoben, grinste ich sie an. „Ich habe viele Talente."

Als ich sah, wie Röte über ihren Hals kroch, klopfte ich mir in Gedanken auf die Schulter.

„Sicher, ich habe Hunger."

„Wird nichts Großartiges, aber auf jeden Fall essbar."

„Egal. Ich werde jetzt versuchen, meine Hausaufgaben zu machen. Kann ich deinen Computer benutzen?"

Schulterzuckend gab ich ihr das Passwort zum Einloggen und ging in die Küche. Mit einer Alkoholikerin zur Mutter und einem älteren Bruder, der damit beschäftigt ist, sich irgendwie zu retten, lernt man, sich selbst zu versorgen. Zwar würde ich nie eine Kochshow bei *Food Network* moderieren, aber ich war durchaus in der Lage, ein paar Sachen zusammenzumischen, die gut schmeckten und uns am Leben halten würden.

Ich knallte einen Teller vor sie und schaltete den Fernseher ein. Eigentlich war ich nicht der Typ, der vor der Glotze herumhing. Normalerweise hatte ich immer was zu tun, musste immer irgendwo sein oder irgendjemanden treffen. Ich schleuderte die Stiefel von mir, zog die Kapuzenjacke aus und machte es mir bequem. Ich würde hier ausharren, bis Dovie genug davon hatte, und sie dann überreden, mit mir ins Bett zu gehen oder es mir mit dem Mund zu machen. Ich war wirklich nicht wählerisch.

„Das schmeckt gut, Bax."

Ich grinste, weil sie so überrascht klang. Ich sah zu ihr hinüber und stellte fest, dass sie zu mir sah statt auf den Computer.

„Als Kind hieß es, entweder du sorgst für dich selbst oder du verhungerst. Ich habe gelernt zurechtzukommen."

Sie wirbelte herum, bis wir uns voll ansahen. „Hast du deswegen angefangen zu klauen? Hast du auf diese Weise für dich gesorgt?"

Ich stellte den leeren Teller auf den Couchtisch und warf ihr einen ungerührten Blick zu. Immerzu versuchte sie, einen besseren Menschen aus mir zu machen, als ich war. „Nein. Leute hatten einfach Kram, den ich auch wollte, also habe ich ihn geklaut. Autos, Fernseher, Kreditkarten ... Ich habe nicht gestohlen, um zurechtzukommen, sondern weil ich Sachen haben wollte, ohne dafür zu arbeiten."

Sie schnitt eine Grimasse und wandte sich dem Computer zu. „Das ist nicht die ganze Wahrheit."

Ich räumte meinen und ihren Teller ab. Ich musste eine rauchen und mich flachlegen lassen, nicht zwangsläufig in dieser Reihenfolge. „Was weißt du denn schon darüber?"

Sie hob eine Schulter und ließ sie wieder sinken. „Ich weiß, dass du dieses Auto da draußen liebst und es nicht gestohlen hast. Ich weiß, dass du deiner Mom was Gutes tun wolltest, deshalb hast du eben deine Talente genutzt, egal, wie kriminell sie sein mögen, um ihr dieses Haus zu kaufen. Also ging es nicht nur darum, Sachen zu klauen, weil du sie haben wolltest."

Ich war es nicht gewohnt, dass jemand meine wahre Motivation erkannte. Und ehrlich gesagt gefiel es mir nicht besonders. „Ich geh mal kurz nach draußen."

Sie winkte ab, und ich brummte etwas. Es war im Grunde eher anstrengend als angenehm, mit dieser Frau Zeit zu verbringen, auch wenn ich sie noch immer auf meiner Zunge schmeckte und sie fühlte, als ob sie mir unter die Haut gekrochen wäre.

Ich inhalierte tief den Rauch und stieß ihn langsam aus, während ich versuchte, meine ausufernden Gedanken zu kontrollieren. Es passierte einfach zu viel auf einmal. Die Sache mit

Race, dass Titus wieder auf meinem Radar aufgetaucht war und dann dieses Mädchen, das dabei war, nach und nach zu meinem wahren Wesen vorzudringen. Ich wusste nicht, ob ich nach kaum vier Wochen in Freiheit mit alldem umgehen konnte. Ich war kein Mann, der was mit Selbstfindungstrips und persönlicher Weiterentwicklung am Hut hatte. Doch es kam mir so vor, als ob das Schicksal mir diesmal nicht die Möglichkeit ließ, den Kopf in den Sand zu stecken.

Ich schnippte die Kippe in den Rinnstein am Ende der Auffahrt und ging, während ich mir das Hemd auszog, zur Tür. Ich wollte zumindest duschen und mir dabei selbst Entspannung verschaffen, wenn Dovie weiterhin auf braves Schulmädchen machte. Mann, und schon schossen mir Bilder von ihr in einem kurzen Karorock und flachen Schuhen in den Kopf. Dieses Mädchen brachte mich um den Verstand.

„Ich geh mal dusch…“ Ich hatte noch nicht zu Ende gesprochen, als ich von einem rothaarigen Energiebündel angefallen und auf die Couch geschubst wurde. Die Sofakissen fielen hinunter, und dann flogen meine Boxershorts hinterher, da ihre kleinen Finger mich hastig auszogen. Ich fasste sie an der Taille, als sie vollkommen bekleidet auf mich stieg. Sie legte eine Hand auf meine Brust und ragte über mir auf, ihr Haar wie ein strahlender Vorhang, der uns von der Außenwelt abschirmte.

„Warum hast du mich am Sonntag nicht angerufen?“

Ich weiß nicht, wie sie überhaupt noch reden konnte, wo mein Schwanz doch hoch aufgerichtet zwischen uns stand. Sie begann, an ihrem Oberteil zu zerren. Wenn reden dazu führte, dass ich sie schneller nackt sah, dann würde ich eben mitspielen.

„Weil ich es wollte.“

Sie verharrte mit den Armen über dem Kopf, was ich mir zunutzemachte, ihren BH aufhakte und diese herrlichen Brüste freiließ. Die rosa Nippel waren hart, und sie erschauerte, als ich mit den Daumen drüberrieb. Sie reagierte süßer als jedes Mädchen, das ich je zuvor berührt hatte, als ob es für sie ein Hochgenuss wäre, meine Hände zu spüren.

„Du wolltest mich also anrufen und hast deswegen *nicht* angerufen?“

„Dovie, normalerweise rufe ich Frauen nur an, um mich mit ihnen zum Sex zu treffen, nicht zum Quatschen, also ja. Ich habe dich nicht angerufen, weil ich dich anrufen wollte.“

Sie grinste, als ich mit den Händen über ihren Bauch strich und mit dem Zeigefinger ihren Bauchnabel umkreiste. Ich hätte ihn gern geleckt und meinen Mund auf jeden Zentimeter Haut gepresst, aber zuerst wollte ich sie so nackt sehen, wie ich selbst war, während sie hingegen erst auf den neuesten Stand gebracht werden wollte.

„Du wolltest keinen Sex?“ Sie klang tatsächlich besorgt.

Stöhnend nahm ich ihre Hand von meinem Oberkörper und legte sie um die Erektion, die steil aufragte. „Was glaubst du wohl?“

Sie zog die Unterlippe zwischen die Zähne, und ich stöhnte erneut. Mit ihrer ganzen unschuldigen Verführungskraft trieb sie mich in den Wahnsinn.

„Ich will nicht, dass ich das hier will, Bax.“ Ihre Worte waren nur ein Flüstern.

Ich öffnete den Knopf ihrer Jeans und schob die Finger unter den Saum ihres Slips. Und dann hob ich die Augenbrauen, denn während sie das sagte, begann sie, ihre Hand auf meinem Schwanz auf und ab zu bewegen.

„Ich wollte dich lernen lassen. Ich war gerade auf dem Weg zur Dusche.“

Sie keuchte, als mein Finger sein Ziel fand, und richtete sich auf die Knie auf, um mir besseren Zugang zu gewähren.

Nun beugte sie sich vor, damit sie ihren Mund auf meinen pressen konnte. Ich wollte mich von diesen vollen Lippen und dieser geschickten Zunge eine Weile verwöhnen lassen, sie dann auf den Rücken drehen und in sie eindringen, ob sie bereit dazu war oder nicht. Lange würde es sowieso nicht dauern, so, wie sie mich streichelte und küsste. Sie drängte sich mir entgegen, drückte eine Brust an meinen Mund, und ich umkreiste mit der Zunge die harte Brustwarze.

„Das hier wäre so oder so passiert. Ich wäre ja schon fast im Auto über dich hergefallen, als du mich von der Schule abgeholt hast. Ich hasse das. Durch dich habe ich mich einfach nicht mehr im Griff."

Sie unterstrich ihre Worte, indem sie fest meine Erektion umschloss, und ich stöhnte überrascht auf. Ich musste ihr so schnell wie möglich die Hose abstreifen und in ihr sein.

„Sich nicht im Griff zu haben ist nicht immer schlecht." Ich versuchte sie hochzuheben, aber das Sofa war schmal, und sie war nicht bereit, meine Erektion loszulassen. Ich war wie gefangen von ihrem Körper und ihren moosgrünen Augen.

Plötzlich kletterte sie von der Couch. Ich dachte, sie würde jetzt die ausgebeulte Jeans ausziehen und sich wieder auf meinen Schoß setzen, damit wir zur Sache kamen und sie vergaß, dass sie mich nicht so begehren wollte, stattdessen sank sie vor mir auf die Knie. Mein Hirn hatte einen Kurzschluss, denn ich sah, wie mein Schwanz zwischen diese Lippen glitt, deren Anblick allein schon reichte, damit ich noch härter wurde.

„Verdammt."

Ich schob ihr flammendes Haar zur Seite, weil ich beobachten wollte, wie sie sich auf und ab bewegte, und versuchte ruhig zu atmen, um länger als eine Minute durchzuhalten. Nie im Leben hatte ich etwas Schöneres gesehen als dieses Gesicht mit den unzähligen Sommersprossen und diesen sinnlichen Mund zwischen den karierten Zielflaggen. Ich war nur froh, dass ich dieses Bild nicht vor meiner Inhaftierung zu Gesicht bekommen hatte, denn hätte ich Dovie Pryce da schon gekannt, wäre ich niemals imstande gewesen, die Jahre im Gefängnis durchzustehen.

Sie umkreiste meine Eichel mit der Zunge, strich über die pulsierende Vene und brachte mich mit ihren findigen Händen fast dazu, mich in ihrem Mund zu ergießen. Ich sagte ihr, dass sie aufhören sollte, wand mich und versuchte, die Finger in den endlosen Locken zu versenken, sie von mir zu schieben, aber es half nicht. Sie war wild entschlossen, es zu Ende zu führen, mich genauso aus der Fassung zu bringen, wie ich es mit ihr getan hatte.

Die Spitze meiner Erektion stieß tief in ihre Kehle, und sie ließ eine Hand zwischen meine Oberschenkel gleiten. Der einzige zusammenhängende Gedanke, den ich noch hatte, während sie mit den Zähnen leicht über meine empfindliche Haut kratzte, war *oh fuck*. Da hatte ich mir immer eingebildet, mich unter allen Umständen im Griff zu haben, doch sie machte mich fix und fertig. Ich schien in tausend Teile zu zerspringen.

Dovie fuhr mit der Zunge über eine der Zielflaggen und schüttelte meine Hände ab, die ihr Haar vollkommen zerwühlt hatten. Anschließend richtete sie sich zwischen meinen Beinen auf, und ich sah unter schweren Lidern, wie sie ihre viel zu weite Hose fallen ließ. Nun trug sie nichts als ihren Slip und all die Spuren, die ich bei unserem Intermezzo in der Küche auf ihr hinterlassen hatte. Sie umfasste meine Schultern und setzte sich wieder auf meinen Schoß. Ich dachte immer, ich hätte mehr Stehvermögen als andere Typen, doch sie hatte mich tatsächlich erledigt, und ich brauchte einen Moment, um mich zu erholen.

Sie quietschte, kaum dass ich mit den Händen ihren Po umgriff und mit ihr aufstand, doch sie schlang ihre Arme um meinen Nacken und die Beine um meine Hüfte. Wir waren jetzt auf gleicher Höhe. Ich wollte sie ins Bett tragen.

„Das kam unerwartet."

Sie grinste, und plötzlich lachte sie, sowie ich sie auf die Matratze legte. Ich schob einen Finger in ihren Slip und zog ihr das letzte Stück Stoff aus, das mich von ihr trennte. Es über ihre langen, blassen Beine zu streifen reichte, damit bei mir genug Blut in die richtige Richtung floss.

„Ich habe das noch nie vorher getan."

Und schon war ich wiederhergestellt, und zwar besser als zuvor. Mal wieder hatte ich das Gefühl, dass sie mir etwas gab, das nur mir gehörte, das ich mir nicht nehmen musste, nur um etwas Wertvolles zu besitzen. Ich drückte einen Kuss auf die zitternde Haut ihres Bauchs und schaute sie an. Danach schob ich ihre Oberschenkel auseinander und beugte ein Knie, um mich bei ihr zu revanchieren.

„Und hat jemals ein Typ das bei dir gemacht?"

Sie schüttelte den Kopf, drückte eine Hand auf mein Gesicht und umkreiste mit dem Daumen den Stern. Das tat sie gern, wenn wir zusammen waren, wie mir aufgefallen war.

„Nein. Mein letzter Typ hat es versucht, doch mir war das zu viel, deswegen habe ich Nein gesagt."

„Es fühlt sich gut an. Und du solltest zulassen, dass jemand gut zu dir ist, Dove."

Einen Moment lang blickten wir uns an, und ich merkte, wie ihre Brust sich unter einem zitternden Atemzug hob und senkte. Sie ließ den Finger über meine Lippen gleiten.

„Und du solltest mal erleben, dass gut zu sein keine schlechte Sache ist, Bax."

Ich drückte einen feuchten Kuss auf die Innenseite eines ihrer Schenkel und verschaffte mir zwischen ihren Beinen Platz für meine Schultern.

„Ich werde gleich besser sein denn je, Rotschopf. Du hast Glück."

Ich wollte sie verrückt machen, wollte sie so um den Verstand bringen wie sie mich zuvor, zudem war mein Schwanz wieder zurück im Spiel, und sobald sie sich ganz vergaß, würde ich in sie eindringen. Verdammt, am liebsten wollte ich die ganze Nacht dort verbringen, den Rest der Woche, wenn sie mich ließe. Sie war von Kopf bis Fuß honigsüß, auch ihr warmes, pulsierendes Inneres. Dovie war so frisch und so hingebungsvoll. Sie reagierte auf jede Berührung, jedes Lecken, jeden Kuss, den ich auf ihre Lustperle drückte. Zweifellos gefiel ihr, was ich mit ihr tat, und sowie sie begann, sich unter meinem Mund zu winden und immer wieder meinen Namen auszustoßen, fühlte sich das besser an als alles, was ich je erlebt hatte. Nur am Rande bekam ich mit, dass sie „Shane" stöhnte und nicht „Bax".

Sie war feucht, sie schien zu vibrieren, ihre inneren Muskeln so gierig, die Hände in mein kurzes Haar gekrallt. Sie bäumte sich mir entgegen und drückte ihre Klitoris jedes Mal gegen meine Zunge, wenn ich mich zurückzog, um sie sanft zu quälen. Gleich wäre sie so weit, sie seufzte und bewegte sich rastlos an meinen Lippen. Ich hätte sie zum Höhepunkt bringen sollen, doch ich musste einfach in ihr sein, wenn das geschah. Sie war für mich die Erlösung, von der ich gar nicht gewusst hatte, dass ich sie brauchte.

Ich küsste sie leidenschaftlich und kramte in der Nachttischschublade nach den Kondomen, die ich für alle Fälle dort deponiert hatte. Sie erwiderte meinen Kuss und schlang die Arme um meinen Nacken, Oberkörper an Oberkörper, Schenkel an Schenkel. Sie presste sich an mich, begierig darauf zu kommen, was ich unglaublich heiß fand. Dass ich diese Frau dazu treiben konnte, mich genauso zu wollen wie ich sie, war berauschend.

„Komm für mich, kleine Dove." Ich schob mich ganz in sie, und sie erschauerte heftig und legte die Beine um mich. Ihre Lippen öffneten sich zu einem perfekten kleinen O des Verlangens, und die Farbe ihrer Augen wechselte von Grün zu Schwarz, während die Lust uns überschwemmte. Sie war nass und zart, ich hart und heiß. Es war, als wenn wir uns ineinander brannten, im selben Rhythmus zerschmelzen würden, sowie sie mich fester umklammerte und ich noch tiefer in sie drang. Nicht vollkommen außer mir, doch fast. Ich wollte sanft zu ihr sein, aber das ging nicht – sie fühlte sich zu gut, zu eng und zu gierig an.

Wir bewegten uns zusammen, als wären wir genau dafür gemacht. Ich wollte nur, dass sie sich genauso gut fühlte wie ich, wozu ich nicht mehr viel tun musste, denn sie war längst so weit. Sie warf den Kopf hin und her und bohrte die Fingernägel in meinen Rücken.

„Himmel, Shane."

Sie schloss die Augen, und ich küsste sie in dem Moment, in dem sie unter mir kam. Ich konnte das Entzücken auf ihrer Zunge schmecken, die Befriedigung, die ich ihr gab.

Ich steigerte das Tempo und war vermutlich gröber als nötig, aber ich brauchte nicht lange, bis ich ebenfalls schier explodierte. Stöhnend schmiegte ich das Gesicht an ihren Hals und in ihr Haar. Ich wusste nicht, ob sie genau das hier beabsichtigt hatte, aber ich war jetzt schon ein Fan von ihr.

Sie streichelte meine verschwitzten Schultern, ich spürte, wie sie die Buchstaben meines Namens zwischen den Schulterblättern nachzeichnete. Außerdem strich sie mit einem Fuß über meine Wade, und ich wollte mich nie wieder bewegen, nie wieder.

„Ich habe es mir anders überlegt, Bax."

Ihre Stimme war rau und klang so gesättigt, wie ich mich fühlte.

„Hmm ... was?"

Ich begann, ein paar Zentimeter über ihrem Schlüsselbein an ihrer Haut zu saugen, wo mein Mund gelandet war. Alles an ihr schmeckte wie Bonbons auf meiner Zunge.

„Niemand muss dir zeigen, dass du gut sein kannst, verdorben gefällst du mir viel besser."

Sie seufzte entzückt auf, da ich sie hinterm Ohr küsste. Ihr Glück, dass ich nicht vorhatte, mich in nächster Zeit gut zu benehmen. Verdorben sein konnte ich am besten, das funktionierte immer, und jetzt, nach dieser leidenschaftlichen Explosion hatte ich erkannt, dass Dovie mit dieser Tatsache wirklich gut umging.

10. KAPITEL

Dovie

Am Donnerstagnachmittag war im Restaurant nichts los. Brysen warf mir die ganze Zeit Blicke zu, während wir die Tische richteten, doch ich ignorierte sie. Die Woche war wie im Flug vergangen. Am Dienstag musste ich arbeiten, danach hatte Bax mich praktisch gezwungen, ihn meine Schulbücher bezahlen zu lassen. Dafür bedankte ich mich bei ihm die ganze Nacht. Am Mittwoch hatte ich Schule, was gut war, denn ich brauchte mal Abstand von Bax. Ich war in Sachen Sex in Windeseile von einer Anfängerin zur Expertin geworden, ohne auch nur durchatmen und das alles verarbeiten zu können. Mittwochabend war Bax unterwegs, also beschloss ich, bei Brysen zu übernachten. Ich dachte, das wäre für ihn in Ordnung, aber morgens um drei rief er mich an, sagte, er stünde vor Brysens Haus und dass ich zwei Minuten Zeit hätte, herauszukommen und in seinen Wagen zu steigen. Ich wollte ihn ignorieren, wollte ihn draußen stehen lassen, er sollte wissen, dass er mich nicht so herumkommandieren konnte. Doch im nächsten Moment war ich schon in seinem Auto, in seinem Haus und dann unter ihm. Er übernahm die Kontrolle, und so wenig mir das gefiel und sosehr es mich auch ängstigte, ich konnte mich einfach nicht dagegen wehren.

„Hör auf, mich so anzusehen."

Brysen setzte sich an den Tisch, um den ich mich gerade kümmerte, und ich musste sie wohl oder übel beachten.

„Du bist mitten in der Nacht verschwunden. Mit einem Typen, dem ich dabei zugesehen habe, wie er mit bloßen Händen einem anderen quasi den Arm abgerissen hat. Und da soll ich mir keine Sorgen machen? Wer ist dieser Kerl, Dovie? Und viel wichtiger, was bedeutet er dir? Denn seit er aufgetaucht ist, bist du nicht mehr du selbst."

Ich hatte für die Arbeit mein Haar zu einem Pferdeschwanz gebunden, also konnte ich nicht damit herumspielen wie sonst, wenn ich nervös war. „Ich sagte dir doch, dass er Race finden wird."

„Wann? Es ist jetzt schon fast einen Monat her, und Race ist nicht wiederaufgetaucht. Ich weiß, dass du mit ihm schläfst. Bist du sicher, dass er dir nichts vorspielt, damit er was fürs Bett hat, ohne sich groß bemühen zu müssen?"

Das war eine berechtigte Frage, aber Bax war nicht der Typ, der sich für Sex groß bemühen musste. „So ist es nicht, Brysen."

„Dann sag mir, wie es ist, Dove, weil ich mir wirklich Sorgen um dich mache."

Seufzend setzte ich mich neben sie, stützte das Kinn in eine Hand und sah sie geradeheraus an. „Ich will ihn, Brysen."

„Was du nicht sagst. Er ist der Hammer. Okay. Das sind diese zwielichtigen Typen immer, aber du bist klug genug, um zu sehen, wie gefährlich er ist und dass das mit ihm niemals von Dauer sein kann."

„Ja, doch irgendwie scheint das nicht wichtig zu sein. Er muss mich nur ansehen, und alles in mir beginnt zu brodeln, und sobald er mich anfasst, kocht es über. Es ist, als ob ich abhängig wäre oder so was. Ich weiß, dass er mir nicht guttut, aber es ist mir egal."

„Dovie …", sagte sie warnend. „Du musst damit aufhören, was auch immer es ist, bevor du zu tief drinsteckst. Jemanden zu wollen ist etwas anderes, als jemanden zu brauchen, und von diesem Typen brauchst du schon mal gar nichts. Bleib bei mir, bis Race zurückkommt – oder noch besser, verlass einfach die Stadt, bis die Wogen sich geglättet haben."

Ich biss mir auf die Unterlippe und schüttelte den Kopf. Ich wollte The Point nicht verlassen, und das nicht nur, weil mein Bruder irgendwo hier herumschwirrte. „Das kann ich nicht."

Außerdem irrte sie sich. Wenn Bax abgelenkt war und vergaß, Bax zu sein, dann hatte Shane eine Menge zu bieten, was ich durchaus brauchte. Bax machte mich verrückt und brachte mich komplett aus der Fassung. Für Shane blutete mein Herz. Ein bescheuerter, romantischer Teil von mir wollte sein Leben schöner machen; wollte ihn vergessen lassen, dass er fünf Jahre hinter Gittern verloren hatte.

Sie setzte an, um etwas zu sagen, doch in diesem Moment ging die Tür auf, und mit einem Mal begann der Ansturm der Essensgäste. Ich hörte auf zu denken und war nur noch damit beschäftigt, mich um meine Tische zu kümmern und anständiges Trinkgeld zu bekommen. Was mir ziemlich gut gelang, zumindest bis ich einen Tisch voller Rowdys aus dem Herzen von The Point bedienen musste. Sie waren schon betrunken, als sie hereinkamen, und egal, wie oft ich zwischen ihrem Tisch und der Küche hin und her lief, sie hielten einfach nicht die Klappe und hörten nicht auf, mich zu begrapschen. Ich war ziemlich genervt und ruppig zu ihnen, weil ich wusste, dass sie mich am Ende hintergehen würden. Ramon, der Barkeeper, mischte sich nicht ein, weil er zu tun hatte und … nun … ein Feigling war.

Brysen warf mir immer wieder mitfühlende Blicke zu, aber sie hatte genug mit ihren eigenen Tischen zu tun, also war ich auf mich allein gestellt. Ich riss mich zusammen und hoffte nur, dass sie möglichst schnell verschwanden. Auf einmal standen alle fünf auf und gingen zur Tür, ohne dass ich bei ihnen abkassiert hatte. Da sah ich rot, und ohne daran zu denken, dass sie völlig betrunken waren, rannte ich ihnen hinterher, um nicht auf der Rechnung sitzen zu bleiben.

„Hey, Moment mal! Ihr müsst für das Essen bezahlen!“ Ich legte eine Hand auf den Ellbogen eines der Typen und schnappte nach Luft, als er sich nicht nur losriss, sondern mich auch noch mit beiden Händen zurückstieß.

„Halt die Klappe. Der Service war beschissen. Wir zahlen nicht für nichts.“

Seine Kumpel lachten über den Spruch, während mein Gesicht heiß vor Wut wurde.

„Der Service war gut. Ihr müsst bezahlen.“

Er machte einen Schritt auf mich zu, und instinktiv wich ich zurück. Ich warf Ramon einen Blick zu, aber der ignorierte das Drama wohlweislich. Was für ein Arsch.

„Wir wollten von der heißen Blondine bedient werden, nicht von dir. Verpiss dich, Rotkopf."

Er holte aus, als ob er mich schlagen wollte, und ich zuckte unwillkürlich zusammen. Auf keinen Fall wollte ich Bax erklären müssen, warum ich mit einem blauen Auge herumlief. Ich atmete tief durch, um ihn anzuschreien, nur war das gar nicht mehr nötig, denn plötzlich war der Trunkenbold aus meinem Blickfeld verschwunden, und alles, was ich sah, war Bax' rasierter Kopf. Er packte den Typen am Kragen und zerrte ihn an seinen glotzenden Kumpels vorbei nach draußen. Die ganze Zeit gab der Typ Gurgellaute von sich und schrie seine Freunde um Hilfe an.

„Verdammt." Ich wollte ihm folgen, da hielt Brysen mich auf.

„Alles in Ordnung?"

„Nein. Ich muss da raus, Bax wird ihn umbringen."

„Lass ihn. Der Mistkerl hätte dich fast geschlagen."

Ich zuckte zusammen. „Ich weiß." Aber ich wollte nicht, dass Bax meinetwegen noch mehr Blut an den Händen hatte. So etwas sollte er nicht für mich tun.

„Dovie", rief Brysen mir hinterher, als ich nach draußen stürzte. „Vergiss, was ich gesagt habe. Du hast einen Typen verdient, der dafür sorgt, dass der Rest der Welt dich anständig behandelt."

Ich hörte laute Stimmen und war nicht überrascht, dass keine davon Bax gehörte. Ich hatte ihn schon einmal in Aktion erlebt. Er verschwendete seine Zeit nicht mit Reden. Der Typ, der die Hand gegen mich erhoben hatte, lag bereits bewusstlos mit dem Gesicht nach unten auf dem Asphalt des Parkplatzes. Einer seiner betrunkenen Kumpels lag neben ihm mit Bax' Schuhsohle im Nacken. Seine wutverzerrte Miene genügte, um den Rest auf sicheren Abstand zu halten.

„Bax, lass ihn gehen. Das muss nicht sein."

Er starrte mich an, und ich erschauerte. Ich hasste es, wenn ich in seinen Augen nichts sehen konnte als mich selbst.

„Er wollte dich verdammt noch mal schlagen. Er kann froh sein, dass ich ihm nicht das Genick gebrochen habe."

Einer der anderen Typen hob kapitulierend die Arme. „Alter, wir wissen, wer du bist, und hatten keine Ahnung, dass sie dein Mädchen ist. Das war echt ein Fehler."

Damit hatte er das Falsche gesagt, denn Bax nahm den Fuß vom Nacken des einen Typen und stapfte auf ihn zu. Der Kerl quiekte erbärmlich und versuchte, sich aus dem Staub zu machen, doch Bax griff ihn am Kragen, zerrte ihn auf die Zehenspitzen und sagte wütend: „Wenn sie nicht mein Mädchen wäre, wäre es in deiner Welt also okay, eine Frau zu schlagen? Warum? Weil Frauen klein sind und Angst haben, zurückzuschlagen?" Er schüttelte den Typen so heftig, dass ich sogar von meinem Platz aus hören konnte, wie dessen Zähne aufeinanderschlugen.

Der Typ sah aus, als ob er gleich in Tränen ausbrechen würde.

„Ich habe gesehen, wie du diesem Kerl bei Nassir den Arm gebrochen hast, nachdem er versucht hat, dich abzustechen. Du bist wahnsinnig!"

„Sehr richtig, und da war ich nicht halb so sauer wie jetzt." Er ließ ihn los und stieß ihn vor die Brust, sodass er über den ganzen Parkplatz segelte. „Wenn dein Kumpel wieder aufwacht, sag ihm, dass ich seine Brieftasche habe. Sollte der Scheißer sich also irgendwo anders wie ein Idiot aufführen, werde ich ihn finden, und dann geht es nicht so glimpflich aus."

Die Typen hievten ihren bewusstlosen Freund auf die Ladefläche eines Pick ups und brausten davon.

„Bax."

Er hob die Hände und zog sein Handy heraus, bevor ich ihn fragen konnte, was er hier eigentlich zu suchen hatte. Sein Timing war allerdings zugegebenermaßen perfekt gewesen. Er, der Race bei unserem ersten Treffen als selbstlosen Trottel bezeichnet hatte, hatte offenbar selbst einige ritterliche Tugenden unter der bösen Oberfläche aufzuweisen.

„Titus, hier ist Bax. Sag deiner versoffenen Streife, dass sie im Süden einen roten Pick-up rauswinken sollen."

Er ratterte das Kennzeichen runter, dann legte er auf, ohne Danke zu sagen oder sich von seinem Bruder zu verabschieden. Er richtete seinen intensiven Blick auf mich, ich hatte das Gefühl, in ihn hineingesogen zu werden. Seufzend ging ich zu ihm und schlang die Arme um seine Hüften.

„Musstest du den einen Kerl bewusstlos schlagen?"

„Der Typ hat ein Glaskinn und kann froh sein, dass das alles war. Man schlägt keine Frauen. Wenn Bennys Nase nicht sowieso schon gebrochen wäre, würde ich ihm jetzt noch eine dafür verpassen, dass er dich damals angefasst hat."

„Ich freue mich zwar, aber was machst du überhaupt hier? Ich sagte doch, dass ich heute nach der Arbeit bei Brysen bleibe."

„Ich muss ins Spanky's und wollte dir Bescheid geben, was ich vorhabe."

Ein Schauer durchrieselte mich, als er sagte, dass er wieder in dieses Striplokal gehen wollte. „Und warum?" Wenn er jetzt behauptete, dass er mit Honor sprechen müsse, würde ich ihm womöglich eine runterhauen. Natürlich war er kein Unbekannter bei den Mädchen in The District, aber deswegen musste mir das noch lange nicht gefallen. Im Gegenteil, ich fand diese Tatsache schrecklich.

„Heute Abend findet dort ein Kartenspiel statt, und ich möchte sehen, ob ich ein paar Bekannte treffe. Ich habe vielleicht eine Spur zu dem reichen Typen, nach dem Race sich erkundigt hat."

Ich spürte, dass er mehr wusste.

„Kann ich mitkommen?" Ich erwartete, dass er Nein sagte und dass ich ihm nur im Weg wäre, doch er legte den Kopf schief und betrachtete mich einen Moment lang schweigend.

„Gehst du dann hinterher mit zu mir?"

Wieder erschauerte ich und rieb mir über die Arme. „Ja."

„Wie lange musst du noch arbeiten? Ich könnte vielleicht was an der Bar trinken und mich mal mit diesem Arsch unterhalten, der zugelassen hätte, dass der Idiot dir ins Gesicht schlägt."

Er sah mich ausdruckslos an, und ich verdrehte die Augen. Obwohl ich ihn damit für ein Verhalten belohnte, das ich nicht wirklich gut fand, drückte ich ihm einen dicken, feuchten Kuss auf den Mund. Er schmeckte nach Zigaretten und schrecklich verlockend.

„Danke.“ Das hatte ich nur heiser geflüstert.

„Das Leben spielt dir schon so hart genug mit, Rotschopf. Solche Dreckskerle müssen es dir nicht noch schwerer machen. Zumindest nicht, solange ich auf dich aufpasse.“

Er folgte mir ins Restaurant, und ich warf ihm einen Blick über die Schulter zu. „Wie lange wird das wohl sein?“

Er hob eine dunkle Augenbraue, und der Stern neben seinem Auge zitterte, als er die Zähne zusammenbiss. „Was?“

„Das mit dem Aufpassen. Was meinst du, wie lange das anhält?“

Wir sahen uns an, bis Brysen kam und sagte, dass sie den letzten Tisch für mich abkassiert hätte. Jetzt musste ich nur noch in meinem Bereich abräumen und die Abrechnung machen. Ich schaute wieder zu Bax, der mich auf diese Art betrachtete, als ob er direkt in mein Herz sehen könnte, in alles, was mich ausmachte.

„Bisher bist du schon länger auf der Bildfläche als jedes andere Mädchen, das ich je kannte. Beeil dich, ich möchte den Typen, den ich suche, nicht verpassen.“

Ich blinzelte ihn wie eine Eule an. „Verrätst du mir, hinter wem du her bist?“

„Nein.“

Damit drehte er sich um und steuerte auf die Theke zu, sein Gesicht eine Maske aus Missmut. Wahrscheinlich würde er Ramon eine Heidenangst einjagen, aber ein klein wenig gefiel es mir, dass er meinetwegen Leute einschüchterte und bedrohte.

Wenn es bloß einfacher wäre, in ihn verliebt zu sein. Seine gespaltene Persönlichkeit war nur schwer auszuhalten, doch je mehr Zeit ich mit ihm verbrachte, desto mehr Gründe fand ich, auch Bax’ knallharte Art zu schätzen. Fehlte mir gerade noch, dass ich unter den Bann von beiden geriet, von Shane und Bax.

Hastig erledigte ich meine Aufgaben, angespornt vom Wunsch, herauszufinden, was genau Bax erfahren hatte, aber vor allem, weil ich jeden Moment damit rechnete, dass er Ramon über die Theke zerrte. Dann konnte ich mir nämlich einen neuen Job suchen. Brysen warf mir immer wieder diese vielsagenden

Blicke zu, bei denen ich rot wurde. Zweifellos war Bax richtig heiß, doch dass er für mich wie ein Gladiator gekämpft hatte, war noch mal etwas ganz anderes. Ich war es nicht gewohnt, dass jemand auf mich aufpasste, daran hatte selbst Races Auftauchen nichts geändert. Dass Bax jetzt alles Böse in der Welt von mir fernhielt, war ein mächtiges Aphrodisiakum und half mir nicht gerade, einen kühlen Kopf zu bewahren.

Ich zog die Schleife aus meinem Haar und schüttelte die Locken aus, dann streifte ich das weite Hemd ab, das ich für die Arbeit angezogen hatte. Darunter trug ich eines der T-Shirts, die Bax für mich gekauft hatte. Ich hatte wenig Lust, noch einmal ins Spanky's zu gehen und wie die altbackene und beleidigte Freundin von irgendwem auszusehen. Es schien zu funktionieren, denn Bax musterte mich mit seinen Teufelsaugen von Kopf bis Fuß, das hitzige Funkeln in seinem Blick war nicht zu übersehen.

Ramon kam hinter der Theke hervor, blieb vor mir stehen und legte mir beide Hände auf die Schultern. Er redete in so schnellem Spanisch auf mich ein, dass ich kein Wort verstand. Dann küsste er mich auf die Wangen und entschuldigte sich so überschwänglich, dass Bax mich aus seiner Umarmung ziehen musste.

„Ist schon gut, Ramon, wirklich."

„Ich hätte besser aufpassen müssen."

„So was kommt vor."

„Nie wieder."

Bax legte eine Hand in meinen Nacken und schob mich zur Tür. „Besser nicht."

Seine Stimme klang nicht direkt bedrohlich, dennoch lag die Warnung darin, dass ansonsten niemand jemals Ramons Leiche finden würde.

Auf der Fahrt nach The District sprachen wir nicht viel. Er sprach sowieso nicht viel, und wenn doch, dann hatte ich gelernt, dass man besser hinhörte. Zweifellos war er ein Mann der Tat, aber wenn er beschloss, sich zu äußern, war es, als ob seine beiden Persönlichkeiten zu einer verschmolzen.

„Warum darf ich nicht wissen, nach wem du im Club suchst?"

Er sah mich an und umklammerte das Lenkrad fester, während er durch die belebten Straßen fuhr. „Falls ich mich irre und er nicht da ist, möchte ich dich nicht grundlos aufregen."

Eine Gänsehaut machte sich bei mir bemerkbar. „Warum sollte ich mich aufregen? Was hat das mit mir zu tun?"

„Genau das will ich herausfinden."

Ich versuchte, ihm noch mehr Informationen zu entlocken, aber er beantwortete meine Fragen nur mit Gebrumm und düsteren Blicken. Als wir vor dem Club hielten, war ich ein einziges Nervenbündel und nicht besonders scharf darauf, wieder auf dieses Mädchen zu treffen, das nicht nur mit meinem Bruder, sondern auch mit meinem … was immer Bax war … geschlafen hatte. Mein Verstand sagte mir, dass ich keine Ansprüche auf ihn hatte, kein Recht, mich darüber zu ärgern, mit wem er vor meiner Zeit geschlafen hatte. Was aber nichts daran änderte, dass ich Kopfschmerzen bekam und mein linkes Auge zu zucken begann.

Der imposante Türsteher mit seiner Mahagonihaut bewachte den Eingang. Er warf Bax ein golden schimmerndes Grinsen zu, dann tauschten sie irgendeinen komplizierten Handschlag aus. Sein Blick fiel auf mich, und sein Grinsen wurde noch breiter.

„Verdammt, Mädchen. Du brauchst keinen Lippenstift, um einen Typen glücklich zu machen. Sondern nur Klamotten in deiner Größe."

Bax knurrte etwas und legte besitzergreifend eine Hand auf meinen Rücken. „Ich hab ihr gesagt, dass ihre Oberweite echt gefährlich ist."

Chuck lachte, und ich unterdrückte den Drang, die Arme über der Brust zu verschränken.

„Ernie wird sich nicht gerade über deinen Besuch freuen. Um genau zu sein, hat Novak dir Hausverbot erteilt."

„Ist er da?"

„Nein. Man bekommt ihn zurzeit nicht oft zu sehen, aber Benny war öfter als sonst hier. Die wollen unbedingt ihren Bruder. Lass sie besser nicht eine Sekunde aus den Augen, Bax. Sobald sie wissen, dass sie Race mit ihr aus seinem Versteck locken können, ist sie dran."

Schaudernd lehnte ich mich fester an Bax. Es passte mir nicht, dass Chuck über mich sprach, als ob ich nicht da wäre, doch was er sagte, gefiel mir noch viel weniger. Ich wollte keine Schachfigur in irgendeinem kriminellen Spiel sein.

Bax drückte mich an sich und hob das Kinn. „Ich schätze, genau deswegen ist Race erst abgehauen, als ich wieder draußen war. Er konnte sich denken, dass sie an mir vorbeimüssen, um sie zu bekommen, damit gewinnt er Zeit für seinen nächsten Zug. Benny soll sich verpissen. Aber Novak, der kann es gern versuchen. Wenn er auch nur in ihre Nähe kommt, breche ich ihm das Genick."

Er war immer so brutal. Das hätte mich eigentlich abschrecken müssen, ich hätte den Wunsch haben sollen, davonzulaufen. Doch so war es nicht. Stattdessen gab es mir das Gefühl, dass Benny und selbst dieser mysteriöse Novak mir nichts antun würden, weil sie sich keinen Ärger mit Bax einhandeln wollten. Bax war wie ein Schutzschild für das Leben, das ich nun mal leider führen musste.

Bax wirkte angespannt. Er hatte die Kapuze nicht hochgezogen, und sein Blick schweifte ständig zwischen mir und dem Raum hin und her. In dieser Nacht sah der schäbige Stripclub eher wie ein schäbiges Casino aus. Tische und Angestellte, die Karten austeilten. Die Mädchen, die sonst auf der Bühne tanzten, liefen in ultrakurzen Outfits herum, servierten Getränke oder saßen auf dem Schoß älterer Herren. Der Geruch nach schmutzigem Geld und der Rauch von Zigarren füllten meine Lunge. Ich spürte, wie Bax' Muskeln sich anspannten, als er sich zu mir beugte, bis seine Lippen mein Ohr berührten.

„Okay, siehst du den Typen im grauen Poloshirt?"

Ich blickte mich um. Die Männer sahen wie Banker und Golfspieler aus, wie Typen, die ihre Frauen betrogen. Ich entdeckte den Mann, den Bax meinte, und nickte.

„Erkennst du ihn?"

Ich wusste nicht, wie er auf diese Idee kam, und wollte ihn gerade fragen, was das sollte, als der ältere Mann plötzlich den Kopf hob, als hätte er gespürt, dass ich ihn anstarrte. Da riss es mir den Boden unter den Füßen weg. Zwar hatte ich ihn noch nie zuvor gesehen, wusste nicht, wer er war, aber diese Augen, die sah ich jeden Morgen, wenn ich in den Spiegel blickte. Er sah Race sehr ähnlich, offensichtlich hatte ich meine dunkelgrünen Augen von ihm. Dennoch war er ein Fremder. „Lord Hartman."

Das war keine Frage. Ich sah, wie der ältere Mann den Mund zu einer dünnen Linie zusammenkniff, als er begriff, mit wem ich gekommen war. Ich richtete mich steif auf und wollte mich von Bax lösen, doch er verstärkte den Griff und durchbohrte mich mit seinem Blick.

„Nicht."

„Was willst du von ihm? Warum willst du, dass er uns zusammen sieht?"

Ich war wütend. Ich wollte nicht von Bax benutzt werden. Ich wollte, dass das zwischen uns mehr bedeutete. Aber ich machte mir etwas vor. Jetzt verstand ich, wieso er mich heute Nacht so bereitwillig mitgenommen hatte.

„Halt. Er ist der Mann, nach dem Race sich erkundigt hat. Irgendwas hat er mit Races Verschwinden und meinem Ausflug in den Knast zu tun. Er soll wissen, dass auch ohne Race jemand auf dich aufpasst."

„Wieso?"

„Weil dieser reiche Wichser dich umbringen lassen wollte."

Ich riss mich von ihm los, damit ich ihm voll ins Gesicht sehen konnte. Ich spürte, wie alles Blut aus meinen Wangen wich, mir wurde schwindelig. Ja, ich wusste, dass Lord Hartman nichts mit mir zu tun haben wollte, nicht daran interessiert war, dass es sich bei mir um ein lebendes, atmendes menschliches Wesen handelte. Mich aus dem Weg zu räumen erschien mir dennoch ein wenig extrem. Was mich jedoch am meisten störte, war diese sachliche, kühle Art, mit der Bax mir das sagte. Dass jemand mein Leben bedrohte, müsste ihn eigentlich wütend machen, die Eisschicht aufbrechen, mit der er sich umgab, aber nichts. Seine Augen waren wie üblich schwarz und unergründlich.

„Sehr schön. Mein Bruder wird vermisst, und der Typ, der mich gezeugt hat, will mich umbringen lassen. Das war ein lustiges Date, Bax. Können wir jetzt gehen?"

„Nein. Ich muss mit ihm sprechen. Ich muss noch ein paar Dinge herausfinden, die er mir höchstwahrscheinlich sagen kann."

„Ich gehe da nicht hin." Es ärgerte mich, dass meine Stimme so verängstigt klang.

„Ich muss mit ihm reden. Entweder du bist dabei, oder du kommst solange allein klar. Benny wird auftauchen, sobald ihm jemand steckt, dass ich uneingeladen hier reinspaziert bin, also sei wachsam."

Keine Ahnung, wie oft ich genau diese Warnung in Bezug auf ihn schon gehört hatte. Ich wich von ihm zurück, als könnte ich nicht schnell genug davonlaufen. Die ganze Zeit vermied ich es, den Mann anzusehen, der bereits dafür bezahlt hatte, mich loszuwerden, bevor ich auch nur den ersten Atemzug getan hatte. Wie es schien, wollte er den Job jetzt zu Ende bringen. Ich ging zur Theke und fand einen freien Barhocker. Die Barkeeperin sah mich schief an. Ich wirkte jünger als zwanzig, trotzdem brauchte ich etwas, um meine Nerven zu beruhigen, also deutete ich mit dem Daumen ungefähr in die Richtung, in der Bax sich gerade einen Weg durch die Menge bahnte.

„Ich gehöre zu ihm."

Sie warf mir einen ungläubigen Blick zu, stellte aber einen Jack on the rocks vor mich. Ich strich mir durchs Haar, während ich versuchte, meine brodelnden Gefühle in den Griff zu bekommen.

„Wieder da."

Das war keine Frage, also brauchte ich auch nicht zu antworten. Als die gut bestückte Stripperin, die sich beim letzten Mal an Bax gerieben hatte, auf den leeren Platz neben mir sank, sah ich sie an. Sie sollte nicht denken, dass ich Angst vor ihr hatte.

„Das ist eine Überraschung."

Ich wünschte, sie würde so fertig und müde wie all die anderen Stripperinnen aussehen. Doch jetzt, wo sie angezogen war und mal nicht an Bax herumfummelte, fiel mir auf, dass sie in Wahrheit umwerfend hübsch war. Bestimmt verdiente sie ein Vermögen.

„Warum ist das eine Überraschung?"

Mit einem Plastikspieß pickte sie ein paar Oliven auf, steckte sie sich in den Mund und sah mich an.

„Weil du beim letzten Mal total verängstigt und angeekelt gewirkt hast. Außerdem ist Bax nicht gerade als Wiederholungstäter bekannt, falls du verstehst, was ich meine. Seine Tanzkarte ist ziemlich voll."

Ich schüttete den Whiskey hinunter, der wie Feuer in meinem Magen brannte. „Wir tanzen auch nicht."

Die hübsche Stripperin lachte und deutete mit ihrem Plastikspieß auf Bax. „Und ob. Du solltest mal die Todesblicke sehen, die er mir gerade zuwirft. Wenn ich nicht wüsste, dass er keine Frauen schlägt, würde ich jetzt zittern vor Angst."

Ich rieb mir die Stirn und betrachtete sie aus dem Augenwinkel. „Wieso heißt eine Stripperin überhaupt ‚Honor'?"

Sie nahm ein paar Gläser Bier entgegen, die die Barkeeperin ihr reichte. „Honor – on her – auf ihr – kapierst du?" Sie lachte leise. „Mein richtiger Name ist Keelyn."

Ich ließ den Kopf zurückfallen. Wie war ich nur hierher geraten? „Ich weiß wirklich nicht, was ich hier tue." Genau damit hatte ich eigentlich nicht herausplatzen wollen, sie konnte mich schließlich nicht leiden, hatte mit den beiden wichtigsten Männern in meinem Leben geschlafen und war keineswegs meine Verbündete. Sie verzog ihren kunstvoll geschminkten Mund zu einem Grinsen.

„Wenn du mit jemandem wie Bax zu tun hast, egal wie flüchtig, dann endest du eben hier, Süße. Ich weiß, dass die Reise mit ihm Spaß macht, aber das Reiseziel lässt doch zu wünschen übrig. Tu dir selbst einen Gefallen und denk daran, dass es so ziemlich das Allerdümmste wäre, sich in einen Typen wie ihn zu verlieben. Das wird dir das Leben nur noch schwerer machen, und wir alle wissen ja, wie hart es ist, irgendwie zurechtzukommen."

„Ich werde mich nicht in ihn verlieben." Ich hätte gern überzeugender geklungen, sicherer.

Sie sah mich wissend und mitleidig an. Großartig, jetzt tat ich schon einer Stripperin leid.

„Süße, du bist fast so weit, wenn du freiwillig hierhergekommen bist."

„Was ist los?" Bax' tiefe Stimme klang scharf und misstrauisch. Er legte die Hände auf meine Schultern.

„Wir versöhnen uns nur." Ich hörte mich an, als hätte ich in eine Zitrone gebissen.

„Ach ja?"

Honor schlenderte lachend davon, nicht ohne dabei für Bax heftig mit dem Hintern zu wackeln.

„Ja. Du hast so viele bezaubernde Freunde, Bax."

Leise knurrend nahm er meinen Arm. „Lass uns gehen, bevor das Begrüßungskomitee hier aufschlägt."

Ich glitt vom Barhocker. Meine Knie zitterten, er musste mich auffangen. „Hat er dir helfen können? Hast du jetzt deine Antworten?" Als ob es jemals einen gerechtfertigten Grund dafür geben könnte, sein eigen Fleisch und Blut tot sehen zu wollen.

„Ein paar." Ich ließ mich von ihm wie eine Stoffpuppe aus dem Laden zerren. „Natürlich musste ich etwas Gewalt anwenden, und jetzt sieht er nicht mehr ganz wie der König der Welt aus."

Ich bemerkte, dass seine Fingerknöchel blutig waren. Mein Magen hätte sich umdrehen sollen bei der Vorstellung, dass er die Antworten aus dem Mann herausgeprügelt hatte, mit dem ich die Hälfte meiner DNS teilte, aber ich spürte nichts als Sorge und Enttäuschung. „Sag's mir."

Er sah mich an und strich mir seufzend mein wirres Haar aus dem Gesicht.

„Es ist nicht schön."

„Ist es nie."

„Lass uns zum Haus fahren."

Bei der Vorstellung krümmte ich mich innerlich. Das kleine Haus war so hübsch, es schien so gar nichts mit der Hässlichkeit von The Point zu tun zu haben. Ich hatte das Gefühl, dort von den Mordplänen meines Vaters zu hören würde es irgendwie beschmutzen.

„Lass uns in meine Wohnung gehen. Ich habe aufgeräumt, und sie liegt näher."

„Die haben deine Möbel zertrümmert."

Ich rieb mir über die Arme, weil ich zitterte, obwohl mir nicht kalt war. „Gut. Dann deine Wohnung in der Stadt."

Er wich zurück und sah mich mit zusammengekniffenen Augen an. „Wieso?"

„Wieso nicht?" Seine Wohnung zu sehen würde mich vielleicht endlich davon überzeugen, dass Shane nicht existierte, sondern immer nur Bax, dem ich niemals, niemals mein Herz schenken durfte. Kann sein, dass er verstand, was ich vorhatte, denn er zog umgehend wieder die Mauern um sich hoch.

„Na schön. Lass uns gehen."

11. KAPITEL

Bax

Ich wollte gar nicht wissen, was Dovie von der Wohnung hielt, die ich als mein Zuhause betrachtete. Wobei ich hier nur meine Sachen lagerte und ab und zu mal übernachtete. Ein Rattenloch. Ein Studio in einem Wohnblock nur wenige Meter von ihrem entfernt. Immerhin hatte ich eine funktionierende Sicherheitstür, doch davon abgesehen waren die Flure genauso schmutzig und die Nachbarn genauso laut und nervig wie in ihrem Haus.

Ich besaß nicht viel. Nur ein Bett, das ich nie machte, niemals, und einen Flachbildschirm, über den ich mich jedes Mal selbst wunderte, wenn ich die Tür öffnete. Einen schwarzen Ledersessel mit Rissen in den Armlehnen und Poster mit überwiegend nackten Mädchen und heißen Karren drauf an den Wänden. Meistens gefielen mir die Autos besser als die Mädchen. Die Wohnung war schmutzig, modrig, und mir kam es vor, als würde Dovie in mein Inneres sehen, als sie hinter mir eintrat und mit ihren großen grünen Augen alles in sich aufnahm. Hierher gehörte ich; nicht in diesen Bungalow weit außerhalb der Stadt.

„Setz dich. Möchtest du ein Bier oder so?"

Sie schüttelte den Kopf, ihre roten Locken tanzten und wirbelten um ihr blasses Gesicht. Es überraschte mich, dass sie sich auf den Bettrand setzte und nicht auf den abgenutzten Sessel.

„Wer hat die Miete bezahlt, als du im Gefängnis warst?"

Ich sah sie über die Schulter an, dann nahm ich mir ein Bier aus dem winzigen Kühlschrank. Es gefiel mir nicht, dass sie hier war. Sie passte hier nicht hinein, genauso wie sie etwas Besseres verdiente als dieses Dreckloch, in dem sie wohnte.

„Meine Mom."

Sie murmelte etwas, fasste ihr Haar im Nacken zusammen und hob es an. Sie sah so jung aus, so verloren. Warum konnte ich sie nicht gehen lassen, obwohl ich doch wusste, dass ich ihr am Ende jeden Glanz nehmen würde.

„Was?"

Sie zog die Augenbrauen hoch, sah mich an und kaute auf ihrer Unterlippe. Das bedeutete normalerweise, dass mir nicht gefallen würde, was sie als Nächstes sagte.

„Deine Mom … die sich nicht mal lange genug zusammenreißen kann, um in diesem unglaublichen Haus zu leben, das du ihr gekauft hast, war fünf Jahre in der Lage, die Miete für diese Wohnung zu bezahlen? Und was ist mit deinem Auto? Das muss ja irgendwo gestanden haben, und das ist teuer. Glaubst du wirklich, dass sie die Rechnungen bezahlt und sich um alles gekümmert hat?"

Ich funkelte sie an und ließ mich in den Sessel fallen, der unter meinem Gewicht ächzte, doch sie sah mich fest an. „Wer sonst? Race?"

Sie schüttelte leicht den Kopf, spielte mit einer Haarsträhne. „Nein. Er hatte kein Geld übrig, wir haben auch ziemlich zurückgezogen gelebt. Ich denke nicht, dass er riskiert hätte, Novaks Aufmerksamkeit auf sich zu ziehen, indem er sich um deinen Wagen kümmert."

Ich kniff die Augen sogar noch fester zusammen. „Du glaubst, es war Titus?", fragte ich.

Sie zuckte mit den Schultern. „Vielleicht."

„Titus interessiert sich einen Dreck für andere, nur für sich selbst. Er ist abgehauen, bevor ich wusste, wie man allein klarkommt. Seitdem hat er mir das Leben zur Hölle gemacht, weil ich nicht so perfekt und gesetzestreu wie er bin. Wir hatten nicht dieselben Voraussetzungen, und ich finde es beschissen, dass er mich verurteilt. Ich lebe nun mal so, wie ich es gelernt habe."

Sie sah mich mit umschatteten smaragdgrünen Augen an. Wie immer versuchte sie, mich in einem besseren Licht zu sehen, als ich es verdiente. Wie viel dunkler und hässlicher die Wahrheit war, konnte sie sich gar nicht vorstellen.

„Das stimmt nicht ganz, Bax. Eltern sollten ihre Kinder lieben, sich um sie kümmern und ihnen helfen, erwachsen zu werden. Leider geschieht das oft nicht mehr. Titus hat die Entscheidung getroffen, eure Mom sich selbst zu überlassen, und hat sich ein neues Leben aufgebaut. Du hast beschlossen, zu ihr zu stehen und für euch beide auf die einzige Art zu sorgen, die dir übrig blieb. Du hättest sie einfach hängen lassen können, so wie sie euch. Du hättest eine andere Wahl treffen können. Das alles ist nicht nur Titus' Schuld."

„Ich war ein Kind, Dovie. Was für eine Wahl hatte ich denn? Zu verhungern? Ins Heim gesteckt zu werden? Eine nette, reiche Familie zu finden, die mich unter ihre Fittiche nimmt, während meine Mutter sich zu Tode säuft? Sag mir, inwiefern das besser gewesen wäre, als ein Krimineller zu werden."

Sie räusperte sich, und ich hätte schwören können, dass Tränen in ihren Augen schimmerten.

„Dann wärst du nicht im Gefängnis gelandet. Du hättest niemals deine Seele an Novak verkaufen müssen. Du hättest nicht für Nassir kämpfen und verletzt werden müssen. Ich kenne die genaue Antwort nicht, Bax, aber ich weiß, dass du selbst die Entscheidung getroffen hast, so zu leben, und du kannst diese Entscheidung ändern."

Ich fand, das Thema hatte sich erledigte. Ich war immer so gewesen. So überlebte ich, so lebte ich, und dieses Leben funktionierte gut für mich – mal davon abgesehen, dass ich Novak loswerden musste. Es war nicht mein Problem, dass sie einen besseren Mann wollte und verdiente, als ich einer war. Ich würde noch lange, nachdem sie verschwunden war, hier leben müssen. Sie konnte nicht einfach hereinspazieren und als Besucherin für kurze Zeit meine ganze Welt auf den Kopf stellen – wobei es genau das war, was sie tat.

Ich sehnte mich nach einer Zigarette, aber sie sah mich immer so komisch an, wenn ich mir in einem Zimmer eine ansteckte, also schüttete ich den Rest des Biers hinunter und wechselte das Thema. „Hartman hat Novak beauftragt, dich umzubringen. Deine Mom wurde verhaftet, weil sie beabsichtigte, Drogen zu verkaufen, und hat ihn erpresst. Sie verlangte, dass er sie rausholt und die Anklage fallen gelassen wird, was natürlich gar nicht in seiner Macht lag. Als er ihr das sagte, drohte sie damit, seiner Frau alles zu sagen und an die Presse zu gehen, weil so ein Mist die Leute von The Hill brennend interessiert. Hartman flippte aus und versuchte, einen Auftragskiller auf dich anzusetzen, nur ist Novak clever und hat sowieso schon einen Haufen Kohle. Einen reichen Mann in der Tasche zu haben war für ihn viel wichtiger." Ich schüttelte den Kopf. „Keine Ahnung, ob du überhaupt wissen willst, wo deine Mom jetzt ist, aber ich würde mein Geld darauf verwetten, dass sie nicht mehr lebt oder dass Novak sie irgendwie anders zum Schweigen gebracht hat. Und auf diese Weise hat er Hartman in der Hand."

Sie sah weg und wieder zu mir. Sie war blasser als sonst und wartete geduldig, dass ich weitersprach, obwohl ihre Brust sich rasch hob und senkte.

„Hartman wollte dich tot sehen, aber Novak war es wichtiger, mich an der Leine zu behalten. Er wusste wohl, dass ich aussteigen wollte, also erzählte er Race von dir und dem Mordauftrag. Und dann war er auch noch so *großzügig*, Race eine Aufnahme zu geben, und zwar von seinem alten Herrn, wie er gerade Kopfgeld auf dich aussetzt. Damit hat Race deinen Dad erpresst. Er sollte die Vaterschaft für dich anerkennen, sodass Race dich aus dem Heim holen konnte. Und so ist er auch an das Geld für sein Studium gekommen, von dem ihr bis zu deinem Schulabschluss gelebt habt."

Ich sah sie erschauern. Am liebsten hätte ich sie in den Arm genommen, aber diese Geschichte war hässlich, und sie zu trösten würde daran nichts ändern.

„Was musste Race diesem Novak als Gegenleistung geben?"

„Er sollte für meine unsterbliche Loyalität sorgen und garantieren, dass ich brav sein und bis in alle Ewigkeiten Novaks Regeln einhalten würde. Der alte Typ, den Race in dieser Nacht aus seinem Haus entführt hat, machte mit Novak Geschäfte. Er war irgendein Handelsriese mit mehr Geld, als du und ich jemals in unserem Leben sehen werden. Er hat Novaks schmutzige Kohle gewaschen. Ich schätze, er wollte zur Polizei gehen, weil er nicht länger einem Gangster ausgeliefert sein mochte. Novak wollte ihn aus dem Weg räumen lassen, und zwar von mir. Race sollte den Typen entführen und zu dem Treffpunkt bringen, und ich sollte ihm dann eine Kugel in den Kopf jagen. Novak wollte das Ganze filmen und mich auf diese Weise an sich binden, nur dass Titus mit seinen Bullen auftauchte und alles schieflief."

„Wie kam Novak darauf, dass du den Mann erschießen würdest? Wie hätte er dich zwingen können, so weit zu gehen?"

Ihre Stimme war leise, als hätte sie Angst vor meiner Antwort.

Seufzend legte ich den Kopf zurück und schloss die Augen. „Wenn ich es nicht getan hätte, hätte er Race dazu gezwungen, und er wusste genau, dass ich das niemals zugelassen hätte. Er hatte dich in der Hinterhand, damit Race spurte, und er benutzte ihn, um mich nach seinen Regeln tanzen zu lassen. Dieses Arschloch ist schließlich nicht umsonst König dieser Stadt geworden."

Ich musste zugeben, dass sie die Nachricht, Ziel eines Auftragskillers zu sein, ziemlich gut aufnahm.

„Als du also eingesperrt wurdest und Race nicht mehr von Nutzen war, warum ist er dann zurückgekommen? Worum geht es da? Wieso ist Race so sicher, dass er Novak vernichten kann, und warum zeigt er Fotos von Hartman herum?"

„Das wusste der alte Dreckskerl auch nicht, doch ich kann es mir denken."

„Und?"

„Wie ich sagte, wichtiger als Kohle ist es Novak, einen reichen Mann in der Hand zu haben. Und sein Geldwäscher starb in der Nacht, in der ich geschnappt wurde. Zwar nicht auf die Weise, wie er es geplant hatte, aber der Typ musste trotzdem dran glauben. Das bedeutet, Novak brauchte jemand Neues, der seine Kohle auf Hochglanz bringt. Dafür eignet sich ein Mann, der bereits Dreck am Stecken hat, am besten."

„Du glaubst also, Novak zwingt Lord Hartman dazu, Geld für ihn zu waschen?"

„Ja."

„Und du denkst, dass Race dahintergekommen ist und Novak damit gedroht hat. Und dass er deswegen diese ganzen Verbrecher fragte, ob sie seinen Dad gesehen hätten."

Sie war schnell. „Ja“, sagte ich und senkte den Kopf, um ihr in die Augen sehen zu können. Sie fummelte an ihrem Haar und bearbeitete ihre Unterlippe. „Frag einfach, Dovie.“

Ich sah, wie ihre Brust sich unter dem dünnen Stoff ihres T-Shirts hob und senkte. Es beeindruckte mich immer wieder, wie stark sie war. Sie ließ sich nicht unterkriegen.

„Was bedeutet das für mich, Bax? Wie wird das alles für uns ausgehen?“

Für mich entweder ziemlich blutig, oder ich landete erneut im Gefängnis. Was sie betraf, hätte ich gern versprochen, dass sie bald zurück in ihre schäbige Wohnung konnte. Dass sie weiterhin als Bedienung arbeiten und ihr Studium beenden würde, um diesen Kids zu helfen, so, wie sie es wollte. Doch ich konnte sie nicht belügen.

„Dein Bruder ist der intelligenteste Typ, den ich je getroffen habe. Er hat seinen alten Herrn nicht nur gezwungen, ihm das Geld für sein Studium auszubezahlen, sondern auch, für dich ein Treuhandvermögen aufzusetzen. Eine Million Dollar. Falls dir irgendetwas – und ich meine irgendetwas – passiert, geht alles an dieses Übergangshaus, für das du arbeitest.“

Dovie blinzelte mich fassungslos an und wisperte: „Aber was bringt das? Lord Hartman kann die Konditionen ändern, wann immer es ihm einfällt.“

Ich schüttelte den Kopf. „Nein. Dafür hat Race gesorgt. Der einzige Mensch, der Zugriff auf das Treuhandvermögen hat, ist Lady Hartman, und dann müsste ihr jemand nicht nur von ihrem herumhurenden Mann, sondern auch von dir erzählen. Die Sache ist absolut wasserdicht. Er hat deinen verdammten Vater an den Eiern.“ Was uns betraf und das ganze Chaos, das uns langsam über den Kopf wuchs, erklärte ich so ehrlich wie möglich: „Alles andere hängt davon ab, was genau Race gegen Novak in der Hand hat. Der einzige Grund, warum sie dich noch nicht geholt haben, um ihn aus seinem Versteck zu locken, bin ich. Er wusste, dass ich dich beschützen würde. Und Hartman – jetzt, wo deine Mom ihm nicht mehr im Weg ist und Race und ich um dich herumkreisen, wird er nicht so dumm sein, dir was antun zu lassen. Außerdem ist Novak der Einzige, den er beauftragen könnte, und das hat ja schon beim ersten Mal nicht funktioniert. Novak tut nie etwas aus reiner Gefälligkeit, und im Moment bist du ihm lebend nützlicher. Durch dich will er an Race rankommen und an das, was Race gegen ihn in der Hand hat. Das ist es, worum wir uns Sorgen machen müssen."

„Und benutzt du mich, um an Race zu kommen, Bax? Geht es eigentlich darum?"

Ich seufzte und spürte, wie eine Vene in meiner Schläfe zu pochen begann. Ich betrachtete die zersprungenen Ketten auf meinen Handgelenken. Die Antwort kannte ich selbst nicht.

„Ich weiß es nicht."

„Warum nicht?"

„Ich muss Race finden. Ich mag dich, nackt mag ich dich sogar noch mehr, vielleicht mehr als irgendetwas zuvor in meinem Leben, aber irgendjemand muss für die fünf Jahre bezahlen, die ich im Knast war. Es wird dir nicht gefallen, falls es sich dabei um Race handelt, und wenn ich erst mal mit Novak fertig bin, wird nichts übrig bleiben. Deswegen weiß ich nicht, was das mit uns ist, Rotschopf."

Sie stand vom Bett auf und kam zu mir. Ich beobachtete sie, bis sie direkt vor mir stand. Ihre Arme hingen herab, und in ihren Augen sah ich Furcht und etwas, das ich nicht benennen konnte. Sie war der Inbegriff von Schönheit, die aus Schmutz und Schlechtigkeit erblühte. Wie eine Blume, die aus einer undurchdringlichen Wand wuchs. Wie sie sich diese Zartheit bewahren konnte, diese Menschlichkeit, war mir ein Rätsel, und ich hoffte inständig, dass sie jemanden finden würde, der bereit war, für sie zu töten, wenn ich längst nicht mehr da war.

Sie seufzte so tief, dass ich es über die Distanz zwischen uns hinweg spüren konnte. Dann beugte sie sich herab, legte die Hände auf meine Knie, und wir sahen uns an. Ich konnte nicht anders, als in ihren Ausschnitt zu schauen, doch als ich wieder aufblickte, verlor ich mich in der Intensität ihres Blicks.

„Titus war in dieser Nacht nicht zufällig da, Bax. Zähl eins und eins zusammen. Race war hin- und hergerissen zwischen seiner Loyalität zu dir und der Gefahr, die Novak für mich bedeutete. Ruf deinen Bruder an."

„Halbbruder." Das sagte ich ganz automatisch, und sie verdrehte die Augen.

„Frag ihn, was in der Nacht geschehen ist. Ich wette, dass Race ihn gerufen hat. Race hat dich in die Falle gelockt, Bax, aber nur um dich zu retten."

Ich spürte, wie mein Herzschlag kurz aussetzte und dann wieder zu hämmern begann, Blut und irgendwas anderes rauschte in meinen Ohren. „Wie meinst du das?"

Sie ließ die Hände über meine Schenkel gleiten und beugte sich weiter vor, bis ihre Lippen, dieser Mund, nach dem ich mich so verzehrte, nur noch wenige Zentimeter von meinem entfernt war.

„Er hat immer auf dich aufgepasst, immer versucht, dich zu retten. Wahrscheinlich wollte er dich lieber ins Gefängnis bringen, als zuzulassen, dass du jemanden tötest und bis ans Ende deiner Tage einer von Novaks Sklaven bist. Er hatte keine Wahl. Vielleicht hat er Titus um Hilfe gebeten, und deswegen ist die Sache aufgeflogen. Du hast es allerdings durch deine Flucht schlimmer gemacht, doch das überrascht mich nicht."

Ich wollte explodieren, wollte die Wut herauslassen, die fünf Jahre lang in mir gekocht hatte, allerdings würde sie das dann abbekommen, und das wäre nicht fair. Ich versuchte aufzustehen, um das alles zu verdauen, um meine durcheinanderwirbelnden Gedanken zu ordnen, aber sie ließ es nicht zu. Stattdessen überwand sie den kleinen Abstand, der uns trennte, ihre Lippen, zart und einladend, sodass all das Toben in mir verstummte. Irgendwie brachte sie das immer wieder fertig.

Es war nur eine federleichte Berührung, so kurz und sanft, dass ich schon glaubte, sie mir nur eingebildet zu haben, doch dann legte sie die Hände an mein Gesicht. Sie hielt mich fest, während wir uns ansahen. Mit den Daumen strich sie über meine Wangen und lächelte traurig.

„Als ich dich das erste Mal sah, dachte ich, deine Augen wären leer. Dass nichts in ihnen zu sehen sei. Ich konnte nicht begreifen, wieso Race dir vertraut hat, warum er deinetwegen hierher zurückgekommen ist. Doch jetzt kann ich all das in ihnen sehen, was Race unbedingt retten wollte."

Irgendetwas schien mich von innen zu erwürgen. Ich bekam keine Luft mehr, und auf einmal war dieses schäbige Apartment der letzte Ort, an dem ich sein wollte. „Und was soll das sein, Rotschopf? Was siehst du da, das mich von jedem anderen dahergelaufenen Kriminellen in The Point unterscheidet?"

Sie ließ mich los und wich einen Schritt zurück. Gedankenverloren rieb sie sich die Arme, während sie mich musterte, auf dem Gesicht ein herzzerreißender Ausdruck.

„Wir sind mehr als nur die Summe unserer Teile, Bax. Wenn nicht, wäre aus mir eine kaltblütige Mörderin oder ein Junkie geworden. Du sagst immer, man muss schwere Entscheidungen treffen und mit den Konsequenzen leben … warum versuchst du es nicht einfach? Versuche, nicht länger dieser verängstigte Junge zu sein, der klauen musste, um sich und seine Mom über Wasser zu halten. Und auch nicht der verbitterte junge Mann, der auf seinen Bruder wütend ist, weil der ihn scheinbar verraten hat. Du bist mehr als all die schlimmen Dinge, die du getan hast."

Ihre Worte krabbelten über meine Haut wie aggressive Ameisen. Ich sprang so heftig auf, dass ich ein Knacken hören konnte. Sie sah mich an, aber ich musste unbedingt einen Moment allein sein.

„Ich brauche eine Zigarette. Bin gleich zurück."

Gern hätte ich cool und tough gewirkt und nicht, als ob ich davonlaufen würde, doch dass das nicht funktionierte, sah ich in ihren grünen Augen. Sie drehte mir den Rücken zu, als ich nach draußen stürmte.

Bevor meine Füße den Gehsteig vor dem Mietshaus berührten, hatte ich die Zigarette bereits angesteckt. Rauch füllte meine Lunge, und ich starrte lange auf das dunkle Display meines Handys. Dann rief ich zum zweiten Mal in dieser Nacht Titus an. Wie zuvor ging er sofort ran.

„Shane."

Ich machte mir nicht die Mühe, ihn zu korrigieren. „In dieser Nacht damals. Wusstest du da, was passieren würde? Hat Race dir gesagt, dass Novak aus mir einen Killer machen wollte?"

Ich hörte ihn fluchen, hörte irgendwelche Geräusche im Hintergrund, als er sich offensichtlich bei seinen Kollegen entschuldigte. Ich blinzelte in die Dunkelheit. Wie kam es, dass ich gerade noch gedacht hatte, alle Antworten zu kennen, und mit einem Mal kapierte ich gar nichts mehr?

„Ich habe nicht die ganze Geschichte gekannt. Race sagte, wenn ich in dieser Nacht kein Einsatzkommando schicke, wärst du am Arsch und Novak hätte dich für alle Zeiten in der Hand. Er sagte, dass ihr beide aussteigen wollt und dass Novak dich nicht gehen lässt. Ich wusste nichts über die Entführung oder den Mord. Das alles war ein beschissenes Chaos. Ich schätze, Race hat versucht, den Schaden zu begrenzen. Indem er uns alle im Dunkeln ließ, hat er jedoch niemandem einen Gefallen getan. Wärst du nicht geflüchtet oder in dem Aston Martin erwischt worden, hättest du vermutlich nie eine Zelle von innen gesehen." Er seufzte, fluchte dann wieder.

Kraftausdrücke zu benutzen lag wohl in unserer Familie.

„Wir haben versucht, Novak den Mord anzuhängen, aber es waren zu viele Leute dabei, es gab zu viele Widersprüche. Und er hat jede Menge Lakaien, die ihm was schulden und die bereit sind, für ihn ins Gefängnis zu wandern."

„Race wollte seine Schwester beschützen. Deswegen hat er niemandem was gesagt. Novak hat gedroht, sie umzubringen. Und natürlich nie damit gerechnet, dass Race sich ausgerechnet an dich wendet, weil er ja genau wusste, was ich von dir hielt."

„Nun, jetzt bist du ein erwachsener Mann, Bax. Komm endlich darüber hinweg. Wir sind eine Familie, und egal, ob mir dein Leben gefällt oder dir meins, wir sind nun mal alles, was wir haben."

Wieder schnaubte ich, die Beklemmung in meiner Brust breitete sich aus. „Auf einmal willst du, dass wir eine Familie sind? Und wie war das damals, als ich zu jung war, um für mich selbst zu sorgen, und dich wirklich gebraucht habe? Da war ich dir doch egal."

Lang gezogenes Schweigen folgte meinem Zornesausbruch, ich konnte so etwas wie Bedauern durchs Telefon spüren.

„Ich war auch noch ein Kind, Bax. Natürlich habe ich Fehler gemacht. Ich habe nur versucht zu überleben."

Mit geschlossenen Augen zwang ich mich, ruhig ein- und auszuatmen und nicht das Handy auf den Boden zu schleudern. Ich wollte kein Verständnis für Titus aufbringen, aber hier in The Point war Überleben die einzige Sprache, die wir alle fließend sprechen konnten. „Hast du dich um den Runner gekümmert, während ich eingesperrt war?"

Er lachte trocken und humorlos. „Nein, das war Gus. Ich habe mich nur um die Lagerkosten gekümmert."

„Und die Wohnung?"

„Himmel, Bax. Ich weiß, dass du mich auf den Tod hasst, aber hast du wirklich gedacht, ich würde dich einbuchten und nicht dafür sorgen, dass du nach deiner Entlassung irgendwo unterkommen kannst?"

Darauf wusste ich nichts zu sagen. Titus und ich schienen nie auf derselben Wellenlänge gewesen zu sein, geschweige denn auf derselben Seite. Ich wusste nicht, was ich mit dieser neuen Information anfangen sollte.

„Du musst vorsichtig sein. Die ganze Sache zwischen Race und Novak ist noch nicht vorbei. Bis jetzt lassen sie das Mädchen in Ruhe, sie wollen sich nicht in die Karten schauen lassen. Aber wenn Race nicht bald auftaucht, werden die Karten neu gemischt."

„Lass sie aus dem Spiel. Zu mir kann Novak kommen, wann immer er will. Ich werde ihm nur zu gern verdeutlichen, was ich von seinen Plänen halte."

Ein weiteres Seufzen. „Bax, ich möchte dich nicht noch einmal hinter Gitter bringen oder schlimmer, deine Leiche identifizieren müssen."

Jetzt war es an mir, freudlos zu lachen. „Lustig, eine andere Möglichkeit sehe ich auch nicht. Ich dachte nie, dass wir mal derselben Meinung sein würden."

„Du bist diesem Mädchen wichtig, Shane. Willst du wirklich weitermachen, als ob dir dein Leben nichts wert wäre?"

Ich presste die Finger auf meinen Nasenrücken und kniff die Augen zusammen, als könnte ich so all das, was ich gerade erfahren hatte, auslöschen. „Ich weiß nicht, Titus. Ich werde einfach so weiterleben, wie ich es gewohnt bin."

„Lerne aus deinen Fehlern, kleiner Bruder. Mehr kann man sowieso nicht tun. Ich muss los, in einer Bar in The District gab es einen bewaffneten Raubüberfall."

Ich verabschiedete mich nicht, steckte lediglich das Handy zurück in die Tasche und ging wieder nach oben. Lieber hätte ich sie jetzt nicht in meiner Wohnung gehabt. Dovie bekam viel zu viel mit, kam der Wahrheit viel zu nahe. Als ich die Tür aufstieß, musste ich zweimal hinsehen. In der Viertelstunde, die ich unten gewesen war, hatte sie das Bett bezogen, den Boden gesaugt, den Fernseher abgestaubt, die kleine Küchenzeile aufgeräumt und die verstreuten Klamotten auf einen Stapel geschichtet. Es sah beinahe so aus, als ob hier ein ganz normaler Mensch wohnte, der diese Wohnung nicht nur für Sex und zum Schlafen benutzte.

Grob fuhr ich mir mit den Händen über den Kopf, dann ging ich zu ihr. Sie lag auf dem Bett. Ich setzte mich, sah sie an, und sie zuckte mit den Schultern. Mit einem Finger strich ich ihr eine Haarsträhne aus dem Gesicht.

„Du kannst sauber machen, aber das ändert nicht, was es ist, Dovie."

„Reden wir über die Wohnung oder über dich, Bax?"

Ich legte den Finger auf ihre leicht vorgeschobene Unterlippe. „Über beides. Ich werde nie ein guter Kerl werden, Rotschopf."

Sie griff nach meiner Hand und drückte einen Kuss auf die Handfläche. Mein Blut begann zu kochen.

„Nein, das nicht, aber deswegen musst du auch kein ausschließlich schlechter Kerl sein. Warum kannst du nicht ein bisschen von beidem sein?"

Weil mein Motto alles oder nichts war. So wie bei der Sache mit ihr. Es hätte doch gereicht, einfach nur auf sie aufzupassen und dafür zu sorgen, dass ihr kein Haar gekrümmt wurde. Stattdessen wusste ich nicht mehr, wo sie anfing und wo ich aufhörte, sie kam mir wie eine Belohnung vor für alles, was ich die letzten fünf Jahre vermisst hatte. Wie immer in meinem Leben würde ich am Ende, wenn alles schiefgelaufen war, wenn alles vorbei war, allein mit den Trümmern zurückbleiben. Ich wollte nicht darüber nachdenken, wollte nicht, dass sie etwas in mir sah, das ich nicht war, deswegen beugte ich mich hinunter, um sie zu küssen. Denn weil durch sie alles besser wurde, brauchte ich nicht über richtig oder falsch nachzudenken.

12. KAPITEL

Dovie

Es war anders als sonst. Ihn umgab eine Intensität, eine Aura der Gefahr, die mir Angst gemacht hätte, hätte ich nicht die Unruhe in seinen abgrundtiefen Augen gesehen. Ich hatte keine Ahnung, was ihn so nervös und ungeduldig machte, die Wohnung, das Gespräch mit seinem Bruder oder die Erkenntnis, was für ein herzloser und teuflischer Mensch Lord Hartman war. Doch woran es auch lag, ich fühlte es über meine Haut peitschen, die er mit groben Händen entblößte. Er legte es darauf an, wollte eine Lektion erteilen. Bloß wusste er wohl nicht, wem von uns beiden, und statt mich zu wehren und seine Wut noch zu schüren, wurde ich ganz ruhig. Ich war nackt und er vollkommen bekleidet, etwas, das mir in letzter Zeit recht oft passierte.

Ich drückte die Hände flach auf das saubere Bettlaken, mit dem ich die Matratze bezogen hatte, starrte in die wirbelnden schwarzen Tiefen seiner Augen und rührte mich nicht, reagierte nicht, als er sich auf mich legte. Seine Lippen waren zu hart, seine Hände zu grob, und zum ersten Mal, seit ich mir einbildete, ihm gewachsen zu sein, wurde es mir fast zu viel. Gerade erst hatte ich erfahren, dass ich knapp dem Auftragsmord meines guten alten Dads entkommen war; Bax hätte mich trösten sollen, beruhigen. Stattdessen bedrängte er mich, er wollte, dass ich ihn anflehte aufzuhören. Ich würde dieses Spiel weder mitmachen noch ihn gewinnen lassen.

Er strich mit den Zähnen über die empfindliche Haut an meinem Hals. Als er sich das Hemd über den Kopf heruntergezerrt hatte, richtete ich den Blick auf die pulsierende Vene oberhalb seines Schlüsselbeins. Ich wollte ihn küssen, ihn wissen lassen, dass es schon in Ordnung war, aber ich konnte ihn nicht belügen. Wenn er auf diese Weise weitermachte, würde ich hinterher aus der Wohnung verschwinden und alles Dunkle und Gefährliche, das Bax ausmachte, für immer hinter mir lassen. Allein auf mich aufpassen. Race würde mich niemals hängen lassen, ich musste bloß lange genug am Leben bleiben, bis er seinen Plan ausgeführt hatte.

Ich spürte, wie Bax' harter Oberkörper sich an meine weichen Rundungen presste. Ich reagierte. Wie hätte es anders sein können? Ich begehrte ihn, das war von Anfang an so gewesen. Ich wusste, was er mit seinem Mund und seinen Händen anstellen konnte, wenn er Genuss und Licht geben wollte statt Schmerz und Dunkelheit. Meine Brustwarzen richteten sich auf, meine Haut prickelte vor Erregung, und ich wurde feucht und heiß. Er nahm meine Hände und hielt sie über meinem Kopf fest.

Mit einem Knie schob er meine Beine auseinander. Ich flehte ihn mit Blicken an aufzuhören. Er war nicht Shane, er war nicht Bax, sondern ein eiskalter Fremder, es interessierte ihn nicht, dass das hier nicht richtig war. Ich konzentrierte mich auf den Stern in seinem Gesicht. Er hätte hässlich aussehen sollen, lächerlich, aber in diesem Moment kam er mir wie die einzige Orientierung an einem pechschwarzen Himmel vor.

Er wartete darauf, dass ich ihn aufhielt, ihn bat, das Richtige zu tun. Ich sah, dass er zitterte, nicht aus Lust, sondern weil er sich zwang, mich festzuhalten, den dünnen Faden zu durchtrennen, der uns verband. Er bebte so sehr, dass die auf seine Hände tätowierten Ketten gerasselt hätten, wären sie echt gewesen. Ich protestierte nicht, sowie er die Lippen auf meine Wange presste und dann auf meinen Mund. Ich würde Abdrücke an den Handgelenken haben, so fest, wie er mich hielt, und ich spürte sein Herz gegen meins hämmern.

Er küsste mich grob. Es war weniger ein Kuss als ein Angriff. Ich bewegte mich nicht. Blieb still. Weigerte mich, ihm zu geben, was er wollte, so versucht ich auch war, weil es sich so gut anfühlte, wie er mit der Zunge über meine zusammengepressten Lippen strich. Aber ich wollte ihn und nicht einfach nur das hier.

Seine Brust hob und senkte sich an meiner, und jetzt erst bemerkte ich, dass von seiner sonst so harten Erektion nichts zu spüren war. Er wollte das hier genauso wenig wie ich, doch ich würde ihn nicht aufhalten. Er musste selbst damit aufhören, es sei denn, Shane Baxter war tatsächlich durch und durch schlecht. Und alles, was ich mir zu sehen eingebildet hatte, wenn er mich küsste, wenn er mich anschaute wie ein Geschenk, war einzig und allein ein Produkt meiner Fantasie gewesen.

Er knurrte, sein Mund immer noch zu grob, zu wütend, und eine einzelne Träne lief mir über die Wange. Er konnte sie fühlen.

„Sag, dass ich aufhören soll“, flüsterte er dicht an meinen Lippen, dieselben Worte wie in der ersten Nacht, als er mich mit seinen teuflischen Händen berührt hatte.

Beim letzten Mal war ich seinem Befehl gefolgt, obwohl ich es nicht so gemeint hatte.

„Nein“, wisperte ich.

„Sag, dass ich aufhören soll, Dovie.“

Seine Finger um meine Handgelenke öffneten und schlossen sich krampfhaft, und ich zuckte zusammen. Ich sah ein Flackern in seinen samtschwarzen Augen. Er wollte mir nicht wehtun, konnte aber auch nicht damit aufhören.

„Nein.“

„Du könntest das hier verhindern.“

Er klang so verloren, dass es mir das Herz brach. Ein Mann, der nie die Chance haben würde, ein normales Leben zu führen. Nie würde er einen Schreibtischjob bekommen, nie auf einfache Weise Erlösung finden. Immer würde er ein Mann mit krimineller Vergangenheit bleiben, er war zu ungezähmt, zu brutal. Den Ruf, den er durch seine zerrissene Persönlichkeit hatte, würde er nie loswerden. Er war zu gleichen Teilen Bax und Shane, einer könnte niemals ohne den anderen existieren, doch musste er die beiden in ein Gleichgewicht bringen. Und ich würde ihm dabei helfen, vorausgesetzt, er zerstörte mich zuvor nicht.

„Das kannst du auch, Bax. Aber wenn du es nicht tust, war es das für mich. Dann gibt es kein Zurück mehr.“

Er funkelte mich an, und auf einmal waren meine Hände frei. Er richtete sich auf, die Muskeln in seinen Armen und Schultern zitterten.

„Genau das ist doch der Sinn der Sache."

Er wollte weglaufen, das war sonnenklar. Er wusste nicht, was er als Nächstes tun sollte, und wollte sich aus dem Staub machen. Er hatte sich bemüht, mich zu vergraulen, um kein schlechtes Gewissen haben zu müssen, ich hatte jedoch nicht mitgespielt. Und jetzt wollte er losziehen und seine aufgestauten stürmischen Gefühle irgendwo in der ahnungslosen Stadt loswerden. Fast war ich versucht, ihn gehen zu lassen.

„Bax ..."

Ich dachte, er würde aufstehen und zur Tür gehen, doch er überraschte mich, fasste mich an der Hüfte. Schon war ich zwischen dem Bett und ihm eingekeilt. Als er mich dieses Mal küsste, tat er es richtig. Seine Lippen waren leidenschaftlich, aber nicht strafend. Und ich ließ ihn, ich schlang sogar die Arme um seinen Nacken. Seine Zunge umspielte meine. Mit sanften Bissen wollte er mich erregen, statt mir wehzutun, und seine Hände zitterten, während er mir damit das Haar aus dem Gesicht strich. Sein Blick aus schwarzen Augen brannte sich in meinen, ich las unendliches Bedauern und Reue darin.

„Du bist ein nettes Mädchen, Dovie. Du solltest nicht hier sein und nicht mit mir. Dieser Mist mit Race und Novak und dass dein Vater nichts als Abschaum ist ... Du hast Besseres verdient. Dein Leben sollte anders sein, und früher oder später wirst du mich hassen."

Ich legte den Daumen auf seine Unterlippe und keuchte auf, da er ihn in den Mund nahm. „Oder das Gegenteil passiert."

Er riss die Augenbrauen in die Höhe, umkreiste mit der Zungenspitze meinen Daumen und ließ ihn frei.

„Bloß nicht, Rotschopf. Das wäre der größte Fehler deines Lebens."

Er war heute bereits der Zweite, der mir das erzählte, nur war es womöglich sowieso schon zu spät. Er war etwas Besonderes, und manchmal glaubte ich, dass ich mit all den schlimmen Dingen, die ihn ausmachten, umgehen könnte, dass ich sie sogar lieben könnte, vorausgesetzt, das Schöne blitzte immer wieder auf, so wie jetzt.

„Ich bin erst zwanzig, Shane. Ich habe ein Leben lang Zeit, kluge Entscheidungen zu treffen. Und die schlechten kann ich gleich jetzt machen, solange ich noch Zeit habe, daraus zu lernen."

Er griff nach meiner Hand, die ich auf sein Herz gelegt hatte, und betrachtete die blasse Haut, auf der leichte Rötungen von seinen Fingern zu erkennen waren.

„Ich tue dir weh, und ich habe dich zum Weinen gebracht."

Ich musste seufzen, weil er recht hatte. „Doch du hast mich auch beschützt, hast dich für mich eingesetzt. Du hast mir das Gefühl gegeben, schön zu sein. Und in Sicherheit. Das ist mehr, als ich über die meisten Menschen in meinem Leben sagen kann. Was dich betrifft, geht das Gute und das Schlechte Hand in Hand."

Er stützte seinen Körper ab, danach senkte er den Kopf und drückte einen hauchzarten Kuss auf mein Schlüsselbein. Mein Körper reagierte sofort, und ich streichelte ihn, vorsichtig, wegen der noch immer klaffenden Wunde. Er war so fest, so real und stark. Wenn er nicht gerade sein eigener schlimmster Feind war, war er der aufrechteste und solideste Mensch, den ich kannte, was im Widerspruch zum ruhelosen und leichtsinnigen Leben stand, das er führte.

„Nennst du mich deswegen Shane, wenn wir miteinander schlafen?"

Er presste die Lippen auf mein Brustbein. Ich denke, er ignorierte mit voller Absicht meine flehentlich aufgerichteten Brustwarzen. Wie sich die Situation so schnell verschärft hatte, war mir nicht klar, doch wie immer ließ ich es einfach geschehen.

„Ich sage Shane zu dir, weil du dann anders bist – weicher und weniger beängstigend. Ich habe das Gefühl, dass du Bax sein musst, um in dem Leben zurechtzukommen, das du gewählt hast. Aber du bist Shane, sobald du beschlossen hast, die Maske fallen und alles andere draußen zu lassen."

Langsam strich ich mit den Fingern über die Stoppeln seines rasierten Kopfes und ließ sie einen Moment auf seiner Narbe verweilen. „Keine Frage, ich mag Shane lieber, doch Bax hat seine Berechtigung, und ich kann mit ihm umgehen. Bloß nicht im Bett."

Er rutschte tiefer und küsste meine beiden Hüftknochen. Bei der Berührung zog ich unwillkürlich den Bauch ein. Kurz glitt er mit der Zunge in meinen Bauchnabel, danach presste er einen Kuss auf die von Sommersprossen gesprenkelte Haut darunter. Er hockte noch immer zwischen meinen Oberschenkeln, und ich lag da, ungeschützt vor seinem brennenden Blick, seinen suchenden Händen und seinem Mund.

„Das bin einfach nur ich, kleine Dove, nicht mehr und nicht weniger."

Sein Atem strich über meine feuchte, leicht schmerzende Mitte, ich war bereit, etwas an Tempo zuzulegen. Erschauernd legte ich die Finger an seine Schläfen, und er stöhnte auf. „Das ist verdammt viel mehr, als die meisten Leute zu bieten haben."

Sein Kopf sank nach unten, und ich vergaß alles um mich. Er konnte die Zeit stillstehen lassen. All die furchtbaren Dinge, die um uns herum geschahen, lösten sich auf, als er mich mit seiner Zunge und den Zähnen liebkoste. Es war nicht das erste Mal, dass er mich mit dem Mund liebte, aber jetzt war es irgendwie anders. Er wollte sich entschuldigen, dafür, dass er zuvor mutwillig versucht hatte, mir Angst einzujagen. Er war beinahe ehrfürchtig, er war süß und, gütiger Herr im Himmel, gewissenhaft darauf bedacht, dass ich mit jeder Faser meines Körpers spürte, was er da tat. Emotional war ich vollkommen mit den Nerven runter und hätte ihn fast von mir gestoßen, doch fühlte es sich zu gut an. Außerdem wusste ich, dass er mich sowieso niemals gelassen hätte.

Er saugte fest an meiner Klitoris und benutzte seine Finger, um damit das zu tun, was ich mir von der Erektion ersehnte, die sich kurz zuvor noch an meinen Schenkel gedrückt hatte. Als er sie dann mit der Zunge umkreiste, wurde mir klar, dass es vorbei sein würde, bevor es für ihn überhaupt losging. Er war unnachgiebig und trieb mich in solche Höhen, dass ich nicht anders konnte, als seinen Namen zu schreien und der Anspannung nachzugeben. Alles in mir ließ los, und danach wurde ich schlaff, während er weiter mit der Zunge meinen gesättigten Schoß liebkoste. Er glitt mit den Fingern heraus und streichelte wie beiläufig über meine Schenkel.

Mühsam öffnete ich die Augen, weil ich ihn anschauen wollte. Er kniete sich hin und öffnete die Hose. Nichts auf der Welt konnte erotischer sein als Shane Baxter, der sich auszog, um mit mir zu schlafen. Mein Pulsschlag beschleunigte sich, sowie ich die beiden Zielflaggen erblickte. Sein Gesichtsausdruck, nachdem er mich zum Höhepunkt gebracht hatte, war immer eine Mischung aus Zufriedenheit und Wertschätzung, als ob ich ihm ein Geschenk gemacht hätte. Es berührte mich jedes Mal tief im Herzen, wenn ich spürte, dass ich etwas ganz Besonders für ihn war, dass ich ihm mehr bedeutete als die anderen Frauen.

Er streifte sich die Jeans ab, gab mir ein Kondompäckchen und forderte mich auf, mich darum zu kümmern. Ich war schläfrig vom Orgasmus und den emotionalen Turbulenzen der Nacht, doch ich wollte ihn anfassen, wollte diese letzte Brücke überqueren. Ich war jetzt in Bax' Welt und konnte nicht länger vorgeben, einfach nur darauf zu warten, dass Race endlich zurückkam.

Ich rollte ihm das Kondom über, nahm mir einen Moment, um seine Größe und die feuchte Eichel zu bewundern, doch er hatte genug davon, sanft zu sein. Und obwohl ich noch immer überempfindlich und nicht wirklich bereit war, schob er sich in mich. Ich war so eng, dass wir beide aufstöhnten. Auf die Unterarme gestützt, starrte er auf mich herab, während ich die Beine um seine Hüften und die Arme um seine breiten tätowierten Schultern schlang.

„Alles in Ordnung?"

Diese Frage änderte alles und vertrieb jegliche Müdigkeit aus meinen Knochen. Ich reckte mich ihm entgegen und bohrte die Fersen in seinen Hintern. Feuerte ihn an. „Besser als okay."

Er fluchte, und ich merkte, wie seine Augen heller wurden. Er drang tief in mich ein, es war, als wollte er mich verschlingen. Jede Stelle seines Körpers, die ich berührte, war heiß, und das

Stoßen und Zurückziehen seiner Erektion an meinen bebenden inneren Muskeln trieb mich von Neuem in unvorstellbare Höhen. Seine Bewegungen waren grob, nur darauf ausgelegt, den Gipfel der Lust zu erreichen. Was uns in diesem Moment verband, war rein körperlich. Zu viel war in dieser Nacht enthüllt worden, deswegen konnte es anders nicht sein.

Er küsste mich fest, ich umklammerte ihn, um an diesem Ort zu bleiben, in diesem Bett, wollte nicht in die Tiefe stürzen und nie mehr den Weg zurückfinden. Shane ließ eine Hand über meinen Rücken gleiten und umfasste wie verzweifelt meinen Po. Sein Oberkörper rieb so heftig über meinen, dass die bereits empfindlichen Brustwarzen nun wirklich schmerzten, immer wieder küssten wir uns voller Gier. Es war fast brutal, wie wir uns so ungehemmt und losgelöst zusammen bewegten.

Er flüsterte meinen Namen, den Mund an meine geschwollenen Lippen gedrückt, und ich wusste, dass er vor mir kommen würde. Seine Stöße wurden – wenn das überhaupt möglich war – noch härter, seine Berührungen gieriger, und ich wollte ihn einfach nur in diesem Sturm festhalten. Da schob er plötzlich eine Hand zwischen meine Oberschenkel und drückte sie auf meine Klitoris. Ich begann Sternchen zu sehen, vielleicht wurde ich sogar einen Moment ohnmächtig, denn er küsste und küsste mich, und dann schien alles um mich herum sich aufzulösen.

Ich hörte Shane laut aufstöhnen und spürte, wie die Anspannung seinen starken Körper verließ, war aber zugleich in einer anderen Welt. In dieser Welt war ich einfach nur ein Mädchen und er einfach nur ein Junge, es gab keine Probleme, keine Verbrecher, keine Mörder und keine verschollenen Brüder. In dieser Welt durften wir glücklich sein und einander festhalten. Und vor allem existierte das Wissen, dass es nicht lange andauern konnte, hier nicht.

Er legte die Stirn an meine. Ich musste mich schwer konzentrieren, damit ich überhaupt verstand, was er sagte.

„Hätte nie gedacht, dass am Ende du es sein wirst, die mir wehtut, bevor das hier zu Ende ist, Rotschopf."

Seufzend zog ich ihn aufs Bett, um mich in seine Arme zu schmiegen. „Wir könnten auch einfach versuchen, uns nicht gegenseitig zu verletzen, Bax. Das machen Menschen, die einander mögen, normalerweise so."

„Als ob das in unserem Fall funktionieren könnte."

Ich ließ meine Finger über seinen Rücken streichen, danach seufzte ich erneut und schmiegte den Kopf fester an seine Schulter. „Leider nicht."

„Aber wir haben diesen Moment. Ich habe gelernt, das Schöne zu genießen, solange es dauert."

Gähnend kuschelte ich mich an ihn, doch er schien weiterreden zu wollen.

„Was uns betrifft, ist das alles, was wir uns wünschen können."

Er murmelte weiter in meine zerwühlten Locken, ich war jedoch viel zu erschöpft, emotional wie körperlich. Ich schloss die Augen, und bevor ich einschlief, hörte ich ihn noch sagen, dass ich in jeder Hinsicht etwas Besseres verdiente, vor allem einen besseren Mann als ihn.

Ich weiß nicht, was genau mich ein paar Stunden später weckte. Wir lagen beide auf der Seite, das Gesicht einander zugewandt. Er hatte einen Arm um meine Schulter gelegt, seinen anderen benutzte ich als Kopfkissen. Ich wiederum hatte eine Hand auf seiner Brust und ein Bein auf seinen schmalen Hüften. Zwischen uns war kaum Platz. Seine nackte Brust hob und senkte sich in regelmäßigem Rhythmus, als ob er tief schliefe. Doch als ich die schweren Lider öffnete, sah ich, dass er mich mit seinen großen, dunklen Augen unbewegt ansah.

Ich wollte ihn fragen, was los war, was uns geweckt hatte, als ich bemerkte, dass sich ein noch dunklerer Pistolenlauf gegen seine Schläfe drückte. Ich war aufgewacht, weil wir nicht länger allein in dem heruntergekommenen Apartment waren. Ein Typ ragte über uns auf, eine Waffe auf Bax' Kopf gerichtet. Ich atmete hastig ein und wollte gerade losschreien, als dieser Schatten sich plötzlich bewegte und sein Gesicht und sein goldbraunes Haar von sanftem Mondlicht erhellt wurden. Ich wollte den

Namen meines Bruders ausstoßen und ihn fragen, was zum Teufel er da tat, doch da wirbelte Bax urplötzlich herum. Wie seit der ersten Sekunde brachte er sich zwischen mich und jegliche drohende Gefahr.

Er rollte so schnell auf die andere Seite, dass ich beinahe auf den Boden fiel. Ich schrie ihn an aufzuhören, weil ich Angst hatte, dass Race aus Versehen auf ihn schießen würde, die beiden beachteten mich jedoch nicht. Bax packte den Pistolenlauf und drückte ihn hoch, bis er auf das Gesicht meines erschrockenen Bruders gerichtet war. Inzwischen wusste ich ja, dass Race kein Heiliger war, aber mit Bax konnte er es trotzdem keinesfalls aufnehmen. Vielleicht waren sie vor Bax' Gefängnisstrafe ebenbürtig gewesen, doch nun hatte sein bester Freund fünf Jahre Wut im Bauch. Fünf Jahre, für die er Race bezahlen lassen würde, und da spielte es keine Rolle, dass er splitterfasernackt war.

Beide stießen ein Knurren aus, das nicht wirklich menschlich klang, dann landete die Pistole auf einmal auf dem Bett neben mir, während sie versuchten, sich mit bloßen Händen zu zerfleischen. Ich rappelte mich auf und zog das über, was mir als Erstes zwischen die Finger kam, zufälligerweise Bax' Kapuzenjacke. Ich riss den Reißverschluss hoch und schnappte mir die Pistole, bevor einem von ihnen wieder einfiel, dass sie existierte. Erst rief ich Races Namen, dann den von Bax, wurde aber ignoriert. Ich hörte schwere Fäuste auf Fleisch treffen, der Raum war vom kupferartigen Blutgeruch erfüllt. Ich versuchte gar nicht erst, sie zu warnen, als sie sich vom Bett weiter Richtung Fernseher bewegten. Der Flachbildschirm würde es mit zwei wütenden Männern nicht aufnehmen können, beide über eins achtzig groß und offenbar wild entschlossen, einander umzubringen.

Als Race einen harten Treffer in Bax sowieso schon arg mitgenommene Rippen landete, zuckte ich zusammen, und dann musste ich die Augen schließen, als Bax mit dem Ellbogen immer wieder auf Races Wangenknochen hieb. Sie bluteten beide, und selbst im Dunkeln sah ich die kalte Wut auf ihren Gesichtern. Das hier würde nie aufhören, wenn ich nicht etwas unternähme. Leider hatte ich keinen Schimmer, was das sein könnte. Ich krallte die Hände in mein Haar und schrie los, so laut ich konnte. Da ihr Kampf nicht die Aufmerksamkeit der Nachbarn auf sich zog, würde es hoffentlich mein markerschütterndes Geschrei tun. Ich schrie, bis mein Hals wund war, bis heiße Tränen auf meinen Wangen brannten, bis ich dachte, ich würde ohnmächtig werden, weil ich keine Luft mehr bekam. Und ich hörte erst auf, als jemand die Arme um mich schlang und mich fest an sich zog. Da die Brust, an die ich sank, nackt, blutverschmiert und verschwitzt war, war es Bax, nicht mein Bruder.

Angestrengt blickte ich über seine Schulter, um mich zu vergewissern, dass Race noch atmete. Das tat er, doch er sah nicht besonders glücklich aus, und sobald Bax mich losgelassen hatte, warf er ihm die Jeans hin und bellte, dass er sich anziehen solle, wenn er mir so nahe kam. Bax zeigte ihm den Finger, dann wühlte er in der Tasche seiner Kapuzenjacke, die ich trug, nach seinen Zigaretten. Als er sprach, sah er mich an, nicht Race.

„Ich bin gleich wieder da. Wenn die Nachbarn die Bullen gerufen haben, werde ich Titus sagen, dass es nur falscher Alarm war." Er warf meinem Bruder einen warnenden Blick zu. „Sollte sie weinen, wenn ich zurückkomme, werde ich diesmal nicht einfach aufhören."

„Wie kannst du es wagen, mir wegen meiner Schwester zu drohen, Bax? Du solltest sie beschützen, nicht vögeln."

Bax brummte etwas und machte eine Bewegung, als wollte er sich wieder auf Race stürzen. Schnell legte ich eine Hand auf seinen Arm und wischte mit der anderen das Blut weg, das aus seiner Nase lief. Ich schüttelte den Kopf und flehte ihn mit einem Blick an, es auf sich beruhen zu lassen. Was offenbar funktionierte, denn er steckte sich eine Zigarette in den Mund und steuerte auf die Tür zu.

„Tja, vielleicht hättest du schriftliche Anweisungen hinterlassen sollen, bevor du dich verpisst hast. Halb The Point ist inzwischen hinter ihr her, damit du endlich deine dämliche Fresse wieder zeigst. Tut mir leid. Wie üblich hast du mich nicht in deinen verdammten Plan eingeweiht, Race, deswegen habe ich in der Zwischenzeit meine eigenen Regeln aufgestellt."

„So, wie du es immer machst, Bax. Und sieh nur, wohin dich das gebracht hat."

Ich sah, wie Bax die Zähne zusammenbiss und die Hände zu Fäusten ballte.

„Mit etwas Hilfe, Race."

Er hob den Blick, und mir wurde das Herz schwer, weil all diese dunklen Schatten wieder in seinen Augen lauerten.

„Ich bin gleich zurück."

Ich wusste nicht, ob das als Drohung für meinen Bruder oder als Versprechen an mich gemeint war, aber was es auch war, verursachte mir Gänsehaut.

Als die Tür mit einem lauten Knall hinter ihm zufiel, knipste ich das Deckenlicht an und konnte endlich einen Blick auf meinen älteren Bruder werfen. Er hatte sich in den Sessel fallen lassen und sah in etwa genauso müde und kaputt aus wie der abgenutzte Stoff. Er war ein kräftiger Kerl, nicht so massig wie Bax, doch hatte er in den letzten Monaten – wo immer er gewesen war – nicht besonders gut auf sich achtgegeben. Seine Wangen waren eingefallen, eine ungepflegte Mähne umgab sein attraktives Gesicht, und seine Augen, die meinen so ähnelten, waren viel zu dunkel. Zusätzlich zum Gewichtsverlust, den unordentlichen Kleidern und dem wirren Haar klaffte jetzt noch eine Wunde auf seiner Schläfe, eine Augenbraue war aufgeplatzt, und seine Handrücken waren blutverschmiert.

Seufzend ging ich zu der winzigen Küchenzeile, um ein feuchtes Tuch zu holen. „Wo warst du?"

„Was hast du mit Bax im Bett zu suchen, Dovie? Hast du eine Ahnung, wozu er fähig ist, was für ein Typ er ist? Wenn ich gewusst hätte, dass du so dumm bist, mit ihm zu schlafen, hätte ich dich niemals allein gelassen."

Ich biss die Zähne zusammen und warf ihm das Tuch zu. Dann lehnte ich mich an die Küchentheke und sah ihn mit zusammengekniffenen Augen an. „Du hast mich allein gelassen, nachdem die Typen mich verprügelt hatten, und gesagt, dass ich auf ihn warten soll, Race. Wie kannst du es wagen, jetzt einfach aufzutauchen und zu verurteilen, was hier geschieht?"

Seine Augen, den meinen so ähnlich, funkelten vor Wut und Schuldbewusstsein.

„Ich musste dich zurücklassen. Sonst wären sie wiedergekommen. Ich musste herausfinden, wem ich vertrauen kann."

„Sie hätten mich mitgenommen, um dich zu bekommen, Race. Interessiert dich das überhaupt?"

Er fuhrwerkte mit den Händen durch sein goldbraunes Haar und begann, vor meiner Nase auf und ab zu laufen.

„Natürlich interessiert es mich. Bei allem, was ich getan habe, ging es immer nur darum, dich zu beschützen. Ich wusste, dass Bax dich finden würde. Dass er sich zwischen dich und Novak stellen würde."

Ich verschränkte die Arme vor der Brust und sah ihn an. „Und wenn er das nicht gemacht hätte? Wenn er gleich nach seiner Entlassung abgehauen wäre? Du hast mein Leben aufs Spiel gesetzt, Race, ohne auch nur einen Ton zu sagen."

„Ich kenne Bax." Sein Blick fiel auf das zerwühlte Bett. „Zumindest dachte ich das."

„Und ich dachte, er wäre wie ein Bruder für dich, dein bester Freund. Sollte ich ihm nicht genau deswegen vertrauen, wenn er aufkreuzte? Selbst wenn er unheimlich wäre, selbst wenn er mir gefährlich vorkäme, sollte ich ihm vertrauen."

„Da wusste ich nicht, dass er so tief sinken würde, um sich an mir zu rächen."

„Wovon sprichst du?"

„Ich hätte nie gedacht, dass er mit dir schlafen würde, nur um es mir heimzuzahlen, dass ich ihn ins Gefängnis gebracht habe."

Ich atmete so heftig ein, dass es wehtat, dann schüttelte ich den Kopf und sah Race düster an. Sosehr ich ihn vermisst und mir Sorgen um ihn gemacht hatte, er konnte nicht einfach hier reinspazieren und alles durcheinanderbringen.

„Das hat er nicht. Er hat erst heute Abend von Lord Hartman erfahren, dass du ihn in die Falle gelockt hast. Bis dahin hat er höchstens was geahnt. Und vorhin hat er Titus angerufen, um die ganze Geschichte zu hören. Wir haben schon lange vorher miteinander geschlafen."

„Himmel, Dove, so genau muss ich das nicht wissen."

„Dann hör auf, so ein Idiot zu sein. Du hast ihn mit einer Pistole bedroht, den einzigen Menschen außer mir, den es kümmert, wo du warst und ob es dir gut geht."

„Ich habe nicht damit gerechnet, dich nackt mit ihm im Bett vorzufinden."

„Und deswegen ist es dein gutes Recht, ihm eine Knarre an den Kopf zu halten, nach allem, was er schon durchgemacht hat?"

Race sah mich an, dann schloss er die Augen und drückte die Fäuste dagegen. „Du liebst ihn."

Ich hob eine Schulter, ließ sie wieder sinken. „Vielleicht ein bisschen. Egal, er war hier und hat genau das getan, was du von ihm wolltest. Benny, Novak … keiner von den Typen ist mir zu nahe gekommen. So gern sie das würden, weil das, was immer du treibst, alle sehr nervös macht, Race."

Die Wohnungstür flog auf, und Bax kam herein. Er sah noch genauso genervt und zerschlagen aus wie zuvor. Sein Gesicht war nicht so übel zugerichtet wie das von Race, aber die Schnittwunde war wieder aufgerissen, und der Schorf sah aus wie aus einem Horrorfilm. Er kam zu mir, hob mein Kinn und sah mich streng an. „Bist du okay?"

„Ja. Du musst die Wunde verbinden."

Er sah an sich herab, auf die Stelle, wo er kontinuierlich Blut verlor, und zuckte mit den Schultern. „Wird mich nicht umbringen."

Er stellte sich neben mich, ebenfalls mit vor der Brust verschränkten Armen, und starrte meinen Bruder an. „Also, Race, warum erzählst du uns nicht, was du gegen Novak in der Hand hast? Immerhin genug, dass er dich lebend will, obwohl du gedroht hast, ihn auffliegen zu lassen. Warum erklärst du deiner Schwester nicht, wieso du zurückgekommen bist, wo doch alle möglichen Leute hinter dir her sind?"

Race murmelte etwas, ließ sich wieder in den Sessel plumpsen, faltete die Hände und sah auf den Boden zwischen seinen Füßen. „In der Nacht damals, als ich mir den alten Typen schnappte, wusste ich, dass du ihn keinesfalls umbringen würdest. Und dass Novak ihn keinesfalls leben lassen würde. Ich hatte am Treffpunkt drahtlose ferngesteuerte Kameras angebracht."

Bax schüttelte den Kopf. „Cleverer Scheißkerl."

Race seufzte auf. „Ja, nur sind die Aufnahmen verschwommen. Man kann Novak erkennen und sogar sehen, wie er abdrückt, doch alles lief durcheinander, weil du im Aston Martin abgehauen bist. Ich wollte den Film eigentlich Titus geben, sodass Novak wegen Mordes in den Knast gekommen wäre, nur ging das dann nicht. Nachdem du im Gefängnis warst, meinte Novak, wenn ich nicht verschwinde, würde er sich Dovie schnappen und dich auch, selbst hinter Gittern. Ich sagte ihm, er solle sich besser nicht mit mir anlegen, wollte aber meine Karten nicht zu früh ausspielen. Sobald ich hörte, dass du entlassen bist und dich verteidigen kannst, bin ich zurückgekommen."

Er warf den Kopf an die Lehne und musterte den abbröckelnden Putz an der Decke. Bax neben mir zappelte unruhig.

„Ich wollte gerade Titus die Aufnahmen geben, als mein idiotischer Vater mir sagte, dass er in all den Jahren, in denen ich weg war, Geld für Novak gewaschen hat. Bevor Dovie und ich nach The Point kamen, hatte ich kaum Kontakt zu meinen Eltern. Ich hatte keine Ahnung, wie kompliziert alles geworden war. Und ich wusste nicht, wie ich Novak auffliegen lassen konnte, ohne dass mein Vater mit ihm unterging."

Daraufhin brummte Bax und fragte kühl: „Was interessiert dich dein alter Herr? Er hat einen Auftragsmörder auf Dovie angesetzt, was kümmert es dich also, wenn er mit untergeht?"

Race fluchte. „Mein alter Herr ist mir egal, meine Mom aber nicht. Sie würde es nicht überleben. Dad angeklagt in einem Prozess gegen das organisierte Verbrechen, und dann erfährt sie auch noch von seinem unehelichen Kind. Ganz zu schweigen davon, dass Novak sie wahrscheinlich umbringen würde, nur um mich in Schach zu halten."

„Warum hast du Dovie hierher gebracht? Wieso hast du das riskiert, wenn du doch in einer anderen Stadt in Sicherheit warst?"

„Ich wäre nie in Sicherheit gewesen. Novak hätte mich immer benutzt, um dich unter Druck zu setzen. Er ist nicht dumm, Bax. Er wusste, dass du nach deiner Entlassung sofort nach Antworten suchen würdest. Mich suchen würdest. Ich kam zurück, um ihm zu zeigen, dass ich keine Angst habe, und egal, wie schrecklich es hier ist, es ist dennoch mein Zuhause. Er sollte wissen, dass seine Zeit langsam abläuft, und ich wollte in Titus' Nähe sein, denn momentan ist er der einzige Mensch, dem ich vertraue." Er betrachtete das Bett, dann sah er mich wütend an. „Ich konnte Dovie nicht allein lassen, also musste sie mit mir kommen. Ich habe gewartet, bis sie alt genug war und mit der Highschool fertig. Sie sollte hier Fuß fassen, bevor das Chaos ausbricht. Es fühlte sich an, als ob jemand die Pausentaste gedrückt hätte, als ob alle nur darauf warteten, dass du entlassen wirst. Als ob die Zeit stillgestanden hätte und letztlich alles nur darauf hinauslief, dass ihr euch gegenübertretet, du und Novak."

Er sah Bax mit einem bohrenden Blick an, und Bax neben mir bewegte sich unbehaglich.

„Außerdem wusste ich, dass du hier wärst, wenn mir etwas zustoßen würde. Und Titus auch. Dovie muss nicht länger allein zurechtkommen. Hier in The Point hast du Familie, obwohl du alles dafür tust, das zu vergessen."

„Was soll das heißen, nicht länger allein? Du hast sie alleingelassen, nachdem Benny sie verprügelt hatte."

Bax klang aufgebracht, und Race besaß genug Anstand, mir einen bedauernden Blick zuzuwerfen. Ich wusste, wie mein Bruder tickte. Er versuchte immer, Dinge auseinanderzunehmen und herauszufinden, wie sie funktionierten. In diesem Fall war es nicht anders. Für ihn war ich ein Zahnrad in Novaks Getriebe. Ich hätte verletzt reagieren müssen, wütend, doch inzwischen war ich ja daran gewöhnt, Mittel zum Zweck zu sein. Für Männer, die gefährliche Spiele spielten, die ich nicht ganz begriff.

„Ich weiß, und es tut mir leid. Aber als ich zu Novak gegangen bin, geschah etwas Seltsames, etwas, das alles verändert hat."

Ich spürte trotz der Distanz zwischen uns, wie Bax sich versteifte und wie erneut Wut in ihm hochkochte.

„Was ist geschehen?"

Race schaute von ihm zu mir, dann ließ er seinen Blick auf Bax ruhen. „Nichts. Absolut nichts ist passiert. Ich bin da angekommen und habe herumgebrüllt, dass ich eine Aufnahme von einer Hinrichtung hätte. Sagte was von ‚Polizei' und ‚lebenslang hinter Gittern', und Novak hat mich nur angesehen wie eine lästige Fliege. Obwohl ich mich zurückzukommen getraut hatte und glaubte, etwas gegen ihn in der Hand zu haben. Ich dachte ja, sie hätten sich an Dovie rangemacht, um herauszufinden, was genau ich wusste – und dann haben sie mir nicht mal ein Haar gekrümmt. Das ist vollkommen unlogisch. Wir wissen beide, dass sie mir eine Kugel zwischen die Augen hätten verpassen müssen."

Bei der Vorstellung schnappte ich nach Luft. Race zuckte zusammen und sah mich an.

„Ich wollte eigentlich nur ein oder zwei Tage wegbleiben, abwarten, wie die Sache sich entwickelt. Ich habe ein paar Nächte bei Carmen gepennt und Lester ein bisschen Kohle gegeben, damit er auf Dovie aufpasst. Und dann sind überraschenderweise weder Benny noch Novak aufgetaucht. Das ergab überhaupt keinen Sinn, also beschloss ich, tiefer zu graben. Da läuft noch was anderes, und ich habe in den letzten Wochen versucht herauszufinden, was. Kommt mir vor wie ein gigantisches Spiel, dessen Regeln nur Novak kennt."

Jetzt landete sein Blick wieder auf Bax, und er seufzte schwer.

„Wie mir scheint, bist du der große Preis in der Mitte des Spielbretts, Bax. Ich weiß nur nicht, was Novak vorhat, um ihn zu gewinnen."

Ich schluckte. Am liebsten hätte ich mich an Bax gelehnt, wollte aber nicht, dass Race noch einmal auf ihn losging. Dann musste ich mir eben irgendwie selbst Trost spenden. So wie üblich.

Ich rieb über die Ärmel der weichen Kapuzenjacke und blickte zwischen den beiden Männern hin und her. „Und jetzt?"

„Ich weiß es nicht. Deswegen wollte ich Bax sehen. Benny wird dich früher oder später schnappen, um mich zu zwingen, aus der Deckung zu kommen. Was immer Novak plant, ich soll Teil davon sein. Sie wissen von dem Video. Ich hatte Novak gesagt, dass ich den Film der Polizei gebe, wenn er dir noch mal zu nahe kommt. Ich dachte, das wäre der Grund, warum sie mich suchen, doch jetzt bin ich nicht mehr so sicher. Außer mir weiß niemand, wo das Band ist. Novak hat Leute bei der Polizei, die für ihn arbeiten, er hat überall seine Augen. Ich habe die letzten Wochen herauszufinden versucht, wie weit sein Einfluss reicht." Er ließ den Kopf sinken, seine Schultern fielen herab. „Ich habe keine Ahnung, wem abgesehen von Titus wir vertrauen können."

Daraufhin schwiegen wir alle. Ich konnte Bax' gleichmäßige Atemzüge hören, sah Wut und Angst in Races Gesicht, und ich dachte nur, Bax hat recht, ich verdiene mehr im Leben als so etwas.

Bax drückte sich von der Küchentheke ab und strich sich grob über den Kopf. Er sah erst mich an, dann Race. „Gib mir die Aufnahme."

Ich zuckte zusammen. Race starrte ihn finster an.

„Nein!" Das hatte ich aus Angst um Bax' Sicherheit geschrien, Race fauchte es hingegen voller Entrüstung.

Bax schüttelte lediglich den Kopf. „Was für eine Wahl haben wir denn? Novak hat es sowieso auf mich abgesehen. Ihr beide wärt nie in die Sache reingezogen worden, wenn er nicht hinter mir her wäre. Das ist alles meine Schuld. Ich habe immer wieder das Gesetz gebrochen. Ich habe diesen ganzen Mist geklaut und mich dadurch an Typen wie Novak gebunden. Ich will nicht, dass ihr noch länger darunter leidet. Ich habe mir die Suppe allein eingebrockt, und ich werde sie selbst auslöffeln. Egal, ob es um die Aufnahme oder die Erpressung oder was völlig anderes geht."

Ich zog ihn an mich, ich konnte nicht anders, und schlang die Hände um seine Arme, doch ich sah, dass er wieder dunkle Mauern um sich hochgezogen hatte. „Und was? Willst du dich opfern? Das löst niemals das Problem! Du würdest nur anstelle von Race in die Schusslinie geraten."

„Genau, Bax. Ich habe freiwillig mit dir zusammengearbeitet und mich nicht etwa mit Händen und Füßen dagegen gewehrt. Ich wusste, dass es falsch ist, ich kannte das Risiko! Und du hast durch diesen Albtraum schon genug verloren. Novak ist *mein* Problem."

Bax fluchte, und es brach mir das Herz, dass er sich brüsk aus meiner Umklammerung löste.

„Novak ist das Problem von The Point."

Ich schluckte all die bitteren Gefühle hinunter, den Schmerz darüber, dass Shane direkt vor meinen Augen sich wieder ganz und gar hinter Bax versteckte.

„Und ausgerechnet du bist derjenige, der sich darum kümmern muss?" Das war eine dumme Frage, und ich erstickte beinahe an ihr.

Seine Augen wirkten leer, als er mich ansah, jetzt war er der gefährliche Fremde, der mir Angst machte und mich dennoch faszinierte. Er fuhr große Geschütze auf, denen Race nichts entgegenzuhalten hatte. Ich wusste, einfach so, dass der Kampf vorüber war.

„Ich bin für dich ins Gefängnis gegangen Race. Fünf Jahre lang habe ich dich gehasst, ich war von dir enttäuscht. Ich habe mir einzureden versucht, dass ich dich nicht umbringen werde, wenn ich rauskomme. In gewisser Weise verstehe ich ja, warum du das alles getan hast, aber diese fünf Jahre kann mir niemand ersetzen, und du schuldest mir was. Gib mir das beschissene Band und lass mich die Sache mit Novak klären. Du passt auf deine Schwester auf und sorgst dafür, dass ihr nichts passiert."

Ich wollte widersprechen, hoffte, dass Race sich weigerte, doch er nickte bloß, und von einem Moment auf den anderen war alles anders. Ich war nicht länger Bax' Geliebte, nur irgendein Mädchen, und er war irgendein Typ. So würde unser Leben in The Point also ab sofort aussehen. Niemand konnte hier je mit einem Happy End rechnen, und ich hätte wissen müssen, dass ich da keine Ausnahme bildete.

13. KAPITEL

Bax

Hätte ich mir eigentlich denken können, dass Gus mehr wusste, als er zugegeben hatte. Dem alten Kauz entging nie etwas, und es hätte mir auffallen müssen, dass ihn das Verschwinden von Race nicht besonders beunruhigte. Wie sich herausstellte, hatte mein Freund sich in der Wohnung über der Garage versteckt gehalten. Diese Räume benutzte Gus für persönliche Zwecke und aus verschiedenen Gründen – nicht nur, weil er eine Geliebte und eine eifersüchtige Frau hatte. Race hatte sich also die ganze Zeit direkt vor Novaks Nase aufgehalten. Novak würde sich vor Wut in den Arsch beißen. Geschah dem alten Dreckskerl recht. So was passierte eben, wenn man Gott spielen wollte. Ich konnte es kaum erwarten, ihm ins Gesicht zu lachen und einen Stiefel in seinen Nacken zu drücken.

Zuerst aber musste ich den bitteren Geschmack loswerden, den Dovies letzter Blick in meinem Mund hinterlassen hatte. Ich sah in ihren Augen, was sie sich wünschte: dass ich sie bat, bei mir zu bleiben. Und dass ich mir das mit dem Videoband noch mal überlegte und mich nicht mitten in die Löwengrube stürzte. Doch das ging nicht. Wenn sie bei mir blieb, würde sie bei lebendigem Leib zerfleischt werden – und das war noch nicht alles. In dieser Nacht hatte ich eine Grenze überschritten, etwas erlebt, das ich nie für möglich gehalten hätte. Sie ging mir unter die Haut, ihretwegen wollte ich auf einmal alles anders machen, aber das war nun mal keine Option. Deswegen schob ich sie auf den Beifahrersitz von Races kirschrotem 66er Mustang und warf ohne Abschiedskuss die Tür zu. Die Farbe ihrer Augen wechselte von Waldgrün zu Mitternachtsdunkel, und durch meine Brust jagte ein Schmerz, der mich beinahe auf die Knie zwang.

Race beobachtete uns stirnrunzelnd, und als ich sagte, dass ich ihn persönlich dafür verantwortlich machen würde, wenn ihr etwas passierte, reagierte er nicht etwa beleidigt oder feindselig, er nickte feierlich.

„Verstanden, Bax. Sei vorsichtig."

So etwas wie Vorsicht gab es nicht, wenn man mit einem Typen wie Novak russisch Roulette spielte, deswegen antwortete ich nicht. Ich zündete mir eine Zigarette an und beobachtete, wie die Rückleuchten des Wagens verschwanden, als er um die Kurve bog. Die Dämmerung setzte bereits ein, und ich würde sowieso nicht mehr schlafen können. Der Schock, eine Pistole an die Schläfe gedrückt zu bekommen, und die Schlägerei mit Race vibrierten noch in meinem Blut. Zudem konnte ich Dovies enttäuschten Blick nicht vergessen. Ich schaffte es nicht, so zu tun, als ob sie mir nicht wichtig wäre. Trotzdem vergaß ich nie, dass sie etwas Besseres als mich verdient hatte. Sie sollte ihre Zeit nicht an meinem Grab verbringen oder als Besucherin in einer Haftanstalt. Eine andere Wahl hatte sie nicht, wenn wir weiter zusammenblieben.

Ich zog das Handy aus der Gesäßtasche und rief zum dritten Mal meinen Bruder an – so oft hatte ich mich bisher in meinem ganzen Leben noch nicht bei ihm gemeldet. Er nahm nicht ab, also rauchte ich die Zigarette zu Ende und ging wieder hinauf in meine verwüstete Wohnung. Ich hatte Race nicht ernsthaft wehtun wollen, aber niemand bedrohte mich einfach so mit einer Waffe. Andererseits konnte ich natürlich verstehen, dass er nicht erbaut war, mich nackt mit seiner Schwester in den Armen vorzufinden. So etwas wollte ein Bruder lieber nicht sehen.

Ich wollte gerade unter die brühend heiße Dusche steigen, um die Nacht von mir abzuwaschen, als mein Handy klingelte. Seufzend schlang ich ein Handtuch um meine Hüften und ging ran.

„Was denn jetzt?"

Titus klang genervt, und das konnte ich ihm nicht mal übel nehmen. Er hatte vorhin einen Notruf von den Nachbarn bekommen, den ich wieder zurückgenommen hatte. Er war sauer, weil Race plötzlich bei mir hereingeschneit war, und sogar noch wütender, als ich ihm von dessen Neun-Millimeter-Weckdienst erzählte.

Wahrscheinlich bereute er es bereits, dass er mit dem Mist von wegen brüderlichem Zusammenhalt überhaupt angefangen hatte, da er doch genau wusste, dass ich das nur zu meinem Vorteil ausnutzen würde.

„Ich habe den USB-Stick."

Ich fand, dass er keine weiteren Informationen benötigte, und ich hatte recht. Ich hörte, wie er scharf einatmete.

„Race hat dir das Video gegeben?"

„Eine Kopie. Das Original ist auf einer Festplatte irgendwo in Gus' Werkstatt, wo er sich im Übrigen die ganze Zeit versteckt hatte."

Titus fluchte. „Hätte wissen müssen, dass der alte Bastard mehr weiß, als er zugibt."

„Das habe ich auch gesagt, als ich davon hörte."

„Du gibst mir das Video, damit ich Novak verhaften kann." Das war nicht als Frage gemeint.

Ich betrachtete finster mein schlimm zugerichtetes Spiegelbild über dem Waschbecken. In jeder einzelnen Woche seit meiner Entlassung hatte ich irgendeine körperliche Auseinandersetzung gehabt. Mein Leben war voll von Gewalt, Blut und Ungewissheit, da gab es keinen Platz für ein Mädchen wie Dovie, auch wenn ich bereits eine Leere spürte, wo sie zuvor gewesen war.

„Ich werde Novak fertigmachen."

Auf diese kühne Behauptung folgte Schweigen, aber ich hatte auch nichts anderes erwartet. Mein Bruder war ein gesetzestreuer Bürger, ein Cop, ein Mann, der alles in Gut und Böse einteilte, weshalb wir niemals auf derselben Wellenlänge schwammen. Seine Welt war schwarz und weiß, meine war ein schlammiges Grau mit roten und grünen Untertönen. Rot für Blut, grün für schmutziges Geld.

Überraschenderweise hielt er mir nicht sofort einen Vortrag, sagte nicht, es wäre Aufgabe der Polizei, sich um Novak zu kümmern und in The Point aufzuräumen. Stattdessen grummelte er etwas Unschönes und fragte: „Wollen wir zusammen frühstücken?"

Ich riss die Augenbrauen in die Höhe. „Klar, wieso nicht."

Wir verabredeten uns in einem Diner in dem Teil der Stadt, in dem Titus arbeitete, dann machte ich mich daran, die Erinnerungen und den Geruch von Dovie von meiner Haut zu spülen. Der Schnitt an meiner Seite war wieder offen, Race hatte ein paar gute Treffer auf meine Rippen gelandet, deswegen bewegte ich mich langsamer als sonst. Erst als ich mich anziehen wollte, fiel mir auf, dass Dovie beim Abschied noch immer meine neue Kapuzenjacke angehabt hatte. Dass sie etwas von mir bei sich hatte, fühlte sich gut an. Bisher hatte ich nie an irgendwas gehangen, von meinem Auto und Races Freundschaft einmal abgesehen. Aber das, was ich für Dovie empfand, stach alles aus. Es fühlte sich hoffnungsvoll und vielversprechend an, und mit solchen Gefühlen hätte ich in meinem Leben niemals gerechnet.

Ich suchte einen Parkplatz, auf dem mein Runner nicht zu sehr auffallen würde, damit ich nicht die Aufmerksamkeit auf mich oder meinen Bruder zog. Titus saß bereits hinten in einer Nische, eine Plastikspeisekarte verdeckte sein Gesicht. Er bog eine Ecke um, als ich mich ihm gegenübersetzte, und brummte eine Begrüßung. Er sah müde und älter als neunundzwanzig aus. Seine strahlend blauen Augen waren rot umrandet, und sein dunkles Haar sah aus, als ob er es mithilfe von Motorenöl und einem Deckenventilator frisiert hätte. Auch trug er nicht wie sonst ein gebügeltes weißes Hemd und Krawatte. Der Typ, der mir gegenübersaß, sah aus, als ob er jederzeit mit mir in den Boxring steigen oder ein Auto klauen könnte. Wir hatten uns schon immer recht ähnlich gesehen, von der Augenfarbe abgesehen, aber jetzt wirkte er genauso brutal und gefährlich wie ich.

Die Kellnerin kam zu uns, und Titus bat sie, die Kaffeekanne einfach auf unserem Tisch abzustellen. Dann bestellte er ein gigantisches Frühstück und ich nur Eier mit Speck. Ich war nicht hungrig, ich wollte den Stein so schnell wie möglich ins Rollen bringen.

„Was gibt's, Officer King?"

Er warf mir einen kurzen Blick zu. „Race hat dich ganz schön verprügelt. Du hast einen ziemlich fiesen Bluterguss auf der Wange."

„Ich weiß. Seine Schläge in die Rippen waren noch schlimmer. Kann's ihm nicht übel nehmen. Ich lag mit Dovie im Bett, ohne Klamotten."

„Was ist das mit euch überhaupt? Sie scheint mir eigentlich nicht dein Typ zu sein."

Ich kaute auf einem Stück Speck herum und warf ihm einen nachdenklichen Blick zu. „Woher willst du wissen, was mein Typ ist, Titus? Du warst ja nicht gerade in der Nähe, als ich anfing, mich für Mädchen zu interessieren."

Er sah mich stirnrunzelnd an, die Kaffeetasse auf halbem Weg zu seinem Mund. „Nur weil ich nicht in der Nähe war, heißt das nicht, dass ich nichts mitbekommen habe. Hätte ich nicht ständig die Straftaten und Vergehen des berühmt-berüchtigten Shane Baxter im Visier gehabt, wärst du nämlich schon viel früher ins Kittchen gewandert, nicht erst mit achtzehn."

Seit ich denken konnte, war ich immer wieder mit dem Gesetz in Konflikt geraten, hatte tatsächlich aber jedes Mal Glück gehabt. Gut, ich hatte ein oder zwei Monate in der Jugendstrafanstalt verbracht und kannte die Rückbank eines Streifenwagens besser, als mir lieb war. Trotzdem hatte ich eine einigermaßen weiße Weste bis zu dem beschissenen Tag, der mich für fünf sinnlose Jahre hinter Gitter gebracht hatte.

„Warum? Wozu einmischen? Warum so tun, als ob ich dir wichtig wäre, wo du doch nie was anderes als ein Supercop sein wolltest? Das passt nicht zusammen."

„Weil du mein kleiner Bruder bist und schon immer 'ne Nervensäge warst. Ich habe mich ständig gefragt, ob alles anders gekommen wäre, wenn Mom ihren Kram geregelt bekommen hätte, als du jünger warst. Wenn du nicht hättest klauen müssen und das Gesetz brechen, um zu überleben. Du hättest vielleicht einfach die Schule fertig gemacht und wärst ein ganz normales Arschloch geworden, wie die meisten Dreiundzwanzigjährigen."

Ich schnaubte. „Kann ich mir nicht vorstellen."

Titus lächelte, die Lippen an der Kaffeetasse. „Ja, ich auch nicht. Also, dieses Mädchen?"

Ich lehnte mich zurück. „Sie ist süß und heiß. Sie hat eine ähnliche Vergangenheit wie ich – schwierige Verhältnisse –, aber das scheint sie nicht verändert zu haben. Loyaler als sie kann kein Mensch sein. Im Moment steht sie leider im Zentrum der Aufmerksamkeit, wenn es um Novak geht. Ich habe sie mit Race weggeschickt, weil sie bei mir nicht mehr sicher wäre. Sobald ich Benny sage, dass ich das Video habe, wird er es Novak erzählen, dann fangen die Dominosteine an zu fallen."

„Shane ..."

Ich war es wirklich leid, dass die Leute mich so nannten. Jedes Mal hatte ich das Gefühl, dass ein Stück vom Panzer abgeschlagen wurde, den Bax trug.

„Bitte betrachte ein einziges Mal im Leben die ganze Sache von einer anderen Seite. Ich weiß, du würdest am liebsten da reinmarschieren und aus allen Rohren losballern, aber das wird nicht funktionieren."

Ich sah durch das schmutzige Fenster auf die Straße.

„Sobald Novak erfährt, dass du die Aufnahme hast, wird er versuchen, alles zu zerstören, was dir wichtig ist, und ich spreche hier nicht von deinem Runner."

„Wovon dann? Ich denke nicht, dass irgendein Mensch auf die Liste gehört."

„Du bist ein Idiot."

Ich starrte ihn böse an. „Leck mich."

„Mom, Race, Gus, ich und jetzt das Mädchen. Das ist eine lange Liste, mit der Novak dich unter Druck setzen kann. Vielleicht siehst du das anders, Bax, aber du bleibst nicht unberührt von den Menschen, die dich trotz allem lieben."

Ich sah ihn nur an. Ich hatte gedacht, es ginge beim großen Showdown nur um mich und Novak, doch die Realität sah viel mörderischer aus. Die Zahl der Todesopfer könnte viel höher ausfallen, als mir bisher klar gewesen war. „Was sonst, Titus? Ich gebe dir einfach das Video, und du und deine Jungs in Blau spazieren bei ihm rein und verhaften ihn für einen Mord, der vor über fünf Jahren begangen wurde? Wir beide wissen, dass ein geschickter Anwalt ihn raushaut, bevor er überhaupt vor Gericht erscheinen muss. Und dann wird er jeden einzelnen Menschen aus dem Weg räumen, der gegen ihn aussagen könnte. Diese Sache kann nicht auf anständige Art und Weise gelöst werden. Wenn man mit einem Mann wie Novak zu tun hat, muss man sich die Hände schmutzig machen. Das weißt du ganz genau, Titus."

„Ja, ich weiß aber auch, dass es nicht deine Hände sein müssen, Bax."

„Wenn nicht meine, wessen dann?"

„Noch habe ich die Antwort nicht. Doch du und Race, ihr müsst euch bedeckt halten, dafür sorgen, dass Benny das Mädchen nicht bekommt, und zwar so lange, bis wir einen Plan haben, bei dem am Ende alle lebend herauskommen. Meinst du, dass du ein paar Tage stillhalten kannst?"

Das wollte ich nicht, aber bei Tageslicht betrachtet, musste ich ihm recht geben. „Novak weiß, dass Race die Aufnahme hat, und er weiß auch, dass Race ihm eine Falle gestellt hat. Der einzige Grund, warum Novak bisher nichts unternommen hat, ist Races Dad. Der wäscht Novaks schmutziges Geld. Race will nicht, dass seine Mutter mit in den Dreck gezogen wird. Übrigens hat Races alter Herr Novak angeheuert, um Dovie umzubringen."

Titus' blaue Augen blitzten vor Wut, ich sah, wie er die Hände auf dem Tisch zwischen uns zu Fäusten ballte.

„Was sind das bloß für Leute? Wie sind wir hier gelandet, wo ein Menschleben nichts wert ist?"

Ich hob eine Schulter und ließ sie wieder fallen. Meine geprellten Rippen jaulten protestierend auf. „So ist es eben in The Point. So war es schon immer. Du hattest einfach Glück, schnell genug rauszukommen, bevor es dich vergiften konnte wie den Rest von uns."

Er blinzelte, öffnete und schloss den Mund. Dann sah er mich an. „Das glaubst du wirklich, oder?"

Ich legte den Kopf schief. „Was glaube ich?“

„Dass ich rausgekommen bin. Dass ich nach The Hill gezogen bin und dass mich nichts aus The Point je wieder berührt hat. Obwohl meine Mom nach wie vor Alkoholikerin ist, mein Bruder ein Dieb und mein alter Herr lebenslang wegen Drogenhandels und Mordes im Knast sitzt? Du glaubst, wenn man eine neue Postleitzahl hat, löst sich alles andere in Wohlgefallen auf und man wird ein vollkommen neuer Mensch? Da irrst du dich, Bax. In The Point ist man als verarmter Kerl aus schwierigen Verhältnissen einfach nur ein Fall unter Tausenden. Aber ein armer Kerl und Sozialfall in The Hill zu sein macht dich zum Freak und zur Zielscheibe. Man hat mir jeden Tag gezeigt, dass ich nicht dazugehörte. Mir war klar, dass ich immer nur der Trottel aus dem Getto sein würde, auf den jeder herabsieht und den jeder bemitleidet.“

Darauf wusste ich nichts zu sagen. All die Jahre hatte ich nur darüber nachgedacht, dass Titus mich – uns – alleingelassen hatte. Die andere Seite hatte ich nie in Betracht gezogen. Doch wie wir alle hatte Titus einfach nur getan, was nötig war, um zu überleben. So wie es Dovie mir zuvor schon wortreich erklärt hatte. Beim Gedanken an sie wurde mein Hals eng, wieder spürte ich das tiefe Loch in der Mitte meiner Brust. Sie war noch nicht mal einen ganzen Tag weg, und ich sehnte mich bereits nach ihr. Und genau deswegen war es richtig gewesen, sie mit Race wegzuschicken. Für den Fall, dass ich erneut im Knast landete, musste ich mir Dovie aus dem Herzen reißen, um nicht verrückt zu werden.

„Und doch ist aus dir ein verifiziert guter Kerl mit polierter Dienstmarke und allem geworden.“ Ich versuchte erst gar nicht, den sarkastischen Unterton zu verbergen.

„Was hätte ich denn sonst tun sollen? Du hattest ständig Ärger mit der Polizei, mein Dad war ein verdammter Drogenkönig und Mörder … ich konnte mich von alldem nur lösen, indem ich ein Cop wurde. Es gibt bei der Polizei nicht genug Leute, die beide Seiten kennen. Ich bin einer davon. Ich weiß, dass die Leute in The Hill genauso kaputt und unehrlich sind wie die in

The Point. Ein gebrochenes Gesetz ist ein gebrochenes Gesetz, mich interessiert nicht, wer es bricht. Ich bringe Verbrecher ins Gefängnis, Bax. Das weißt du besser als jeder andere."

„Das siehst du also in mir, Titus? Ich bin einfach nur ein weiterer Verbrecher in einer Stadt voller Verbrecher?"

Seufzend schob er seinen leeren Teller zur Seite. „Nein. Du bist mein kleiner Bruder. Und du bist auch ein Arschloch, das sich ständig in die schlimmsten Schwierigkeiten bringt. Ich wünschte, du würdest dich nicht so gut mit Autos auskennen, vor allem nicht mit Autos, die dir nicht gehören, aber ich habe dir nie übel genommen, was du damals getan hast. Weil du es tun musstest."

„Ich war kurz davor, auszusteigen, weißt du?" Ich spielte mit meiner Gabel. „Deswegen wollte Novak mir den Mord an dem alten Typen mit dem Aston Martin anhängen. Ich hatte die Schnauze voll, ständig rumgestoßen zu werden. Gut, ich habe ordentlich Geld verdient, und bei den Hammerautos hatte ich noch Tage danach eine Erektion, doch mir war klar, dass es nicht gut ausgehen konnte. Ich wollte aussteigen, bevor Race mit mir zusammen untergehen würde."

„Warum wolltest du erst aussteigen, als du dachtest, unterzugehen? Bax, komm schon, du musst langsam mal das große Ganze betrachten."

„Was soll das heißen?" Mir war klar, wie defensiv ich klang, ich konnte aber nichts daran ändern. Dieses Gespräch war wahrscheinlich das längste, das ich jemals mit meinem Bruder geführt hatte, und es passte mir nicht, dass er mir Vorträge hielt.

Er zeigte auf mich. „Sieh dich doch mal an. Was wird wohl aus einem Typen, der sich das Gesicht tätowieren lässt? Wo landet jemand, der so eine Wahl trifft, Bax? Was kommt als Nächstes? Weitere Autodiebstähle, mehr illegale Kämpfe und irgendwann der Leichensack? Du musst endlich mal anfangen, vorher zu überlegen, was danach passiert."

Der Stern war ein wichtiger Teil von mir, ich konnte mir nicht vorstellen, ihn nicht jeden Tag im Spiegel zu sehen, trotzdem hatte er irgendwie recht. Tatsächlich hatte ich keinen Moment darüber nachgedacht, was diese Tinte in meinem Gesicht für meine Zukunft als Erwachsener bedeutete oder welche Möglichkeiten ich mir dadurch selbst versperrte. Mir blieb, wie er gesagt hatte, nichts anderes übrig, als ein Dieb und Schläger zu werden. Ärgerlich warf ich die Gabel auf den Tisch. „Was genau passiert deiner Ansicht nach danach, Titus?"

Ich legte die Handflächen auf den Tisch und beugte mich vor. Wir sahen uns durchdringend an. Zum ersten Mal bemerkte ich in den hellblauen Augen meines Bruders denselben eisernen Willen, der auch mich anstachelte. „Das ist mein Leben. Das ist The Point. Selbst wenn wir einen Weg finden, Novak dranzukriegen, wird einfach der nächste Scheißkerl seinen Platz einnehmen. Glaubst du, ich wache eines Morgens auf und beschließe, Bankangestellter oder Aktienhändler zu werden? Ich weiß nicht, was für Märchen du gelesen hast, aber so läuft das nicht. Ich bin ein Krimineller, das ist es, was ich kann."

Wir starrten einander noch eine Weile an, bis er fluchte und in der Hosentasche nach seiner Geldbörse wühlte. Er warf das Geld in die Mitte des Tisches und stand auf. Er sah erschöpft und traurig aus.

„Ich hatte gehofft, dass diese Rothaarige dir genug bedeutet, dass du dich änderst. Ich habe gesehen, wie du sie anschaust. Ein Mann verlässt eine Frau, die er so anschaut, nicht einfach. Gib mir bis zum Wochenende Zeit. Lass uns sehen, was mir wegen des Videos einfällt. Und du hältst dich zurück und ärgerst weder Benny noch Novak."

Ich holte zischend Luft. „Du hast eine Woche. Danach erledige ich es auf meine Weise, blutig und unschön."

Er hob eine schwarze Augenbraue. „Ich weiß. Und genau das ist dein Problem, kleiner Bruder. Ich melde mich."

Ich sah ihn davongehen und unterdrückte einen Anflug von Neid, als er in einen perfekt restaurierten 69er GTO stieg. Ich hatte ziemlich viel Hass gegen Titus in mir aufgestaut, weil er mich im Stich gelassen hatte, um zur besseren Gesellschaft von The Hill zu gehören. Als er mich vor fünf Jahren verhaftet hatte, dachte ich, dass er mir eine Lektion erteilen wollte, beweisen wollte, dass er besser als ich war, doch auf einmal war ich mir nicht mehr so sicher. Genauso wenig wusste ich, wie mein Leben aussehen würde, falls ich lebend und als freier Mann diese ganze Sache mit Novak hinter mir lassen würde. Bis jetzt war ich davon ausgegangen, dass dies das Ende für mich sei, und hatte keine Sekunde lang überlegt, wie eine Zukunft für mich aussehen könnte.

Irritiert, weil Titus' Worte mich so meisterhaft mitten ins Herz getroffen hatten, stand ich auf und ging zu meinem Wagen. Ich wollte Nassir bitten, einen weiteren Kampf für mich zu organisieren. Ich hatte zu viel Energie, zu viele Gedanken wirbelten mir durch den Kopf. Ich musste das alles irgendwie körperlich loswerden, sonst würde ich am Ende doch noch alle Warnungen in den Wind schlagen, „scheiß drauf" sagen und zu Dovie gehen, um mich in ihr zu verlieren, bis wir beide bei lebendigem Leib verbrannten. Und das war weitaus gefährlicher, als mir von irgendeinem Dummkopf die Fresse polieren zu lassen.

Ich raste über die überwiegend leeren Straßen, denn es war erst früh am Morgen und die Stadt noch nicht ganz erwacht, als mein Telefon klingelte. Da nur wenige Menschen meine Nummer kannten, ging ich ran, ohne nachzusehen. „Ja?"

„Was genau hast du mit meiner Schwester angestellt, Bax?"

Ich unterdrückte ein Lachen und steuerte den Wagen vor das heruntergekommene Gebäude, das alle kleinen schmutzigen Geheimnisse von Nassir hütete. „Ich denke nicht, dass du die Antwort wirklich hören willst, Race." Bestimmt nicht, da ich mich mit überraschender Klarheit an jede Berührung, jeden Kuss, an jedes Wimmern und Stöhnen erinnerte, das ich ihrem hübschen Mund in den letzten Wochen entlockt hatte.

Er fluchte. „Das meine ich nicht. Sie war immer vernünftig und verständnisvoll. Sie soll dieses Wochenende im Übergangshaus arbeiten, und ich sagte ihr, dass das im Moment viel zu gefährlich ist. Aber sie hört nicht auf mich. Wenigstens arbeitet sie momentan nicht im Restaurant und geht auch nicht zur Schule, doch was dieses Übergangshaus betrifft, da gibt sie nicht nach. Früher hat sie auf mich gehört, weil sie wusste, dass ich nur das Beste für sie will. Deswegen noch mal – was hast du mit ihr angestellt?"

Ich stieg aus dem Wagen und steckte mir eine Zigarette zwischen die Lippen. Dann lehnte ich mich an die Tür und betrachtete mit zusammengekniffenen Augen das baufällige Gebäude. „Deine Schwester ist in dieses Leben hineingeboren worden, Race. Während du nur zufällig und nur meinetwegen reingeschneit bist. Aber Dovie …" Ich musste mich räuspern. „Sie hat das Leben auf der Straße im Blut. Ich schätze, durch die Zeit mit mir hat sie sich daran erinnert, dass sie einmal stark genug gewesen war, um hier zu überleben. Sie kommt schon klar, behalte sie einfach im Auge. Und ich sorge dafür, dass ihr dieses Wochenende in dem Übergangshaus nichts geschieht."

„Ich dachte, du wolltest Novak den Fehdehandschuh hinwerfen?"

„Titus hat mich überredet, ihm Zeit zu lassen."

Race schnaubte. „Und du hörst auf ihn? Vielleicht sollte ich besser fragen, was meine Schwester mit *dir* angestellt hat."

„Ihretwegen möchte ich daran glauben, dass selbst der Bad Guy anständig sein kann, wenn er muss. Ihr wird nichts passieren, Race. Falls doch, werde ich diese gottverlassene Stadt Stein für Stein auseinandernehmen."

Er schwieg so lange, dass ich schon dachte, er hätte einfach aufgelegt. Ich steuerte auf die Treppe zu, die in das Allerheiligste führte.

„Tja, verdammt, Bax. Du bist in sie verliebt."

Endlich zündete ich die Zigarette an, die zwischen meinen Lippen hing. Wenn ich meine Jacke noch gehabt hätte, hätte ich die Kapuze über den Kopf ziehen können. „Sie bedeutet mir mehr, als mir lieb ist."

Er grummelte etwas, aber ich hörte nicht genau hin.

„Hey, wirst du mir jemals verzeihen können, was in dieser Nacht geschehen ist?", fragte er dann.

Dieser abrupte Themenwechsel zerrte mich zurück in die Realität. Ich tippte den Code ein und drückte die schwere Stahltür auf. „Wahrscheinlich. Es war scheiße, und fünf Jahre im Knast kann man nicht so leicht verzeihen, aber du bist der einzige Freund, den ich habe, Race." Ich stieß eine Rauchwolke aus und kniff die Augen zusammen. „Irgendjemand sollte mich vermissen, wenn ich nicht mehr da bin. Außerdem habe ich deine Schwester gevögelt, insofern sind wir wohl quitt."

„Red nicht so einen Mist, Bax. Glaubst du im Ernst, dass Dovie einfach mit ihrem Leben weitermacht und so tut, als ob es dich nie gegeben hätte? Falls ja, dann kennst du sie schlecht. Sosehr es mich auch angekotzt hat, ich wusste schon letzte Nacht, dass zwischen euch mehr ist als nur Sex."

Bei seinem harschen Tonfall zuckte ich unwillkürlich zusammen. „Ist ja gut. Hör zu, ich muss los. Ich versuche, einen Kampf mit Nassir zu arrangieren."

„Was? Wieso? Hab ich dich gestern nicht genug verprügelt? Brauchst du noch eine Abreibung?"

Ich stieß ein trockenes Lachen aus und bewegte mich durch den engen Flur, der in den Club führte. So früh war hier sicher nichts los, aber Nassir wäre da. Er erledigte seine legalen Geschäfte – so wenige das sein mochten – tagsüber. „Muss ja von irgendwas leben."

„Dovie sagte, dass du beim letzten Kampf ganz schön abgesahnt hast, also erzähl mir nichts, Bax. Auch wenn es schon eine Weile her ist, war ich schließlich lange Zeit dein zweiter Mann."

„Sag Dovie nicht, dass ich sie am Wochenende im Auge behalten werde. Das wird sie nur aufregen."

„Nein, wird es sie nicht. Und genau das ist der Grund, warum du dich unbedingt zusammenschlagen lassen willst, nicht wahr?"

„Wir sprechen später, Race. Ich gebe Titus eine Woche. Danach werde ich die Pforten der Hölle eintreten, und dann sollten besser alle auf das vorbereitet sein, was herausgekrochen kommt."

„Du würdest die komplette Stadt niederbrennen, egal, was mit dir geschieht."

„Ja, das würde ich."

„Nun, manche Dinge ändern sich eben nie, selbst wenn man älter und weiser wird. Meinetwegen kannst du Nassir gern in die Eier treten."

Ich legte auf und steckte das Telefon in die Hosentasche. Die Antwort auf seine Frage, was seine Schwester mit mir angestellt hatte, war zu kompliziert, um darüber nachzudenken. Ich hatte mich schon immer wohl in meiner Haut gefühlt, ich war, wer ich war, das ließ sich nicht ändern. Ich lebte von einem Tag auf den anderen und wusste, dass mein Leben auf die eine oder andere Weise tragisch enden würde. Doch da ich bisher kaum persönliche Bindungen gehabt hatte, so wenige emotionale Verflechtungen, war mir das nie wichtig erschienen. Jetzt hingegen ... jetzt breitete sich bei der Vorstellung, eine gewisse Rothaarige zu enttäuschen, ihr zu beweisen, wie destruktiv und schrecklich ich in Wahrheit sein konnte, ein wirklich unangenehmes Gefühl in mir aus.

14. KAPITEL

Dovie

Ich wurde schier verrückt. Fünf Tage nur mit meinem Bruder zu reden war ja ganz nett, aber in der vollgestopften, winzigen Wohnung über Gus' Garage zu leben nicht so sehr. Mir war noch immer nicht völlig klar, wer Gus überhaupt war. Race versuchte die Tatsache zu beschönigen, dass der alte Mechaniker für Novak mit geklauten Autos handelte. Andererseits war er Bax gegenüber loyal. Laut Race hatte Gus früher eine Affäre mit Bax' Mom gehabt und sich um ihre beiden Söhne gekümmert. Titus war damals schon älter gewesen und nicht so sehr daran interessiert, eine Beziehung zu dem verheirateten Mechaniker aufzubauen, doch bei Bax war das anders. Er stürzte sich regelrecht auf Gus und dessen Wissen über Autos. Irgendwann war die Affäre zu Ende, aber Gus betrachtete Bax weiterhin als seinen Sohn, deswegen würde er unsere Sicherheit niemals aufs Spiel setzen. Und immerhin hatte Race sich hier über einen Monat lang versteckt gehalten, ohne dass jemand davon erfahren hätte.

Die Wohnung war sogar noch kleiner als die von Bax, und sosehr ich Race auch vergötterte, war ich es langsam leid, nur ihn zur Gesellschaft zu haben und dass er mich dauernd über meine Gefühle für Bax ausquetschte. Wir traten uns im wahrsten Sinne des Wortes ständig auf die Füße, dazu kam mein Liebeskummer. Ich verlor schier den Verstand. Glücklicherweise waren fast alle meine Lehrer bereit gewesen, mir die Aufgaben für die Woche zuzumailen. Ich saß stundenlang an Gus' altem Laptop, um meine Hausaufgaben zu machen. Das lenkte mich ein wenig ab. Dieses hohle Gefühl wurde ich trotzdem nicht los, wenn ich mitten in der Nacht aufwachte und die Hand nach dem muskulösen Körper ausstreckte, an den ich mich so gern geschmiegt hätte, nur um ins Leere zu greifen. Ich vermisste ihn. Ich wusste, warum er tat, was er tat, aber das änderte nichts daran, dass ich mit ihm zusammen sein wollte – mit allem, was dazugehörte. Sosehr ich Shane vermisste, ich vermisste auch den schroffen und unfreundlichen Bax. Was für ein Mist – leider schaffte ich es nicht, meine Gefühle vor Race zu verbergen.

Ich musste einfach mal raus, obwohl es in der Situation eigentlich nicht angebracht war. Race hatte erzählt, dass Bax sich von seinem Bruder hatte überreden lassen, vorerst nicht mit dem Video zu Novak zu gehen. Dass Titus versuchen würde, eine Lösung zu finden und damit Race und Bax hoffentlich für immer aus der Schusslinie zu bringen. Ihm rutschte heraus, dass Bax wieder für Nassir kämpfen wollte, und bei der Vorstellung kam mir die Galle hoch. Nicht nur, weil ich seit einer Woche keinen Ton von ihm gehört hatte, sondern weil ich wusste, dass Nassir niemals für einen fairen Kampf sorgen würde. Bax suchte Ärger und wollte sich selbst verletzen. Das fand ich furchtbar, doch ich biss mir auf die Zunge und widerstand dem Bedürfnis, ihn anzurufen und zur Vernunft zu bringen. Er hatte klar und deutlich gesagt, dass sich ab jetzt mein Bruder um mich zu kümmern hatte.

So leise wie möglich ging ich die Metalltreppe hinunter, die zum Umkleideraum der Werkstattangestellten führte. Zwar war die offizielle Arbeit längst beendet, was aber nicht bedeutete, dass die lukrativeren und illegalen Geschäfte nicht weiterhin auf vollen Touren liefen. In den ersten Tagen hatte ich mich nicht auf die Treppe getraut, aus Angst, dass jemand mich sehen und an Novak verraten könnte. Doch welche Rolle Gus in der ganzen Sache auch spielte, er war großartig darin, unseren Aufenthalt geheim zu halten. Außer meinem Bruder hatte ich tagelang kein menschliches Wesen zu Gesicht bekommen.

Ich spähte um die Ecke und sah, wie Gus seinen grauen Kopf über seinen Schreibtisch beugte. Als ich sicher sein konnte, dass die Luft rein war, schlich ich auf Zehenspitzen weiter und klopfte an das Fenster seines Büros. Er sah auf und winkte mich herein. Dann schob er den Stuhl zurück und legte seine Füße in schmutzigen Stiefeln auf den Tisch.

„Kann's losgehen?“

„Ja. Ich nehme den Bus. Der Mustang ist zu auffällig, da muss nur jemand zwei und zwei zusammenzählen, und schon weiß er, dass ich ihn von Race habe.“ Es war erschreckend, wie ich nach wenigen Wochen mit Bax in der Lage war, mühelos solche Worte von mir zu geben.

„Kluges Mädchen. Nun, noch klüger wäre es wahrscheinlich, einfach hierzubleiben, aber ich kann auch verstehen, dass du nicht dein komplettes Leben aufgeben willst.“

Ich stieß den Atem aus, und eine Locke tanzte über meine Stirn. „Race sitzt mir die ganze Zeit im Nacken, das halte ich nicht länger aus. Womöglich bringe ich ihn sonst um.“

Gus faltete lachend die Hände über seinem dicken Bauch. „Er macht sich Sorgen um dich. Und nachdem du dich mit Bax eingelassen hast, hat er auch allen Grund dazu. Diese Jungs …“ Er schüttelte den Kopf und schloss kurz die Augen. „Diese Jungs könnten die ganze Stadt beherrschen, wenn sie wollten. Dein Bruder ist einer der klügsten und loyalsten Jungs, die ich je getroffen habe, und er hat ein angeborenes Gefühl dafür, wenn etwas nicht stimmt. Und Bax …“ Er seufzte. „Dieser Junge hat nie eine faire Chance gehabt, er ist rücksichtslos wie kaum ein anderer. Er hat die Fähigkeit und den Mut, schmutzige Arbeit zu erledigen. Unglücklicherweise hat er tief vergraben auch ein Gewissen.“

Ich räusperte mich und verlagerte unbehaglich mein Gewicht. „So tief ist es gar nicht vergraben. Ich musste jedenfalls nicht lange suchen.“

Der Mechaniker grinste mich an, doch sein Grinsen war voller Trauer.

„Dann bist du eine von wenigen, kleine Lady. Du solltest besser beten, dass dein Bruder und Titus sich was einfallen lassen, bevor Bax ungeduldig wird und seinen Rachefeldzug startet. Denn niemand wird mehr sicher sein, wenn dieser Junge erst mal die Wut rauslässt, die er fünf Jahre lang zurückgehalten hat.“

Ich war überrascht. Ich hatte gedacht, Gus wäre auf Bax’ Seite. Doch so, wie er jetzt redete, klang das ganz anders. „Race sagte, dass Bax Ihnen sehr wichtig ist.“

„Ich liebe den Jungen wie einen eigenen Sohn, aber deswegen ignoriere ich nicht, wozu er fähig ist. Gott bewahre, dass dir irgendetwas geschieht – dann wird es Bax egal sein, wer Freund oder Feind ist, er wird jeden vernichten, bis nichts als Staub übrig ist, und damit meine ich auch deinen und seinen Bruder."

Ich musste schlucken. „Vielleicht irren Sie sich, was unsere Beziehung betrifft." Immerhin hatte er mir bei der erstbesten Gelegenheit den Laufpass gegeben.

„Mädchen, die Tatsache, dass du überhaupt eine Beziehung mit Bax hattest, spricht schon für sich. Ein Junge wie er geht normalerweise keine Bindung ein, weil er weiß, dass alles nur in Herzschmerz und Einsamkeit enden kann. Race war eine Ausnahme, weil der bereit war, mit Glanz und Gloria zusammen mit ihm unterzugehen. Aber jetzt hast du alles durcheinandergebracht."

Ich war sicher nicht der einzige Grund dafür, dass Race sein Leben geändert und seine kriminelle Laufbahn aufgegeben hatte. Und ich glaubte nicht eine Sekunde, dass ich Einfluss auf Bax' Entscheidungen hatte, wie auch immer sie aussehen mochten.

„Nun, hoffen wir einfach, dass es nicht so weit kommt. Ich vertraue darauf, dass Titus ein guter Polizist ist und dass ihm etwas einfällt. Das wäre für alle Beteiligten die beste Lösung." Gus setzte leise schnaubend die Füße auf den Boden. „Zumindest so lange, bis dein alter Herr erneut auf die Idee kommt, dass du sein angenehmes Leben in The Hill gefährdest, und einen anderen Drecksack damit beauftragt, dich auszuschalten. Das ist ein Teufelskreis. Immer wieder versuchen Leute geradezubiegen, was sie erst gar nicht hätten vermurksen sollen."

Darauf wusste ich nichts zu entgegnen, also strich ich mir das Haar hinters Ohr und streckte eine Hand nach dem Türgriff aus. „Ich hoffe, dieser Teufelskreis endet. Das alles ist viel zu anstrengend."

„Wem sagst du das, kleine Lady. Sei vorsichtig, da draußen laufen eine Menge gefährliche Leute herum."

Das wusste ich … allerdings wünschte ich mir, der Gefährlichste von allen würde mir auflauern. Ich nickte kurz und verabschiedete mich.

Die Busfahrt war qualvoll und dauerte ewig. Inzwischen war ich daran gewöhnt, in Lichtgeschwindigkeit mit dem Auto hin und her chauffiert zu werden. Nun musste ich mich wohl wieder umgewöhnen und anfangen, mich auf mich selbst zu verlassen. Ich war froh, dass Race zurück war, und ich war ihm dankbar, dass er so viel für mich aufgegeben hatte. Zugleich kam ich nicht darüber hinweg, wie bereitwillig er Bax geopfert hatte. Irgendwie schienen alle zu denken, dass Bax sich eines Tages sowieso selbst zerstören würde und dass alles, was er zuvor ertragen musste, eben nur der Preis war, den er dafür bezahlte. Das passte mir überhaupt nicht. Bei all seinen Fehlern, und der Himmel wusste, dass man sie kaum zählen konnte, war er doch ein treuer Freund, ein hingebungsvoller Sohn, ein Mann, der nett und mitfühlend sein konnte, auch wenn es ihm nicht leichtfiel. Er verdiente etwas Besseres, als immer den Rowdy zu spielen, den jeder automatisch in ihm zu sehen schien. Vielleicht war ich die Einzige, aber ich wusste, dass er viel mehr war.

Endlich hatte ich das Wohnheim erreicht. Die Kids waren froh, mich zu sehen, genauso wie Reeve. Vermutlich lag es daran, dass ich allein und nicht mit Bax gekommen war, jedenfalls war ihr Verhalten mir gegenüber viel freundlicher als beim letzten Mal. Das Abendessen verlief reibungslos, nur die älteren Mädchen fragten, wo der heiße Typ mit dem geilen Auto heute sei. Ich ging nicht darauf ein. Nach dem Dessert machten wir es uns für einen Spieleabend gemütlich. Das hier waren gute Kinder, und sie verdienten ein Leben, in dem sie nicht darüber nachdenken mussten, woher sie etwas zu essen bekamen oder ob ihre Eltern sie demnächst auf die Straße setzen würden.

Kaum hatten wir mit einer Runde Monopoly angefangen, erklärten Blake und Lindsey, dass sie Bauchschmerzen hätten. Reeve sagte, sie seien entschuldigt, solange sie direkt ins Bett gehen und nicht mehr mit dem Computer oder an ihren Handys herumspielen würden. Sie verzogen sich, und ich genoss das

Gefühl, dass es wenigstens etwas in meinem Leben gab, das sich seit Shane Baxters Erscheinen nicht radikal verändert hatte.

Wir steckten die kleineren Kinder unter die Dusche und brachten sie ins Bett, und bevor ich mich's versah, war die Nacht schon fast vorbei. Da ich noch immer hellwach war und mir viel zu viel im Kopf herumging, sagte ich Reeve, dass ich die erste Bettenkontrolle übernehmen würde. Sie war sofort einverstanden, denn sie hatte den ganzen Tag in ihrem anderen Job als Friseurin gearbeitet und sah müde aus. Ich wollte am uralten Computer im Aufenthaltsraum den Rest meiner Hausaufgaben erledigen, als ich eine SMS bekam. Wahrscheinlich von Race, dachte ich, als ich aufs Display sah. Dann wurde ich starr.

Gerade haben sich zwei Hühner aus deinem Hühnerhaufen aus dem Staub gemacht, Rotschopf.

Blinzelnd starrte ich auf das Display. Statt zurückzuschreiben, drückte ich gleich die Ruftaste und ging hinaus auf die Veranda.

„Wovon sprichst du?"

Ich gab ihm gar nicht erst die Möglichkeit, Hallo zu sagen. Ich war sowohl froh wie auch verstört, seine Stimme zu hören.

„Zwei Mädchen sind gerade aus dem Fenster gesprungen und stehen jetzt an einer Straßenecke nicht weit von hier. Ich dachte, das würdest du vielleicht gern wissen."

„Wo bist du? An den Fenstern gibt es Alarmanlagen."

Er lachte, und es klang bitter. „Jetzt komm schon, Dovie. Diese Kids wollen nicht vierundzwanzig Stunden am Tag im Haus eingesperrt sein, auch wenn dort der beste Platz für sie ist. Natürlich lassen die sich was einfallen, wie sie die Regeln umgehen können. Ich sammle sie jetzt ein und setze sie wieder bei euch ab."

„Bax …"

„Bis gleich, Rotschopf."

Mein Herz hämmerte in der Brust, eine Mischung aus Freude und Wut ließ mein Blut kochen. Fünf Minuten später hielt sein schwarz-gelb gestreiftes Auto mit quietschenden Reifen vor dem Haus, und Blake und Lindsey schälten sich von der Rückbank. Die Arme vor der Brust verschränkt, sah ich sie böse an. Doch sie wirkten weder schuldbewusst noch beschämt, sondern trotzig und sauer. Bax kam hinter ihnen die Treppe herauf, zog die Augenbrauen hoch und sah mich an. Ohne auf ihn zu achten, wandte ich mich an die Mädchen. „Wie habt ihr das mit dem Alarm angestellt?“

Die beiden glotzten mich an, und ich seufzte.

„Wollt ihr wirklich, dass ich das in den Bericht schreibe? Wollt ihr das wirklich in eurer Beurteilung lesen? Diese Wohngruppe funktioniert nur mit gutem Willen und dem ehrlichen Wunsch, etwas dazuzulernen. Damit ihr irgendwann in einem Familienverbund aufgenommen werden könnt. Wenn ihr nicht hier sein wollt – es gibt jede Menge andere Kids in The Point, die glücklich wären, endlich ein Dach über dem Kopf zu haben.“

Sie wechselten einen Blick, dann sahen sie nacheinander mich und Bax an. „Wir wollten doch bloß auf ein Fest gehen. Ein paar Kids oben in The Hill veranstalten eine riesige Bierparty, weil ihre Eltern nicht in der Stadt sind. Jeden Tag in diesem Haus zu hocken und zu wissen, dass uns sowieso niemand will, ist total langweilig. Immer dasselbe, Dovie.“ Blakes Stimme brach, und Lindsey legte einen Arm um ihre Schultern.

Ich wollte ihnen sagen, dass ich sie verstehen und wir später darüber sprechen würden, doch Bax war schneller. Er klang kalt und wenig mitfühlend.

„Habt ihr überhaupt eine Vorstellung, was mit Mädchen wie euch passiert, die mit den Kids von The Hill rumhängen? Für die seid ihr bloß Abschaum; die würden euch benutzen, euch demütigen und wenn sie mit euch fertig sind, euch einfach wegwerfen. Es gibt nur einen Grund, warum Kids aus The Hill jemanden wie euch auf eine Party einladen: um euch wehtun zu können, ohne je zur Verantwortung gezogen zu werden.“

Ich sah die beiden Mädchen erschauern, schließlich kniff Lindsey die Augen zusammen und fauchte: „Als ob die Kids von The Point besser wären! Jeder hier interessiert sich doch nur für sich selbst.“

Bax nickte. „Verdammt richtig, nur so kann man hier überleben."

„Gut, das reicht. Ihr zwei geht jetzt rein und weckt Reeve. Sagt ihr, dass ihr heute in unserem Zimmer schlaft, weil ihr den Alarm am Fenster deaktiviert habt. Und sagt ihr, dass ich gleich komme."

Sie sahen Bax an, dann wieder mich. „Wir wollten doch bloß Spaß haben."

Bax schnaubte. „Spaß gibt es nicht in diesem Leben. Das solltet ihr besser kapieren."

Blake zeigte ihre Zähne und drückte sich an mir vorbei zur Tür. „Dein Freund ist ein Arschloch, Dovie. Du könntest einen viel besseren haben, egal, wie heiß er ist."

Ich wartete, bis die Tür zuknallte und ich Reeves verärgerte Stimme im Wohnzimmer hörte. Dann ging ich die Stufen hinunter und baute mich vor Bax auf. Ich musste den Kopf in den Nacken legen, um ihm in die Augen sehen zu können. Sie waren dunkler und tiefer als der Nachthimmel. „Was hast du hier zu suchen, Bax?"

„Hübsche Jacke, Rotschopf."

Ich hatte sie seit unserer letzten Begegnung nicht ausgezogen … was ich ihm aber nicht verraten würde. „Diese Mädchen haben es sowieso schon schwer genug. Früher oder später sind sie zu alt für unsere Hilfe und ganz auf sich allein gestellt. Du musst ihnen nicht auch noch erklären, dass ihr Leben immer nur ein harter Kampf sein wird. Sie sollten ihre Zeit als Teenager genießen."

„Warum? Haben wir doch auch nicht."

„Und sieh nur, wie schrecklich fröhlich und glücklich wir geworden sind." Ich konnte nicht anders, als sarkastisch zu sein. „Was machst du hier?" Ich würde ihn so lange fragen, bis ich eine Antwort bekam.

„Ich war einfach in der Gegend."

„Ja klar. Mir geht's gut. Keine unheimlichen Bösewichte haben sich im Gebüsch versteckt. Du brauchst nicht auf mich aufzupassen. Wie ich höre, hast du mit deiner Zeit Besseres vor."

„Was soll das nun wieder heißen?“

„Ich verstecke mich mit Race in einer winzigen Wohnung, während du einen neuen Kampf mit Nassir vereinbarst. Wie es scheint, kannst du gar nicht schnell genug da weitermachen, wo du aufgehört hast. Wie geht's Roxie? Sie ist bestimmt auch wieder an der Tagesordnung.“

Ich wollte nicht, dass er den Schmerz in meiner Stimme hörte, aber ich konnte es nicht verhindern. Er hatte mich einfach weggeworfen, und das tat weh.

Er sah mich an, als hätte ich Französisch mit ihm gesprochen. „Wovon redest du, Dovie? Ich habe Roxie nicht gesehen, und was ich mit Nassir vorhabe, soll mich nur davon abhalten, einen riesigen Fehler zu machen, den wir beide bereuen würden.“

Ich kniff die Augen zusammen, nicht sicher, ob ich ihm glauben sollte. „Was für einen Fehler?“

Er warf die Hände in die Luft und den Kopf zurück und brüllte praktisch den Nachthimmel an. „Jesus, Dovie, ist das etwa dein Ernst?“

Ich war verwirrt. Ich verstand nicht, was einer von diesen unsauberen Kämpfen mit mir zu tun haben sollte. Er sollte es mir erklären, mich an seinen komplizierten Gedankengängen teilhaben lassen, die zu wirr und verdreht für einen normalen Menschen waren.

Er stieß eine Reihe von Schimpfworten aus, dann rückte er nah an mich heran, legte die Hände an meine Schläfen und presste die Lippen auf meinen Mund, mit dieser Kraft, die ihn von Anfang an so dunkel und gefährlich gemacht hatte. Ich schlang die Finger um die tätowierten Ketten an seinen Handgelenken und erwiderte den Kuss. Bax jagte mir Angst ein. Er war überwältigend. Er stand für alles, was ich nicht in meinem Leben haben wollte, aber als er mit der Zunge über meine Lippen strich, hieß ich ihn willkommen und stöhnte leise auf. Es war, als wollte er mich verschlingen, und ich hatte nicht den Wunsch, ihn daran zu hindern. Ich hatte ihn so sehr vermisst.

Er umfasste meinen Hinterkopf, um mich näher an sich zu ziehen, doch da flog die Tür auf, und ich hörte Reeves schwere

Schritte hinter uns. Zögernd löste ich mich von ihm und warf ihr einen Blick über die Schulter zu. Sie schien wütend zu sein.

„Ich habe die Mädchen in unser Zimmer gebracht und mir die Alarmanlage angesehen. Sie haben die Drähte durchgeschnitten."

Ich nickte, während Bax versuchte, seine Finger aus meinem zerzausten Haar zu befreien. Allerdings war ich nicht bereit, seine tätowierten Handgelenke loszulassen. „Gib mir noch einen Moment, Reeve. Ich komme gleich rein."

„Er sollte nicht hier sein, Dovie, und vor allem sollte er nicht mit dir hier sein."

„Nur einen Moment."

Ich hörte sie seufzen, dann fiel die Tür hinter ihr ins Schloss. Bax wollte seine Hände wegziehen, aber ich ließ ihn nicht los. Ich konnte seinen Puls unter meinen Fingerspitzen fühlen.

„Ich muss gehen, Rotschopf, solange ich noch kann."

Ich biss mir auf die Unterlippe und sah ihn flehend an. „Hast du mich vermisst, Bax? Hast du dich nachts im Bett umgedreht und die Hand nach mir ausgestreckt? Bist du aufgewacht und hast dich gefragt, warum du allein bist? Hast du beim Treffen mit Nassir auch nur einen Moment an mich gedacht? Interessiert es dich überhaupt, dass es mir das Herz brechen würde, wenn dir bei einem dieser schmutzigen Kämpfe etwas zustößt?", fragte ich mit erstickter Stimme. Ich hatte Tränen in den Augen.

„Willst du die Wahrheit hören, oder soll ich dich anlügen?"

Es nervte und es entzückte mich, wie er mich immer wieder an frühere Gespräche zwischen uns erinnerte.

„Lüg mich an." Das hatte ich geflüstert, und er riss mich an die Brust und wühlte die Nase in mein Haar. Ich spürte, wie seine Brust sich weitete.

„Nicht ein einziges Mal. Ich habe die ganze Woche über nicht ein einziges Mal an dich gedacht. Ist es das, was du hören möchtest? Verstehst du jetzt, dass du das nicht willst und vor allem nicht brauchst?"

Stattdessen spürte ich, wie das Loch, das in mir klaffte, seit er mich mit Race weggeschickt hat, sich mit einem Mal schloss. Ich ließ seine Handgelenke los und schlang, so fest ich konnte, die Arme um seinen Nacken. Ich sah, wie sein Adamsapfel auf und ab hüpfte. „Bring mich irgendwohin."

„Was? Du kannst hier nicht weg, sonst bekommst du Ärger. Die Kleine mit dem schwarzen Haar kann mich offensichtlich nicht ausstehen, und sie wird es melden, wenn du die Kids im Stich lässt."

Sosehr ich diese Kinder und meinen Job hier auch liebte – mir lief die Zeit mit ihm davon, und ich wollte keine Sekunde verschwenden. „Mir egal. Ich will mit dir zusammen sein."

Das wollte ich mehr als alles andere. Es war, als hätte ich Fieber. Meine Haut schien zu eng, mein Atem ging schnell und abgehackt, und ich wollte nichts anderes, als unter seinem intensiven Blick dahinschmelzen. Kurz dachte ich, er würde widersprechen und mich zu meinem eigenen Besten wieder von sich wegstoßen, doch das tat er nicht. Er ließ seine Hand von meinem Nacken auf meinen Hintern gleiten, dem er einen kleinen Klaps verpasste. „Na gut, kleine Regelbrecherin, hauen wir ab."

Er legte einen Arm um meine Schultern und zog mich zum Runner. Als ich auf den Beifahrersitz glitt, sah ich, dass Reeve mir vom Fenster aus kopfschüttelnd hinterhersah. Darüber konnte ich auch später noch nachdenken. Jetzt hatte ich nur diesen Moment und diesen Mann, den man so schwer halten konnte.

Zehn Minuten lang fuhren wir schweigend, ließen die Stadt hinter uns. Ich wollte die Stimmung nicht ruinieren, wollte nicht, dass er seine Entscheidung bereute, aber meine Neugier war stärker, ich musste es einfach wissen: „Wohin genau fahren wir?"

Ich hatte gedacht, er würde mich in seine Wohnung bringen, die in der Nähe des Übergangshauses war, doch er jagte seinen lauten Wagen den Berg hinauf, an The Hill vorbei und eine ganze Welt von The Point entfernt.

„Ich kenne da diese Stelle. Als ich jünger war und die Leute noch dachten, sie könnten mich beim Autorennen schlagen, sind wir immer da hingefahren und dann den Berg hinuntergerast. Da oben ist es ruhig, geradezu friedlich. Da keiner von uns weiß, wie unser Leben sich in den nächsten Tagen entwickeln wird, möchte ich, dass wir zusammen eine wunderschöne Erinnerung haben."

Ich wollte ihm sagen, wie traurig das war, wie deprimierend es klang, doch wusste ich, dass er mir auf diese Weise zeigen wollte, wie viel ich ihm bedeutete. Genauso viel wie er mir, ein größeres Zugeständnis würde ich von ihm wohl nie bekommen. Ich hielt einfach den Mund, legte eine Hand auf seinen harten Schenkel und ließ mich von ihm durch die Nacht kutschieren.

Die Gegend war wunderschön. Nun, zumindest soweit ich das bei dem rasenden Tempo durchs Fenster sah. Die Bäume warfen unheimliche Schatten in der Dunkelheit, das Brummen des riesigen Motors schläferte mich fast ein wenig ein. Aber das Verlangen in mir war zu groß, als dass ich mich hätte entspannen können. Ich hätte ihn gern gebeten, einfach irgendwo an den Straßenrand zu fahren, damit ich mich auf ihn stürzen konnte, doch er schien ein bestimmtes Ziel im Sinn zu haben, und das wollte ich ihm nicht nehmen.

Zwanzig Minuten später hielt er endlich an und wandte sich mir zu, um mich in der Todesstille des Wagens zu betrachten. Dann strich er mir eine Locke aus dem Gesicht.

„Komm."

Wir stiegen aus. Ich war froh, dass ich seine Kapuzenjacke trug, denn so weit oben war die Nachtluft kalt. Als ich um den Wagen ging und mich neben ihn stellte, blieb mir fast die Luft weg. Die Aussicht war unglaublich. Die Lichter von The Point und The Hill funkelten wie kleine Sterne, die vom Himmel geholt worden waren. Von hier oben war nichts von der Hässlichkeit, die dort unten lauerte, zu sehen. Es war, als wäre die Stadt unantastbar.

Bax legte einen Arm um meine Schultern und zog mich an sich. Seine Lippen streiften meine Stirn, und ich atmete den fernen Geruch seiner letzten Zigarette ein.

„Race und ich waren oft hier, um high zu werden. Dieser Steilhang ist perfekt, um mit zwei Autos nebeneinander den Berg hinunterzurasen. Ich habe mehr als einmal den Titel gewonnen."

Ich schlang die Arme um ihn und schmiegte meine Nase an seinem Hals. „Und die Mädchen? Hast du all deine Eroberungen hierher gebracht?" Die Eifersucht in meiner Stimme war unüberhörbar, aber das kümmerte mich nicht. Ich konnte den Gedanken nicht ertragen, dass er mit irgendeinem Mädchen schmusend diesen herrlichen Ausblick genossen hatte, das durfte er ruhig wissen.

„Eroberung würde ja bedeuten, dass ich mich um sie bemühen musste. Jedenfalls interessierte mich das damals nicht. Die Mädchen waren austauschbar, und ich wäre nie auf die Idee gekommen, mich für Sex anzustrengen. Also nein, Dovie, du bist das einzige Mädchen, das ich je hergebracht habe."

Er schob mich gegen die Kühlerhaube. Seine Hände legte er links und rechts von meinen Hüften auf das kühle Metall. „Als ich endlich dieses Auto restauriert und Gus' Leute es lackiert hatten, dachte ich, dass ich in meinem ganzen Leben nie etwas Schöneres gesehen hätte. Ich dachte, der Runner wäre meine Belohnung, eine Trophäe dafür, dass ich so ein knallharter Typ war. Und kaum eine Woche später saß ich im Knast."

Er drückte meine Beine auseinander und schob sich dazwischen. Dann legte er die Hände auf meinen Hintern und hob mich an, bis ich auf der Kühlerhaube saß, die Beine um ihn gelegt.

„Willst du mir damit sagen, dass sich das geändert hat, als du mich getroffen hast? Dass ich das Schönste war, was du je gesehen hast?"

Er grinste mich an, seine Zähne blitzten in der Dunkelheit weiß auf. „Nein. Ich fand dich ziemlich durchschnittlich. Ich habe gar nicht kapiert, warum Race alles für dich aufs Spiel setzt."

Gut, das kratzte ein wenig an meinem Ego, aber seinem hitzigen Blick konnte ich mich dennoch nicht entziehen.

„Und dann hast du den Mund aufgemacht. Da war so viel Liebe, so viel Loyalität und Unschuld, obwohl du vom Leben immer und immer wieder gebeutelt worden bist, und ich wollte nur, dass etwas von dieser Schönheit und diesem Licht mich berührt. Ich hatte nur Dreck an den Händen, doch als ich dich das erste Mal anfasste und zum ersten Mal ein Stöhnen aus deinem perfekten Mund kam, das erste Mal, als ich in dich eindrang, ach Gott, Dovie, da habe ich mich wie der König im Land der zweiten Chancen gefühlt."

Ich war verblüfft. Normalerweise redete er nicht besonders viel, aber wenn er wollte, konnte er unvergleichlich gut mit Worten umgehen. Ich wollte ihm sagen, was ich für ihn empfand, ihm einen Grund geben, nachzudenken, bevor er sich selbst den Wölfen zum Fraß hinwarf, doch mir klopfte das Herz bis zum Halse, und ich brachte keinen Ton heraus. Davon abgesehen zog er gerade den Reißverschluss der Kapuzenjacke auf und drückte mich weiter zurück, bis ich auf der Kühlerhaube seines geliebten Wagens lag. Ich erschauerte – eher wegen seines Blicks als wegen der kühlen Nachtluft, die über meine Haut strich. Hastig öffnete er die Knöpfe meines Flanellhemdes, dann musste er kurz innehalten, weil der BH-Verschluss sich an meinem Rücken befand, doch ich bewegte mich so, dass er ihn aufmachen und so gut es ging aus dem Weg schieben konnte.

Der Kontrast zwischen der kühlen Luft und der Hitze seines Kusses ließ mich aufstöhnen. Ich umfasste seinen Kopf und reckte mich ihm entgegen, murmelte seinen Namen, während er mit feuchten Lippen meine Brüste liebkoste. Ich drückte ihn an mich, als wollte ich ihn nie wieder loslassen. Er hob den Kopf, nachdem er meine entblößte Haut mit Küssen und zärtlichen Bissen übersät hatte, und ich zog ihn an meinen Mund. Mein Kuss ließ keinen Zweifel daran, was ich für ihn empfand.

All die Angst, Liebe, Panik, Leidenschaft, Unsicherheit und was sonst noch in mir brodelte, schmeckte bitter und süß zugleich. Meine Lippen, meine Zunge flehten ihn an, künftig die besseren Entscheidungen zu treffen. Verzweifelt zerrte ich an seinem langärmligen T-Shirt, bis ich endlich seinen nackten

Oberkörper an meinem spüren konnte. Sein Herz, das wild an meinem hämmerte, erzählte eine Geschichte.

Er war so schön, so dunkel und ungezähmt wie die Nacht. Er küsste meinen Hals, knabberte an meinem Ohrläppchen und lachte leise.

„Normalerweise finde ich es ja ziemlich niedlich, dass du wie ein Junge rumläufst, aber in diesem Moment würde ich mein linkes Ei für einen ultrakurzen Rock geben."

Er glitt mit seinen kräftigen Fingern über meinen Bauch und knöpfte mir die Jeans auf. Mit einem Kuss auf meine Schulter drückte er sich mit den Armen ab und trat einen Schritt zurück. Er betrachtete mich schweigend, stieß dann den Atem aus und schüttelte den Kopf.

„Ich dachte nicht, dass irgendwas auf der Welt diesen Wagen noch schöner machen könnte. Das war ein Irrtum."

Ich war kurz davor, in Tränen auszubrechen. „Shane ..."

Er steckte die Daumen hinter den Bund meiner Jeans und zog sie zusammen mit meinem Slip nach unten. Die kalte Luft ließ mich zusammenzucken, aber kaum war er seine eigene Hose losgeworden, rollte er sich ein Kondom über und war wieder bei mir.

„Meine aufregendste Fantasie sieht ab sofort so aus. Du ganz nackt auf der Kühlerhaube. Rotschopf, du bist das hübscheste Ding, das ich je gesehen habe."

Ich wollte Teil seiner Fantasie sein. Ich wollte der Grund dafür sein, dass er seine fatalistische Lebenseinstellung änderte. Ich wollte so wichtig für ihn sein, dass er Bax auf den Rücksitz verbannte, damit ich all das genießen konnte, was Shane zu bieten hatte. Er schlang sich eins meiner Beine um seine unverletzte Seite, und ich legte die Arme über seine breiten Schultern. Ich liebte es, seine Muskeln unter meinen Händen zu fühlen und wie er in meine Augen schaute, intensiv und wild entschlossen. Als er in mich eindrang und mein Körper sofort reagierte und sich anspannte, war er es, der zuerst aufstöhnte.

Ich bekam Gänsehaut, obwohl mir nicht mehr kalt war. Ich schien in Flammen zu stehen, überall, wo sich unsere Haut berührte, glaubte ich zu verbrennen. Shane küsste mich wieder, ahmte mit der Zunge die Bewegungen seiner Hüfte nach. Diese zweifache Stimulierung war überwältigend. Mein Körper war bereit, mein Herz war offen, und als er meine Hand ergriff und sie zwischen uns schob, genügte eine einfache Berührung, der sanfteste Druck meiner eigenen Finger, und ich war verloren. An seinen Lippen rief ich seinen Namen, und seine bisher langsamen Stöße wurden ungestümer.

Er legte ein Knie auf die Kühlerhaube, damit er sich noch tiefer in mich schieben konnte. Ich krallte die Fingernägel in seinen Nacken und hielt ihn fest, er stieß in mich, als wollte er meinen Abdruck für immer in den Lack seines Wagens einprägen. Sobald er den Punkt erreichte, an dem es kein Zurück mehr gab, stöhnte er dicht an meinem Mund und überließ sich der Nacht und meinem bereitwilligen Körper. Nie zuvor in meinem Leben hatte ich so einen Frieden verspürt. Ich schmiegte mich an ihn und rieb meine Wange an seiner.

So blieben wir lange Zeit, bis die Kälte der Kühlerhaube mich zittern ließ. Er seufzte, sowie er sich aus mir zurückzog, und half mir beim Anziehen, schloss den Reißverschluss der Kapuzenjacke und küsste mich auf die Mundwinkel.

Am liebsten hätte ich geweint, denn obwohl er nichts sagte, konnte ich es genau spüren. Es war Bax, der Shane erlaubte, mich zum Abschied zu küssen.

15. KAPITEL

Bax

Dovie sagte auf der Rückfahrt zum Übergangshaus keinen Ton. Ich fuhr langsamer als sonst und genoss die Stille und den Druck ihrer Hand auf meinem Schenkel. Das qualvolle Bedürfnis, jemandem wehzutun – besser gesagt, mir von jemandem wehtun zu lassen –, war nur noch ein fernes Pochen ganz hinten in meinem Kopf. Nach wie vor wollte ich sie nicht in meinem Leben haben, wollte nicht, dass sie in mir einen Menschen sah, der ich niemals sein würde, sosehr ich es mir vielleicht wünschte. Zumindest hatten wir uns angemessen verabschiedet, und so traurig und enttäuscht sie auch wirkte, zugleich umgab sie eine Aura des Verstehens. Sie drängte mich nicht und forderte nichts, was ich nicht geben konnte.

Als ich vor dem Haus hielt, waren die ersten Strahlen der Morgendämmerung am Horizont zu sehen. Sie sah mich an, und ich rechnete schon damit, dass sie mich bitten würde, sie nicht zu verlassen. Dass sie sagen würde, wir könnten das mit uns hinbekommen, doch sie schwieg. Sie beugte sich nur zu mir und drückte die Lippen auf den Stern, der für immer auf meiner Schläfe tanzen würde. Mir stockte der Atem, ich dachte, ich müsste ersticken.

„Pass auf dich auf, Bax. Es würde mir das Herz brechen, wenn dir etwas geschieht, das zu vermeiden gewesen wäre."

Vollkommen klar, was sie damit meinte. Ich war mein eigener schlimmster Feind, und das wusste sie. Es gab so vieles in diesem Leben, das mich am Ende vernichten konnte, ich verlangte ja geradezu danach – und das schien sie nun endlich zu akzeptieren, statt einfach darüber hinwegzusehen.

Die Tür fiel leise zu, und ich sah ihr hinterher, bis sie im Gebäude verschwunden war. Dann legte ich den Kopf zurück an die Lehne und drückte die Augen fest zu. Auf einmal war da keine Luft mehr und kein Licht. Ich rief Race an, um ihm zu sagen, dass ich jetzt verschwinden würde und er sie entweder überreden sollte, nach Hause zu kommen, oder selbst auf sie aufpassen musste. Denn wenn ich länger bliebe, würde ich wieder zu ihr gehen, sie wieder in meine Arme nehmen. Außerdem hatte Nassir für heute diesen Kampf angesetzt, und ich konnte ja schlecht an zwei Orten gleichzeitig sein.

Race klang verschlafen, doch er behauptete, er würde sich um sie kümmern, und ich hatte keine andere Wahl, als ihm zu glauben. Dann rief ich Titus an, der sogar noch weniger begeistert war, in aller Herrgottsfrühe geweckt zu werden, und sagte ihm, dass er sich bis Montag etwas einfallen lassen musste, sonst würde ich die Sache selbst in die Hand nehmen. Ich war ruhelos, wie losgelöst von allem und darauf aus, irgendeine Scheiße zu bauen. Er gähnte und meinte, ich solle mich entspannen, denn ein paar Leute würden daran arbeiten und er hätte am Montag eine Antwort für mich. Ich legte einfach auf und fuhr zurück zum Bungalow am Rande von The Hill.

Es machte mich schier verrückt, nicht zu wissen, warum die Videoaufnahme Novak kaltließ und wieso er Race nach Hause geschickt hatte, ohne ihm auch nur ein Haar zu krümmen. Ich hielt es kaum aus, nur dazusitzen und auf die nächste Hiobsbotschaft zu warten. Ich wollte erfahren, was Novak vorhatte, wie sein nächster Schritt aussah. Ich wollte ihn konfrontieren, alles auf den Tisch packen und sehen, wer als Sieger aus unserem Zusammentreffen hervorgehen würde. Denn ich vermutete, dass er vom Katz-und-Maus-Spiel langsam genug hatte, dass er keine Lust mehr hatte, länger eine Karotte vor meine Nase baumeln zu lassen, sondern zuschlagen würde, um mir zuvorzukommen. Obwohl Dovie sich bei Race versteckte, hatte ich Angst, dass Novak sie fand, bevor ich ihn erledigt hatte. Und um Race und Titus machte ich mir ebenfalls Sorgen, auch wenn ich nach wie vor sauer auf sie war. Wahrscheinlich würde Novak ihnen etwas antun, nur weil er es konnte. Meine niedersten Instinkte schrien nach Blut und Rache, und das war alles, was ich im Moment hörte, lauter als jemals zuvor, denn jetzt hatte ich wirklich etwas … Menschen … zu verlieren.

Allein fühlte ich mich in meiner Wohnung in der Stadt nicht wohl. In diesem Haus auch nicht, aber zumindest stellten sich mir darin nicht mehr die Nackenhaare auf. Als ich mich auszog und mich auf das Bett legte, das Dovie beim letzten Mal bezogen hatte, beruhigten sich meine Gedanken so weit, dass ich in einen leichten und unruhigen Schlaf fiel. In meinen Träumen sah ich traurige grüne Augen, endlos viele Gitterstäbe und Blut. Da war der Geruch nach Benzin und ein hohler Schmerz, der mich aufzufressen drohte. Am frühen Nachmittag wachte ich schweißgebadet und zitternd auf. Immer schon hatte ich ein ziemlich unvorhersehbares Leben geführt und nie darüber nachgedacht, was der nächste Tag brachte, doch jetzt war es so gut wie sicher, dass ich ihn gar nicht erst erleben würde. Da packte mich auf einmal die Reue.

Ich bedauerte es, dass meine Mom nie mehr als eine Säuferin sein und dieses Haus, das ich ihr gekauft hatte, nie sehen würde. Es tat mir leid, dass ich Race mit in die Dunkelheit hinabgezogen hatte. Unsere Freundschaft hatte mit Gewalt begonnen, und sie würde in Gewalt enden, was ich beschissen fand. Es tat mir leid, dass ich meinen Bruder so lange gehasst hatte. Natürlich würde ich ihm meine Verhaftung in jener Nacht niemals verzeihen, aber inzwischen begriff ich, dass wir alle nur das Produkt der Entscheidungen waren, die wir trafen. Mich ins Gefängnis zu stecken war eine schlechte Entscheidung gewesen, aber die einzige, die er hatte treffen können. Titus war nicht mein Feind, doch war er auch nicht auf meiner Seite, denn meine Seite würde verlieren, und das wusste er.

Und dann Dovie. Was sie betraf, hätte ich vor Reue umkommen müssen. Hätte mir Vorwürfe machen müssen, weil ich sie überhaupt jemals angefasst hatte, sie dazu gebracht hatte, sich mit mir einzulassen. Mich schlecht fühlen müssen, weil ich ihr Leben auf den Kopf gestellt hatte und nicht da sein würde, um sie zu unterstützen, wenn alles vorüber war. Es hätte mir das Herz zerreißen müssen, dass ich etwas so Reines und Wunderbares berührt hatte, nur um überall schwarze Schmierflecken zu hinterlassen. Aber so war es nicht. Wenn ich an sie dachte, sah ich nichts als Licht. In der kurzen Zeit mit ihr hatte ich endlich einmal genug Luft zum Atmen gehabt. Mit ihr zu sein hatte mich mehr befreit, als durch die Gefängnistore zu gehen. Wenn jemand, der so wunderbar wie sie war, irgendetwas Wertvolles in mir entdecken konnte, dann war nicht alles nur schwarz. Sie hatte recht; ich war mehr als nur die Summe meiner Teile.

Ich wünschte nur, dass diese Erkenntnis etwas an dem Weg, den ich gehen musste, ändern könnte. Und an meinem Schicksal, das mir nur wenig Wahl ließ – entweder würde ich für den Mord an Novak ins Gefängnis wandern oder im Leichenschauhaus enden, weil Novak mich erledigte. Wie schrecklich nur, dass jetzt auch so viele andere Leben auf dem Spiel standen. Wenn ich es irgendwie verhindern konnte, würde niemand sonst in Gefahr geraten. Dieser Showdown kündigte sich schon länger an, als irgendjemand wirklich wusste. Ich hatte keinen Plan, keinen blassen Schimmer, wie ich vorgehen sollte. Ich wusste nur, dass ich diesem Dreckskerl endlich gegenübertreten musste und dass einer von uns dieses Zusammentreffen nicht überleben würde.

Den Rest des Tages drückte ich mich im Haus herum. Titus rief zweimal an, jedes Mal, um mich zu informieren, dass es auf den Straßen unheimlich ruhig sei und ihn das nervös mache. Ich wusste nicht, was ich dazu sagen sollte, also schlug ich ihm vor, bei Mom vorbeizugehen, was ihm nicht passte. Ich hatte sie nur einmal seit meiner Entlassung gesehen. Trotz all ihrer Probleme hatte sie mich nie verleugnet oder hintergangen, obwohl es ein Leichtes für sie gewesen wäre. Einer von uns, Titus oder ich, musste sie wissen lassen, dass wir sie nicht aufgegeben hatten, und da meine Zukunft nebulös und unsicher war, musste er das übernehmen.

Dann versuchte ich Race anzurufen, um ihn zu fragen, wie genau er für Dovies Sicherheit sorgen wollte, aber es ging nur die Mailbox ran. Zu unruhig, um länger im Haus zu bleiben, tat ich das, was ich am besten konnte. Ich stieg in den Runner und gab Vollgas. Ein bestimmtes Ziel hatte ich nicht, ich wollte nur das Brummen des Motors hören und die Pferdestärken vibrieren spüren, um keine Dummheiten zu machen. Ich weigerte mich, diesem Impuls nachzugeben, und fuhr so lange, bis der Tank fast leer war, bis ich mich verfahren hatte und mein Verstand betäubt war. Ich fuhr, bis die Sonne vom Himmel fiel und ich in die Stadt zu Nassir musste. Auf dem Weg dahin rief ich erneut Race an, doch er ging nicht ran. Eiskalte Schauer jagten über meinen Rücken.

Also rief ich Dovie an, weil es letztlich sie war, um die ich mir Sorgen machte. Mein Herz schnürte sich zusammen, als ich ihre Stimme hörte.

„Hallo?"

Ich stieß erleichtert einen Seufzer aus und legte auf. Ihr ging es gut; mehr brauchte ich nicht zu wissen, um weitermachen zu können.

Ich parkte vor dem Lagerhaus und versuchte, mich in Stimmung zu bringen. Das Geld brauchte ich nicht, und genau genommen brauchte ich auch nicht länger das Gefühl, Knochen auf Knochen treffen zu spüren oder Fäuste in mein Gesicht zu bekommen. Es passte mir nicht, dass Nassir in seiner ganzen schmierigen Pracht von meiner unbesonnenen Entscheidung profitieren würde. Er war genauso schlimm wie Novak, wenn es darum ging, Fäden zu ziehen und Menschen wie Schachfiguren zu benutzen. Sie alle mussten zur Strecke gebracht werden. The Point musste niedergebrannt und gereinigt werden, damit Menschen wie Dovie und die Kids, die sie so verzweifelt zu retten versuchte, eine faire Chance bekamen. Wenn nötig, würde ich in den Flammen mit untergehen.

Ich ging den Flur entlang, der in den weiträumigen Club führte. Wäre ich nicht so angespannt gewesen, hätte ich gemerkt, dass etwas nicht stimmte. Keine Schreie von wettwütigen Zuschauern, keine dröhnende elektronische Musik, es roch nicht nach Gras und Alkohol und auch nicht nach Verzweiflung und Geldgier wie sonst immer. Als ich die alte Fabrikhalle betrat, war es bereits zu spät. Mir stellten sich die Nackenhaare auf, abrupt blieb ich mitten im Raum stehen.

Die Beleuchtung war angeschaltet, neonfarbene Lichter wirbelten über Nassirs lächelndes Gesicht.

„Der Kampf ist abgesagt. Es kam was dazwischen."

Ich schnaubte. Der Mann neben ihm grinste mich an. Als rotes Neonlicht auf seine scharfen Gesichtszüge fiel, stand dort leibhaftig der Teufel, der Novak war.

„Nassir sagte, du sehnst dich nach Action. Dabei hast du doch auch ohne einen Kampf jede Menge Probleme, Bax."

Wenn man sich einen Gangsterboss vorstellte, einen Schwerverbrecher, einen kaltblütigen Killer, dann erwartete man jemanden, der aussah wie Benny. Glänzender Anzug. Schriller Schmuck, damit jeder sofort wusste, mit wem er es zu tun hatte, und Fünftausenddollarschuhe mit Blut an den Sohlen. Novak entsprach dem überhaupt nicht. Er war groß – größer als ich. Er hatte welliges schwarzes, etwas zu langes Haar, das ihm in die Stirn fiel. Augen so leer und endlos schwarz wie meine eigenen. Nie hatte ich ihn in etwas anderem als in Jeans, T-Shirt und Stiefeln gesehen. Er hatte die ganze Stadt im Würgegriff und sah wie ein kleiner Schläger aus – wie ich.

Ich verschränkte die Arme vor der Brust, zwang mich, ruhig zu atmen und meinen Blick ausdruckslos werden zu lassen. Ich spürte die Gier nach Blut, nach Rache in meinem Hals brennen. Doch Novak machte nie einen Zug, ohne zwanzig Schritte vorauszudenken, und die Tatsache, dass er hier war, statt in seinem sicheren Versteck zu bleiben, sprach Bände.

„Was weißt du schon von meinen Problemen, Novak?"

Lachend verschränkte er nun auch die Arme über seiner breiten Brust. Aus dem Augenwinkel sah ich, wie Nassir sich in den Hintergrund zurückzog, und auf einmal war der Flur, durch den ich gerade gekommen war, voll von Novaks Leuten. Benny führte die Bande an, das Lächeln auf seinem Gesicht ließ meine Nerven zittern. Egal, was hier vor sich ging, es bedeutete nichts Gutes.

„Hast du noch immer nicht kapiert, dass ich alles weiß, Sohn?"

Ich wich zurück und ballte die Hände so hart zu Fäusten, dass es wehtat. „Nicht." Meine Stimme klang wie ein Eimer voll rostiger Nägel.

„Wie? Ist das denn nicht die Familienzusammenführung, die du wolltest? Ich war bereit, dir die ganze Welt zu Füßen zu legen, und du hast daraufgespuckt. Was bist du bloß für ein undankbarer Dreckskerl, Bax? Von mir hast du das nicht, so viel steht fest."

Ich versuchte durchzuatmen, den Druck und die Wut tief in meinen Bauch zu verbannen, aber sie waren zu stark und zu heftig, um sie zu kontrollieren. Bevor ich noch richtig nachdenken konnte, stürzte ich mich bereits auf ihn, wollte die Hände um seinen Hals legen und nie wieder loslassen. Doch als Benny den Lauf einer Pistole in meine Seite drückte, wich ich zurück. Novak schüttelte den Kopf und schnalzte mit der Zunge.

„Das war schon immer dein Problem. Du denkst nie nach, ehe du etwas tust, Bax. Wirklich zu schade. Du hättest das Zeug dazu, in die Fußstapfen deines alten Herrn zu treten und sogar noch erbarmungsloser zu sein, als ich es je war. Ich hätte dir beibringen können, eine Legende zu werden."

Ich spürte, wie mir die Galle hochkam. Unsanft schob ich Benny zur Seite. Ich hatte keine Angst vor ihm oder der Pistole. „So sein wie du, Novak? Da würde ich lieber sterben."

Er kniff die schwarzen Augen zusammen. „Das ist auf jeden Fall eine Möglichkeit, Sohn."

„Hör auf, mich so zu nennen!" Ich war außer mir. Gleich würde mein Kopf platzen.

„Ich hätte dich deiner Mom wegnehmen sollen, als ich dich zum ersten Mal hinter einem Steuer gesehen habe. Du konntest immer wilder und schneller fahren als alle anderen. Mit dir hätte ich die Größe meines Imperiums verdoppeln können, wenn du nur gewollt hättest."

„Was gewollt? Töten, verstümmeln, erpressen, vergewaltigen … Ich war ja sowieso schon ein Verbrecher, warum also nicht noch mehr von mir verlangen? Du wolltest mich so fest an dich binden, dass ich dir nie wieder entkommen könnte, denn Blut allein ist nicht dick genug. Ich würde dich am liebsten umbringen, aber das werde ich nicht." Ich stieß den Atem aus. „Du wirst herausfinden, wie es ist, in einer Zelle zu sitzen, während dein Leben einfach so vorbeigeht, Tag für Tag. Egal, was du jetzt mit mir anstellst, du bist erledigt, Novak."

Er lachte und machte einen Schritt auf mich zu. Als er seine Hand auf meine Schulter legen wollte, schob ich sie fort. Benny zog mir den Pistolengriff über den Hinterkopf. Ich spürte, wie die Haut aufplatzte und Blut von meinem Schädel in den Kragen tropfte.

„Das Video? Ach komm schon, Bax, du müsstest es eigentlich besser wissen. Glaubst du wirklich, ich hätte Race die ganze Zeit am Leben gelassen, wenn ich vor diesem Video Angst hätte? Wach auf! Race lebt nur deinetwegen noch, genauso wie seine Schwester und dein nerviger Bullen-Bruder, Bax. Deinen Sturkopf hast du von meiner Seite der Familie, doch diese bescheuerte Loyalität gegenüber Leuten, denen du trotz allem wichtig bist, die kommt von deiner saufenden Mutter. Dass wir von einem Blut sind, scheint dich zwar nicht an mich zu binden, an die anderen aber schon."

Genau in diesem Moment kam ein Polizist in Uniform den Gang herunter. Einige von Novaks Männern wichen zur Seite. Benny steuerte auf ihn zu, dann hockte er sich vor Titus hin. Der andere, offensichtlich korrupte Cop hatte ihn auf Hände und Knie gezwungen. In Titus' blauen Augen loderte Wut, als er zu seinem Kollegen aufsah. Ich wusste, dass er ihn am liebsten umgebracht hätte; es war mir neu, dass mein Bruder, dem das Gesetz über alles ging, zu solcher Wut überhaupt fähig war.

„Officer King, lange her." Novak klang großspurig, davon überzeugt, dass er alle Fäden in der Hand hatte.

Ich biss die Zähne zusammen, als Titus von seinem korrupten Kollegen zum gefürchtetsten Verbrecher der Stadt blickte.

„Wie viele geschmierte Polizisten stehen auf deiner Gehaltsliste, Novak?"

„Genug. Und wie fühlt es sich an, mit deinen eigenen Handschellen gefesselt vor mir auf dem Boden zu knien, Titus? Eure Mutter hat euch wirklich jede Menge Illusionen und falsche Hoffnungen gemacht."

Titus sah mich an, und meine Fingerknöchel knackten laut, als ich die Hände zu stahlharten Fäusten ballte.

„Bring ihn verdammt noch mal zum Schweigen, Shane."

Wir fluchten beide, als Benny aufstand und sein Knie in Titus' Gesicht stieß. Der Kopf meines Bruders flog nach hinten, und eine Blutfontäne schoss aus seinem Mund. Benny lachte, als Titus sich stöhnend bewegte.

„Wenn ich mit dir fertig bin, wirst du wünschen, dass ich dir nur die Nase gebrochen hätte, Arschloch." Der Mistkerl sollte besser kapieren, dass das ein Versprechen war und nicht nur eine Drohung.

Benny wieherte los, dann stieß er Titus mit dem Fuß auf die Seite. „Du hattest schon immer ein aufgeblasenes Ego. Dabei bist du nichts Besonderes, Bax. Wenn du nicht mit ihm verwandt wärst, wärst du im Knast verreckt wie die anderen nutzlosen Idioten, die wir in all den Jahren dorthin gebracht haben. Aber du hattest einen Freifahrtschein, und das solltest du langsam mal zu schätzen wissen."

Ich starrte Novak böse an und zeigte auf Titus. „Und was willst du dadurch erreichen? Er hat mich eingesperrt, hat mich fünf Jahre verrotten lassen, genauso wie du. Ich schulde ihm noch weniger als dir. Bildest du dir ein, dass du ihn nur hierher zu schleppen und zu bedrohen brauchst, damit ich einknicke und wieder mitspiele? Ich gehöre dir nicht, Novak, und das wird sich nie ändern. Bring ihn ruhig um, es ist mir egal."

Das war eine Lüge, eine schamlose Lüge, aber Novak durfte nicht die Oberhand gewinnen. Blut würde die Straßen von The Point rot färben, doch solange es am Ende dieser Nacht Novaks Blut war, interessierte mich nichts anderes.

Novak schüttelte den Kopf und ging an mir vorbei, bis er vor Titus stand.

„Du dachtest, du hättest mich, Bulle. Genauso wie Race sich das vor fünf Jahren eingebildet hat. Aber eine Legende stirbt nicht so einfach."

Titus setzte sich auf und spuckte einen Mundvoll Blut aus. „Umso besser, dass du nur ein Mann bist."

„Ich bin der Mann, der über diese Stadt herrscht. Ich weiß alles, was ihr seit Bax' Entlassung getrieben habt. Race ist ein kluger Junge, doch er ist nur ein Junge und nicht in der Lage, die Dinge bis zum Ende durchzudenken. Nicht so wie der da." Er zeigte mit dem Daumen auf mich, und ich brummte. Ich wollte seine Bewunderung oder sein Lob nicht.

„Und jetzt? Du bedrohst Titus, du brüstest dich damit, dass du die ganze Zeit von dem Video gewusst hast, und dann erschießt du uns beide? Wie ist der Plan? Denn nur einer von uns wird lebend dieses Gebäude verlassen."

Er lachte. „So was von arrogant. So selbstsicher. Ein Jammer, dass du dein Temperament so lange hinter Gittern vergeuden musstest. Da hattest du wohl zu viel Zeit zum Nachdenken. Wie es scheint, ist da einiges von dem Panzer abgebröckelt, den man für so ein Leben braucht."

Er hob eine Hand, und da tauchte Nassir auf, er zerrte eine sehr aufgebrachte, zappelnde Rothaarige mit sich. Ich konnte ihr nicht in die Augen sehen. Nun war genau das geschehen, was ich unbedingt zu verhindern versucht hatte.

„Sie haben auf Gus und Race geschossen."

Sie brach ab, aus dem Augenwinkel sah ich, wie sie in sich zusammensank.

„Er ist schwer verletzt, Bax. Ich glaube, er hat nicht mehr geatmet."

Nassir schob sie in Novaks Richtung, und ich zuckte zusammen, als der sie am Hals packte und sie schüttelte. Ich hörte Benny lachen und musste alle Selbstbeherrschung aufbringen, um ihn nicht mit bloßen Händen zu erwürgen. Er legte einen Arm um meine Schultern, als ob wir Kumpel wären. Ich erstarrte. Endlich sah ich Dovie richtig an, und etwas in mir zersprang in tausend Teile, die scharf genug waren, uns alle verbluten zu lassen.

„Sie ist ein feuriges Ding. Ich kann verstehen, dass du sie so sehr magst."

Bennys Worte landeten schwer auf dem Zementboden vor uns. Ich konnte Dovie panisch atmen hören und wie mein Bruder fluchte und sich wand, aber ich ließ Novak nicht einen Moment aus den Augen.

Er zog ein Messer aus der Tasche, die Klinge schnappte zischend auf, worauf mein Blut vor Wut kochte. So heiß, es war ein Wunder, dass ich nicht mit dem Boden unter mir verschmolz. Dovies grüne Augen weiteten sich, ihr Blick schnellte zwischen dem Messer und mir hin und her. Ich wollte sie anbrüllen, ihr sagen, dass so mein Leben aussah. Dass genau so etwas am Ende auf mich wartete und jetzt auch auf sie, weil sie mir trotz allem wichtig war … so unglaublich wichtig. In Novaks kaltem Blick sah ich, dass er das wusste und welche Macht er deswegen über mich hatte. Wenn es so etwas wie schlechte Gene gab, dann war ich randvoll davon – wegen dieses Mannes. Meinem Vater.

„Wie weit wirst du für die Schwester gehen, Bax? Für den Bruder bist du in den Knast gewandert, hast dich von mir losgesagt, hast alles, was ich dir bieten wollte, einfach hinter dir gelassen. Irgendwas sagt mir, dass du für ihre Sicherheit alles tun würdest."

Solange ich lebte und solange Dovie und auch Race noch atmeten, hatte Novak mich in der Hand, konnte mich zwingen, zu tun, was er wollte. Das wusste er. Blitzartig wurde mir klar, dass es nur einen Weg gab, ihm diese Macht zu entreißen. Indem ich auslöschte, was er so sehr begehrte. Er hatte recht. Ich würde alles tun, um sie zu beschützen, und es gab nur einen Ausweg. Ausnahmsweise fiel mir die Entscheidung nicht schwer.

Ich war kein Typ, der den Wald vor lauter Bäumen nicht sah, doch in diesem Moment war das wunderschöne, glänzende Grün alles, worauf ich mich konzentrieren konnte. Es war ganz klar, was als Nächstes geschehen würde. Entweder musste ich mit ansehen, wie Novak den einzigen Menschen quälte und verstümmelte, der mir je Liebe geschenkt hatte, Zärtlichkeit und eine zweite Chance … Ihm die Genugtuung geben, mich leiden zu sehen, während er den einzigen Menschen umbrachte, den ich jemals lieben würde … Oder ich nahm ihm diese Macht weg. Männer wie Novak wussten nicht, was sie tun sollten, wenn ihr Plan nicht aufging. Ich konnte nur hoffen, dass das reichte, damit Dovie es schaffte, sich von ihm loszureißen. Novak hatte mit seiner fixen Idee, mich zu kontrollieren, inzwischen die Grenze zum Wahnsinn überschritten, und wenn ich diesen nächsten Schritt machte, wenn ich ihm das Einzige nahm, was er so verzweifelt wollte, brachte ihn das hoffentlich vollkommen aus dem Konzept. Auf diese Weise würde ich meinem Bruder und meinem Mädchen möglicherweise Zeit verschaffen.

Natürlich bestand die Möglichkeit, dass Dovie auch dann nicht mit dem Leben davonkam. Doch ich redete mir ein, dass Titus vielleicht noch ein Ass aus dem Ärmel ziehen würde, um sich und Dovie in Sicherheit zu bringen. So oder so, wenn ich das ultimative Opfer darbrachte, Novak den Preis wegnahm, den er unbedingt gewinnen wollte, würde ich zumindest nicht mehr da sein, würde nicht mehr sehen, wie ihm die Menschen, die mir wichtig waren, in die Hände fielen. Und das an sich war schon ein kleiner Sieg. Ganz zu schweigen davon, dass ich damit seinen Baxter-gehört-für-immer-mir-Plan für alle Zeiten zunichtemachte. Ich warf einen Seitenblick auf Benny, der sich mordlustig die Lippen leckte. Dovie stieß plötzlich einen markerschütternden Schrei aus, und ich fuhr herum. Die rasiermesserscharfe Klinge sah an ihrer blassen Haut so falsch aus. Der rubinrote Blutfaden unter dem glänzenden Messer ließ die Zeit stillstehen. Ich war kein Mann, der an Selbstaufopferung glaubte, an ein höheres Ziel, aber für diese junge Frau, für dieses gutherzige, starke, schöne Mädchen würde ich alles geben. Zumal die Welt ohne mich ein besserer Ort wäre. Selbst ein Stadtteil wie The Point. Wenn es mich nicht mehr gab, schaffte das mehr Platz für gute Menschen. Menschen wie Titus und Dovie. Also wäre es kein Opfer, es wäre eine Gefälligkeit.

Ich packte den Arm, den Benny über meine Schulter geworfen hatte, und zerrte daran, bis ich ihm den Ellbogen ausgekugelt hatte. Idiot. Als er mich anbrüllte, schlug ich ihm, so fest ich konnte, in die Nieren und rammte ihm das Knie unters Kinn. Seine Zähne knallten zusammen, und Blut sprudelte aus seinem Mund. Wir kämpften, bis ich ihm die Pistole aus der Hand gerissen hatte. Novak schrie, bei Dovie flossen die Tränen, Titus brüllte, ich solle damit aufhören, und ich wusste, dass nicht weniger als sechs oder sieben Waffen auf mich gerichtet waren. Als Zugabe verpasste ich Benny, der stöhnend vor meinen Füßen auf dem Boden herumrollte, einen festen Tritt in die Rippen.

Dovie weinte, sie hatte Angst, und für all das würde Novak bezahlen. Er starrte mich mit zusammengekniffenen Augen an, ich sah, wie er mit dem beschissenen Messer jetzt auf der anderen Seite von Dovies Hals nach oben fuhr, und dort sickerte ebenfalls Blut heraus.

„Was willst du jetzt tun, Sohn? Ich habe dein Mädchen. Ich habe deinen Bruder. Ich habe Race und Gus. Was bleibt dir jetzt noch? Glaubst du etwa, dass du auch nur einen Schuss abfeuern kannst, bevor meine Männer dich abknallen?"

Dovie weinte so heftig, dass ihre Tränen Spuren auf ihrer blutüberströmten Brust hinterließen. Ich war nicht sicher, ob sie mich klar erkennen konnte, aber auf jeden Fall hörte sie, wie ich sagte: „Es tut mir so leid."

„Shane ..." Ihre Stimme klang schwach und verloren.

„Bax! Hör auf!"

Mein Bruder hingegen war wütend, offenbar ahnte er, was ich vorhatte. Er verstand mich besser, als ich gedacht hatte.

Es war, als würde ich in meine eigenen dunklen Augen sehen, als ich meinen Vater anstarrte, ein Abbild einer Zukunft, die meine gewesen wäre, wäre ich nur kaltherziger. Ich hob die Pistole und drückte sie mir unters Kinn. Das war der einzige Ausweg für einen Typen wie mich. Wenn man einen grausamen Vater hatte, ein kriminelles Leben führte und schlimme Dinge tat, kam man nicht als strahlender Held aus so einer Geschichte heraus. Nein, Typen wie ich trafen ihre letzte schlechte Entscheidung und hofften, dass zumindest andere Menschen irgendwie dieses Chaos unversehrt hinter sich lassen konnten.

„Was zur Hölle!"

Novak klang verärgert. Titus dagegen brüllte, als ob er es mit der gesamten Mördertruppe aufnehmen wollte.

„Du bist so sehr auf mich fixiert, dass jeder, der mir etwas bedeutet, in Gefahr ist, solange es mich gibt. Auf dich zu schießen würde nichts nützen, aber das hier ... das löst eine Menge Probleme. Den beiden passiert nichts, und Titus wirft dich ins Gefängnis, alter Mann. Das wiederum heißt, ich habe gewonnen und du verloren."

Novak starrte mich an, und ich trat dem stöhnenden Benny vorsichtshalber noch einmal in die Rippen.

„Das wirst du nicht tun."

Ich hob eine Augenbraue und versuchte zu ignorieren, dass Dovie mich anschrie und gegen Novaks Umklammerung anzukämpfen begann. Sie blutete. Die Stimme meines Bruders überschlug sich, so laut brüllte er mich an.

„Für sie werde ich es tun."

Novak fluchte, sah mich an und dann hinab auf Dovie. Ich wusste nicht, was er als Nächstes unternehmen würde, doch die Pistole in meiner Hand fühlte sich schwer und fest an. Wenn es das war, was ich tun musste, damit sie endlich das Leben führen konnte, das sie verdiente, ein gutes Leben, die Chance, diesem Irrsinn zu entkommen, würde ich abdrücken.

„Sie ist irgendwie was Besonderes, Novak."

Nassir war ein Arschloch, und ich würde ihn auch noch dafür bezahlen lassen, dass er sie hergeschleppt hatte, aber zumindest bewirkte sein Gerede, dass Novak innehielt.

„Er blufft nicht. Für sie wird er abdrücken."

„Bitte ... das kannst du mir nicht antun."

Dovie klang so traurig, so verängstigt, doch dieses eine Mal würde sich nichts ändern, wenn ich mich bei ihr entschuldigte.

Ich verlagerte mein Gewicht von einem Fuß auf den anderen und warf meinem Bruder einen kurzen Blick zu. Er kniete noch auf dem Boden, Blut strömte über seinen Kopf, und eins seiner Augen war zugeschwollen, aber er wehrte sich gegen die beiden Männer, die ihn festhielten. Er starrte mich an, und ich war sicher, dass sich Tränen mit dem Blut auf seinem Gesicht mischten – genau wie bei Dovie.

„Das ist ein Fehler, den du nicht mehr rückgängig machen kannst, Shane!"

Ich konnte ihn kaum verstehen. Er war heiser vom vielen Schreien.

„Es ist der einzige Ausweg für uns alle. Er wird niemals aufhören. Er wird alles und jeden vernichten, damit ich mich ihm unterwerfe."

„Das lassen wir nicht zu. Ich lasse das nicht zu."

„Zu spät, Titus. Sieh dir doch Dovie an. Und glaubst du im Ernst, er lässt Race am Leben oder Gus? Selbst wenn ich bereit wäre, mich von ihm bis in alle Ewigkeit an die Kette legen zu lassen, würde er jeden umbringen, der mir etwas bedeutet, und mich dabei zusehen lassen. Dieses Blut würde an meinen Händen kleben. Nein, das alles hat hier und jetzt ein Ende. Er will meine Welt zerstören ... nun, dann werde ich sein Vermächtnis in Millionen blutige Teile zerschmettern. Danach klebt *mein* Blut für immer an seinen Händen." Und erst da wurde mir so richtig klar, das war Novaks letzte Vorstellung. Mit mir begann und endete alles für ihn. Mich herumzustoßen, Spiele mit mir zu treiben ... nur das bereitete ihm so etwas wie Vergnügen. Ohne mich würde dieses Spiel ein für alle Mal enden. Dovie, Titus, Race und selbst meine Mom ... sie hätten keinen Wert mehr für ihn, wenn ich nicht mehr hier wäre.

Ich sah, wie Novak nun Dovie von sich stieß. Sie stürzte neben Nassir zu Boden. Am liebsten hätte ich ihm den Arm ausgerissen, als er ihr auf die Füße half, doch Novak steuerte auf mich zu, das mit Dovies Blut bespritzte Messer blitzte in seiner Hand auf.

Ich atmete tief ein, dachte daran, wie ihre Augen immer gestrahlt hatten, wenn sie ganz und gar mir gehört hatte, und krümmte den Finger am Abzug. Novak streckte eine Hand nach mir aus. Dovie kreischte meinen Namen so laut, dass ich zu hören glaubte, wie die Fensterscheiben zersprangen, und gerade als ich mich bereit machte, das Einzige zu tun, was dieses Problem endgültig löste, wurde ich mit einer Wucht wie von einem Frachtzug in die Seite getroffen. Ich stürzte, und die Pistole schlitterte über den Betonboden. Stöhnend rollte ich mich auf den Rücken, um in die wilden Augen meines Bruders zu starren.

Sein Blut tropfte auf mein Gesicht, und er holte aus und schlug mir die Faust mitten auf den Mund. Es steckte nicht viel Kraft hinter dem Schlag, und gerade als ich fragen wollte, was zum Teufel hier los war und wie er sich hatte befreien können, hallte ein einzelner Schuss durch das Lagerhaus.

Der beißende Geruch von Schießpulver brannte in meiner Nase, als ich mich gleichzeitig mit Titus herumrollte. Erstarrt sahen wir, wie sich Blut wie eine Blüte auf Novaks Brust ausbreitete. Er legte eine zitternde Hand auf die Wunde und warf mir einen letzten Blick zu, während er zu einem würdelosen Haufen auf dem Fußboden zusammensank.

Ehe irgendjemand reagieren konnte, fiel ein greller Lichtstrahl in den Raum, man hörte Glas splittern.

„Niemand rührt sich! FBI!"

Ich sprang auf, bevor Titus in der Lage war, irgendetwas zu sagen, und riss Dovie zu Boden, so wie mein Bruder es zuvor mit mir getan hatte. Sofort war ich mit ihrem Blut bedeckt, sie zitterte heftig an meiner Brust. Ich musste mit aller Kraft die noch heiße Pistole aus ihrer Hand lösen. Kaum war mir das gelungen, krallte sie die Finger in mein Hemd. Über sie hinweg sah ich Nassir an, der neben uns auf die Knie gesunken war und auf Anordnung des SWAT-Teamleiters, dessen Leute überall im Gebäude waren, die Hände im Nacken verschränkte. Ich kniff warnend die Augen zusammen, doch er zuckte die Achseln.

„Sie und das Mädchen, auf die Knie. Hände hinter den Kopf", fuhr uns ein FBI-Agent an.

„Sie ist verletzt." Ich rollte von ihr herunter.

„Bax ..."

Ihre Stimme bebte. Ich legte dem Agenten die Pistole vor die Füße und sah sie an. Dann küsste ich sie kurz und nahm die Position ein, die ich nur zu gut kannte.

„Ich habe ihn erschossen", sagte ich zu dem Mann.

„Sie haben Novak erschossen?", fragte er.

Ich brummte, als Dovie den Mund öffnete, um zu widersprechen, aber sie blutete so sehr, dass der Polizist den Sanitätern zunickte, die gerade eine Trage hereinrollten.

„Vergessen Sie ihn. Er ist tot. Sie muss versorgt werden. Warum haben Sie Novak erschossen?"

Ich verzog höhnisch den Mund, als ich sah, dass Titus auf mich zukam. Er betrachtete die Waffe, dann mich, warf Dovie einen Blick zu, die auf die Trage gelegt wurde, und schüttelte den Kopf.

„Das war ein Familienstreit."

Der FBI-Agent wollte etwas sagen, doch Titus kam ihm zuvor. „Das ist mein Bruder."

„Der Typ hier mit dem Strafregister? Er hat gerade zugegeben, Novak erschossen zu haben."

Titus schüttelte erneut den Kopf. Er sah aus, als würde er jeden Moment ohnmächtig werden. „Komm schon, Kruger. Das waren ungefähr zehn gegen einen. Ganz eindeutig Notwehr. Novak war ein Stück Scheiße."

„Hör zu, King. Du hast die Operation an uns abgegeben. Von uns ist keiner korrupt und arbeitet für Novak. Wir werden eine vollständige Untersuchung einleiten, und dann sehen wir weiter."

Titus strich sich grob durchs Haar und sah auf mich hinab. Ich zuckte lediglich mit den Schultern. Wenn ich zurück ins Gefängnis musste, um Dovie zu schützen, dann sollte es so sein. Sie war es wert, außerdem war das ein harmloses Opfer verglichen mit dem, das ich eigentlich hatte bringen wollen. Es kümmerte mich nicht, falls ich nie wieder Tageslicht zu sehen bekäme, solange sie das Leben führen konnte, das sie verdiente.

„Novak hat Bax' Freundin verletzt und wahrscheinlich seinen besten Freund umgebracht. Novaks Leute haben mich zusammengeschlagen. Da kann man ihm wohl kaum vorwerfen, dass er abgedrückt hat."

„Das Ganze ist ein riesiges Durcheinander, King. Wir haben eine Leiche. Außerdem geht es um Entführung, korrupte Polizisten, Nötigung, Geldwäsche, Körperverletzung, Mordversuch und überhaupt um jedes Verbrechen, das begangen werden kann. Wir brauchen Zeit, um das alles zu klären, sonst wird morgen einfach ein anderer Kotzbrocken Novaks Platz einnehmen."

Ich hörte Nassir schnauben und hätte am liebsten nach der Pistole gegriffen. Ein anderer FBI-Agent in voller SWAT-Ausrüstung riss mir grob die Hände auf den Rücken. Ich spürte, wie die Handschellen, so kalt und endgültig, über meinen tätowierten Ketten zuschnappten.

Titus fluchte. „Tut mir leid, Bax."

„Schon gut. Wäre allerdings nett gewesen zu erfahren, dass du *tatsächlich* einen Plan hattest."

„Das FBI hat ewig gebraucht, um sich bei mir zu melden. Mir war klar, dass einer von unseren Leuten korrupt war, ich wusste nur nicht welcher. Keine Ahnung, wie sie Dovie und Race gefunden haben. Ich dachte eher, sie würden mich schnappen und hierher bringen. Ich schwöre dir, ich wusste nicht, dass sie dein Mädchen hatten."

Ich wurde grob auf die Beine gezerrt, und Titus streckte eine Hand aus, um mich zu stützen, als ich taumelte.

„Ich hole dich so schnell wie möglich raus."

Ich runzelte die Stirn und sah ihn an, während die anderen Polizisten und FBI-Agenten Novaks Leute festnahmen. Beinahe hätte ich gelacht, als sie Benny Handschellen anlegten, der die ganze Zeit schrie, er würde die Regierung verklagen.

„Ist mir egal, was aus mir wird. Du musst dafür sorgen, dass Dovie den Mund hält. Wenn Race nicht überlebt hat …" Ich brach ab, als ich von meinem Bruder weggezerrt wurde.

„Shane …"

Ich ließ ihn nicht ausreden. „Das meine ich ernst, Titus. Sie muss sich so weit wie möglich fern von mir halten. Von dem hier."

Er konnte nichts entgegnen, weil ich in die andere Richtung gezerrt wurde. Draußen vor dem Gebäude war die Nacht von wirbelnden blauen und roten Polizeilichtern erhellt, überall waren Leute. Ich ließ mich von dem Polizisten zu einem neutralen Fahrzeug schieben und wartete, bis er die Tür aufriss. Über das Autodach hinweg sah ich, wie die Sanitäter die Tür des Krankenwagens öffneten. Dovie lag auf der Trage, doch diese unbekannte Kraft, die uns verband, ließ sie die moosgrünen Augen öffnen und mich anstarren.

Es führte kein Weg daran vorbei, dass ich in Handschellen lag und verhaftet worden war. Ich sah, wie sie von Panik erfasst wurde und sich zu wehren begann, sie war durch den Blutverlust jedoch sehr geschwächt. Ich wünschte, dass ich tatsächlich die Pistole abgefeuert hätte. Sie rief meinen Namen, und ich war ziemlich sicher, dass sie mit den Lippen „ich liebe dich" formte. Ich konnte nichts tun, als zuzusehen, wie sie in den Krankenwagen geschoben wurde und die Tür sich hinter ihr schloss. All die scharfen, spitzen Teile in mir fügten sich zu einer rasiermesserscharfen Klinge zusammen, die mir direkt ins Herz schnitt. Ich hätte alles noch einmal genau so gemacht. Mein eigenes Leben geopfert, meine Freiheit für sie aufgegeben. Es gab keinen besseren Weg, um ihr dafür zu danken, dass sie mich befreit hatte, von allem befreit hatte, selbst wenn ich die nächsten zwanzig Jahre hinter Gittern verbringen musste.

16. KAPITEL

Dovie

Ein Polizist legte ihm eine Hand auf den Kopf und drückte ihn auf die Rückbank des Fahrzeugs. Obwohl ich blutete und vollkommen aufgelöst war, sah ich, wie Bax mich angrinste, bevor die Tür des Krankenwagens zufiel und ein Sanitäter sich über mich beugte. Weinend schüttelte ich den Kopf. Ich murmelte eine Mischung aus „ich liebe dich" und „ich habe geschossen", aber heraus kam nur ein unverständliches Gemurmel. Dann spürte ich einen Stich in der Armbeuge. Ich wurde an einen Tropf angeschlossen. Was immer sich im durchsichtigen Beutel befand, der über mir baumelte, sorgte dafür, dass ich wegdämmerte. Nur eins war mir selbst hinter dem Schleier und dem trüben Grau die ganze Zeit bewusst, nämlich dass Bax bereit gewesen war, sein Leben zu beenden, um uns zu retten. Und jetzt hatte man ihm meinetwegen wieder Handschellen angelegt. Egal, ob er etwas Böses oder etwas Gutes tat, am Ende musste er immer dafür bezahlen.

Unvorstellbar, dass erst vierundzwanzig Stunden vergangen waren, seit er mich vor dem Übergangshaus abgesetzt hatte. Nachdem er davongefahren war, hatte ich eine ziemlich ungemütliche Nacht verbracht, denn Reeve zeigte mir deutlich, wie sehr sie mein Verhalten missbilligte und verurteilte. Schön und gut, sie fand eben, dass Bax nicht gut für mich war. Aber wenn dieses Treffen unser letztes gewesen sein sollte, wollte ich mir die Erinnerung von niemandem beschmutzen lassen. Am nächsten Morgen wurde ich kurzerhand von meinen Aufgaben suspendiert, weil ich mitten in der Nacht meinen Posten verlassen hatte. Ich wusste nicht, ob suspendiert auch gefeuert hieß. Zwar tat es mir leid, dass ich die Kids für ein paar gestohlene Momente im Stich gelassen hatte, doch ich weigerte mich, irgendeine Entscheidung zu bedauern, die mit Bax zusammenhing.

Reeve behauptete, dass sie mich nur zu meinem eigenen Besten verpfiffen hatte, aber davon wollte ich nichts hören. Ich versuchte, Race zu erreichen, damit er mich abholte, er ging jedoch nicht ran. Kurz überlegte ich, Bax anzurufen, doch der war sowieso schon so angespannt, da wollte ich nicht zusätzlich Öl ins Feuer gießen. Letztlich beschloss ich, den Bus zu nehmen, und vergaß vollkommen, dass die Welt nur darauf wartete, mir eine Lektion zu erteilen, die ich nach wie vor nicht gelernt hatte.

Ich war noch nicht mal an der Bushaltestelle angekommen, als mit quietschenden Reifen ein schwarzer Geländewagen neben mir hielt. Instinktiv wollte ich wegrennen, fliehen, aber ich wusste nicht, wohin. Wenn Novak mich haben wollte, würde er mich sowieso finden, also konnte ich es für mich selbst so leicht wie möglich machen. Ich war nicht dumm. Er brauchte mich, um an Bax oder Race ranzukommen. Er würde mir nichts tun, bis er einen von beiden – oder beide – dort hatte, wo er sie haben wollte.

Ich sah die Schlägertypen an, bemerkte, dass einer aufgeschlagene Fingerknöchel und eine aufgeplatzte Lippe hatte, und schluckte den bitteren Geschmack in meinem Mund hinunter. „Ist das Bax' Blut?"

Der Typ sah auf seine Hände, dann grinste er mich an. „Nein. Der Kerl hat schwarzes Blut. Das hier ist von jemandem, der dir noch nähersteht."

Mir stiegen Tränen in die Augen. Ich durfte nicht einmal daran denken, dass Race verletzt war oder vielleicht ganz alleine sterben würde. „Lebt er?" Die Frage hatte ich nur geflüstert, woraufhin die beiden Typen feixten.

„Könnte sein. Der alte Herr jedoch nicht."

Ich schloss die Augen und versuchte mir ein Ende der Geschichte vorzustellen, bei dem die Menschen, die ich liebte, nicht ums Leben kamen. Aber mir fiel absolut keins ein.

Sie zogen mich in den Geländewagen, und der Rest der Fahrt verlief in Schweigen. Ich bemerkte den Geruch von Angst und Unruhe, der von mir ausging. Lautlos rannen mir Tränen über die Wangen, und als der Wagen hielt und Nassir auftauchte, um mich vom Rücksitz zu ziehen, war ich so erledigt, dass ich mich kaum auf den Beinen halten konnte. Er musste mich hochreißen und starrte mich düster an.

„Deswegen heißt es, die Liebe bringt einen um, Schätzchen. Du solltest deine Freunde klüger auswählen."

Ich sah ihn nur benommen an und blinzelte mit klebrig nassen Wimpern. „Er wird Sie umbringen."

Nassir seufzte und zog mich in den leeren Club. Ich konnte Stimmen hören, Bax' dunklen und wütenden Tonfall. Ich hatte Angst, aber ich wusste, solange er am Leben war, würde er alles in seiner Macht Stehende tun, um uns beide so unversehrt wie irgend möglich aus diesem Chaos herauszuholen.

„Er wird jeden umbringen. Du hast überhaupt keine Ahnung, womit du es zu tun hast, kleines Mädchen."

Alles danach geschah wie in Zeitlupe. Ich wurde Novak übergeben, eine lebendige und ältere Version von dem Mann, den ich liebte. Selbst wenn er Bax nicht „Sohn" genannt hätte, hätte ich es gewusst. Sie waren beide kräftig gebaut, hatten dieselben bodenlos schwarzen Augen, und obwohl Bax ein paar Jahrzehnte jünger war, umgab auch ihn die Aura eines Mannes, mit dem man sich lieber nicht anlegen wollte. Genau wie bei seinem Vater. Ich war entsetzt, aber noch viel entsetzter, als ich Titus sah, zusammengeschlagen und von mehreren Typen umstellt. Jetzt gab es keinen Helden mehr, der zu unserer Rettung auf seinem Pferd angeritten kommen konnte. Der Verbrecherhaufen hatte uns in der Hand.

Als Novak mich am Hals packte, musste ich mich mit aller Macht zwingen, nicht in Panik zu geraten. Ich konnte nicht aufhören zu heulen, und ich glaube, dass ich immer und immer wieder Bax' Namen sagte. Es war das einzige Gebet, das mir in diesem Moment einfiel.

Es tat weh, als er mich mit dem Messer aufschlitzte. Der Schmerz war scharf und real, und ich schrie, obwohl ich wusste, dass Novak nur eine Reaktion von Bax provozieren wollte. Ich wäre so gern ruhig und stark geblieben, aber das Blut fühlte sich warm auf meiner Haut an, und vom kupferartigen Geruch, der davon ausging, wurde mir schwindlig. Als er die Klinge auf die andere Seite meiner Brust drückte, dachte ich, dass ich ohnmächtig werden würde. Bax' Anblick verschwamm vor meinen Augen, und was immer um mich herum gesprochen wurde, es waren nur geisterhafte Worte, die nichts bedeuteten. Als ich so dastand und sah, wie mein Blut über Novaks Finger strömte, verstand ich auf einmal den Unterschied zwischen böse und teuflisch.

Alles stand still, ich konnte hören, wie Titus den Namen seines Bruders schrie. Niemals würde ich den Anblick vergessen, als Bax sich die Pistole unters Kinn drückte. So eine verrückte und verzweifelte Tat und so typisch für ihn. Er sah mich an, bat mich mit seinem Blick, zu verstehen, warum er es tun musste, während ich ihn anflehte, damit aufzuhören. Ich würde es niemals überleben, mit anzusehen, wie er sich umbrachte. Diese rohe, brutale Gewalt würde mich im wahrsten Sinne des Wortes zerstören.

Ich hörte Nassir fluchen, er sagte etwas in die Richtung, dass Bax ein dramatischer Idiot sei, und auf einmal zerrte er mich am Handgelenk von Novak weg. Ein Schauer aus Glassplittern von den Dachfenstern regnete auf uns herab. Ich wollte fragen, was hier passierte, aber da hatte Titus sich schon befreit und Bax auf den Boden gerissen. Die Pistole schlitterte direkt auf mich zu.

Diese hässliche schwarze Pistole, die geladen worden war, um das Leben des Mannes auszulöschen, den ich liebte, blieb nur Zentimeter vor meinen Füßen liegen, und ich starrte sie einfach nur an. Ich hatte so viel Blut verloren, dass ich nicht glaubte, lange bei Bewusstsein zu bleiben, aber noch hatte ich genug Kraft, genug Wut und Ekel in mir, dass ich mich von Nassir losriss, mich bückte und sie aufhob.

Ich hörte zwar, wie dieser gut aussehende Verbrecher sagte, ich solle das den FBI-Agenten überlassen, doch ich sah, wie Novak auf Bax und Titus zuging. Ich dachte daran, dass mein Bruder vielleicht tot war, und spürte, wie die Lebenskraft langsam aus mir hinausströmte. Ich drückte ab. Ich zielte nicht, kümmerte mich nicht darum, wo die Kugel einschlagen würde, ich wollte ihn nur aufhalten.

Und dann lag ich am Boden, gewärmt von Bax' Körperwärme, und er küsste meine tauben Lippen. Ich wollte ihm sagen, dass ich ihn liebte, dass ich keine Angst davor hatte, für ihn ins Gefängnis zu gehen, wie er es zuvor für Race getan hatte, aber er ließ mich nicht zu Wort kommen, sondern nahm die Pistole aus meiner kalten Hand. Zwei Männer in unheimlichen schwarzen Einsatzuniformen trennten uns. Bax faltete die Hände hinter dem Kopf. Ich erschauerte, als ich erkannte, wie vertraut ihm diese Haltung war.

Ich versuchte mich zu bewegen, während er zu dem FBI-Agenten sagte: „Ich habe Novak erschossen."

Ich wollte widersprechen, wollte erklären, dass ich es gewesen war, kam jedoch nicht dazu. Sie hoben mich hoch und fixierten mich auf einer Trage, ein Sanitäter fragte mich nach meiner Blutgruppe und redete was von Stichen und plastischer Chirurgie. Ich verstand nicht. Ich wollte Bax. Ich versuchte ihn anzusehen, aber da wurden ihm schon Handschellen angelegt, während man mich in die Nacht hinausrollte. Erst als er mich mit diesem Grinsen ansah, die Lippen leicht verzogen, wusste ich, dass er zurück ins Gefängnis gehen würde, dass er sein Leben nun auf andere Weise für mich opferte. Ich drehte beinahe durch.

Wahrscheinlich hatten die Sanitäter mir Beruhigungsmittel verabreicht, denn als ich wieder aufwachte und das Schwindelgefühl abzuschütteln versuchte, war ich im Krankenhaus, die Brust verbunden wie eine Mumie, überall an meinem Körper Schläuche und Drähte. Ich wusste nicht, wie spät es war oder wie viel Zeit vergangen war, aber ich musste endlich herausfinden, wie es Race ging, und mit irgendjemandem über Bax sprechen. Ich würde nicht zulassen, dass er für etwas, das er nicht getan hatte, hinter Gitter kam.

Ich versuchte, eine Hand an meine Brust zu legen, doch eine unwirsche Stimme ließ mich innehalten. Schon bei der kleinsten Bewegung hatte ich das Gefühl, dass mein Oberkörper entzweiriss.

„Das würde ich nicht tun. Du hast momentan mehr Nähte auf der Brust als ein Quilt."

Ich blickte zur Seite und blinzelte so lange, bis ich Bax' älteren Bruder Titus erkennen konnte. Er sah furchtbar aus. Veilchen auf beiden Augen, eine geschwollene Lippe. Wie es schien, war er ebenfalls genäht worden, auf der Wange und unter einem Ohr. Darüber hinaus sah er müde aus. Seinen Bartstoppeln nach zu urteilen, war er länger nicht mehr zu Hause gewesen.

„Wie geht es Race? Wo ist Bax? Wie lange bin ich schon hier?" Ich hatte eine Million Fragen, und sie purzelten in undeutlichen Worten aus mir heraus.

Titus stand langsam und stöhnend auf. Er hielt sich die Rippen, als er an mein Bett trat. „Du hast viel Blut verloren … sehr viel. Man hat dir eine Transfusion gegeben, aber im Krankenwagen hast du einen Schock erlitten. Beinahe hättest du es nicht geschafft."

Alarmiert betrachtete ich meine fest verbundene Brust. Natürlich hatte es wehgetan, es war, als ob das Messer mitten durch mein Herz geschnitten hätte, doch konnte ich nicht glauben, dass ich beinahe gestorben wäre.

„Race ist schlimm verprügelt worden. Er hat ein gebrochenes Bein und eine ausgekugelte Schulter. Am Anfang hat man wegen seiner schweren Verletzungen innere Blutungen befürchtet, aber alles in allem ist er im Moment in einer besseren Verfassung als du. Er wurde heute Morgen entlassen, als du noch ohne Bewusstsein warst. Er wurde von den FBI-Agenten in eine sichere Wohnung gebracht, doch da du jetzt wach bist, wird er bestimmt so schnell wie möglich herkommen. Er ist ziemlich ausgeflippt, als er hörte, wie schlecht es dir geht."

Ich war so erleichtert, dass es Race gut ging, dass mir das Atmen endlich leichter fiel, zumindest bis Titus weitersprach.

„Gus hat es nicht geschafft. Sie haben ihm in den Bauch geschossen und ihn verbluten lassen. Das war Novaks Art, ihn zu bestrafen. Weil er Race die ganze Zeit direkt unter seiner Nase versteckt hatte."

Ich musste schwer schlucken. Zwar hatte ich den alten Mechaniker nicht besonders gut gekannt, doch er war Bax wichtig, und er hatte alles dafür getan, dass meinem Bruder nichts passierte, er hatte uns Unterschlupf gewährt. Das war einfach nicht richtig.

Ich räusperte mich und bat Titus, mir ein Glas Wasser zu reichen. „Ich bin zwar noch benommen, aber nicht benommen genug. Du scheinst mir nicht sagen zu wollen, wo Bax ist." Wenn er für mich sogar gestorben wäre, sollte er dann nicht hier sein, nachdem ich nur knapp dem Tod entgangen war?

Titus umfasste das Schutzgitter des Bettes fester, selbst unter den schwarzen und blauen Verfärbungen seines Gesichts konnte ich sehen, wie bleich er wurde.

„Hör zu, Dovie." Schwer seufzend blickte er mich mit den zugeschwollenen Augen an. „Du darfst nichts darüber sagen, was wirklich mit Novak passiert ist."

„Wie bitte? Auf keinen Fall. Ich lasse nicht zu, dass Bax für etwas ins Gefängnis geht, das er nicht getan hat."

Titus fluchte leise. „Du hast keine andere Wahl. Ich war sicher, dass mich ein Kollege hintergehen würde. Ich wusste, dass Novak Polizisten bestochen hat. Ich habe das FBI gerufen, als Bax mir den Speicherstick gab. Nassir dazu zu überreden, uns zu helfen, war dagegen schon schwieriger, denn dieser Typ macht nichts umsonst. Ich habe ihn den Kampf ansetzen lassen und wusste, dass Bax auf jeden Fall dort aufkreuzen würde. Mir war auch klar, dass Novak mich schnappen und in den Club bringen würde, aber ich hatte keine Ahnung, dass er dich und Race gefunden hat. Das FBI hat jede Menge gegen Novaks Männer in der Hand, unter anderem deine Entführung. Du kannst jetzt nicht zugeben, dass du Novak in den Rücken geschossen hast. Das würde alles ruinieren, Bax würde ausflippen. Verstehst du mich?"

Ich schüttelte den Kopf, was so wehtat, dass ich die Augen schließen und mich auf meine Atmung konzentrieren musste. „Der Raum war voller Leute. Alle haben gesehen, dass ich es war. Bax hat schon so viel für meine Familie aufgegeben, für mich. Er darf nicht wieder zurück ins Gefängnis gehen." Und außerdem würde ich es ohne ihn nicht schaffen.

Titus seufzte erneut und senkte den Kopf. „Ich werde das nicht zulassen. Aber im Augenblick ist er ein Exknacki, der in eine ernste FBI-Ermittlung verwickelt ist. Wenn du dich da jetzt einmischst und dich selbst anzeigst … Himmel, Dovie, hast du eine Ahnung, was für eine selbstzerstörerische Scheiße er abziehen würde, um dich da wieder rauszuholen? Er liebt dich, er wollte sich sogar für dich umbringen. Glaubst du wirklich, er wird einfach ruhig zusehen, wie das FBI gegen dich ermittelt? Scheiße, nein."

Ich ließ den Kopf zur Seite fallen, mein Herz hämmerte heftig in meiner Brust. „Ist er eingesperrt?"

„Momentan. Er sitzt in Untersuchungshaft, bis das FBI geklärt hat, wer wer ist und gegen wen sie welche Anklage erheben. Sie wollen, dass ihr eure Aussage macht, du und Race, und die Chancen stehen gut, dass sie einen Deal mit Bax aushandeln, damit er ebenfalls aussagt."

„Ich wollte ihn nicht töten. Ich wollte nur, dass er aufhört." Meine Stimme war so leise, ich war nicht mal sicher, ob ich die Worte wirklich laut ausgesprochen hatte.

„Ist mir egal, was du wolltest oder nicht. Ich bin froh, dass der Dreckskerl tot ist. Nur so hat Bax überhaupt eine Chance, ein halbwegs normales Leben zu führen."

„Er hat mir nie erzählt, dass Novak sein Vater ist."

„Weil er es furchtbar fand. Als er klein war, hat Novak seine Vaterschaft nicht anerkannt. Er nannte meine Mom eine Hure und hat mehr oder weniger ihr Leben zerstört. Sie war nie besonders toll, aber ich glaube, dass sie seinetwegen noch mehr getrunken hat. Als Bax dann älter wurde und Autos geklaut hat, als wäre es das Leichteste auf der Welt, hat Novak ihn plötzlich als Thronfolger für sein kriminelles Königreich gesehen. Zuerst fand Bax das auch cool. Typen wie Benny haben ihm haufenweise Geld in die Hand gedrückt, er konnte alles haben, was er wollte, und das war natürlich verführerisch. Erst als er ein paarmal geschnappt wurde und Novak ihn ständig drängte, sich noch mehr ins Zeug zu legen, mehr Risiken einzugehen, wurde Bax klar, was er da eigentlich machte. Novak wollte ihn nie als Sohn, er wollte ihn zu seinem Abbild machen. Und war zugleich wütend darüber, dass er Bax nie wirklich unter Kontrolle hatte.

Ganz ehrlich, Bax' Dickköpfigkeit und seine Leck-mich-am-Arsch-Einstellung war genau das, was ihn vor Novaks Zugriff bewahrte, und außerdem der Grund, warum Novak derart hinter ihm her war. Novak konnte mit dem Trotz seines Sohnes nicht umgehen."

Wir starrten einander lange an. Als er mit dem Handrücken über den makellos weißen Verband an meiner Brust strich, zuckte ich automatisch zusammen.

„Er spricht oft davon, dass man manchmal schwere Entscheidungen treffen muss. Ich weiß, du willst nicht, dass er für etwas im Gefängnis sitzt, das er nicht getan hat. Aber wenn er dir wirklich wichtig ist, wenn du ihn so liebst, wie ich es vermute, wirst du genau das tun müssen. Im Augenblick bin ich mir zu neunzig Prozent sicher, dass ich ihn innerhalb einer Woche rausholen kann. Wenn du jetzt jedoch da reinstürmst und dich selbst belastest, wird er irgendeine Dummheit begehen, um dich zu retten. Und dann sehen wir ihn nie wieder."

Ich wollte nicht glauben, was er sagte, erkannte aber die Logik und Wahrheit hinter seinen Worten. Welche Probleme Bax auch immer mit ihm hatte, Titus lag sein jüngerer Bruder ehrlich am Herzen.

„Kann ich ihn besuchen, wenn ich hier rauskomme?"

Er stieß ein bitteres Lachen aus. Trotz seiner zugeschwollenen Augen sah ich Frustration und Traurigkeit darin.

„Nicht einmal ich darf zu ihm. Er ist eingesperrt, wieder im Gefängnis; das ist der letzte Ort auf der Welt, wo er von dir gesehen werden will. Du musst einfach geduldig sein, Dovie. Lass den Dingen ihren Lauf."

Natürlich hatte er recht, doch wenn ich es Bax überließ, was als Nächstes passierte, gab ich ihm die Möglichkeit, mich zu verlassen. Das wusste ich. Er hatte nicht gewollt, dass ich hautnah miterlebte, was sein Leben bestimmte – die Gewalt, die Rache, die Niedertracht. Und jetzt hatte ich eine große v-förmige Narbe auf der Brust, die mich jeden Tag daran erinnern würde. Also musste ich ihm irgendwie beweisen, dass dieses V für „Victory" stand, für Vertrauen und für Vitalität, was er mir wahrscheinlich nie abnehmen würde. Ich liebte ihn, beide Seiten an ihm, und ich wollte ihm nicht auch noch dabei helfen, mich zu verlassen.

„Ich werde keine Dummheiten machen, aber du holst ihn da besser raus, Titus."

„Das werde ich. Versprochen."

Er schwor, mit mir in Kontakt zu bleiben, und sagte, dass ein FBI-Agent vor meiner Tür postiert sei. Falls also irgendjemand vorhätte, mich umzubringen, würde das nicht so einfach funktionieren. Unter anderen Umständen hätte ich seinen trockenen Humor zu schätzen gewusst, doch ich war müde und traurig, und der einzige Mensch, der mich hätte trösten können, war so unerreichbar für mich, dass ich nicht mehr an ein gutes Ende glauben konnte.

Ich schlief in dem Moment ein, in dem Titus die Tür hinter sich schloss, und wachte erst wieder auf, als eine Schwester hereinkam, um nach mir zu sehen. Sie las mir eine meterlange Liste mit Verhaltensregeln vor. Meine Wunden waren ziemlich schlimm. Ich war mit über einhundert Stichen genäht worden, und unter der Gaze und dem Verband sah es nicht besonders hübsch aus. Sie sagte, dass ich über eine Schönheitsoperation nachdenken solle. Am liebsten hätte ich gelacht und ihr gesagt, dass ich aus The Point kam. Wir trugen unsere im Kampf errungenen Narben mit Stolz, zeigten der Welt damit, dass man gerne versuchen konnte, uns zu vernichten, wir würden trotzdem überleben. Vielleicht lag es ja an den Schmerzmitteln, aber ich dachte auch, dass so eine riesige Narbe für einen Jungen mit einem tätowierten Stern im Gesicht ein guter Grund sei, meine Liebe zu erwidern.

Dann sagte sie, dass ich Besuch hätte. Ich nahm an, sie meinte Race, deswegen bat ich sie, ihn hereinzuschicken. Sie nickte und erklärte, dass der FBI-Agent erst zustimmen müsse, was ich sonderbar fand, da mein Bruder ja ebenfalls unter Polizeischutz stand. Ich bat sie um etwas zu essen, woraufhin sie lachte und meinte, sie würde mal sehen, was sie für mich auftreiben könne.

Draußen hörte ich gedämpfte Stimmen, und als die Tür sich knarrend öffnete, schaute ich auf. Mein Körper fühlte sich steif an, und da ich jetzt wacher als zuvor war, spürte ich den brennenden Schmerz der Fäden, mit denen ich zusammengeflickt worden war. Überrascht stellte ich fest, dass Reeve an mein Bett trat.

„Was machst du denn hier?“

Sie sah mich nicht direkt an, griff aber hinter mich, um die Kopfkissen so zu richten, dass es bequemer für mich war. Sie verschränkte die Finger ineinander, und obwohl ich noch leicht betäubt war, sah ich, dass sie merkwürdig zerfahren und nervös war.

„Reeve, warum bist du hier?“

„Soll ich dir verraten, woher ich weiß, dass Typen wie Bax nur Probleme machen, dass sie, ohne nachzudenken, ein Leben zerstören können?“

Ich runzelte die Stirn. „Du weißt überhaupt nichts über Männer wie Bax. Du hast keine Ahnung, was er beinahe getan hätte, um mich zu retten.“

Wenn sie tatsächlich nur hier war, um ihn mir wieder auszureden, würde es mir irgendwie gelingen, mich aus diesem Krankenhausbett zu hieven und ihr eine runterzuhauen.

„Meine Schwester.“ Ihre Stimme kippte, und sie räusperte sich. „Sie ist ein paar Jahre jünger als ich. Sie war Einserschülerin, Klassensprecherin und Ein und Alles für meine Eltern. Wir waren beste Freundinnen.“

Ich wusste nicht, worauf sie hinauswollte, aber da ich nichts Besseres zu tun hatte, ließ ich sie weitersprechen.

„Im letzten Jahr in der Highschool traf sie diesen Typen … einen Typen wie Bax. Gut aussehend, charmant, er hatte immer irgendwelche krummen Dinge am Laufen. Er haute sie einfach um. Kaum einen Monat später hat sie angefangen, die Schule zu schwänzen, nach drei Monaten hat sie mich vollkommen ignoriert und ständig mit meinen Eltern gestritten. Nach sechs Monaten nahm sie Drogen und klaute. Nach sieben hat sie die Schule geschmissen und als Stripperin gearbeitet. Ich habe sie nicht mehr wiedererkannt.“ Sie weinte lautlos, die Hände zu Fäusten geballt. „Als sie sich weigerte, für ihn als Prostituierte zu arbeiten, hatte er die Schnauze voll. Doch er hat sie nicht etwa nur verlassen, er hat sie zu Tode geprügelt. Sie starb vollgepumpt mit Drogen und einsam, nur seinetwegen.“ Sie schluchzte laut und starrte mich eindringlich an. „Sie wollte nicht anschaffen gehen, weil sie schwanger war. Und er hat sie und ihr Baby umgebracht, weil sie nicht für Geld mit Fremden vögeln wollte. Sie war erst achtzehn.“

Armes Mädchen. Das war eine herzzerreißende Geschichte, aber so war Bax nicht. „Dein Verlust tut mir schrecklich leid, Reeve, doch was hat das mit mir oder mit Bax zu tun?“

Sie schüttelte leicht den Kopf, und auf einmal wurden ihre Augen ganz rund.

„Du bist so nett, du hast so ein großes Herz. Ich konnte einfach nicht ertragen, dass er dir so etwas antut, wie es Rissa passiert ist ...“ Sie blickte zum Fenster. „Ich war wütend, als Rissa starb. Ich glaube, ich drehte sogar ein bisschen durch. Dieser Typ, der sie auf dem Gewissen hat, der war böse, und Böses kann man nur mit Bösem bekämpfen. Wenn du genug Leute in The Point fragst, dann erzählen sie dir irgendwann von Novak.“

Mein Herz setzte kurz aus, ich hielt den Atem an.

„Sieh mich an, Reeve.“

Ihr mitternachtsblauer Blick fiel auf mich, und obwohl ihre Augen voller Tränen standen, wusste ich auf einmal, dass sie etwas mit den Typen zu tun hatte, die mich von der Straße in den Wagen gezerrt hatten.

„Ich bitte dich nicht, mir zu verzeihen. Ich will es nur erklären. Novak hat sich um den Typen gekümmert, der Rissa ermordet hat, aber er verlangt immer einen Preis für seine Gefälligkeiten. Lange Zeit hörte ich nichts von ihm, er hat nie Geld gefordert oder mich für sich arbeiten lassen. Ich dachte, ich hätte einfach Glück gehabt. Rissas Mörder war tot, Opfer seines eigenen schrecklichen Lebensstils geworden, und ich beschloss, mich künftig zu Tode zu schuften, um anderen zu helfen. Als Buße, weil ich unbedingt Blut hatte sehen wollen. Benny tauchte an dem Tag im Übergangshaus auf, an dem Bax dich zum ersten Mal hingefahren hatte. Er machte ein großes Theater, erzählte, was Bax dir alles antun würde, wie er dich benutzte, um sich an Race zu rächen. Die Zeit war gekommen, jetzt musste ich bezahlen. Sie wollten wissen, wann du allein sein würdest, und fragten, wo du wohnst, weil sie wussten, dass du nicht mehr bei Bax warst. Ich habe dafür gesorgt, dass du suspendiert wurdest. Ich habe den Leiter angerufen und ihm erzählt, dass du mit Bax weggefahren bist. Und ich sagte Novaks Leuten, dass du allein zur Bushaltestelle gegangen wärst und jemanden namens Gus erwähnt hättest. Ich glaube, du hast nicht mal gemerkt, dass dir der Name rausgerutscht ist. Mehr brauchten sie nicht zu wissen. Ich redete mir ein, ich würde dir nur helfen, alles wäre richtig, wenn du dadurch von diesem Typen loskämst … aber in Wahrheit wusste ich es. Ich wusste, dass sie dich benutzen würden, womöglich umbringen würden, und trotzdem habe ich ihnen die Information gegeben."

Wünschte ich, sie zu erwürgen, wollte ich Blut fließen sehen? Hätte wirklich Bax abgedrückt und nicht ich, dann wäre es vielleicht so gewesen, doch in diesem Moment fühlte ich nichts anderes als Mitleid. Reeve hatte einen schlechten Menschen umbringen lassen, weil er jemanden zerstört hatte, den sie liebte. Und ich hatte einen schlechten Menschen umgebracht, weil er sonst die Menschen, die ich liebte, gequält und verletzt hätte. Wir starrten einander an. Ich weiß nicht, ob sie sich Vergebung erhoffte oder zumindest eine Art von Verständnis, doch beides würde sie von mir nicht bekommen.

„Mein Bruder wäre beinahe gestorben, und ein sehr netter, anständiger Mann hat nicht überlebt, weil du ihnen unseren Unterschlupf verraten hast. Meine Wunden werden verheilen. Ich habe Schmerzen, aber viel schmerzhafter war es, mit ansehen zu müssen, wie der Mann, den ich liebe, die Pistole auf sich selbst gerichtet hat, damit ich lebend aus dieser Fabrikhalle herauskomme. Ich weiß, was passiert, wenn man einen Pakt mit dem Teufel schließt, Reeve, und du verdienst es, dafür in der Hölle zu schmoren."

Sie öffnete den Mund, schloss ihn wieder. Sie blinzelte die letzten Tränen weg und verzerrte die Lippen zu einem bitteren Lächeln. „Ich habe meinen Job beim Übergangshaus gekündigt. Ich werde zur Polizei gehen und erzählen, was ich getan habe. Ich weiß nicht, was das für mich bedeutet, aber es ist das einzig Richtige. Ich habe mich irgendwie verloren in all der Rachsucht und dem Hass, ich weiß nicht mehr, wer ich bin, und genau deshalb wollte ich dir so etwas unbedingt ersparen. Allerdings scheinst du jetzt mehr du selbst zu sein als jemals zuvor."

„Es öffnet einem die Augen, wenn einen alle möglichen Leute ans Leder wollen, und Bax … sagen wir einfach, von ihm habe ich etwas gelernt. Es ist ein Unterschied, wer man sein will und wer man letztlich sein muss, um das Leben zu meistern. Die richtige Mischung aus beiden Teilen zu finden ist das Einzige, wonach wir streben können. Wenn du zur Polizei gehst, solltest du nicht ausgerechnet mit einem Detective namens Titus King sprechen. Er ist Bax' Bruder, und wenn er erfährt, dass du uns verraten hast, sieht es für dich nicht besonders gut aus."

„Es tut mir leid, Dovie. Ich weiß, dass ich einen Fehler gemacht habe, und es ist schrecklich, dass ein so ehrlicher und wunderbarer Mensch wie du dafür bezahlen muss."

Ich hob eine Augenbraue. „Ich bezahle gern, solange es die Belohnung am Ende wert ist."

Jetzt wurde ihr Lächeln traurig. „Du meinst, die Belohnung ist Bax?"

„Ich denke, meine Belohnung ist Glück, und ohne ihn kann ich nicht glücklich werden. Also wird meine Belohnung sein, einen Ort zu finden, wo unsere Beziehung möglich ist."

„Es wird nie leicht sein. Alles für einen Mann wie ihn zu geben … das könnte dein Untergang sein."

Ich hätte mit den Schultern gezuckt, aber die Schmerzmittel ließen nach, ich war am Verhungern, und sobald ich mehr als die Augen bewegte, jagten höllische Schmerzen durch meinen Körper.

„Manche Männer … die sind einfach besser, wenn sie böse sind. Bax ist einer von ihnen, und langsam denke ich, mein Bruder vielleicht auch. Also muss ich eben anständig genug für uns alle drei sein."

Sie lachte leise, echte Reue lag in ihren schönen Augen.

„Wenn überhaupt jemand anständig sein kann, dann du. Ich wünsche dir alles Glück der Welt, Dovie. Wirklich."

„Wünsche ich dir auch."

Wahrscheinlich hätte ich sie warnen sollen. Sobald Bax aus dem Gefängnis kam und erfuhr, dass Novaks Männer mich ihretwegen gefunden hatten, würde sie höllisch aufpassen müssen. Ich konnte darüber hinwegsehen, aber ihm würde es sicher sehr viel schwerer fallen, ihr zu verzeihen.

Die Schwester kam zurück und gab mir etwas Wackelpudding und eine fade Suppe. Ich war schon wieder müde, doch der FBI-Agent an der Tür sagte, dass Race gleich mit seinem Polizeischutz vorbeikommen würde, deswegen zwang ich mich, wach zu bleiben.

Als er endlich kam, musste ich mich schwer zusammenreißen, um bei seinem Anblick nicht in Tränen auszubrechen. Er sah aus, als wäre er von einem Bus überfahren worden, und die Sorge in seinem Blick spiegelte meine eigenen Gefühle.

„Ich bin so froh, dass es dir gut geht." Seine dunkle Stimme klang, als würden Steine einen Hang hinabrollen.

„Ich auch. Du siehst ungefähr so aus, wie ich mich fühle."

Er kam an mein Bett gehumpelt und griff behutsam nach meiner Hand. Dann drehte er sie um und legte die Finger auf meinen Puls. Er war schwach, aber er war da.

„Du wärst beinahe gestorben, Dove. Ich hatte noch nie zuvor in meinem Leben solche Angst."

Ich drückte sanft seine Hand. „Mir geht's gut."

„Novak nicht mehr. Ich wünschte, ich wäre dabei gewesen und hätte sein Gesicht gesehen, als Bax abgedrückt hat."

Ich öffnete schon den Mund, um ihm zu erklären, was wirklich passiert war, doch Titus' Stimme schwirrte in meinen Gedanken herum. Ich musste eine schwierige Entscheidung treffen, die sich eher wie eine Lüge anfühlte.

„Wusstest du, dass Novak Bax' Vater war?"

Er ließ den Kopf sinken, ich sah, wie seine Brust sich hob und senkte.

„Er hat nie darüber gesprochen, weißt du? Er hat es nie zugegeben, aber als ich die beiden zum ersten Mal zusammen sah, war es mir sofort klar. Sie sahen sich so verdammt ähnlich, hatten dieselben Augen. Als ich ihn einmal danach fragte, ließ er mich einfach oben in The Hill sitzen, ich musste zu Fuß nach Hause gehen, also habe ich meinen Mund gehalten."

„Was passiert jetzt, Race? Was sollen wir tun?"

Er drückte meine Hand, und dann erhellte dieses Grinsen sein Gesicht, bei dem ich wie üblich das Gefühl hatte, dass alles gut werden würde.

„Uns fällt schon was ein. Das ist doch immer so."

„Bax will nicht, dass wir ihn besuchen."

„Diesen Kampf, Dovie, musst du wohl eher allein austragen. Ich glaube, dass du ihm wichtig bist, so wichtig ihm jemand sein kann, aber er weiß nicht, wie so etwas langfristig funktioniert."

Meine Augen wurden schmal. „Dann muss ich es ihm eben zeigen."

Race schnaubte kurz und setzte sich hin. Seine Verletzungen waren nicht so schwerwiegend wie meine, in Höchstform war er jedoch auch nicht gerade.

„Wenn er dir das Herz bricht, bringe ich ihn um."

„Und wenn ich seins breche?" Ich musste lachen, was ich umgehend bereute, denn es war, als hätte man mir Säure über die Brust geschüttet. Race presste stöhnend die Fauste an seine Augen. „Das wird für mich so richtig beschissen werden, oder?"

„Ach komm, wenn jemand ein Happy End verdient hat, dann ja wohl wir."

„Bei Bax bin ich mir nicht so sicher, aber du, Dovie, du verdienst nur das Beste von allem."

Er hatte recht, das verdiente ich, und ich würde es mir holen, auch wenn Bax es mir nicht leicht machen würde.

17. KAPITEL

Bax

Verglichen mit fünf Jahren waren drei Monate gar nichts. Die drei Monate hätte ich locker auf dem Kopf stehend hinter mich bringen können. Oder zumindest ohne mit der Wimper zu zucken – wenn ich dieses Mal nicht so viel zu verlieren gehabt hätte. Jeden Tag, jede Minute, jede Sekunde zermarterte ich mir das Hirn, was anders hätte laufen können. Obwohl ich mich weigerte, mit Titus zu sprechen, überhaupt irgendjemanden zu sehen außer den FBI-Agenten, die mich wieder und wieder befragten, verschaffte er sich Zutritt zu mir. Ich wusste, dass Dovie beinahe gestorben wäre. Ich wusste, dass es ihr schwerfiel, tatenlos herumzusitzen, während ich eingesperrt war. Und ich wusste, dass es ihr jedes Mal das Herz brach, wenn sie mich besuchen wollte und ich die Aufseher bat, sie nach Hause zu schicken.

Aber da war nun mal nichts zu machen. Ich wollte nicht, dass sie mich in Sträflingsorange sah, wollte nicht, dass sie einknickte und dem FBI gestand, wer in Wahrheit Novak die Kugel verpasst hatte. Zwar hatte ich jedes Mal den Geschmack von Staub und Asche auf der Zunge, doch weigerte ich mich weiterhin, sie zu sehen, und nach dem fünften Mal kam sie nicht mehr. Nachts lag ich wach, starrte an die Zementdecke und dachte wieder und wieder darüber nach, wie ich es hätte besser machen können, wie ich hätte verhindern können, dass sie überhaupt in die Sache hineingezogen wurde. Die Antwort war im Grunde ganz simpel. Ich hätte die Finger von ihr, sie in Ruhe lassen sollen. Wenn sie dann trotzdem Ärger mit Novak bekommen hätte, wäre es zumindest Races Schuld gewesen, seine Verantwortung, nicht meine.

Die FBI-Agenten wollten mich länger einsperren. Mein Ruf eilte mir voraus, und es war ihnen nicht entgangen, dass Novak mein Vater war. Nur war ich als Zeuge nützlicher, und ich wusste so viel über Novaks Geschäfte, dass sie mir am Ende einen Deal anboten: die bereits abgesessene Zeit plus Bewährung. Titus war stinksauer. Der FBI-Agent, dem er den Fall übergeben hatte, zögerte meine Entlassung absichtlich hinaus, was Titus wusste. Der Grund war seiner Ansicht nach, dass ich mich weigerte, in Schutzhaft zu gehen. Sie wollten, dass ich umzog, dass ich in irgendeinem hübschen, ruhigen Vorort Vater-Mutter-Kind spielte und meinen Namen änderte, bis auch der Letzte von Novaks Leuten verurteilt war, aber ich tat es nicht. Ich wusste nicht, wie man woanders als in The Point lebte, und ich war noch nie der Typ gewesen, der sich versteckte.

Nachdem es Novak nicht mehr gab, war ich wahrscheinlich der gefährlichste Mann auf der Straße, und ich war wütend wegen Dovies Verletzung, wegen Gus' Tod, weil Race sein Leben hatte aufgeben müssen und zusammengeschlagen worden war. Wütend genug, dass garantiert niemand den Mut hatte, sich mit mir anzulegen.

Ich grübelte also viel, aber nicht ausschließlich darüber, wie ich alles hätte anders machen können. Ich dachte auch an Dovies Mund, an ihre blasse, mit Sommersprossen gesprenkelte Haut, wie ihre Locken tanzten und sich drehten, wenn sie sich bewegte, als hätten sie ein eigenes Leben. Ich erinnerte mich, wie die Farbe ihrer Augen sich von Dunkelgrün zu heller Jade veränderte, wenn ich in ihr war, wie sie mich „Shane“ nannte, wenn sie erregt war. Und wie sie „Bax“ sagte, wenn sie mich daran erinnern wollte, dass ich zwei Seiten hatte und die eine ihr Angst machte. Leider hatte sie recht behalten, denn Bax hatte ihr nichts gebracht als Schmerz und Probleme. Und in mir war genug von Shane, um zu wissen, dass ich sie vergessen musste, damit sie ein ungefährliches und glückliches Leben weit weg von Bax führen konnte.

Zwei Wochen Freiheit. Zwei Wochen, in denen ich die Zeit totgeschlagen und überlegt hatte, was ich als Nächstes tun sollte. Bisher war mir nichts Besseres eingefallen, als mich jede Nacht sinnlos zu besaufen und eine Schlägerei anzuzetteln, wenn jemand mich auch nur schief anschaute. Ich war unbesonnen und bescheuert. Das wusste ich und konnte trotzdem nicht damit aufhören. Früher hatte ich alles, was auf mich zukam, einfach akzeptiert, weil das zu meinem harten und brutalen Leben dazugehörte. Nie war ich unzufrieden gewesen, immer hatte ich gewusst, dass ich mehr als genug Scheiße gebaut hatte, für die ich eben büßen musste, doch nie war ich unglücklich gewesen oder hatte etwas vermisst. Jetzt schon, und das fand ich furchtbar. Ich fühlte mich wie ausgehöhlt, irgendwie falsch, und rechnete jeden Moment damit, dass ich durchdrehte.

Ich war in meinem Rattenloch von einem Apartment im Stadtzentrum und hatte bereits eine halbe Flasche billigen Whiskey getrunken, als mein Bruder hereinkam, ohne anzuklopfen. Irgendwann hatte ich unbewusst aufgehört, ihn als Halbbruder zu betrachten. Und da er die letzte Verbindung zu dem war, was ich am meisten wollte, versuchte ich so nett wie möglich zu sein – auch wenn ich nach wie vor ein paar Probleme damit hatte, wie er die Sache mit Novak angegangen war.

„Was machst du hier?" Zumindest hatte ich das fragen wollen, aber ich war ziemlich hinüber, und meine Zunge schien nicht richtig zu funktionieren.

Titus sah mich an und seufzte. Dann steuerte auf die Pulle zu, die mitten im Zimmer auf dem Boden stand, und leerte sie im Waschbecken aus. Ich hätte protestieren sollen, doch fehlten mir die Energie und die Kraft, mich mit ihm anzulegen.

„Ein Anwalt hat heute Kontakt mit mir aufgenommen."

„Und weiter? Seit ich draußen bin, lauern mir ständig Anwälte auf."

„Weil du der wichtigste Zeuge bist, und wenn du jetzt was Dummes anstellst und das bisschen Glaubwürdigkeit, das du dir erarbeitet hast, wieder ruinierst, könnten Benny und die anderen davonkommen. Sie hoffen einfach, dass du keinen Unsinn machst."

Ich wischte mir mit der Hand übers Gesicht und entblößte meine Zähne zu einem grimmigen Lächeln. „Alles im Griff, großer Bruder."

„Du führst dich wie ein Idiot auf."

„Wie auch immer. Was willst du, Titus?"

„Gus' Nachlass wird aufgelöst. Er hat so ziemlich alles seiner Frau hinterlassen. Aber die Werkstatt und die Autos …" Titus sah mich scharf an. „Die hat er dir vermacht."

In meinem Kopf dreht sich alles, ich setzte mich aufrecht hin, doch das Zimmer kippte seitwärts, und mir wurde flau im Magen.

„Die Werkstatt … sie gehört dir. Du musst nur deinen bescheuerten Hintern hochkriegen und die Papiere unterschreiben. Ich schätze, der Anwalt, der sich darum kümmert, hat längst versucht, dich zu erreichen. Aber wie es aussieht, willst du mit niemandem sprechen."

Ich drückte die Augen zu und warf einen Arm darüber. Ich roch schlecht, ich fühlte mich schlecht, ich sah schlecht aus. Und ich war schlecht. „Hab keinem was zu sagen."

„Ach ja? Vielleicht könntest du mal deinen besten Freund anrufen und ihm sagen, wie froh du bist, dass er noch lebt? Und deine Mom, damit sie erfährt, dass du nicht mehr im Gefängnis bist. Und du könntest dein Mädchen anrufen und ihr sagen, dass du sie vermisst, und dich für dein idiotisches Verhalten entschuldigen. Himmelherrgott, Bax. Du solltest sie mal sehen. Es war schwer genug, sie zu überreden, den Mund zu halten, und dann hast du nichts Besseres zu tun, als ihr das Herz zu brechen. Sie denkt, dass du ihr die Schuld gibst, dass du nicht mit ihr sprechen willst, weil du ihretwegen eingesperrt wurdest. Du musst dich mit Dovie aussprechen. Niemand wird dich je wieder so lieben wie dieses Mädchen. Geh nach Hause, Bax. Bring das in Ordnung, bau dir endlich ein Leben auf."

„Meinetwegen wäre sie beinahe umgebracht worden."

Ich war nicht sicher, ob ich die Worte ausgesprochen hatte, doch ich fühlte sie, schmeckte sie, denn ich hatte jede Minute in den vergangenen Tagen mit ihnen gelebt.

Seufzend ließ er sich in den alten Sessel sinken. „Das alles war eine Verkettung unglücklicher Umstände. Ja, sie ist deinetwegen in Gefahr und wegen Race. Aber wäre es dann nicht besser, in ihrer Nähe zu bleiben, statt sie allein zu lassen? Niemand – und ich meine niemand! – wird je vergessen, was du bereit warst, für sie zu tun. Sich selbst eine Pistole unters Kinn zu drücken sendet eine ziemlich starke Botschaft, Bax. Und die hat jeder in der Fabrikhalle laut und deutlich vernommen."

Ich spürte, wie meine Brust sich hob und senkte, wie Luft in meine Lunge drang und wieder hinaus, doch es fühlte sich nicht wie atmen an. Es fühlte sich nicht an, als ob ich überhaupt existierte. „Sie hat was Besseres verdient."

Er schnaubte, und ich drehte den Kopf und öffnete ein Auge.

„Sie ist von einer Freundin an Novaks Leute verraten worden, ihr eigener Vater hat einen Auftragskiller auf sie angesetzt, ihre Mom ist ein Junkie, ihr Bruder spielt gern mit dem Feuer. Und jetzt ist sie auch noch in dich verliebt … Ja, sie hat was Besseres verdient, aber so sieht ihr Leben nun mal aus, Bax. Es gibt nie etwas Besseres, wir müssen mit dem zurechtkommen und glücklich sein, was wir haben. Sie ist ein gutes Mädchen, sie lebt im gleichen dunklen Leben wie du, hat dieselben Probleme wie du, und trotzdem schafft sie es, anständig zu sein und das Gute in Typen wie dir und Race zu sehen. Vergeig das nicht, das wäre die schlechteste Entscheidung deines Lebens – und zum Teufel, schlechte hast du in den letzten Jahren wirklich zu oft getroffen."

Halbherzig warf ich mit einem Kissen nach ihm, aber er fing es auf und schleuderte es zurück. Ich zuckte zusammen, als es meinen schmerzenden Kopf traf. „Was interessiert es dich?"

„Du bist mein Bruder. Und selbst wenn du das nicht kapieren willst, du hast auch was Besseres verdient. Mach was aus der Werkstatt. Mach etwas mit diesem Mädchen. Mach etwas aus deinem Leben, Bax. Dieses Mal kannst du es nicht darauf schieben, dass du ein schlechter Mensch bist und keine andere Wahl hast."

Seine Worte trafen mich wie Schläge. Ich war betrunken, aber trotz des Alkohols konnte ich die Wahrheit, die darin lag, nicht länger verdrängen. „Und wenn ich die Werkstatt übernehme und etwas damit mache, was dir nicht gefällt?"

Stöhnend stand er auf. „Willst du im Ernst behaupten, du wirst geklaute Autos verticken?"

Ich hätte gelacht, befürchtete jedoch, mich dann übergeben zu müssen. „Nein, ich erzähle meinem Bruder nur, dass ich vielleicht nicht die grandiosesten Pläne für meine Zukunft habe. Könntest du damit umgehen?“

„Das könnte ich wie immer. Ich liebe dich, Bax, aber wenn du das Gesetz brichst und ich dich dabei erwische, stecke ich dich wieder ins Gefängnis. Nachdem du jetzt weißt, wie es hinter Gittern ist, wenn man etwas zu verlieren hat, hoffe ich einfach mal, dass du allein deshalb sauber bleibst.“

Ich grinste schwach und schwang die Beine über die Bettkante. Dann sah ich mich in der traurigen kleinen Wohnung um. Das war der letzte Ort, an dem ich sein wollte, wie mir klar wurde. „Zumindest motiviert es mich, mich nicht erwischen zu lassen.“

„Du bist wirklich eine schreckliche Nervensäge. Das weißt du, oder?“

Auf die Beine zu kommen gestaltete sich etwas schwieriger, als sich einfach nur aufzusetzen. Ich brauchte einen Kaffee und eine höllisch heiße Dusche, um meinen Kopf klarzukriegen. „Das habe ich schon ein- oder zweimal gehört. Weißt du, wo sie ist? Wohnt sie wieder in diesem beschissenen Apartment gegenüber vom Diner?“

Ich ging davon aus, dass ich nicht weiter erläutern musste, wen ich mit „sie“ meinte.

Titus schüttelte den Kopf und steuerte auf die Tür zu. „Keine Ahnung. Ich glaube, sie hatte die Nase voll von mir, weil ich sie ständig gebeten habe, den Mund wegen der Schießerei zu halten. Dass ihre Freundin Novaks Jungs auf sie gehetzt hat, hat sie zwar ganz gut verkraftet, zu kauen hat sie allerdings schon daran. Seit du draußen bist, habe ich nicht mehr mit ihr gesprochen. Race wohnt noch immer über der Werkstatt, aber dort ist sie nicht.“

Ich wurde von kalter, scharfer Wut erfasst. „Wer ist diese Freundin? Die Blonde aus dem Restaurant?“ Dovie hatte nicht viele Freunde oder Menschen, die ihr nahestanden, das begrenzte die Möglichkeiten.

„Nein. Sie haben zusammen in dem Übergangshaus gearbeitet, doch bevor du jetzt durchdrehst und irgendwas Idiotisches machst, solltest du wissen, dass das FBI sie ebenfalls als Tatzeugin will. Sie wurde ins Zeugenschutzprogramm aufgenommen, an sie kommst du also nicht ran."

Ich starrte ihn düster an – obwohl dadurch mein Kopf wie verrückt schmerzte. Da ich schwankte, blieb der knallharte, drohende Blick, den ich ihm zuwarf, vollkommen wirkungslos. „Aber du."

Er zog eine Augenbraue hoch und öffnete die Tür. „Das könnte ich, wenn ich wollte, doch inzwischen müsstest du kapiert haben, dass Menschen ständig falsche Entscheidungen treffen. Man sollte sie nicht ewig daran messen."

Schnaubend rieb ich mir das Gesicht. Ich fühlte mich nicht mal wie ein Mensch. „Das sagst du nur, weil sie umwerfend aussieht und diese großen blauen Augen hat."

„Ich sage das, weil Dovie ihretwegen fast getötet worden wäre und ich mit ansehen musste, wie mein kleiner Bruder sich eine Pistole an den Kopf gehalten hat. Würde ich sie am liebsten erwürgen? Ja. Aber ich weiß auch, wie es sich anfühlt, in der Falle zu sitzen und keinen Ausweg zu sehen. Ich wusste, dass Novak dich niemals einfach gehen lassen würde. Ich habe immer versucht, der gute Cop zu sein, immer schön auf der richtigen Seite des Gesetzes zu stehen. Wenn ich zurückdenke ... vielleicht hätte ich ein bisschen mehr wie du sein sollen. Vielleicht hätte ich allen viel Kummer erspart, wenn ich auch mal die Regeln gebrochen hätte."

„So bist du nun mal nicht, Officer King."

„Weiß ich nicht, Bax. Wir teilen uns zur Hälfte die gleichen Gene. Viel Glück mit deinem Mädchen."

Die Tür fiel leise klickend hinter ihm ins Schloss, und ich trottete ins Badezimmer, um nüchterner zu werden. Es dauerte länger, als es eigentlich sollte. Als ich aus der Dusche stieg, war das Wasser kalt, und ich hatte runzelige Finger. Um wenigstens halbwegs akzeptabel auszusehen, musste ich mich zweimal rasieren und mir die Zähne putzen. Noch immer war ich nicht hundertprozentig nüchtern, doch der Nebel hatte sich geklärt, und ich war geistesgegenwärtig genug, mein Handy aus der Schublade zu nehmen, wo es seit meiner Entlassung unbenutzt lag, und Race anzurufen.

Es klingelte lange. Ich dachte schon, er würde nicht abnehmen, und mein Herz klopfte unregelmäßig. Ich konnte die ganze Stadt absuchen, bis ich sie fand, und würde es tun, aber ich hatte bereits zu viel Zeit verschwendet und wollte so schnell wie möglich zu ihr.

„Wurde auch Zeit."

Er klang verärgert, und das konnte ich ihm wirklich nicht übel nehmen.

„Ja, sieht so aus."

„Du bist ein Arschloch, das weißt du selbst, oder?"

Ich starrte auf den Boden zwischen meinen Füßen. „Dasselbe hat Titus gerade gesagt. Ja, das weiß ich."

„Hör zu, Kumpel, dass du von ihr keinen Besuch im Gefängnis wolltest, das verstehe ich. Und dass du denkst, es ist besser für sie, wenn du nicht mit ihr zusammen bist ... ehrlich gesagt ist das der Grund, warum ich nur noch halb so sauer auf dich bin. Aber dieses totale Schweigen ist absolut nicht cool. Du tust ihr damit wirklich weh."

Ich stieß den Atem aus. „Tja, wo ist sie? Ich will es in Ordnung bringen."

„So funktioniert das nicht. Sie ist fast gestorben, sie hat gesehen, wie du fast gestorben wärst, und Novak hat sie übel zugerichtet. Sie wollte nur dich oder zumindest dass du dein Recht bekommst, aber du hast total abgeblockt. Ich weiß nicht, ob sie dich überhaupt noch sehen will."

Ich biss die Zähne zusammen. So, wie mein Blut jetzt zu kochen begann, würde auch der letzte Rest Whiskey darin verbrennen.

„Ich muss mit ihr sprechen. Ich muss versuchen, das in Ordnung zu bringen."

Er seufzte. „Was verstehst du schon davon, irgendwas in Ordnung zu bringen?"

Das war eine berechtigte Frage, deswegen wies ich ihn nicht darauf hin, dass immerhin er dieses ganze Drama ins Rollen gebracht hatte und ich ansonsten seine Schwester gar nicht erst kennengelernt hätte.

„Ich weiß, dass Dovie recht hat. Die Zeit mit ihr hat mich verändert, und es hat sie verändert. Ich werde niemals ein großartiger Kerl sein, Race, aber ich werde alles dafür tun, damit ihr nie wieder etwas Schlimmes passiert."

Er lachte bitter auf. Am liebsten hätte ich ihm durchs Telefon eine verpasst.

„Bist du nicht überhaupt das Schlimmste, das ihr passieren konnte, Bax?"

Ich knurrte ihn im wahrsten Sinne des Wortes an, dann umklammerte ich das Handy fester. „Entweder du hilfst mir oder nicht. Ich werde sie auch selbst finden, Race. Und ich sorge dafür, dass das mit uns funktioniert, ob es dir passt oder nicht. Entweder du bist dabei, oder du bleibst eben auf der Strecke. Du warst wie ein Bruder für mich, aber wenn du mir dazwischenfunkst, mache ich dich fertig."

Jetzt klang sein Lachen echt. „Gut, denn wenn du ihr noch einmal wehtust, reiß ich dir die Eingeweide raus und hänge dich daran auf."

„Wo ist sie?"

„Wo du von Anfang an hättest sein sollen, als das FBI dich rausgelassen hat. Geh nach Hause, Bax. Es ist höchste Zeit, dass du lernst, wie sich das anfühlt."

Bevor ich etwas sagen konnte, hatte er schon aufgelegt. Das Blut rauschte in meinen Ohren und köchelte stetig unter meiner Haut. Hastig zog ich Jeans, ein langärmliges Thermal-Shirt und Stiefel an, dann ging ich aus der Tür. Als ich sie hinter mir zuknallte, wusste ich, dass ich nie wieder zurückkommen würde. Diese schäbige Wohnung im schlimmsten Teil von The Point gehörte dem Mann, der ich einmal gewesen war. Zwar trug ich noch einige Züge von ihm in mir, doch viel mehr von dem Mann, der ich für Dovie sein wollte. Natürlich würde dieser Mann keine Bundfaltenhosen tragen und sich keinen Bürojob suchen.

Außerdem bestand die Chance, dass ich den Knast nicht zum letzten Mal von innen gesehen hatte. Der Mann, der ich jetzt war, glaubte jedoch nicht mehr, dass seine Zukunft ausschließlich aus Gitterstäben oder einem Leichensack bestehen konnte, und das gab mir etwas, das ich bisher nicht kannte … Hoffnung.

In Rekordzeit hatte ich das kleine Haus am Rande von The Hill erreicht, obwohl es wahrscheinlich nicht klug war, nach zwei Wochen dauertrinken so schnell zu fahren. Mit Alkohol am Steuer erwischt zu werden war das Letzte, was ich jetzt brauchen konnte. Als ich mit dem Runner in die Auffahrt fuhr, sah ich, dass im Haus die Lichter brannten. Dieses Haus hatte ich meiner Mom geben wollen, damit sie endlich ein Zuhause hatte. Als Entschädigung dafür, dass sie von Anfang an Scheißkarten bekommen hatte. Leider hatte sie das nie verstanden, war nie in der Lage gewesen, die Dämonen ihrer Sucht zu überwinden. Deswegen sollte jetzt Dovie aus diesem Haus machen, was es von Anfang an hatte sein sollen – ein Heim.

Ich öffnete die Tür und stand einen Moment einfach da. Sie hatte in den Monaten, die ich im Knast saß, viel Arbeit in die Einrichtung gesteckt. Das Wohnzimmer enthielt nicht mehr nur die nötigsten Möbel, sondern auf dem Sofa lagen Kissen, ein Teppich unter dem Couchtisch, die Wände waren nicht länger langweilig beige. Es sah bewohnt und gemütlich aus; es sah nach Dovie aus.

Ich musste zweimal hinsehen, als ich die brennenden Kerzen auf dem Beistelltisch entdeckte, dann ging ich in die Küche, um dort nach ihr zu sehen. Nie zuvor war ich in einem Haus mit Kerzen gewesen. Das hatte so wenig mit dem Leben zu tun, das ich führte, dass ich einen Moment lang buchstäblich nicht begreifen konnte, was ich da sah.

Die Küche war leer, aber perfekt ausgestattet. Lebensmittel in den Schränken, der Kühlschrank gefüllt, Platzdeckchen auf dem kleinen Küchentisch. Zärtlich betrachtete ich die Küchentheke und stellte mir vor, wie sie dort lag, ausgestreckt und sehnsüchtig. Fünf Jahre ohne Sex waren nicht lustig gewesen; drei Monate ohne Sex, wenn es nur einen Menschen gab, mit dem man bis ans Ende seines Lebens Sex haben wollte, waren schlicht und einfach Folter.

Ich rief ihren Namen so sanft wie möglich, um sie nicht zu erschrecken. Und damit sie weglaufen konnte, falls sie mich wirklich nicht sehen wollte. Wobei ich sie natürlich finden würde. Sie musste mir zuhören, musste verstehen, dass ich ohne sie nicht leben konnte. Mein Leben würde immer brutal und finster sein, und ich brauchte sie als helles Licht darin.

Ich durchquerte die Küche und ging in den hinteren Teil des Hauses, wo sich das Schlafzimmer befand. Beim Näherkommen hörte ich leise Musik hinter der geschlossenen Tür. Ich klopfte vorsichtig, bevor ich den Knauf drehte und hineinging. Auf dem großen Bett lag eine grau-schwarze Daunendecke und Kissen, die fachmännisch aufgeschüttelt waren. Auf den Nachttischen standen Lampen aus Chrom und Glas, Vorhänge hingen an den Fenstern. Ein blutroter Teppich bedeckte einen Großteil des Holzbodens. Er hätte eigentlich viel zu knallig wirken müssen, passte aber in Wahrheit perfekt zur dunklen Einrichtung. Das Zimmer wirkte wie ein erotischer, schummriger Zufluchtsort. Der Rest des Hauses war typisch für Dovie eingerichtet, doch hier schien sie mich im Kopf gehabt zu haben. Es war düsterer und gröber. Mir gefiel jedes einzelne Detail.

Als ich mich gefasst hatte, bemerkte ich das Wasserrauschen im angrenzenden Badezimmer. Ich atmete tief durch und stellte mich in die offene Tür. Ich würde sie wahrscheinlich zu Tode erschrecken, wenn ich unangekündigt auftauchte, während sie nackt und verletzlich unter der Dusche stand. Kurz überlegte ich, zu warten, bis sie fertig war, und dann ihren Namen zu rufen, um sie wissen zu lassen, dass ich da war. Doch dann ging ich einfach hinein und fing sofort an, mich zu rechtfertigen. „Rotschopf? Tut mir leid, dass ich mich im Gefängnis geweigert habe, dich zu sehen. Das war total beschissen, und ich war ein Feigling, aber bitte hör mir zu."

Im Radio spielte irgendein Rocksong, der Raum war voller Wasserdampf. Mein Herz zog sich zusammen, als ich sah, was sie auf den beschlagenen Spiegel geschrieben hatte.

I ♥ BAX.

Plötzlich flog die Glastür der Dusche auf, und vor mir stand Dovie, nackt und nass. Sie wirkte kein bisschen überrascht, mich zu sehen. Ihr Haar fiel wie ein roter Vorhang über ihren Rücken und ihre Schultern. Mit großen Augen blickte sie mich an und musste mehrfach blinzeln, weil Wasser aus ihren Haaren lief, doch ich sah nichts anderes als die v-förmige Narbe über ihren perfekten Brüsten. Als wäre die Silhouette eines Vogels in vollem Flug in ihre Haut geätzt worden. Sie war noch rosa und am Verheilen. Zudem war sie riesig – nicht direkt hässlich, ihr zarter Körper hätte jedoch niemals mit solcher Brutalität beschädigt werden dürfen.

„Wird auch Zeit, dass du endlich auftauchst. Spätestens am Montag hätte ich mich auf die Suche nach dir gemacht. Willkommen zu Hause, Bax."

Ich riss mich vom Anblick der Narbe los, um ihr in die Augen zu sehen. Ich glaubte Tränen darin zu entdecken, aber ich war mir bei all dem Wasser und dem Dampf nicht sicher. „Wie bitte? Titus und Race sagten, du hättest die Nase voll von mir."

Sie strich sich über ihr langes Haar. Sofort schoss mir das Blut aus dem Kopf unter die Gürtellinie.

„Die wollten doch nur erreichen, dass du endlich den Hintern hochkriegst. Ich war wütend, weil du mich nicht sehen wolltest, und ich fand es schrecklich, dass du unschuldig im Gefängnis warst. Aber ich konnte es verstehen. Ich verstehe dich, Bax. Irgendwann wirst du das einsehen müssen."

Ich ging noch ein paar Schritte Richtung Dusche. Wasser war auf den Boden getropft, und meine Stiefel quietschten auf den Fliesen. Ich hätte sie berühren können, wartete jedoch. Sie sollte in meinen Augen sehen, was ich empfand.

„Ich habe dir so etwas nie gewünscht. Mich, dieses Leben, dieser ganze Mist, der damit zusammenhängt, aber ich habe dich vermisst. Du bist mir wichtig, und ich kann dir gar nicht genug danken für alles, was du für mich getan hast. Durch dich bin ich frei geworden. Ich würde für dich sterben …" Ich brach ab, weil mein Hals auf einmal wie zugeschnürt war. Mit einem zitternden Finger berührte ich die Narbe. Es hätte mir peinlich sein müssen, dass mein Finger zitterte, dass ich zitterte. Ihre Brust hob und senkte sich heftig, doch sie sah mir ruhig in die Augen. Genau genommen wirkte sie hundertmal gefasster als ich.

„Ich weiß, dass du für mich sterben würdest, Bax."

Ihre Stimme war nur ein Flüstern. Ich wollte Dovie in die Arme nehmen und sie nie wieder loslassen.

„Aber ich muss wissen, ob du auch für mich *leben* willst. Mir ist klar, dass du immer ein gefährliches Leben führen wirst, dass du das Risiko liebst und immer bis an die Grenze gehen wirst. Damit kann ich umgehen – Himmel, das ist schließlich mit ein Grund, wieso du so unwiderstehlich bist. Was ich jedoch nicht ertrage, was mir das Herz bricht, ist, dass du jeden Tag so lebst, als ob es dein letzter wäre. Dass dich nicht kümmert, ob du den nächsten Tag noch erlebst. Denn es ist nicht egal. Es ist mir nicht egal und deinem Bruder und Race auch nicht. Aber es muss dir ebenfalls wichtig sein, Bax. Du musst verstehen, dass *du* wichtig bist."

Ich stieß den Atem aus, den ich angehalten hatte, und ging näher. Wasser spritzte auf meine Ärmel, als ich ihr Gesicht in beide Hände nahm. „Hast du Angst vor mir?"

Das hatte ich sie ganz am Anfang gefragt, was eine Ewigkeit her zu sein schien. Ihre Antwort war dieselbe wie damals, doch diesmal musste sie ein Lächeln unterdrücken, das mir fast das Herz brach.

„Panische, aber inzwischen gefällt mir das irgendwie."

„Vertraust du mir?" Meine Stimme kippte. Ich hatte bisher außer Race niemandem vertraut, und jetzt gab es sie und meinen Bruder und so viele Dinge, die mein Leben komplizierter, jedoch so unendlich erfüllender machten.

„Bei meinem Leben. Ich vertraue beiden Seiten von dir, Bax. Das sollst du wissen."

„Wirst du mit mir schlafen?"

Sie lachte geradeheraus, dann umfasste sie meine Handgelenke. „So oft es nur geht und überall, wo es uns gerade überkommt."

Jetzt jagte auch das restliche Blut in meine unteren Teile. Ich drückte die Stirn an ihre, sodass das Wasser aus dem Duschkopf über uns beide strömte. Es würde eine ziemliche Sauerei geben, aber das war mir egal, denn ich hatte sie, und sie war mein Zuhause.

„Liebst du mich?" Die Worte klangen zugleich so fremd und richtig, als ich sie aussprach.

Sie küsste mich, und die letzten drei Monate ohne sie lösten sich in nichts auf.

„Soll ich dich anlügen oder die Wahrheit sagen?"

Ich lächelte dicht an ihren Lippen und erwiderte ihren Kuss mit doppelter Leidenschaft. „Lüg mich an."

Sie schlang die Arme um meinen Nacken und zog mich ganz in die Dusche. Das Wasser war höchstens noch lauwarm und ließ mich erschauern. Genauso wie die Tatsache, dass sie mir ungeduldig den Pulli über den Kopf herunterzerrte. Was sich als ziemlich kompliziert herausstellte, weil ich inzwischen von Kopf bis Fuß durchnässt war und der Stoff an mir klebte.

„Natürlich nicht. Du wärst der letzte Mensch auf der Welt, den ich lieben könnte."

Obwohl sie einfach nur mein Spiel mitspielte, versetzte es mir einen Stich, und ich funkelte sie finster an.

Sie begann an meinem Gürtel zu nesteln. „Willst du die Wahrheit hören?"

Ich nickte, dann stöhnte ich auf, da es ihr gelungen war, meine Hose zu öffnen. Das Wasser würde meine Stiefel ruinieren, doch das interessierte mich nicht, weil sie in meine Arme hüpfte. Ich drückte sie an die Wand der Dusche. Sie war glitschig und warm. Sie musste mir die Wahrheit gar nicht sagen, ich konnte sie im Waldgrün ihrer Augen lesen.

„Ich wollte dich nicht lieben. Du bist nicht der Typ, der es einem leicht macht. Du bist der Typ Mann, der alles auf die Spitze treiben muss, und es gefällt mir nicht, wie schnell du dich von Bax in Shane verwandeln kannst und wieder zurück."

Ich umfasste ihre Hüften, und sie verschränkte die Beine hinter meinem Rücken. Ich hätte mich nur vorlehnen müssen, um in sie einzudringen, doch das Gespräch war noch nicht zu Ende, und ich wollte hören, was sie zu sagen hatte. Denn das brauchte ich mehr als alles andere.

„Aber bei dir fühle ich mich sicher und geliebt, es ist, als ob die gesamte Welt erst an dir vorbeimüsste, um an mich zu kommen. Dadurch werden alle anderen Probleme unwichtig. Ich glaube aus tiefstem Herzen, dass wir einander glücklich machen können. Ich werde dich nie bitten, ein guter Mensch zu werden, denn ich habe mich in den Mann verliebt, der du bist, Bax."

Ich presste die Lippen auf ihren Mund. Sie schmeckte nach Zahnpasta und Erlösung. Sie gehörte mir. Ich spielte mit ihrer Zunge, knabberte sanft an ihrer Unterlippe, endlich drückte ich mich an sie, um in sie einzudringen. Sie stöhnte, und ich krallte die Finger fester in ihre Hüften. Ich fühlte, wie sie um die gesamte Länge meines Schwanzes herum pulsierte.

Uns wurde schlagartig klar, dass wir diesmal absolut nichts zwischen uns hatten – im wahrsten und im übertragenen Sinne des Wortes. Ihre Augen wurden riesig, und ich spürte, wie meine Haut zu prickeln begann. Ich glitt aus ihr heraus, dann drückte ich ihr einen Kuss auf die Nase. Sie bohrte die Fingernägel in meinen Nacken, die Sommersprossen schienen beinahe zu leuchten auf ihrer milchweißen Haut. „Dieses Mal weißt du genau, wo ich die ganze Zeit war."

„Ich will dich. Ich habe dich vermisst. Habe das hier vermisst."

Mein Ständer pochte, und kaum dass ich spürte, wie ihr Körper ihre Worte unterstrich, wurde ich sogar noch härter. Ihre kleinen festen Brustwarzen, die unter dem Wasserstrahl an meinem Körper auf und ab glitten, rieben über meine Haut.

„Ich habe keinen Schimmer, wie das mit der Liebe funktioniert, Dovie. Ich kann nicht anders sein, als ich bin. Das Einzige, was mir Hoffnung gibt, ist die Vorstellung, mit dir zusammen zu sein. Ich bin bestimmt nicht der ideale Mann für dich, kein Traumtyp, aber niemand wird jemals so um dich kämpfen wie ich. Ich verspreche, dass ich für dich immer das Beste geben werde."

„Ich weiß, Bax. Und ich weiß, dass du mich liebst. Könntest du jetzt bitte ein bisschen schneller machen? Drei Monate sind einfach zu lang."

Sie beugte sich vor und strich mit der Zunge über eins meiner Ohren. Ich erschauerte, und nicht etwa, weil das Wasser inzwischen eiskalt geworden war. Es brachte mich schier um den Verstand, wie sie mit heiserer Stimme flüsterte: „Ich will, dass du mich kommen lässt."

„Verdammt." Natürlich liebte ich sie. Wer könnte ein anständiges Mädchen, das schmutzige Dinge sagte, wenn es wollte, nicht lieben?

Ich umfasste ihren Po, um noch tiefer in ihre einladende Hitze tauchen zu können. Anschließend stützte ich mich mit einer Hand an den glitschigen Kacheln ab und schmiegte mein Gesicht an ihren Hals. Sie küsste wieder und wieder meine Schultern, während ich unkontrolliert in sie stieß. Sie fühlte sich so gut an, es war, als sollte ich bis ans Ende meiner Tage genau hier sein, ich verlor mich in ihr, bis ich sie wimmern hörte. Spürte, wie ihre Muskeln sich um meinen zitternden Schwanz zusammenzogen. Es ging um mehr als Sex, um mehr als körperliche Liebe, wir prägten uns für immer in unsere jeweilige Seele ein, nie wieder würde etwas zwischen uns kommen. Auf diese urtümliche, elementare Weise erhoben wir Anspruch aufeinander.

Ich löste die Hand von den Kacheln, fasste in Dovies Haar, bog ihren Kopf etwas zurück und küsste ihre zarten Lippen. Sie streichelte meine Wangen. Danach berührte sie mit einem Finger den Stern an meiner Schläfe und formte stumm meinen Namen mit dem Mund. Ich bäumte ich mich auf und drang in sie, als ob ich mein Leben in sie hauchen wollte, bis ich vollkommen leer war.

Mit letzter Kraft stellte ich das eiskalte Wasser ab, und wir standen da, satt und durchnässt.

Sie drückte mir einen Kuss auf die Schulter und stieg aus der Dusche. Als ihr Blick auf den schmutzigen Boden fiel, zog sie ein Gesicht, machte aber einfach einen großen Schritt darüber hinweg und nahm zwei Handtücher aus dem Schrank. Ich starrte sie nur an, um zu begreifen, dass das hier wirklich geschah. Sie war bei mir, hatte mir ein Zuhause geschenkt und machte sich keine Illusionen darüber, mit wem sie künftig jede Nacht das Bett teilen würde. Sehenden Auges stürzte sie sich in dieses Abenteuer hinein.

Ich setzte mich auf den Toilettendeckel und kämpfte mit meinen Stiefeln. Einen hatte ich ausgezogen, als sie in ein Handtuch gewickelt zurückkam und mir ein anderes reichte. Ich trocknete mir das Haar und sah zu ihr auf. „Gus hat mir die Werkstatt vermacht."

Sie lehnte sich an den Türrahmen und zog eine kupferrote Augenbraue hoch. „Das ist traurig, aber irgendwie passt es. Was wirst du damit machen?"

„Das weiß ich noch nicht."

„Was immer du beschließt, ich stehe hinter dir."

Jetzt war ich auch den anderen Stiefel losgeworden und schleuderte ihn auf den Boden. Dann schlängelte ich mich aus der nassen Jeans, und als ich es geschafft hatte, sah Dovie mich mit ihren strahlend grünen Augen an.

„Und was, wenn meine Geschäfte nicht ganz legal wären?"

Sie nahm mir das Handtuch ab, schlang es um meine Hüfte und strich mit den Fingerspitzen über die beiden Zielflaggen.

„Drei Monate ohne dich waren wirklich eine lange Zeit, Bax. Ich möchte, dass du daran denkst, wenn du eine Entscheidung triffst. Ich liebe dich, und ich werde dir nicht sagen, was richtig und was falsch ist, doch du darfst nie vergessen, dass ab sofort alles, was du tust, auch mich betrifft."

Kurz schloss ich die Augen und zog Dovie an meine Brust. „In Ordnung, Rotschopf."

Sie nahm meine Hand. „Was hältst du von dem Haus?"

„Sieht nach einem Zuhause aus. Es sieht aus wie du, und das Schlafzimmer gefällt mir besonders gut."

Sie lachte, und ich folgte ihr zu dem großen Bett. Ein kleiner Schubs genügte, schon lag sie ausgebreitet auf dem Rücken, die Handtücher waren längst zu Boden gefallen. Ich legte mich auf sie, stützte mich mit den Ellbogen ab und grinste. „Ich möchte hier jede Nacht mit dir verbringen."

„Das war der Plan."

„Ich weiß nicht, wie das passieren konnte, Dovie, aber ich werde Race für immer dankbar sein, dass er dich mir direkt unter die Nase gehalten hat."

Sie zog einen Mundwinkel in die Höhe, und ich senkte den Kopf, um mit der Zunge über ihre wulstige Narbe zu streichen.

„Es wird schon alles gut werden, Bax. Du musst nur Vertrauen haben."

Ich sah sie an. Sie war einfach großartig, so optimistisch und liebevoll. Mit ihr zusammen würde ich in der Lage sein, auch das Gute in dieser Welt zu sehen. „Ich brauche kein Vertrauen, Dovie. Ich habe dich."

Und ich liebte sie, wieder und wieder, weil ich die verlorene Zeit aufholen wollte und weil sie schön war, vor allem aber, weil ich endlich spürte, dass ein anderer Mensch wirklich zu mir gehörte. Sie wollte mit mir zusammen sein. Egal, wie schlimm es werden würde, egal, welche falschen Entscheidungen ich treffen würde, sie würde alles bis zum Ende mit mir durchstehen. Zwar hatte ich sie nicht verdient, doch ich würde sie nie mehr gehen lassen. Ich wollte mit aller Kraft versuchen, ein besseres Leben zu führen, denn sie war meine Belohnung. Und sie verdiente nur das Beste, egal, wie gut sie mit all dem Schlechten umgehen konnte.

18. KAPITEL

Dovie

Sechs Monate später …

Ich hatte jede Menge Hausaufgaben auf dem Tisch ausgebreitet, Brysen saß neben mir auf der Couch, und wir tratschten über Ramons neuen Freund. Ich trat momentan mit der Abendschule kürzer, somit würde es länger als geplant dauern, bis ich meinen Abschluss hatte. Doch ich musste erst mal für das tatsächliche Studium sparen, daher übernahm ich eine Extraschicht im Restaurant. Bax hatte mir mehrfach angeboten, den Rest der Studiengebühren zu übernehmen, denn er hatte noch Geld übrig aus seiner Zeit als Autodieb, und außerdem lief die Werkstatt wirklich gut. Aber ich hatte es von Anfang an aus eigener Kraft schaffen wollen, und daran hatte sich nichts geändert. Davon abgesehen bezahlte er sowieso schon alle Rechnungen und unterstützte mich regelmäßig, somit würde es ihn also nicht umbringen, wenn ich diese eine Sache ganz allein auf die Beine stellte.

Für das Übergangshaus arbeitete ich noch immer. Nach Reeves hastigem Abschied hatte man mir sogar eine Beförderung angeboten. Ich war versucht gewesen, sie anzunehmen, aber jedes zweite Wochenende ohne Bax zu verbringen war mir zu viel, deswegen lehnte ich ab. Es war nicht leicht, Nein zu sagen, doch jedes Mal wenn ich nach ein paar Tagen Abwesenheit wieder nach Hause kam, hatte er einen neuen Bluterguss oder aufgeschlagene Fingerknöchel. Das bedeutete, er suchte Ärger, sobald ich weg war. Zwar gestand er mir nicht direkt, dass Nassir noch immer Kämpfe für ihn arrangierte, auch nicht, dass nicht alle Autos in seiner Werkstatt von den Besitzern selbst gebracht wurden, aber alles in allem blieb er überwiegend sauber. Nun, so sauber, wie ein Typ wie Bax eben bleiben konnte.

Titus beobachtete ihn mit Argusaugen und achtete höchstpersönlich darauf, dass Bax keine großen Dummheiten beging, also hakte ich nicht weiter nach. Ehrlich gesagt machte ich mir nicht allzu viele Sorgen über diese kleinen Holpersteine des Lebens.

Wo wir gerade vom Teufel sprechen, in diesem Moment kam er aus dem Hinterzimmer und zog sich dabei ein Hemd an. Er war nicht mehr so aufgepumpt wie damals, als ich ihn kennenlernte. Er war jetzt schlanker, hatte aber von seiner knallharten Ausstrahlung nichts verloren. Es entging mir nicht, wie Brysen anerkennend die Lippen verzog, als Bax sich über die Couch beugte, um mir einen harten Kuss auf den Mund zu geben.

„Muss das Heck vom Hemi 'Cuda fertig machen. Ansonsten ist heute Abend nichts los in der Werkstatt, und Race hat was vor. Ich bin bald zurück."

Ich strich mit dem Daumen über den Stern an seiner Schläfe und gab ihm einen sanfteren Kuss. „Bis später."

Er streichelte mir das Haar, dann zog er eine seiner tausend Kapuzenjacken an und ging.

„Ist es okay, zu sagen, dass er mindestens so heiß wie Furcht einflößend aussieht?", fragte Brysen.

Lachend warf ich den Stift auf eins meiner Bücher. „Ja, weil es stimmt."

„Ich weiß nicht, wie du das machst. Er ist so … finster. Dunkelheit sickert geradezu aus ihm heraus."

Er war nicht ständig finster, in letzter Zeit war es sogar er, der mich immer wieder ins Licht ziehen musste. Zwar tat es mir nicht leid, dass ich Novak erschossen hatte, er war ein schrecklicher Mensch gewesen, und nach allem, was er Bax und meinem Bruder angetan hatte, war ich froh, dass es ihn nicht mehr gab. Doch dass ich es gewesen war, die abgedrückt hatte, veränderte etwas in mir. Nun spürte ich auch diese Dunkelheit. Ohne Bax wäre ich vielleicht darin versunken.

„Es ist nicht einfach mit ihm. Aber zum Glück ist es meistens die Mühe wert."

„Und er ist nach wie vor mit deinem Bruder befreundet?"

Sie war noch immer kein Fan von Race. Woran es genau lag, wusste ich nicht, immerhin hatten sie kaum miteinander zu tun.

Es war mir jedoch nicht wichtig genug, um nachzufragen. Race stiftete so schon reichlich Unruhe, da wollte ich mir nicht auch noch Gedanken darüber machen, wer ihn mochte und wer nicht.

„Sie haben ein paar Probleme. Race ist nicht begeistert davon, dass wir zusammen sind, und Bax ist nicht begeistert davon, wie Race lebt. Letztendlich sind sie beste Freunde und geben sich gegenseitig Rückendeckung, aber Race hat Bax ins Gefängnis gebracht, und Bax treibt es mit seiner kleinen Schwester, also gibt es gewisse Spannungen zwischen ihnen."

Race mit seinem Talent für Zahlen und seiner neu entdeckten Begeisterung für die Unterwelt machte da weiter, wo Novak aufgehört hatte. Nachdem Lord Hartman sich aus dem kriminellen Umfeld zurückgezogen hatte und somit auch keine Bedrohung für mein Leben mehr darstellte, hatte er Race den Geldhahn zugedreht. Von The Hill bekam er seitdem keinen Cent, Race war jedoch viel zu clever, um sich von so etwas aufhalten zu lassen. Und wenn er schon Buchmacher und Kredithai wurde, dann natürlich der beste und der reichste, den man in The Point je gesehen hatte.

Falls Bax immer noch illegale Geschäfte machte, machte er sie viel unauffälliger als mein Bruder. Zwar versuchte ich, mir keine Sorgen um ihn zu machen, doch Race riskierte viel zu viel, um sich einen Namen zu machen – und nicht gerade einen guten. Irgendetwas war mit ihm geschehen; er war verwegen und draufgängerisch und tat alles, um in Novaks Fußstapfen zu treten.

„Kann mir vorstellen, dass zwei so eigensinnige Männer damit ihre Probleme haben."

Über einen Mangel an Testosteron in meinem Leben konnte ich mich tatsächlich nicht beklagen. Da waren Bax und Race und inzwischen auch Titus, der ab und an vorbeikam. Noch nie in meinem ganzen Leben hatte ich mich so sicher und beschützt gefühlt – und noch nie so sehr geliebt und geschätzt. Es war nicht immer leicht. Jede Menge Testosteron also, Machtkämpfe und dann wieder geflüsterte Gespräche, bei denen sich mir die Haare aufstellten – und doch hatte ich das Gefühl, dass es weiterging. Dass wir uns auf unsere Zukunft konzentrierten, darauf, wie sie aussehen konnte, und nicht auf die Vergangenheit und was jeder von uns erlebt hatte.

„Unser Leben ist jedenfalls selten langweilig, so viel steht fest."

Brysen grinste mich an, dann stand sie auf und packte ihre Sachen ein. Sie hatte sich bereits auf der Universität eingeschrieben und würde schon in einem Jahr ihren Abschluss machen. Ab und zu kam sie vorbei, um mit mir zu lernen, weil sie es lächerlich fand, als Erwachsene noch bei den Eltern zu wohnen. So ganz kapierte ich es nicht, ich wusste, dass sie arbeitete und somit ihr eigenes Geld verdiente, aber aus irgendeinem Grund blieb sie in dem schicken Haus am Rand von The Hill. Ich mochte Brysen sehr, und seit ich nicht mehr im Stadtzentrum wohnte, verbrachten wir mehr Zeit zusammen, aber ich kannte sie noch immer nicht besonders gut. Langsam hatte ich das Gefühl, dass sie es genau so haben wollte.

„Nun, du wirkst jedenfalls richtig glücklich, und ich bin froh, dass für dich alles gut ausgegangen ist. Wir sehen uns morgen bei der Arbeit, okay?"

Ich nickte, dann brachte ich sie zur Tür. Ich sah, wie ihr Blick über das coole Muscle Car glitt, das in der Auffahrt parkte.

Sie schüttelte den Kopf. „Ich kann nicht glauben, dass er dir dieses Auto geschenkt hat. So einem Typen würde ich ein Jahr lang jeden Abend einen blasen."

Lachend klopfte ich ihr auf die Schulter. „Er meint, alle wissen, dass es sein Auto ist, also lassen mich alle in Ruhe, wenn ich damit herumfahre. Außerdem ist es schnell … irrsinnig und beängstigend schnell. Er sagt, ich ziehe zu viel Probleme an und muss deswegen schnell abhauen können."

Sie steuerte auf ihren BMW zu, der hinter dem Runner geparkt war. „Quatsch. Er weiß doch, dass du dich bereits kopfüber in die größtmöglichen Probleme gestürzt hast, und zwar ohne jemals abhauen zu wollen."

Statt einer Antwort zuckte ich mit den Schultern und winkte ihr hinterher, als sie auf die Straße bog.

Ich liebte dieses Auto, es zeigte mir, wie wichtig ich Bax war, und tatsächlich hatte ich mich ziemlich lebhaft bei ihm bedankt. Auf dem Vordersitz, auf der Rückbank und vielleicht auch noch mal auf der Motorhaube. Ich fuhr gern damit, es war immer, als hätte ich etwas von ihm bei mir oder um mich herum. Ich hatte wie versprochen Marco mitfahren lassen, obwohl seine Begeisterung deutlich nachgelassen hatte, weil ich seiner Ansicht nach wie ein Mädchen fuhr. Die Kids im Übergangshaus freuten sich ebenfalls, denn jetzt kutschierte ich sie in einem scharfen und lauten Auto durch die Stadt. Somit machte der Wagen nicht nur mich glücklich.

Bax hatte mir den Runner überlassen, was natürlich bedeutete, dass er für sich an einem anderen Gefährt herumbastelte. Er überarbeitete den Hemi 'Cuda, den Gus ihm hinterlassen hatte, um daraus ein schwarzes chromblitzendes Monster zu machen. Er war doppelt so laut wie der Runner, sah doppelt so fies aus, und der Motor war mit Sicherheit nicht zugelassen. Typisch Bax, aber das war nicht alles. Zugleich wollte er mit diesem Projekt das Vermächtnis seines Mentors in Ehren halten.

Wir hatten über Gus' Tod gesprochen, doch letztlich hatte Bax reagiert wie immer, wenn etwas in The Point passierte. Er atmete einfach tief ein, stieß den Atem wieder aus und machte weiter. Ich wusste, dass er den alten Mechaniker vermisste und wie sehr ihn der Verlust schmerzte, aber in einem Leben wie seinem war keine Zeit für Trauer. Deswegen weinte ich für uns beide und ließ mich von ihm festhalten, bis es vorbei war.

Als mein Handy klingelte, ging ich zurück ins Haus. Wir hatten noch Einweghandys und bezahlten nach wie vor alles bar. Obwohl wir jetzt am Stadtrand wohnten, sicher an der Grenze zu The Hill, standen wir weiterhin mit dem Rücken an der Wand, als ob alles jeden Moment schiefgehen könnte. Ich wusste nicht, ob das so bleiben würde. Ich konnte nur hoffen, dass Bax mit der Zeit diese spezielle Nervosität loswerden würde, aber ich liebte den Mann so, wie er war. Wenn ich für immer auf glühenden Kohlen tanzen musste, um mit ihm zusammen zu sein, dann war es eben so.

„Hallo?"

„Dovie Pryce?"

Ich betrachtete die Nummer, die ich nicht erkannte, genauso wenig wie die Frauenstimme am anderen Ende. „Ja?"

„Mein Name ist Maggie Dawes, ich bin geschäftsführende Teilhaberin vom Kids' Crossing Housing Project. Ich arbeite mit dem Sozialamt zusammen."

Mir rutschte das Herz in die Hose. Wahrscheinlich hatte sie von meiner Verbindung zu Bax erfahren und was mein Bruder so trieb und würde mich deshalb feuern. Ich holte tief Luft und stieß sie durch die Zähne wieder aus. „Ja, was kann ich für Sie tun?"

„Nun, bei uns wird gerade eine Ganztagsstelle frei. Wir suchen jemanden, der zwischen den Kids und den Sozialarbeitern, die aus der Stadt kommen, vermittelt. Das Übergangshaus, für das Sie arbeiten, hat bisher die beste Erfolgsrate bei verhaltensauffälligen Kindern, die in passenden Familien untergebracht wurden. Wie mir gesagt wurde, hat dieser Erfolg direkt mit Ihnen zu tun. Die Kids vertrauen Ihnen, sie können ehrlich zu Ihnen sein, und deswegen denken wir, Sie wären perfekt für diese neue Position."

Ich nahm das Handy vom Ohr und starrte es kurz an. „Ähm … ich studiere noch. Ich habe keine Ausbildung als Sozialarbeiterin oder so was."

„Sie würden unter einem zertifizierten Berater arbeiten. Das wäre eine großartige Gelegenheit für Sie, und Sie können sich die Arbeit als Praktikum für Ihr Studium anrechnen lassen."

Ich schüttelte ungläubig den Kopf. Genau das hatte ich immer gewollt, anderen helfen, sie aus Umständen retten, die mich beinahe vernichtet hätten. „Inwiefern würden sich meine Arbeitszeiten ändern?"

„Neun bis siebzehn Uhr. Keine Übernachtungen mehr. Sie würden Verwaltungsarbeit machen, aber noch Zeit für die Kids haben … zu viele Kids, um ehrlich zu sein. Denken Sie ein paar Tage darüber nach und rufen Sie mich dann bitte zurück."

Ich stand mit offenem Mund da wie ein Idiot und war froh, dass wir telefonierten und sie mich nicht sah.

„Oh, und Ms Pryce ... vielleicht sollte ich erwähnen, dass es zusätzlich eine beträchtliche Gehaltserhöhung gibt. Gute Nacht."

Einen Moment lang war ich wie betäubt. Als Bax vor einem halben Jahr endlich nach Hause gekommen war, hatte ich gedacht, das wäre alles, was ich mir je wünschen könnte. Ich glaubte, dass all die Opfer, alles Schlimme dazu geführt hatte, dass wir zusammen sein konnten und dass wir eben dafür bezahlen mussten, in dieser hässlichen und grausamen Welt wenigstens ein kleines bisschen Glück zu finden. Diese Chance, die mir jetzt geboten wurde – etwas zurückzugeben, etwas verändern zu können –, das hätte ich mir nie träumen lassen.

Ich wäre am liebsten auf und ab gehüpft vor Freude, ich wollte schreien und durchs Haus tanzen. Das musste gefeiert werden, und der einzige Mensch, mit dem ich feiern wollte, war am anderen Ende der Stadt. Ich biss mir auf die Unterlippe. Dann erinnerte ich mich, was er gesagt hatte. Dass er heute ganz allein in der Werkstatt sei und dass Race etwas vorhatte, was ihn höchstwahrscheinlich entweder ins Gefängnis oder ins Grab bringen würde. Mein Blick fiel auf Bax' Kapuzenjacken. Plötzlich hatte ich eine Idee, und mir gingen Worte von letzter Nacht durch den Kopf, Worte, die über meine Haut strichen. Ich nahm eine der Jacken vom Haken.

Ich war nicht mutig genug, nichts darunter zu tragen. Dazu war ich ein viel zu wohlerzogenes Mädchen, aber zumindest tauschte ich die Jeans gegen einen hübschen jungenhaft geschnittenen Slip aus und streifte nur ein Tank Top über. Dafür meine Chucks, das musste reichen. Außerdem war es nie kompliziert, Bax zu verführen. Das war etwas, das ich besonders an ihm mochte. Er begehrte mich, egal, wie ich aussah, und er behandelte mich jedes Mal, als wäre ich das schönste Geschenk, das er je bekommen hatte. Ich freute mich darauf, ihn zu überraschen, zu sehen, wie seine dunklen Augen anerkennend aufblitzten. Bei ihm hatte ich nicht oft das Gefühl, am längeren

Hebel zu sitzen. Heute Abend würde ich ihn daran erinnern, dass ich genauso viel geben wie nehmen konnte.

Im Handumdrehen war ich bei der Werkstatt angekommen. Ein besseres Geschenk als den Runner hätte er mir wirklich nicht machen können. Ich kannte den Code für die Tür und tippte ihn ein. Bax und Race hatten Gus' alten, heruntergekommenen Laden in einen ultramodernen, voll funktionstüchtigen Hightech-Autopalast umgemodelt. Neue Hebevorrichtungen, neue Maschinen und von einer Wand zur anderen jede Menge Autos. Zwischen den Muscle Cars, die Bax restaurierte, und den teuren Luxusschlitten, die aus mir unbekannten Gründen hier standen, gab es auch ein paar ganz normale Autos, die ganz normalen Leuten gehörten.

Bax stand über die geöffnete Motorhaube des 'Cuda gebeugt, sein kompletter Oberkörper war im Motorraum verschwunden. Wahrscheinlich hatte er mich nicht bemerkt, denn er hob nicht den Kopf. Der hintere Teil seines T-Shirts war hochgerutscht und entblößte die schwarzen Vögel, die seinen Rücken hinaufschwirrten und sich in den Buchstaben seines Namens auf den Schultern verfingen. Er wollte, dass ich die Narbe auf meiner Brust einem Schönheitschirurgen zeigte, er sagte, es würde ihm jedes Mal wehtun, wenn er daran dachte, wie Novak sie mir zugefügt hatte. Doch ich erklärte ihm, dass ich sie mir verdient hätte, dass ich mir ihn verdient hätte. Ich wollte, dass die Narbe ihn immer daran erinnerte, was wir zu verlieren hatten, was passieren konnte, wenn wir nicht aufpassten, wenn wir das, was wir hatten, irgendwann als selbstverständlich betrachteten. Ich hatte überlebt und er auch. Zusammen waren wir stark. Wie der Vogelschwarm auf seinem Rücken, wobei der zugegebenermaßen weit hübscher aussah als meine Narbe.

Auf Zehenspitzen schlich ich zu ihm und strich sanft mit den Fingern über die nackte Haut oberhalb seines Hosenbunds. Er fuhr überrascht herum, und der Schraubenschlüssel in seiner Hand fiel klirrend zu Boden. Beim Anblick seines düsteren Gesichtsausdrucks musste ich lachen.

„Hey. Was machst du hier?"

Er betrachtete mich von oben bis unten. Meine Beine unter dem Saum seiner Kapuzenjacke waren nackt. Er hob eine Augenbraue und verzog den Mund zu einem Grinsen.

Den Kopf zur Seite geneigt, sah ich ihn an. „Was haben denn diese gebrauchten Autos da drüben zu suchen? Eigentlich entsprechen die doch gar nicht deinem Geschmack."

Seufzend ließ er den Blick über die Autos schweifen. „Willst du die Wahrheit wissen, oder soll ich dich anlügen?"

Ich verdrehte die Augen, dann stellte ich mich auf die Zehenspitzen, damit ich die Arme um seinen Nacken schlingen konnte. Er legte seine großen Hände auf meine Hüften und zog mich fest an sich. „Wahrheit."

„Leute, die um Geld spielen, denken nicht nach. Sie werfen mit Scheinen um sich, gehen Risiken ein und haben keinen langfristigen Plan. Glücksspiel lohnt sich nur, wenn die Leute etwas zu verlieren haben. Race treibt da ein ziemlich gefährliches Spiel, aber er ist klug. Viel klüger, als Novak je war. Ein Toter kann seine Schulden nicht begleichen, ein gebrochener Mann kann nicht arbeiten, doch nimm einem reichen Typen seine Karre weg, dann weiß er, dass du es ernst meinst. Entweder er bezahlt, oder sein Auto ist weg. Das sind die Wagen, die darauf warten, dass ihre Besitzer bezahlen."

„Und diese Autos sind wie genau hierhergekommen?"

Er grinste auf mich herab, Übermut blitzte in seinen obsidiandunklen Augen auf.

„Ich betreibe sozusagen die Sicherstellung der Wagen. Ich habe sie nicht geklaut und nicht auseinandergebaut, nein, ich habe sie mir nur geborgt, um deinem Bruder zu helfen."

„Und wenn die Eigentümer nicht zahlen?"

„Das Recht ist auf der Seite der Besitzer. Somit gewinnen alle."

„Bis dich jemand auffliegen lässt."

„In The Point läuft das nicht so, Rotschopf. An bösen Orten gibt es böse Menschen, und böse Menschen haben böse Fehler. Race geht ein ziemliches Risiko ein, doch er füllt eine Lücke. Ich behalte ihn im Auge. Titus ist nicht dumm und wird ebenfalls dafür sorgen, dass es nicht außer Kontrolle gerät. Aber im

Augenblick funktioniert es, und dabei sollten wir es belassen. Also, jetzt sag schon, wieso du hier in der Werkstatt bist, halb nackt, und warum deine Augen so glänzen?"

Ich drückte die Lippen auf seinen Mund, liebkoste seine Zunge, presste mich mit meinem Gewicht an ihn. Ich konnte noch immer nicht fassen, wie kraftvoll und fest er sich anfühlte. Er begann, mit meinen Haaren zu spielen, und ich hörte, wie er an meinen Lippen stöhnte.

„Mir ist heute vom Übergangshaus eine Beförderung angeboten worden. Es geht um einen tollen Job, in dem ich den Kids tatsächlich helfen kann. Ich bekomme mehr Geld und muss nicht an den Wochenenden arbeiten. Das wollte ich feiern, und was ich wirklich will, bist du."

Er nickte, und ich schrie leise auf, als er sich vorbeugte und mich hochhob. Er trug mich in das Büro im hinteren Teil, und ich schlang die Beine um seine Hüften.

„Das ist fantastisch, Rotschopf. Gratuliere. Du bist einfach dafür gemacht, Menschen zu helfen, die dich brauchen."

„Wohin bringst du mich?" Ich drückte die Nase an seinen Hals und stellte erfreut fest, dass er erschauerte.

„Ich habe hier mehr Kameras aufgestellt, als es in ganz London gibt. Keine Ecke ist nicht videoüberwacht. Normalerweise würde mir das nicht viel ausmachen, aber dein Bruder hat die Zugangscodes, und ich bezweifle, dass er diese Liveshow sehen möchte. Insbesondere, falls du unter dieser Kapuzenjacke nichts anhast. Das Büro ist der einzige Raum, der nicht überwacht wird."

Ich wusste seine Rücksicht zu schätzen, denn was ich im Sinn hatte, war ganz sicher nicht für die Augen meines Bruders – oder für die von sonst jemandem – bestimmt.

Die schwere Eisentür fiel krachend hinter uns ins Schloss. Bax verlor keine Sekunde Zeit, drückte mich dagegen und zog den Reißverschluss der Jacke auf. Mit dunklen Augen betrachtete er mich, und als ich sah, wie sein Adamsapfel auf und ab hüpfte, wusste ich, dass das hier eine meiner besseren Ideen gewesen war.

„Kapuzenjacke und gar nichts drunter, das habe ich nicht fertiggebracht. Dazu bin ich nicht böse genug."

Leise lachend küsste er mich zart auf den Mund. Ich seufzte zufrieden, und als er mit den Händen über meine Rippen strich, musste ich laut aufkeuchen.

„Dovie, du bist mein Mädchen. Für dich ist gar nichts zu böse."

Das brachte mich zum Lachen, woraus schnell ein Stöhnen wurde. Mit wenigen Bewegungen hatte er mir die Kapuzenjacke und das Tank Top ausgezogen. Ich zerrte ihm das T-Shirt herunter, und dann standen wir aneinandergepresst da, unsere Herzen schlugen im selben erregenden Rhythmus. Meine Brustwarzen waren erwartungsvoll aufgerichtet, unwillkürlich schlang ich die Beine um seine Hüften. Er strich mit der Zunge über die dicke Narbe auf meiner Brust. Das tat er immer, wenn wir so zusammen waren. Vielleicht wollte er mir auf diese Weise zeigen, dass er mich dennoch wunderschön fand, oder er versuchte die Erinnerung auszulöschen. Was es auch war, ich mochte es.

„Der gefällt mir."

Er verschränkte die Finger unter meinem Po, und ich erbebte. Ich küsste den Stern auf seiner Schläfe und knabberte an einem Ohrläppchen. „Du gefällst mir."

„Gut zu wissen." Er lachte, etwas, was ihm von Tag zu Tag besser gelang.

Doch dann war kein Platz mehr für Witze oder für Gedanken, denn er ließ die Finger in meinen Slip gleiten, und ich konnte nur noch fühlen. Er war so entschlossen, so konzentriert, er wusste, was mein Körper brauchte. Er berührte mich genau richtig, und ich stieß seinen Namen aus und rieb mich schamlos an ihm. Mit halb geschlossenen Augen beobachtete ich ihn dabei, wie er mich immer mehr erregte.

Die Muskeln in meinem Schoß hielten seine begabten Finger. Meine Beine begannen zu zittern, und als er endlich Mitleid zeigte und mit dem Daumen über meine Klitoris strich, konnte ich die Welle der Erlösung, die mich fortriss, nicht aufhalten. Ich presste die Lippen auf seinen Mund, sagte ihm, dass ich ihn liebte, und versuchte, nicht an der Tür auf den Boden zu rutschen, während er mit seiner freien Hand zärtlich eine meiner Brustwarzen liebkoste. Das machte er immer so, erst sorgte er bei mir für einen Orgasmus, ließ mich alles vergessen, und dann wurde er ganz lieb und sanft, um mich erneut bis an meine Grenzen zu treiben. Ich protestierte nicht einmal, als er den Slip einfach zerriss, obwohl das wohl bedeutete, dass ich später mit nacktem Hintern unter der Jacke nach Hause fahren musste.

„Meine Lieblingsfantasie. Du in Kapuzenjacke und nichts sonst. Du bist wirklich was Besonderes, Dovie. Ich weiß nicht, was ich ohne dich tun sollte."

Ich drückte kleine Küsse auf seinen Oberkörper, während ich den Gürtel an seiner Hose öffnete, um den Teil von ihm zu entblößen, den ich brauchte. Er war hart und heiß in meinen Händen, bereit, immer so bereit für mich. Ich streichelte seine ganze Länge, sah, wie Bax' Augen sogar noch dunkler wurden und der Puls an seinem Hals unregelmäßig zu puckern begann.

„Du bist auch was Besonderes, Shane. Vergiss nie, dass ich das weiß."

Er stöhnte auf, sowie ich sanft seine Eichel drückte und mein Becken so weit anhob, dass sie meinen Schoß berührte. Wir verharrten einen Moment, und es fühlte sich einfach perfekt an. Halb sank er in mich, halb zog ich ihn hinein, dann bewegten wir uns … gleitend, stoßend … an der Tür seines Büros. Es war nicht anmutig oder hübsch. Ich glaube, ich verlor sogar ein Büschel Haare in der Türangel. Es war hart und spontan, und wie immer sorgte er dafür, dass es sich wie etwas ganz Besonderes anfühlte.

Während er kam, stöhnte er meinen Namen und bohrte die Finger in meine Hüften. Ich warf den Kopf von einer Seite zur anderen, als diese zweite Welle des absoluten Genusses mich fortriss. Hinterher klappten wir sozusagen zusammen, am Ende saß ich mit gespreizten Beinen auf ihm, während er auf dem Rücken gelandet war, noch immer in mir. Seufzend strich er über meine bebenden Schenkel. Ich legte beide Hände auf seine

Brust und beugte mich vor, bis unsere Gesichter sich beinahe berührten, mein Haar wie ein feuriger Vorhang um uns.

„Ich liebe dich, Shane Baxter."

„Ich liebe dich, Dovie Pryce."

Das sagte er nicht oft, deswegen bedeutete es mir jedes Mal, wenn er es tat, mehr.

„Und ich liebe es, wenn du kurz vor dem Orgasmus Shane zu mir sagst ... bei jedem Mal."

Darüber musste ich lachen, dann beugte ich mich hinab, um ihn noch einmal zu küssen, woraufhin er wieder hart wurde, was zu weiterem unbequemen Werkstatt-Sex führte, diesmal auf dem Fußboden seines Büros.

Wir alle hatten zwei Seiten in uns, und wir alle hatten Dinge erlebt, die uns zu dem machten, was wir waren, die zeigten, woher wir kamen. Ich hoffte, dass meine Teile gleichmäßig auf Gut und Böse verteilt waren, während Bax ein klein wenig in die bösere Richtung tendierte. Aber irgendwo in ihm lauerte Shane, und Shane hatte genug Gutes in sich. Deswegen glaubte ich, dass wir es für immer schaffen konnten. Oder zumindest so lange, wie ein Ort wie The Point es zuließ. Und das reichte mir, ich war glücklich, solange wir nur zusammen waren.

– ENDE –

DANKSAGUNG

Ach, liebe Leser, wenn ich mich bei jedem Einzelnen bedanken, Ihnen einen dicken, fetten Schmatzer geben und Sie mit meiner Liebe erdrücken könnte, würde ich es tun. Sie haben mich gerettet. Sie haben mir etwas gegeben, das ich anstreben kann, woran ich glauben kann. Auf diese Weise konnte mein gebrochenes Herz heilen. Die Liebe, die ich für Sie empfinde, ist endlos und tief verwurzelt. Danke, dass ich Neues ausprobieren kann, dass Sie mir die Möglichkeit geben, meine kleinen Schriftstellerflügel weit auszubreiten und mich zu entfalten. Jedes einzelne Wort bringe ich zu Papier, weil ich es liebe, weil es etwas ist, das ich immer schon tun wollte, weil es ein Teil von mir ist und mich antreibt … doch jedes Wort schreibe ich auch für Sie. Ich möchte Ihnen eine tolle Geschichte schenken, um mich zu bedanken. Ich möchte Sie fesseln und es schaffen, dass Sie sich jedes einzelne Mal verlieben. Sie sollen wissen, dass ich mein absolut Bestes gebe, um mir treu zu bleiben und Ihnen auch. Danke, liebe Leser … hunderttausend Mal danke.

Und wie immer: Bitte melden Sie sich bei mir auf eine der Millionen Möglichkeiten, die es auf der Welt gibt. Ich liebe es, mit Lesern Kontakt zu haben.

Ich danke jedem, der mir das Gefühl gegeben hat, nur ein One-Hit-Wonder zu sein, denn das hat mich weitergebracht und mir die Augen geöffnet. Ich habe noch nie zu den Menschen gehört, die sich in eine Schublade stecken lassen. Regeln sind dazu da, gebrochen zu werden. Ich habe mich nie davor gefürchtet, zu tun, was ich will, aber dieses Spiel, das Schreiben zu lernen, ist nicht so einfach, und daran musste ich wieder erinnert werden. Ich fühlte mich missverstanden und nahm diese negativen Gefühle, um einen ganz unglaublichen Ort zu schaffen. Einen dunklen Ort so voller Drehungen und Wendungen, sodass mir schwindlig wurde, obwohl ich genau wusste, wo es langgehen sollte. Deswegen möchte ich mich dafür bedanken, dass Sie mich wachgerüttelt und daran erinnert haben, dass nur ich allein für mein kreatives Schaffen verantwortlich bin.

Vielen Dank Amanda Bergeron (die weltbeste und geduldigste Lektorin aller Zeiten) und Jessie Edwards und dem Rest des Teams bei HarperCollins. Ich konnte bisher nie besonders gut mit anderen zusammenarbeiten, doch dieses Team und diese wunderbaren Damen machen ihren Job hervorragend. Ich arbeite gern mit ihnen zusammen, und ich bin Tag für Tag stolz darauf, dass meine Bücher bei HarperCollins erscheinen. Es ist verrückt. Ich kann gar nicht beschreiben, wie mein Herz höherschlägt und sich alles in meinem Kopf dreht, sobald ich in einen Laden gehe und ein aktuelles Buch von mir im Regal finde. Ohne Amanda wäre das nicht möglich, deswegen wird sie für immer einen wichtigen Platz in meinem Leben einnehmen … einen superwichtigen speziellen Platz.

Danke Stacey Donaghy von der Donaghy Literary Group: http://www.donaghyliterary.com/. Sie bringt mich zum Lachen. Sie beruhigt mich, wenn ich nicht weiterweiß. Sie tritt mir im übertragenen Sinne in den Hintern, wenn ich durchdrehe und albern werde. Sie sagt mir immer, dass meine Frisur toll aussieht! Sie glaubt an mich und behauptet, ich sei brillant. Sie ist die treibende Kraft, ohne sie würden meine Bücher niemals in den Händen der Leser landen. Ich könnte mir keine bessere Agentin und kein besseres kreatives Unterstützungssystem vorstellen. Sie sagte, dass Bax klasse sei, selbst als ich dachte: Nee, der Typ macht mich fertig. Wie meine Lektorin wird auch Stacey immer einen speziellen und hochgeschätzten Platz in meinem Leben einnehmen. Ohne sie wäre ich nie so weit gekommen. Sie verdient alles Lob und alle Bewunderung, die man sich nur vorstellen kann.

Und ich kann meinen Eltern gar nicht genug danken. Sie sind die Besten. Ich bin so froh, dass ich mit ihnen so viele unglaublich schöne Begegnungen habe. Sie sind witzig und immer bereit, mich zu unterstützen, mehr kann sich ein Mädchen nicht wünschen. Ich liebe sie wie verrückt.

Ich versuche, einen Weg zu finden, mich bei meiner besten Freundin für jeden einzelnen Tag zu bedanken. Sie ist meine Therapeutin, meine Vertraute, meine Mitverschwörerin, mein

Resonanzboden, meine Lehrerin, mein Vorbild, mein Shopping-Kumpel, meine Schulter zum Anlehnen … mein Kompass. Sie ist mir das Liebste auf der Welt, und weil es sie gibt, ist mein Leben schöner.

Danke auch meiner Lieblingsleserin. Sie ist große Klasse. Sie hat ein gutes Herz. Sie ist süß und nimmt alles zu persönlich, also das genaue Gegenteil von mir. Sie ist einfach ein Schatz, und niemals würde ich ein Buch in die Welt hinausschicken, ohne dass sie es zuerst gelesen hat. Sie versteht es. Sie versteht mich, und sehr oft wünschte ich mir im Nachhinein, dass ich auf sie gehört hätte, als sie eine Veränderung vorschlug. Sie achtet immer darauf, dass ich nie vergesse, was das Wichtigste beim Geschichtenerzählen ist, und dafür verehre ich sie.

Und dann gibt es da diese wunderbare Lady namens Carolyn Pinard, die mir geholfen hat, Bax' Geschichte hübsch zu polieren. Die Veränderungen, die sie an meinem Manuskript vorgenommen hat, sind unbeschreiblich. PLÖTZLICH GAB ES KOMMATA! Ja – Kommata in einem meiner Bücher … wer hätte das gedacht? Wie auch immer, sollten Sie irgendwann eine Korrekturleserin brauchen, bevor sie etwas an einen Agenten oder einen Verlag schicken wollen, wenden Sie sich an sie. Es ist fantastisch, mit ihr zusammenzuarbeiten, und da sie gerade nach Colorado gezogen ist, sind wir ab sofort auch Trinkschwestern: carolynpinardconsults@gmail.com.

Ein dickes Dankeschön auch an die Damen von Literati Author Services – http://literatiauthorservices.com/. Ich koche gern mein eigenes Süppchen, will, dass die Dinge so funktionieren, wie ich es mir vorstelle, und das bedeutet, dass ich ein PR- und Marketing-Team brauche, das sich auf mich einstellen kann. Karen, Michelle und Rosette machen das hervorragend, auch sie kapieren, was ich will. Wer ich bin. Sie kümmern sich um die geschäftliche Seite, damit ich mich aufs Schreiben konzentrieren kann. Ich kann gar nicht genug Gutes über sie sagen und wie leicht und angenehm es ist, mit ihnen zu arbeiten.

Danke auch an die Blogger-Nation, die die Bücherwelt am Laufen hält. Danke, dass ihr neue Leser an unsere Bücher heranführt. Danke für eure durchdachten und von Herzen kommenden Rezensionen. Danke, dass ihr Bücher miteinander teilt und Autoren unterstützt, weil ihr es liebt zu lesen. Danke für eure Leidenschaft und euer Do-it-yourself-Talent. Danke für die Kritiken, die mich – wenn sie gut geschrieben sind – anspornen, besser zu werden und mehr zu wagen. Tausendundein Dank an jene von euch, die von Anfang an dabei gewesen sind. Danke an die Blogger und Rezensenten, aus denen Freunde geworden sind. Danke für den Spaß, den wir haben, und für euer Engagement. Danke, dass ihr mir die Chance gebt, mein eigenes Ding zu machen, und auch wenn nicht jeder davon begeistert ist, ist es nach wie vor und zuallererst noch immer unglaublich, dass ich mein eigenes Ding überhaupt machen kann.

Und wie immer ein Dankeschön an meine pelzige Familie: Duce, Pistol und Charley. Es ist herrlich, mit nassen Küssen begrüßt und in Liebe und Hundefell gehüllt zu werden. Sie lassen mein Herz höherschlagen.

Oh, und danke dem heißen Typen, an dem ich vor einiger Zeit auf meiner Harley vorbeifuhr. Als ich die Tätowierung in seinem Gesicht sah, verfestigte sich die Vorstellung von Bax in meinem Kopf … lecker. ☺

„In Touch“ mit MIRA!
MIRA TASCHENBUCH
BESTSELLERLISTE
WIR ÜBER UNS
AUTOREN
HANDEL
PRESSE
NEWSLETTER
SERVICE
NEU IM FEBRUAR 2014
PROGRAMM FRÜHJAHR/SOMMER 2014
PROGRAMM HERBST/WINTER 2013/2014
GESAMTPROGRAMM
NEUE E-BOOKS FEBRUAR 2014
E-BOOKS
SONDEREDITION
EROTIK-SONDEREDITION
Das MIRA VIDEO ARCHIV
Robyn Carr: Hand in Hand in Virgin River
Werden Sie Fan auf Facebook
MIRA Taschenbuch
MIRA Taschenbuch
14.377 „Gefällt mir"-Angaben · 270 sprechen darüber
Gefällt dir
Nachricht senden
Beitrag verfassen
Tweets
Das Verlagsprogramm elektronisch abrufbar
Interaktiv dabei sein: Buchbesprechungen, Gewinnspiele, Aktionen, Leseproben und vieles mehr.
Folgen Sie uns auf Twitter, Facebook, Instagram, Pinterest und google+
www.mira-taschenbuch.de
MIRA TASCHENBUCH

Deutsche Erstveröffentlichung

Ann Aguirre

I Want It That Way

Die ehrgeizige Studentin Nadia verfolgt so zielbewusst ihren Weg, dass jeder Flirt auf der Strecke bleibt. Doch dann trifft sie den wortkargen, aber unwiderstehlichen Ty …

Band-Nr. 25859

9,99 € (D)

ISBN: 978-3-95649-209-9

eBook: 978-3-95649-465-9

352 Seiten

Ab März 2016

Ann Aguirre

As Long As You Love Me

Weil Lauren den College-Stress nicht mehr aushält, zieht sie wieder zu Hause ein. Doch es gibt noch einen Grund für ihre Rückkehr, den sie niemandem verrät: Rob Conrad!

Band-Nr. 25911

9,99 € (D)

ISBN: 978-3-95649-280-8

eBook: 978-3-95649-528-1

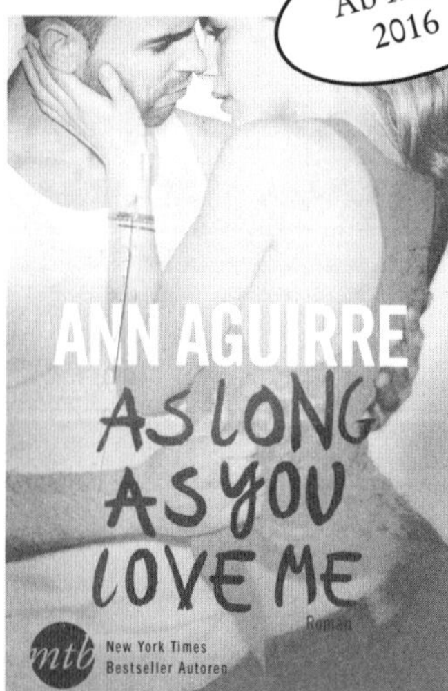

Deutsche Erstveröffentlichung

Sophie Jordan
Foreplay –
Vorspiel zum Glück

Pepper ist in den Bruder ihrer besten Freundin verliebt. Wie soll man jemanden verführen, wenn man noch nie im Leben gedatet hat? Als sie versucht mit dem attraktiven Reece zu üben, stürzt sie in einen Wirbel widerstreitender Gefühle …

Band-Nr. 25831
9,99 € (D)
ISBN: 978-3-95649-172-6
eBook: 978-3-95649-531-1
304 Seiten

Sophie Jordan
Tease –
Verlangen nach Glück

Emerson spielt ihre Rolle als umtriebiges Party-Girl gut. Niemand ahnt, dass sie keinen der Jungs, an sich heranlässt. Bei dem umwerfend attraktiven Shaw, scheinen ihre bewährten Verführungskünste jedoch zu versagen …

Band-Nr. 25870
9,99 € (D)
ISBN: 978-3-95649-227-3
eBook: 978-3-95649-486-4
304 Seiten

Deutsche Erstveröffentlichung